생활 속 지혜 II

I권에서 다 말하지 못한

이 시대의 진솔한 자기계발서

Ⅰ권에서 다 말하지 못한

이 시대의 진솔한 자기계발서

생활 속 지혜 II

문재익 지음

이담 Books

지은이의 근영(近影)

★최종학력: 원광대학교대학원 영어영문학과 박사과정 졸업(문학박사)

(미국 뉴저지주 Rowan Univ. 어학연수. Rutgers Univ. 영어 교수법 수학)

★현재: 강남대학교 인문대학 영문학과 정교수(2018년 8월 정년 퇴임)

동교 한영문화콘텐츠학과 특별교수/일간신문 칼럼니스트/명사특강

★대학교육 경력(2001년~2018)

*외래교수-원광대학교, 단국대학교 영어영문학과, 세종사이버대학교 겸임교수

*강남대학교 보직-대외협력위원장(경영 부총장 직무), 중앙도서관장,

-미래인재개발대학장, 입학처장, 글로벌센터장

-평생교육원장, 보육교사교육원장, 국제어학교육원장,

*위원회 활동-경기도 대학국제교류처장협의회 공동의장, 한국평생교육위원회 위원

-위즈덤교육포럼 국제협력위원장, 법무부 이민통합위원회 위원

*학회 활동(정회원) -21세기영어영문학회, 영상영어교육학회, 영어교육평가학회

-동서비교문학학회, 대한영어영문학회, 한국번역학회, 동화와 번역

★사회교육 경력(1976년~2000년 초)

*단과(성문종합영어), 대입종합반강의: 전주-제일학원, 상아탑학원, 영재학원(부원장)

서울-한샘학원, 교연학원, 청솔학원(부원장)

*대학특강 영어강의: 전북대학교, 전주대학교 TOEFL 및 사법고시 영어

*인터넷 강의: 공부하자닷컴, E-mbc 인터넷, 세종사이버대학 실용영어

*학원 운영(원장/이사장): 문재익 입시학원(초 · 중 · 고 전 과목),

KIS 외국어학원(미국 교과서 수업)

★저서 및 논문

*대학영어교재: 대학영작문, 영어번역, 실용영문법, 영어산문, 취업영어, 실무영어, 야무진토익 등

*중 · 고교영어교재: 순기초영어, 영문법, 영어어휘, 영어독해연습, 영어실용필수어휘, 구문총정리 등

*한글 논문: 영어조기교육평가, 영어독해지도방안, 문법교육의 새 방향, 영어작문 지도방안 등

영어화법에 대한 연구, 영어독해력향상지도를 위한 사례연구, 영어교육과 학습 등

*영어 논문: Rhyme and Cultural Context in Proverb, Introspection into English Listening Training, Detoxified Protocols Reading Comprehension, Evidences of Communal Fallacies in Conventional Interpreting 등

지은이의 말

27세에 전주의 입시학원에서 성문종합영어(송성문 저) 강의를 시작으로 66세 강남대학교 영문과 정교수(테뉴어)로 정년 퇴임까지 40여 년을 강단에서 수십만 명의 학생들을 가르쳤고 그중 많은 학생들(때론 학부모님들과도)의 생활, 진로, 배치 및 인생 상담도 했다. 그리고 분당에서 입시학원(초·중·고)과 외국어학원(미국 교과서 수업)을 운영하기도 했고 방학 중에는 영어캠프도 주재(主宰)했다. 초·중·고 재학생뿐만 아니라 대입 재수생, 그리고 대학에서는 학부 학생, 대학원의 석·박사과정 학생들에 이르기까지 사교육부터 공교육에 이르기까지 각계각층의 학생들과 함께해 온 경험을 통해서 얻고, 느꼈던 것, 특히 강의 중 인생 교육 내용을 토대로 「생활 속 지혜」라는 이 글을 쓰게 되었다. 그런데 이 책 60여 개의 각 제목들의 내용은 저자의 얘기(스토리)이며, 여러분 개개인의 얘기일 뿐만 아니라 우리 모두의 얘기일 수도 있다. 저자는 평소 강단에서 영어교육뿐만 아니라 인성교육에도 주안점을 두었다. 이를 위해 강의 준비 시 수업교재 연구뿐만 아니라 인성에 관련된 서적은 물론이고, 매일 아침 새벽잠을 깨면 맨 먼저 석유 냄새가 나는 주요일간지 세 곳에 나오는 오피니언란의 사설과 칼럼을 읽는 일로 하루를 시작했다. 이때 좋은 글귀나 명문장들을 강의 자료로 일일이 스크랩하거나 메모해두었다가 강의 시 적재적소에 활용하였다. 그것은 어학을 전공하고 가르치는 교육자로서 당연한 일이지만 무엇보다도 수강생인 피교육자들에게는 부모님 다음으로 선생님인 교육자가 학생들의 인성에 미치는 영향이 크고 중요하다는 신념이 확고했기 때문이다. 예를 들자면 가장 강조한 것들 중 생활의 자세는 '성실, 정직, 그리고 지혜로운 삶'이었고, 성공을 위한 자세는 '아이디어를 떠 올리고, 정보를 수집하고 그것을 실행에 옮기는 것'이었다. 이것들만은 반드시 종강 시간에 수강생들에게 주지시키며 그 강좌의 대미를 장식하곤 했다. 저자는 2018년 8월 정년 퇴임 직전부터 2년을 넘게 글을 써 이미 I 권을 출간해 시판 중이며, I 권에서 다 말하지 못한 것들을 2022년부터 쓰기 시작하여 II권을 출간하게 되었다. 저자는 어린 시절, 청년 시절, 중년 시절을 보냈고, 그리고 지금은 장년, 노년을 보내고 있다. 연륜과 경륜의 결정체인 이 책이 남녀노소 구분 없이 읽는 이들에게 귀감이 되고 삶의 지혜로 활용되어 인생의 길라잡이가 될 수 있기를 간곡히 바라 마지않는 바이다.

2023년 무秋 즈음
경북 문경 산양
靑驥山房에서

Ⅰ. 젊은이들을 위한 생활 속 지혜

Ⅱ. 중년들을 위한 생활 속 지혜

centents

Ⅲ. 장년들을 위한 생활 속 지혜

젊은이들을 위한 생활 속 지혜

인성(人性)

인성(personality)은 그 사람의 인간성, 됨됨이, 심성으로 각 개인이 가지는 사고와 태도 및 행동의 특성으로 인간의 성품, 성질과 품격이며 성질은 마음의 바탕이고, 품격은 사람 된 모습으로 사람에 따라서는 인간의 본성으로 쓰이거나 성격이나 인격, 인품과 비슷한 의미로 사용되며, 지(知), 정(情), 의(意)를 모두 갖춘 전인(全人)의 특성을 의미하는 것으로 사용되기도 한다.

인성의 구성요소에는 인(仁: 남을 나처럼 소중하게 여기며 따뜻하게 사랑하는 마음), 의(義: 옳은 것을 선택하는 능력), 예(禮: 타인과 조화를 이루는 능력), 지(智: 사물을 잘 분별하는 지혜)가 있다. 미국의 세계적인 최고의 리더십 전문가이자 베스트셀러 작가인 존 맥스웰은 '많은 사람이 지식을 가지고 성공한다. 일부의 사람들은 행동을 가지고 조금 더 오래 성공한다. 소수의 사람만이 인격을 가지고 영원히 성공한다.'라고 말했고, 그리스의 철학자 헤라클레이토스는 '인격이 그 사람의 운명이다.'라고 인성의 중요성을 말했다.

오늘날엔 인성이 곧 경쟁력, '싸가지'가 있어야 성공한다! 한 사람이 성공하려면 갖추어야 할 요건 세 가지는 첫 번째 인성, 두 번째 실력이나 능력, 세 번째는 학력이나 학벌인데 그중 으뜸은 인성이다. 실력, 능력과 학력, 학벌이 나무라면 인성은 토양이다. 이는 직장 및 조직생활자 그리고 교단에 서는 선생님뿐만 아니라 정치가들, 한 나라의 지도자에게도 해당하는 마치 '해가 동쪽에서 떠서 서쪽으로 지는 것'과 같은 이치, 불변의 진리라 해도 과언이 아니다. 인성을 갖춘 인재는 원만한 인간관계로 조직 생활에 적합하고, 그러한 조직원을 통한 존중, 배려가 있는 조직문화가 곧 성과를 낼 수 있기 때문이다. 인성이 곧 무한 경쟁력이 되는 시대, 자칫 놓치기 쉬운 인성의 중요성을 젊은이들은 통감하고 다듬어 나간다면 자기 경쟁력을 무한 확장하게 될 것이다.

인성은 어떻게 형성되는가? 첫 번째 집안 내림이다. 부모님 이전 조상 대대로 내려온 대물림으로 부계나 모계의 유전인자를 물려받는 것이다. 한마디로 인성은 선천적 유전에 의한 생리적 기반을 바탕으로 개인이 일상 사회문화 환경과 작용하는 과정에서 형성되어 나가는 것이다. 그런데 태어나서 어떻게 가정교육을 받았느냐에 따라 더 좋아질 수도, 더 나빠질 수도 있다. 그러므로 어떤 집안에서 어떤 부모를 만나느냐가 중요하다. 두 번째 학교교육이다. 우리가 인성에 관한 학교교육으로는 바른 생활, 슬기로운 생활이나 도덕, 윤리 과목에서 배울 수 있지만 사실 다른 교과 담당 선생님들로부터도 직, 간접적으로 영향을 받을 수 있기 때문에 어떤 스승님들을 만나느냐도 매우 중요하다. 마지막으로 친구이다. 그것도 사춘기에 접하는 중, 고등학교 시절에 만나는 주변 친구들에게 가장 큰 영향을 받는데 친구의 좋은 점은 본받고, 나쁜 점은 타산지석으로 삼아야 한다. 이처럼 가정교육, 학교교육, 학창시절의 교우관계가 평생의 사고와 행동 그리고 가치관을 정립(正立)시키는 데 영향을 준다.

그렇다면 부모, 스승, 친구가 아닌 본인 자신의 인성계발에는 무엇이 있는가? 첫째는 독서, 둘째는 여행, 마지막으로 가장 중요한 명상을 통한 자기성찰이다.

독서를 통해서 우리가 위인이라고 꼽는 사람들은 실력자 이전에 인격을 갖춘 성품이 바른 사람들이었으며 선한 대의로 어려움을 극복하고 성공한 사람들이기에 위인전을 읽는 것은 자기 인성계발에 크나큰 도움이 되며. 개인의 에세이나 사상 및 철학 서적도 큰 도움이 된다. 여행은 만남이고 발견이며, 낯선 고장과 사람들, 낯선 문화, 그 만남의 궁극은 결국 나 자신과의 만남 '새로운 자아의 만남'이다. 명상은 '자기성찰 지능을 높게 해준다.'라고 전문가들은 말한다. 명상은 외부로 향한 의식의 방향을 내부로 돌리게 하여 자기 생각, 감정, 행동 등을 마치 다른 사람이 대상으로 바라보듯이 자신을 바라보게 하는 것이다.

끝으로 우리나라 '인성교육 진흥법'의 목적이자 캐치프레이즈(catchphrase)를 인용한다. '올바른 인성을 갖춘 국민을 육성해 국가 사회의 발전에 이바지함을 목적으로 한다.' 한 사람의 올바른 인성이 자기발전과 그 가정을 평안케 하고, 또한 그가 소속되어있는 조직을 번성케 할 뿐만 아니라 더 나아가 국가 사회를 번영케 하는 것은 자명(自明)한 일이다.

2
심성(心性)

　심성의 사전적 의미는 '타고난 마음씨'로 유의어(類義語)에는 '마음, 마음씨, 심(성)정[心(性)情]'이며, 불가(佛家)에서는 '참되고 변하지 않는 마음의 본체(本體: 본바탕)'라고 한다. 그런데 인성(人性)은 사람의 성품(性品: 성질과 됨됨이, 성질과 품격), 품격(品格: 사람 된 바탕과 타고난 성품)이다, 한마디로 인성(인간성)은 '다른 사람과 구별되는 사고와 태도 및 행동의 특성'으로 '그 사람의 됨됨이'이고, 심성은 선(善)과 악(惡), '착하냐, 그렇지 못하냐'를 말하는 것으로 차이가 있다. 그래서 사람들이 보통 말할 때 '인성이 좋다, 나쁘다', '심성이 착하다, 곱고 여리다'라는 말을 쓴다. 심성의 사자성어에는 빙청옥결(氷淸玉潔: 얼음같이 맑고 깨끗한 심성을 비유적으로 말함)과 익자삼우[益者三友: 사귀어서 자신에게 도움이 되는 세 가지의 벗, 심성이 곧은 사람, 믿음직한 사람, 문견(聞見: 듣고 보아 얻은 지식, 견문)이 많은(넓은) 사람이다.]가 있다.

　유대인의 생활규범인 탈무드에서는 선(善)과 악(惡)의 유래를 다음과 같이 설명한다. "지구가 대홍수에 잠겼을 때, 온갖 동물들이 노아의 방주를 타러 왔다. '선(善)'도 방주를 타려고 달려왔다. 그러나 노아는 '나는 짝이 없는 것은 태우지 않겠다.'라고 말하며 '선'을 태워 주지 않았다. 그래서

'선'은 할 수 없이 숲으로 되돌아가서 자기 짝이 될 만한 것을 찾았다. 결국 '선'은 '악(惡)'을 데리고 배에 올랐다. 이때부터 '선'이 있는 곳에는 어디에나 '악'이 있게 되었다." 그런데 흔히들 말하는 성선설(性善說)과 성악설(性惡說)은 무엇이며, 어느 것이 더 타당할까? 맹자가 주장한 성선설은 인간의 본성은 원래 선(善)한 것인데, 이 선한 본성에 악(惡)이 생기는 것은 인간이 외물(外物: 바깥 세계의 사물)에 유혹됨 때문이라는 주장이며, 순자가 주장한 성악설은 인간의 도덕성이 선천적인 것을 부정하며 사람의 성(性: 성질)은 악(惡)한 것이고 선(善)은 인위적(人爲的)이라는 것이다. 그런데 이 두 주장은 연륜이나 경륜이 있는 사람들은 둘 다 부정(否定)할 법하다. 왜냐하면, 선한 사람이 악해지고, 악한 사람이 선해진다는 환경적 요인보다는 오히려 '타고 난다'라는 말에 무게 중심을 두어야 할 것 같기 때문이다. 한마디로 '유전자'의 문제이다. 그래서 사전적 정의에서 심성을 '타고난 마음씨'로 '타고난'이라는 형용사가 붙어 있지 않은가?

성서 마가복음 제7장 21~23절을 인용한다. "속에서 곧 '사람의 마음에서' 나오는 것은 악한 생각과 음란과 도둑질과 살인과 간음과 탐욕과 악독과 속임과 음탕과 질투와 비방과 교만과 우매함이니 이 모든 악한 것이 다 속(마음)에서 나와 사람을 더럽게 하느니라." 그렇다, '인간의 마음속에서 선과 악이 나와 행해지는 것들이다.' 특히 표독(慓毒: 사납고 독살스러움)과 속임, 기만, 시기와 질투, 비방과 험담, 욕심과 탐욕, 고집불통, 아집(我執), 집착(執着) 등이 가장 일상에서 자행(恣行: 제멋대로 해 나감)되는 것들이다. 그렇다면 인간관계에서 '심성'이라는 잣대를 어디에서 가장 중요하게 들이대어야 할까? 부모, 형제야 천륜이 맺어 놓았으니 설령 그렇더라도 어쩔 수 없고, 친구, 사회, 직장이나 조직에서는 솔직히 나 싫으면 그

만두고 떠나면 된다. 그러나 한 가정을 꾸려 나아가야 하는 배우자는 선택 시, 심성을 최우선 해야 한다. 왜냐하면, 나중에 빠져나오기는 쉽지 않을 뿐만 아니라 자식들까지 피해가 고스란히 가기 때문이다. '심성은 절대 변하지 않는다.' 그래서 변하기를 기대해서도 안 된다. 왜냐하면, 태어날 때부터 신체 일부와 같기 때문이다. 어쩌면 신체 일부야 성형수술을 통해 변화시킬 수 있지만, 심성은 성형수술도 불가능한 것 아닌가? 그리고 인성 교육이라는 말은 해도 심성 교육이라는 말은 잘 쓰지 않는다. 심성은 집안 내림이고, 유전자의 문제이다. 단, 친가 쪽이냐, 외가 쪽이냐, 우성(優性)이냐, 열성(劣性)이냐의 문제일 뿐이다. 젊어서는 보통사람들과 별반 차이가 없어도, 나이가 들어가면서(40대 말 전후) 서서히 정점(頂點)을 향해 치닫게 되는 것이다. 예를 들어 식물도 종자가 중요하고, 밭이 중요하지 않은가? 그리고 우리 속담에 '콩 심은 데 콩 나고, 팥 심은 데 팥 난다'라는 말이 있지 않은가? 사람도 그 이치와 하나도 다를 게 없다. 거의 진리이다. 요즈음은 결혼 전 교제 시, 상대의 부모 형제도 만나고, 집도 왕래하게 된다. 결혼을 결정하기 전에 맨 먼저 상대의 '심성'을 보아라. 기준은 무엇인가? 부모, 형제, 상대의 가정 분위기, 더 정확하게 보려면 삼촌들, 사촌들까지 본다면 세균을 현미경으로 보는 것처럼 세밀히 보게 될 것이다. 그렇다면 심성이 나쁜 사람과 혼인을 하게 되면 어떻게 될까? 바로 내 노년을 보는 거울이 될 것이다. 바로 내 노년에 당하고, 고통을 받게 될 것이다. 더 우려스러운 것은 내 자식들도 똑같이, 그대로 닮을 개연성이 있다는 것이다. 때늦은 후회는, 다시 돌이킬 수 없고, 비참함과 비통함만 들게 될 것이다. 인생의 최악을 맞게 되는 것이다.

정혼자(定婚者)를 결정하려 하거나 결혼을 앞둔 젊은이들이여!

이렇게 통렬(痛烈: 날카롭고 매섭게)히 말하는 데도 가장 중요한 '심성'이라는 기준을 제쳐두고 '인물이 좋으니까, 경제적 능력이 좋으니까, 학벌 좋고 좋은 직장 다니니까' 등등 조건만을 따진다면 두고두고 자신의 어리석음에 대한 후회 속에 살아갈 것이다. 인간의 행복이 무엇인가? 첫째가 마음이 편해야 한다. 다음으로는 올바른 자식들이다. '심성이 착하고 인성이 좋은 사람'은 현재는 조건이 다소 나빠도 얼마든지 살아가면서 조건이 좋았던 사람을 능가할 수도 있는 법이다. 현실에서 그런 예도 흔하다. 한 번 더 강조한다. '심성과 인성을 먼저 보고 나서 가능성, 장래성 그리고 조건을 따져보아라.' 명심하기 바란다.

3

대학입학 지원을 앞둔 수험생들에게 주는 글

우리나라의 교육체계는 3단계로 초등교육(primary education), 중등교육(secondary education), 고등교육(higher education)으로 나뉘어 있는데 고등교육은 교육단계 중 최상위 단계의 교육으로서 학위, 또는 그에 준하는 자격을 수여하는 대학, 대학원 등의 교육기관에서 제공하는 교육이다. 대학(大學)이란 고등교육을 베푸는 교육기관으로, 국가와 인류사회발전에 필요한 학술이론과 응용방법을 교수(敎授: 학문이나 기예를 가르침)하고 연구하며, 지도적 인격을 도야(陶冶: 훌륭한 인격을 갖추려고 몸과 마음을 닦아 기름)하게 한다. 대학을 다른 말로 상아탑(象牙塔)이라고도 칭하는데, 이는 대학이나 대학의 연구실을 비유하는 말로, 원래 본뜻은 속세를 떠나 학문이나 예술에만 잠기는(어떤 일에 매여 벗어나지 못하는) 경지를 말한다. 대학원에서 말하는 대학은 학부(學部)라는 명칭을 쓰기도 하며, 대학 캠퍼스(campus)의 캠퍼스는 대학의 부지(敷地), 교정(校庭)을 말하는데, (대)학 내(內)를 캠퍼스 내라고도 칭한다.

대학교육은 장차 자기실현을 할 수 있는 인간을 길러내는 데 그 최종적인 목표를 설정하고 있다. 대학교육 4년 또는 6년의 과정을 거쳐 사회로 나서는 한 인간이 그 사회와 민족 내지 국가, 인류사회의 발전을 위해서 자기실현을 할 수 있는 유능한 인간을 만들어 내는 것이 대학교육의 목적이요, 그 목표라 할 수 있다. 그런데 대학교육은 이 목적 내지는 목표를 달성하기 위한 방편으로 두 개의 채널, 교양교육과 다른 하나는 전문(전공)교육이다.

교양이란 인격적인 생활을 고상하고 풍부하게 하기 위하여 지ㆍ정ㆍ의(知情意: 인간의 세 가지 심적인 요소인 지성, 감성, 의지를 아울러 이르는 말)의 전반적인 발달이 이루어지도록 하는 일이며, 그렇게 해서 체득된 내용을 말하는 것으로 대학 생활의 전 과정을 통해 이상적 가치관과 인생의 목표를 눈앞에 바라보면서 함께 토론하고, 함께 추구하는 가운데 스스로 고매한 인격으로 형성해 가는 차원 높은 삶의 도정(搗精: 곡식을 찧거나 쓿음)이다. 그래서 대학은 지성적 교양인의 집단이며 문화인의 요람(搖籃: 발생지, 근원지)이라고도 한다.

전문(전공)교육은 특정한 지식이나 기술을 습득하여 취업을 도모케 하는 것으로, 현실적으로 볼 때 대학교육 하면 교양 교육보다는 전문(전공)교육기관으로 생각하거나, 알고 있다. 왜냐하면, 인간이란 생활인으로 직업을 선택하고 지식이나 기술을 배워서 취업하고 거기서 나오는 임금으로 당면한 생활비가 있어야 본인이나 가족들이 정상적 생활을 할 수 있기 때문이다.

직업을 선택하기 이전 먼저 대학의 학과 선택이 최우선이다. 대학의 학과 선택이 곧 한 인간이 사회에 나와 생활인으로 제구실을 하기 위한 첫걸음이다. 그러므로 아무 대학이나, 사람들이 선호하고 알아주는 (상류) 대학이니 아무 학과나 입학원서를 내, 일단 붙고 보자는 생각은 절대 금물일 뿐만 아니라, 평생 두고두고 후회 거리가 된다. 한 번 더 강조하고 싶은 것은 학교명이 중요한 것이 아니라 학과가 더 중요하다는 것이다. 그래서 대학 입학지원서를 내기 이전 장래의 직업선택이 우선이다. 한마디로 학과 선택이, 곧 직업선택이다.

그렇다면 고려할 사항들은 무엇이 있는가? 첫째는 본인의 '적성'에 맞아야 하는 것이 가장 중요하다. 일반인들이 생각하는 선망의 대상인 학과, 직업이라도 본인의 '적성'에 맞지 않으면 중도 포기하게 되어, 또 다른 선택을 해야 해서 방황과 시간만 흘러갈 뿐이다. 둘째는 '돈벌이'가 되어야 한다. 한 인간이 살아가는 데는 이상적 생각만으로는 살 수 없다. 의식주의 해결이 최우선이다. 그뿐만 아니라 여가와 문화생활, 그리고 사람 노릇, 주변에 체면치레 등, 이 모든 것이 '경제력'이 뒷받침이 되어야 한다. 마지막으로 '장래성'이 있어야 한다. 지금은 인기학과이고, 인기직종이지만 본인이 대학을 졸업하고 사회에 나올 무렵이나 한참 지난 후에는 사회에서 의미가 없을 수도 있다. 워낙 물질문명이 하루가 다르게 발달해 가고 있고, 이제는 세계화 시대이기 때문에 우물 안 개구리처럼 우리나라만 볼 것이 아니라 원시안(遠視眼: 멀리 봄)을 갖고 '세계적인 트렌드(trend: 추세)'를 고려해야 한다. 전 세계를 한 나라라고 보고 판단해야 한다.

이미 학과나 직업선택이 되어있을 수 있다. 그러나 지원서에 학과를 써넣기 전에 한 번 더 심사숙고(深思熟考: 깊이 생각해 봄)해 볼 것을 권장한다. 첫째, 좋아하는 것과 적성에 맞는 것과는 차이가 있을 수 있다. 좋아한다고 적성에 맞는다고 오판하지 말라는 것이다. 둘째, '돈벌이가 되겠는가? 장래성이 있는가?'는 시중 서점이나 도서관에 업종별 관련 책자를 참고할 수도 있고, 무엇보다도 주변에 본인이 하고자 하는 학과나 업종에 현재 종사하고 있는 사람 몇몇을 찾아가 상담해 보는 것은 가장 확실하고도 빠른 방법이다. 마지막으로 부모님이 하고 계시는 직업, 직종을 고려해 보는 것이다. 부모님의 직업, 직종은 이미 정보, 지식, 고객, 노하우(know-how), 거래처, 인맥 등이 두루두루 확보되어있는 상태이다. 이미 성공의 지름길이 눈앞에 펼쳐져 있는 것이다. 우리나라 부모님들은 가능한 자기 직업은 물려주지 않으려 하는 경향이 있다. 한마디로 대물림을 꺼린다는 것이다. 그러나 가까운 일본뿐만 아니라 다른 선진국들도 가업(家業)을 중시하고 자랑스럽게 여기며 브랜드(brand: 상표)화하는 경향이 많다. 부모님이 현재 종사하고 있는 직업, 직종이 적성, 돈벌이, 장래성에 부합(符合: 서로 들어맞음)되는 것이라면 무엇이든지 과감하게 결단을 내리기를 강력히 권고하는 바이다. 한마디로 멀리 돌아가지 말고 지름길로, 국도가 아닌 고속도로로 인생길을 가라는 것이다.

이제 수능 성적표를 받는다. 이미 수능시험을 치르고 난 후에, 아니면 수능 성적표를 받아 들고 재수(再修)를 결심하기도 할 것이다. 재수, 재도전 그 자체야말로 권장하거나 말릴 수 있는 것은 아니다. 본인이 선택하여 결정할 일이고 최종적으로 부모님과 상의해서 결단을 내리면 된다. 1~2년 빨리 대학에 들어가고 1~2년 늦게 들어간다고 사회에 나와, 차이가 있는 것은 아니다. 세상 이치가 일찍 들어갔다고 더 먼저 되고, 좀 늦게 들어갔다고 더디 되고, 나중 되는 것은 결코 아니기 때문이다. 사회 나오면 별반 차이가 없다는 것이다. 우리나라나 가까운 일본은 대표적인 학력[(學歷: 학교에 다닌 경력이나 이력), (學力: 학문을 쌓은 정도, 실력)]이나 학벌(學閥: 출신학교의 수준이나 정도) 사회이다. 특히 부존자원(賦存資源: 경제적으로 이용 가능한 천연자원)이 적은 우리나라는 더더욱 그렇다. 그러므로 가능한 한 상급학교에 진학하려 하고, 이왕이면 명문 학교를 나오려고 안간힘을 쏟는다. 1~2년 재수해서 더 나은 명문 대학을 나오는 것이 사회에 나와 훨씬 유리하고 빠르게, 그리고 더 나은 직장이나 직업 전선에서 성공 가능성이 클 수는 있다.

그러나 재수가 현역시절 수능 점수보다 높게 나온다는 보장은 결코 없다. 30~50%만의 성공 확률을 계산해야 한다. 방심하고 그럭저럭 세월만 보내다 보면 현역시절 점수에도 훨씬 못 미칠 수도 있다. 그런데 이런 경우가 종종 있는 것이 현실이다. 무엇보다도 뼈를 깎는 절제와 자기관리가 필수이므로 단단히 마음을 먹고 와신상담(臥薪嘗膽: 목표 달성을 위해 온갖 어려움과 괴로움을 참고 견딤)의 자세가 반드시 수반되어야 한다. 재수의 오적(伍賊)은 첫째, 이성 교제, 둘째, 게임중독, 셋째, 음주, 넷째, 일상의 불규칙한 습관, 마지막으로 약한 의지력이다. 이 중, 단 하나만이라도 본인에게 해당한다면 심각하게 고민해야 하고, 결코 쉽게 결정을 내려서는 안 된다. '남들도 하는데 나라고 못 하겠느냐!' 식은 금물이다. 대학에 적(籍: 소속, 신분)은 두고 반수(半修)도 마찬가지이다. 자칫하다가는 적을 둔 대학성적과 수능성적, 둘 다 엉망이 돼버리므로 둘 중 하나 확실한 선택이 필요하다.

끝으로 수능 성적표를 받은 전국의 상당수 수험생들의 초조함과 불안감을 다 가늠키는 어렵지만 편안하고 침착, 그리고 신중하게 부모님들과 상의하고 경륜 있는 선생님들과 충분한 배치 상담을 받아, 가고자 하는 대학에 지원하여 영광스러운 합격의 소식이 있기를 간절히 기원한다.

대입 재수(再修)를 고려하고 있는 수험생들에게 주는 글

{이전 글, 이번 글, 다음 글은 40여 년간 사교육과 공교육[입시학원
에서 대입단과반, 대입 재수종합반 강의, 대입배치 상담, 입시학원
(초 · 중 · 고 전 과목)과 외국어학원(미국 교과서 수업)운영, 그리고
대학교수(정교수로 정년 퇴임)]에 종사한 경험자의 견지(見地)에서
조명(照明)한 것이다.}

대입 재수, 재도전(再挑戰), 지금 고려하고 있거나, 이미 마음을 정해 두
고 있을 것이다. 수능 점수가 저조하거나 기대한 만큼 점수가 나오지 않아
목표했던 대학에 들어가기가 불가능할 것 같거나, 배치표를 보거나 이 선
생님, 저 선생님, 그리고 학원이나 컨설팅 업체에서 상담을 해 봐도 추천
하는 대학들이 딱히 마음에 내키지도 않을 것이다. 인생에 처음 맞는 좌절
감과 실패감이 들기도 하여 허탈감이나 실의(失意: 의욕을 잃음)에 빠져
있기도 할 것이다. 그러나 지금은 그럴 때가 아니다. 나이 20세 전후는 부
모님과 독립해서 자기 주도권을 갖고 살아가기 시작하는 인생에서 '출발
점'이다. 다시 시작, 재도전하는 것이다. '좌절과 실패는 성공으로 가는 두
가지의 지름길이다.' 미국의 카네기연구소의 설립자인 데일 카네기의 말

이며, '시도조차 하지 않았을 때 놓치게 될 기회를 걱정하라.' 미국 작가 오리슨 스웨트의 말이다. 여러분은 지금 재도전의 기회가 있지 않은가? 다시 기회를 찾으면 된다. 바로 다음 학년도 입시대비이다.

'실패는 성공의 반대가 아니라 같은 방향으로 가기 위한 귀중한 자산'이라는 생각과 믿음을 가져야 한다. 희망을 잃어서도, 불평불만을 해서도, 그리고 누구를 탓해서도, 자책(自責: 스스로 뉘우치고 나무람)해서도 안 된다. 우리 인간들은 한평생을 살면서 수많은 시련이 있다. 살아가면서 때론 좌절하기도 한다. 그러나 수많은 기회, 재도전의 기회가 있다. 세상을 어떻게 보느냐, 어떻게 기회를 잡느냐, 포기하지 않는 것이 중요하다. '실패는 종착역이 아니라, 또 다른 도전의 시작'이다. 공자님은 '인생의 가장 큰 영광은 한 번도 실패하지 않음이 아니라 실패할 때마다 다시 일어서는 데 있다.'라고 말씀하셨다. 다시 말해 인생을 살다 '설령(設令) 실패해도 실망하거나 좌절하지 않고 다시 일어서는 오뚝이가 되어야 한다.'라는 말이다. 그렇다! 인생에서 '영광'은 한 번도 실패하지 않는 것이 아니라, '실패할 때마다 다시 일어서는 것'이다.

지금은 지난날의 잘못된 점들이 무엇인지 하나씩 되짚어 볼 때이다. 그리고 그 잘못된 점들을 어떤 방법으로 고쳐야 할 것인지 새로운 계획을 수립할 때이다. 다시 말해 공부 방법, 취약과목 그리고 잘못된 생활 자세를 어떻게 지양(止揚)하고 개선할지 방법을 생각할 때이다. 그렇다면 어떻게 해야 하나? 첫째, 자신에게 지금 가장 소중한 것이 무엇인지 가치 기준을 설정하라. 둘째, 자신의 강점에 초점을 맞추고, 취약점을 보완하라. 셋째, 자신이 바라는 이상적인 한 주, 한 달, 그리고 일 년을 계획해 보아라. 그러면 진정 자신이 무엇을 원하는지, 그래서 무엇을 해야 하는지를 알게 될 것이다. 넷째, 10년 후, 20년 후, 그리고 그 이후의 자기 모습을 상상해 보아라. 그 모습에 걸맞게 오늘을 살아야 한다. 마지막으로 이 모든 것을 매일 '명상'하는 시간을 통해서 점검하라. 자신이 해야 할 우선순위를 재배열하게 될 것이다.

인간은 평생을 살아가면서 모두 다 '때(시기)'가 있는 법이다. 공부할 때는 공부를 해야 하고, 취업해야 할 때는 취업도 해야 하며, 결혼할 적령기에는 결혼도 해야 하고, 자식을 두어야 할 때는 자식도 두어야 하는 등 여러 가지가 있다. 때를 놓치면 그만큼 다시 하기가 어렵고, 능률적이지도 않거나 아예 (전적으로, 순전하게) 불가능한 경우도 있는 법이다. 보통, 사람들이 나이가 들어가면서 후회하는 세 가지는, 첫 번째는 '학창시절 공부 좀 열심히 할걸,' 두 번째는 '부모님 살아생전 효도 좀 할걸,' 마지막으로 '배우자 선택, 좀 더 신중할걸'인데 대체로 대부분 사람이 하는 후회는 첫 번째이다. 영어 속담에 '후회는 나중에 오는 법이다(Regret comes later).'라는 말이 있고, '엎질러진 우유를 보고 슬퍼하지 마라(Don't cry over spilt milk.)'는 우리나라 속담의 '소 잃고 외양간 고친다.'와 비슷한 의미이지만, 영어 속담은 '이미 벌어진 일에 연연(戀戀: 집착하여 미련을 가짐)하지 말라'라는 뉘앙스(nuance)가 강한 속담이다.

재수를 위한 기간은 길어야 고작 10개월 남짓하다. 1월부터 시작하기도 하지만 보통 2월 중순부터 시작하면 11월 초면 끝이 난다. 먼저 학원 선택이 중요하다. 통학형 단과반, 종합반, 그리고 기숙형 종합반, 독학 재수반 중 자기 취향에 맞는 학원을 선택해야 한다. 도서관에 다니며 인터넷 강의를 들으면서 독학하는 방법도 있지만, 학원 수업을 받는 경우가 대부분인데, 가능한 학원에 다니는 것을 권고한다. 자기 통제가 불가능한 경우는 기숙형을 권장하지만, 이 방법도 적응하지 못하는 경우가 있으니 자기 성격, 생활 습관, 평소 공부방법 등을 고려해 신중하게 결정해야 한다. 한번 결정하면 초지일관(初志一貫: 처음 먹었던 마음 끝까지 감)하는 마음으로 마지막까지 가야 하지, 중간에 바꾸면 시간 낭비일 뿐만 아니라 학습 효율성도 크게 떨어지고, 새로운 환경에 적응하는 데 시간도 걸리게 된다. 10개월은 그렇게 긴 기간이 아니다.

재수는 30~50%의 성공 가능성을 갖는 것이다. '남이 하니까 나도 하면 성적이 올라 목표하는 대학에 가리라'라는 생각은 절대 금물이다. 독한 마음, 자기 절제, 공부 이외에는 대학합격 이후로 모든 것을 미뤄두어야 하지, 공부 이외 할 것 다 하고, 잘 잠 다 자고 해서는 현역시절 점수에도 미치지 못할 수도 있다. 재수하는 기간은 분명 고통스럽고 절대 인내가 필요한 시기이다. 성공적인 재수를 위해 생활의 오적(伍賊)을 반드시 경계, 또 경계하고 마음속에 지킴을 다짐해야 한다. 첫째는 이성 교제, 관계이다. 오적 중 경계해야 할 최우선이다. 대체로 여학생들은 이성과 공부는 별개로 생각하는 경우도 있지만, 남학생들은 이성을 알게 되어 빠지면, 헤어 나오는 것은 거의 불가능하다. 재수 시절은 유난히 외로움을 타게 되는 시기로, 이 세상에 혈혈단신(孑孑單身: 의지할 데 없이 외로운 몸)으로 남아 있는 것과 같은 느낌이다. 그래서 쉽게 이성에 빠지고, 그리고는 헤어 나오지 못하게 되는 것이다. 이성을 안다는 것은 곧 실패의 지름길이므로, 평소 교제해 왔던 이성이 있다면 대학 들어간 후 만나기로, 후일을 기약하고 재수하는 동안은 단절해야 한다. 두 번째는 게임, 오락 중독이다. PC방은 물론이고 당구장도 출입해서는 안 된다. 수업 중이나 혼자 공부하는 중 방해의 주(主)요인 중 하나이기 때문이다. 세 번째는 음주이다. 술은 중독성이 강하고 자신의 불안함, 외로움, 정신적 스트레스 등에서 잠시나마 해방시켜 주기 때문에 마시기 시작하면 헤어 나오기 어렵다. 특히 학원에서 만난 친구들과 어울려 술집에 드나들기 시작하면 학원을 옮기지 않는 한 그 친구들을 떼 낼 수가 없다. '네가 한잔 샀으니 나도 한잔 사야지' 이러다 보면 계속 돌고 돌게 되는 것이다. 학원에서는 친구들 사귀지 마라. 후일 친구 되는 경우도 거의 없다. 네 번째는 불규칙한 생활 습관이다. 재수하는 동안은 모든 생활이 규칙적이어야 한다. 잠자는 시간, 일어나는 시간, 식사 시간, 공부하는 시간, 휴식시간 등 일정해야 한다. 가능한 하루, 한 주, 한 달, 생활계획표를 작성해 항상 눈에 띄는 곳에 붙여 놓는 것을 권고한다. 무엇보다도 철저하게 지키는 것이 관건(關鍵: 가장 중요한 부분, 핵심)이다. 마지막으로 약한 의지력이다. 그런데 의지력이야 어찌 보면 천성이고, 요즘에는 대개 집에서 귀(貴)하게 자라고, 큰 고생들을 안 해 보아서 의지력이 약하다. 그렇지만 단단하고, 굳건하고, 독한 마음으로 절제와 자기관리를 해야 목표 달성을 할 수 있다는 각오가 요구되는 것이다. 오적을 물리칠 자신감이 없다면 마지막 추가합격까지 기다렸다가 합격 소식이 오면 입학해 버리는 것이 훨씬 현명한 선택일지 모른다. 다시 말하자면 재수의 결심이 섰으면 반드시 오적을 물리칠 마음의 각오를 단단히, 그것도 재수하는 기간 내내 해야 한다는 것이다.

재수하는 동안 고비가 크게 세 번 닥쳐온다. 첫 번째 고비는 꽃 피는 4월 중순~5월이다. 4월 초까지만 해도 각오가 단단해서 열심히들 한다. 그러나 주변에 꽃이 피기 시작하고 절정에 이르면 재수 초창기의 단단한 결심들은 서서히 무너지기 시작해 점점 해이(解弛: 풀어어 느즈러짐)해져 가게 된다. 이때부터 이성에, 게임이나 오락에, 더러는 음주에 취하게 되는 것이다. 다시 말해 오적 중 세 번째까지 유혹에 빠지게 되는 시기이다. 다음으로는 7월 말~8월 무더위가 기승을 부리는 시기이다. 날씨도 덥고 졸리기도 하고 재수를 결심할 당시의 각오는 한층 더 퇴색되는 시기이다. 이때가 바로 규칙적인 생활 습관이 더욱 필요한 시기이다. 마지막으로 9~10월 모의고사 성적을 보니 예상보다 성적이 저조할 때, 대개는 실망하고, 그리고 실의에 빠져 자포자기(自暴自棄)하는 경우가 종종 있다. 심지어는 '재수는 필수, 삼수(三修)는 선택'이라는 자조(自嘲: 스스로 비웃는 일) 섞인 말을 내뱉기도 하게 된다. 이때가 바로 강한 의지력이 필요한 시기로, 무엇보다도 최종(final)정리의 마지막 중요한 시기이다. 한마디로 이 세 번의 위험한 고비를 슬기롭게 이겨내, 끝까지 최선을 다해야 한다는 것이다.

재수 기간 공부하는 방법이야 저마다 각기 다르고 나름대로 방법이 있을 것이다. 그러나 몇 가지 개략(槪略: 대강 추려 줄임)적인 방법을 제시하고자 한다. 공부 잘하는 것은 높은 IQ(지능지수)가 필요한 것은 아니다. 특히 일류대학 들어가는 것도, 머리 좋은 것이 필수는 아니다. 평범한 두뇌를 가졌어도 얼마든지 일류대학 갈 수 있다. 문제는 '집중력'이다. '잡념'이 없어야 한다. 한마디로 몸은 강의실이나 책상 앞에 있고, 정신은 오대양 육대주를 돌아다니고 있으면 제대로 된 성적이 나올 리 없다. 또한, 혼자 앉아 무슨 과목은 몇 점, 무슨 과목은 몇 점 등 목표 점수 계산만 해 보아야 아무 소용없다. 딱 한 가지, '수업시간 잡념 없이 집중하는 것'이 공부 잘 하는 비결이고, 성적 올리는 비결이다. 혼자 공부할 때도 마찬가지이다. 그리고 과목별 담당 선생님이나 강사가 중요하다고 하는 곳은 '교재에 빨간색 펜이나 형광펜으로 표시'해 두고 '적절한 보충 설명'도 써 놓아야 한다. 왜냐하면, 마지막으로 수능시험을 앞두고 15일~1개월 정도는 반드시

'자기만의 정리'가 절대 필요한 시기로, 그때 그동안 배웠던 교재의 정리를 중요 표시해 두었던 곳만 학습하면 되기 때문이다.

끝으로 '인생은 단거리 경주가 아닌 장거리 경주이다.' 현재 상황에 결코 실망하거나 실의에 빠져서는 안 된다. 재수 기간이 채 일 년도 되지 않는데, 자기 인생에서 가장 중차대(重且大)한 평생 직업의 문턱, 대학에 들어가는 일이다. 우리나라는 학력과 학벌 사회이다. 금년보다 더 나은 대학에 들어가 사회에 나와 더 빠르게, 더 높이 성장할 수 있게 될 수도 있다. 이거야말로 내 인생에 가성비(價性費) 있는 일 아니겠는가? '고난과 인내의 시간을 겪으면서 수양(修養: 품성, 지식, 도덕 등을 높이 끌어 올림)의 시기'이기도 한, 재수의 기간은 결코 헛된 시간이 아닌 '인생에서 값진 경험으로 성숙한 자아발견'의 시기로, 분명 여러분의 '가능성을 확인하는 중요한 시기'가 될 것이다. '아픈 만큼 성숙한다.'라는 말이 있지 않은가? 아무쪼록 재수하는 동안 피나는 노력과 굳건한 각오로 한층 더 높은 성적 향상(向上)으로 다음 학년도 입시에서는 목표한 대학에 합격의 영광과 앞날에 성공과 건승(健勝)을 빈다.

대학 신입생(새내기)들에게 주는 글

먼저 그간 고단하고 지난(至難)했던 수험생활을 끝으로 대학합격의 영광을 안고 상아탑(象牙塔) 문(門)안에 들어선 여러분 모두에게 입학을 축하드린다.

대학교육은 장차 자기실현을 할 수 있는 인간을 길러내는 데에 그 최종적인 목표를 설정하고 있다. 대학교육 과정을 거쳐 사회에 나서는 한 인간이 그 사회와 민족 내지는 국가, 인류사회의 발전을 위해서 '지식을 기반으로 자기를 실현할 수 있는 유능한 인간이 되도록 역량을 키워 주는 것'이 대학교육의 목적이요, 그 목표라고 할 것이다. 그런데 대학교육은 이 목적 내지는 목표를 달성하기 위한 방편으로써 두 개의 채널(channel)을 가지고 있다. 하나는 전문(전공)교육이고 다른 하나는 교양 교육이다.

전문(전공)교육(과정)은 특정한 지식이나 기술을 습득하여 취업을 도모(圖謀)하게 하는 것으로, 현실적으로 대학교육 하면 교양 교육보다는 전문(전공)교육기관으로 생각하거나 알고 있다. 왜냐하면, 인간은 생활인으로 직업을 선택하기 위해 지식이나 기술을 배워 취업해야 자신과 가족들이 일정한 수입으로 정상적 삶을 영위할 수 있기 때문이다. 그러므로 대학생활 중 중요한 한 가지, 아무리 늦어도 대학 2학년 때까지는 자신의 평생 직업을 선택해야 한다. 의외로 대학 졸업반이 되어도 자신이 장래 무슨 일을 해야 할지도 몰라 우왕좌왕(右往左往)하거나, 아예 아무 생각이 없는 학생들이 종종 있는 것이 현실이다. 그런데 이때 직업선택, 결정 시 고려해야 할 세 가지는 첫째, 자기 '적성'에 맞아야 하고 둘째, 생활이 궁핍하지 않을 정도의 수입, '돈벌이'가 될 수 있어야 하며 마지막으로, 급변할 국제사회를 내다보는, '장래성'이 있어야 한다. 더불어 대학에서 배운 전문지식 및 기술을 통해 사회를 개선하고, 더욱더 정의롭고 인간적인 사회를 만들겠다는 이념과 철학으로 사명감과 책임의식을 갖는 것도 자기 전공과 장래의 직업에 대한 동기부여에 큰 도움이 될 것이다.

그렇다면 교양 교육(과정)이란 무엇인가? 지식이나 정서를 풍부하게 하고 합리적 사회생활에 밑바탕이 될 수 있는 고상하고 원만한 품성(品性)을 기르는 것을 목적으로, 대학에서 수학(修學)할 수 있는 표현 능력과 소양을 배양하기 위한 교육과정이다. 구체적으로 교양이란 인격 생활을 고상하고 풍부하게 하기 위하여 지(知), 정(情), 의(意)의 전반적인 발달이 이루어지도록 하는 일이며, 그렇게 해서 체득(體得)되는 것을 말한다. 그러므로 교양 있는 사람은 무엇보다도 먼저 그 인격에 품위(品位)가 있어야 하고, 언어가 고상하고 말과 행동에 예절과 예의가 있어야 한다. 대학은 지성적 교양인의 집단이며 문화인의 요람(搖籃)이어야 학문적, 과학적 수준을 높일 수 있으며, 인간의 삶의 가치를 풍성하게 하기 위한 객관적 지식추구도 가능한 것이다. 무엇보다도 대학 생활은 전 과정을 통해 이상적 가치관과 인생의 목표를 눈앞에 바라보면서 함께 토론하고 함께 추구하는 가운데 스스로 고매(高邁)한 인격을 형성해 나아가는 차원 높은 삶의 도정(搗精) 과정이라고 해도 과언(過言)은 아니다.

그러면 대학교육은 전공(교육) 중심인가? 교양(교육) 중심인가? 전공별 학과마다 약간 차이는 있어도 7:3 내외 정도 비율로, 자기 학과에 맞는 수강해야 할 교과과정(커리큘럼)은 교양과목과 전공과목이 필수와 선택으로 적절하게 안배되어 있어 수강 신청 시 취사(取捨)선택하면 된다. 그런데 전공은 평생 배우고 익힐 수 있기에 전공(교육) 못지않게 인간의 근본이 되는 교양(교육)이 더 중요하다고 말하고 싶다. 여기서 말하고자 하는 것은 수강해야 하는 교과과정 이외의 것으로, 핵심이 되는 사항은 첫째, 읽고, 쓰고, 말할 수 있을 정도의 외국어 실력 배양(培養) 둘째, 문화체험과 다양한 사람들을 만날 수 있는 여행 경험 셋째, 독서를 통해 견문(見聞)을 넓히고 다양한 삶을 경험하는 것이다.

외국어란 무엇인가? 외국어 중 특히 영어는 오늘날과 같은 국제화 시대에는 세계 공통어로, 단지 시험을 통과하기 위한 요구 조건을 넘어 이미 자신을 표현하고 상대를 설득하는 국제적 사고이자 문화이다. 외국어를 잘한다고 당장의 이득은 미미(微微)하지만, 외국어를 못함으로써 얻는 불이익은 시간이 갈수록 점점 더 커진다. 외국어 공부를 열심히 해 읽고, 쓰고, 말할 줄 알게 되면 보이지 않던 더 많은 인생의 '선택의 기회'가 올 수도 있다. 유대인의 5천 년 지혜이며 정신의 샘터인 탈무드의 자녀 교육법 중 하나가 '몇 개의 외국어를 할 수 있도록 어릴 때부터 습관을 들여야 한다.'이다. 글로벌 경쟁 사회에서 살아남고 더 많은 인생의 선택기회를 부여받기 위해 영어뿐만 아니라 제2외국어 1~2개 정도도 읽고, 쓰고, 말할 수 있어야 한다. 그런데 외국어를 공부하겠다고 접근할 때에는 확실한 목적과 동기부여가 준비되어 있어야 성과(成果)가 난다.

여행이란 무엇인가? 여행은 만남이고 발견이며, 낯선 고장, 낯선 사람,

낯선 문화 그 만남의 궁극은 결국 '나 자신과의 만남'이라고 여행전문가들은 말한다. 여행을 통해 발견하는 '새로운 자아', 그것이 바로 여행의 진정한 매력이라고 할 수 있다. 동행(同行)이 있다면 더욱 기쁘고 행복하겠지만, 혼자만이라도 여행을 할 수 있는 여유로움을 만드는 것도 자기 변화를 위해서 유(有)의미하지 않을까 생각해 본다. 인도 철학자 브하그완의 말이 있다. "여행은 그대에게 세 가지의 이익을 줄 것이다. 하나는 고향에 대한 애착이고, 하나는 다른 곳에 대한 지식이며, 또 하나는 '자기 자신에 대한 발견'이다." 여행은 '기다림을 배우고' 나와의 시간을 갖게 되며 다양한 사람들을 받아들일 수 있는 '열린 마음과 여유'를 누리게 해준다. 여행은 목적지에 닿아야 행복해지는 것이 아니라 과정에서 행복을 느끼게 되며 새로운 풍경을 보는 것이 아니라 '새로운 눈'을 갖게 되는 것이다. '내가 로마 땅을 밟는 그 날이야말로 나의 제2의 탄생일이자 내 삶이 진정으로 다시 시작하는 날이다.'는 '여행의 위대함'을 강조한 독일의 철학자 괴테의 말이다. 여행을 통해 뜻밖의 사실을 알게 되고, 자신과 세계에 대한 놀라운 깨달음을 얻게 되는 것, 바로 그것이 여행이다.

독서란 무엇인가? 한 인간이 가난과 무지(無知), 그리고 착각에서 벗어나는 길은, 배움과 공부밖에는 없다. 특히 오늘날과 같은 급변하는 사회에서는 현실에서 낙후(落後)되지 않는 인간이 되려면 폭넓은 지식이 요구된다. 따라서 독서는 인간의 생활경험을 확장시키고 생활과제를 해결해 주는 수단이 된다. 독서는 간접체험을 통해 자기 인생의 폭을 넓히고 자신의 직접적인 체험을 예리하고 정확하게 만들어 준다. 결국, 바람직한 '인격 형성'을 이룩하는 데 독서의 목적이 있다. 인간은 생각하기 위한 지식을 독서에서 구하고, 생각하는 방법을 또한 독서에서 배우며, 독서와 더불어 생각하게 될 때 비로소 사물에 대한 이해와 판단이 빠른 폭넓은 인간으로 성장하게 되며, 나아가 새로운 것을 창조해 낼 수 있는 '창의력'을 가질 수 있게 된다. 소설가 이태준은 그의 산문에서 '책이란 감정과 정신, 그리고 사상의 의복이며 주택'이라고 말했다. 또한, '인공으로 된 모든 문화물 가운데 꽃이요, 천사이며 제왕'이라고 예찬론을 펼쳤다. 한 인간이 성공하기 위해서는 사회생활에서 말재주, 언변(言辯)이 있어야 한다. 언변은 무엇보다도 어휘력이다. 또한, '생각이 말과 행동이 되고, 말과 행동이 습관과 운명이 되어 성공이나 실패가 정해진다.' 영국 수상이었던 대처 여사의 명언이다. 그렇다면 '어휘력' 그리고 '생각과 말'은 어디에 뿌리를 두는가? 바로 독서이다. 독서라 해서 어렵고 거창하게 생각하지 말고 우선 일간(日刊)신문 3~4곳 오피니언란(欄)의 사설과 칼럼을 매일 정규적으로, 꾸준히 탐독(耽讀)하는 것을 기본으로 하고, 그리고 구체적 관심 분야의 독서를 하면 된다.

끝으로 교육과 학문의 탐구, 인격 도야(陶冶)의 기회가 자주 오는 것은 아니다. 대학 4년 내지 6년이 정규과정으로서의 마지막 수학(受學) 기회가 되고 인생행로를 결정짓는 중대 시점이 될 수도 있다. 그리고 처음의 차이는 얼마 되지 않지만, 시간이 흘러감에 따라 그 간격은 점점 커지게 된다. 이 중요한 사회의 출발점에 선 여러분들이 오늘날과 같은 글로벌 경쟁 사회에서 살아남고 더 많은 인생의 선택기회를 부여받기 위해 학과별 정규 교과과목 이수(履修)는 물론이고, 외국어 공부 많이 하고, 다양한 사람들을 만날 수 있고 자신을 돌아볼 기회를 위해 여행도 자주 다니며, 그리고 가장 중요한 두 가지, 학문의 연찬(研鑽)과 자기 수양(修養)으로서 다양한 종류의 책 읽기, 독서에 결코 무관심하거나 태만(怠慢)하지 않기를 간곡히 당부(當付)드리는 바이다.

6
학교교육(學校敎育)

학교교육(schooling)이란 제도화된 학교 내(內)에서 이루어지는 교육 활동으로, 학교 외(外) 교육인 사회교육 또는 성인교육과 대조(對照)시켜 부르는 말로, 흔히 형식교육(形式敎育: formal education)과 동의어로 사용되며 유치원·초등학교·중학교·고등학교·대학교에서 이루어지는 교육을 총칭(總稱)하는 것으로, 크게 세 가지 초등·중등(중, 고)·고등[대학(학부), 대학원] 교육으로 나누어진나. 서구 사회와는 달리 이웃 나라 일본이나 우리나라는 학력, 학벌 사회이다. 특히 부존자원(賦存資源: 경제적으로 이용할 수 있는 모든 천연자원)이 거의 없는 우리나라는 더더욱 그렇다. 그러므로 우리나라와 같은 경우는 개인으로는 '배움, 공부'이고, 국가 차원에서는 '교육'이다. 한 개인으로 가난과 무지(無知)에서 벗어나려면 '공부'밖에는 없다. '교육을 받지 않으면 출생하지 않은 것만 못하다. 왜냐하면, 무식(無識: 지식이나 판단력의 부족)은 불행의 근원이기 때문이다.' 철학자 플라톤의 말이고, '가르침도 없고 스스로 배우는 것도 없으면 자기의 결점도 보이지 않는다.' 유대인의 생활규범인 탈무드에 있는 말이며. '국가의 운명은 젊은이들의 교육에 달려있다.' 철학자 아리스토텔레스의 말이다.

우리나라 교육의 목적은 홍익인간(弘益人間: 단군 할아버지의 건국이념인, 널리 인간 세계를 이롭게 함)의 이념(理念) 아래 모든 국민으로 하여금 인격을 도야(陶冶)하고, 자주적인 생활능력과 민주시민으로 살아가기 위한 필요자질(資質)을 갖추게 함으로써 인간다운 삶을 영위(營爲: 일을 꾸려 나감)하게 하며, 민주국가의 발전과 인류공영(共榮: 서로 함께 번영함)의 이상을 실현하는 데에 이바지하게 함이다. 초등학교 교육은 학생의 일상생활과 학습에 필요한 기본 습관 및 기초능력을 기르고 바른 인성을 함양(涵養: 능력이나 성품을 기르고 닦음)하는 데 중점을 두고, 중학교 교육은 초등학교 교육의 성과를 바탕으로, 학생의 일상생활과 학습에 필요한 기본능력을 기르고 바른 인성 및 민주시민의 자질(資質: 타고난 성품이나 소질)을 함양하는 데 중점을 두며, 고등학교 교육은 중학교 교육의 성과를 바탕으로, 학생의 적성과 소질에 맞게 진로를 개척하며 세계와 소통하는 민주시민으로서의 자질을 함양하는 데 중점을 둔다. 마지막으로 대학교육은 장차 자기실현을 할 수 있는 인간을 길러내는 데에 최종적인 그 목표를 설정하고 있다. 대학교육 4년 또는 6년의 과정을 거쳐 사회에 나서는 한 인간이 그 사회와 민족 내지는 국가, 인류사회의 발전을 위해서 자기를 실현할 수 있는 유능한 인간을 길러내는 것이 대학교육의 목적이자 목표이다.

무엇보다도 교육과정 중 초등교육은 일반교육, 기초교육, 보통교육을 목적으로 하는데, 어떠한 편중 교육이나 준비교육이 아니라 아동의 원만한 전인[全人: 지(知)·정(情)·의(意)가 완전히 조합된 원만한 인격자] 성장을 위하여 신체적, 정신적, 사회적, 정서적 또는 지적으로 균형 잡힌 성장, 발달을 기할 수 있는 기초교육으로 민주국가 국민으로서 누구나 받아야 할 기초교육이며 인간의 성장 과정에서 반드시 이수하여야 하는 의무교육인 것으로, 국가나 한 개인에게 있어서 가장 중요한 교육이다. 특히 유치원 교육에서 초등학교 교육이 한 사람의 인성을 형성해, 평생 동안 유지되기 때문이다. 한 사람의 인격, 인성은 크게 가정, 학교, 그리고 친구의 영향에 좌지우지(左之右之)된다. 그러므로 유치원이나 초등학교의 교육자들은 사명감 있는 교육을 실행해야 한다. 무엇보다 교사들의 자질과 인성 또한 모범(模範), 귀감(龜鑑)이 되어야만 한다. '교사란 자신을 태움으로 다른 사람을 밝게 해주는 초와 같다.' 이탈리아 속담이다. 학교 내의 학폭(학교 폭력)은 어떠한가? 피해자나 가해자 모두 졸업 후 사회에 나와 정상적이 아닌 나름의 문제점, 그리고 문제를 야기할 수도 있다. 무엇보다도 학교나 정부 차원에서 특단의 대책이 시급한 상황이다. 대체로 학창시절 가장 위험한 시기, 고비는 중3~고1 때이다. 이때는 학생 본인도 마음을 다잡아야 하고, 무엇보다도 학부모들은 자녀들을 예의(銳意: 어떤 일을 잘하려고 단단히 차리는 마음) 주시(注視: 주의를 집중하여 봄)할 시기이다. 한마디로 '자나 깨나 자식 조심, 자는 자식 다시 보자'이다. 특히 학교에서는 학폭 가해자들은 처음은 계도(啓導: 깨치어 일깨워 줌)로, 반복되면 엄한 처벌, 징계를 내려 주변 학생들에게도 경종(警鐘)을 울려주어야 한다.

19세기 사상계(思想界)를 통틀어 가장 중요한 인물 중 한 사람인 영국의 사회학자, 철학자, 교육학자 허버트 스펜서는 '교육의 목적은 인격의 형성이다.'라고 말했는데, 우리도 보편적으로 교육의 여러 줄기 중 가장 큰 줄기는 '전인교육'이라고 대개는 생각하고, 알고도 있다. 한마디로 인격자(人格者: 훌륭한 인격을 갖춘 자)로 길러내는 것이다. 더 구체적으로 말하자면 '인성교육'의 중요성이다. '교육의 목적은 기계를 만드는 것이 아니라, 인간을 만드는 데 있다.' 철학자 장 자크 루소의 말이고, '교육의 핵심은 사람의 마음을 훈련하는 데 있다.' 철학자 쇼펜하우어의 말이다. 그런데 교육현장에서 일부의 교육자들이 편향(偏向)된 이념을 가르치는 현실은 어떤 시각으로 보아야 할 것인가? 무엇보다도 당사자들의 자성(自省)과 책임의식을 통감해야 하겠다. '교수하는 자의 권위(權威: 남을 지휘하거나 통솔하여 따르게 하는 힘)는 흔히 교육받고자 원하는 자를 해(害)친다.' 철학자 키케로의 말이다. 또한, 학교 밖 상황은 어떠한가? 뉴스마다 부정, 부패, 거짓, 흑색선전, 선동, 말 바꾸기, 내로남불, 상대에게 덮어씌우기로 일관하고, 국익보다는 상대 당의 정책들은 무조건 반대를 하며, 정쟁(政爭)만을 일삼는 일부의 위정자들, 거리마다 정당들의 상대편 당에 대한 비방의 현수막들, 특히 특정 사건에 대한 괴담 유포, 이런 사회적 분위기가 과연 미래 우리의 동량(棟梁: 한 집안이나 한나라의 기둥이 될 만한 인재)들이 무엇을 보고, 배울 것인가? 제대로 된 가치관은 형성이 될 것인가에 대한 의구심(疑懼心)이 들 뿐만 아니라 우려(憂慮: 근심, 걱정함)하는 바가 크다.

학교 내의 커다란 문제점, 바로 학생들 간의 학력 차(差)이다. 위화감을 조성한다는 명목 아래 우열반 편성도 하지 않은 채 수업을 한다는 것은 효율성 면에서는 거의 제로(zero)에 가깝다. 상식적으로 생각해 봐도 말이 안 되는 일이다. 수업에 효율성의 조건에 여러 가지가 있지만 '눈높이에 맞는 수업', 한마디로 '수준에 맞는 수업은 그 어느 것 못지않게 중요하다.'라는 것은 교육현장에 종사하는 사람이라면 결코 부정할 수 없는 사실이다. 모두 다 알면서도 방관(傍觀)하고 있다. 사실은 초등학교, 중학교까지는 의무교육으로 그렇다고 쳐도 고등학교부터는 기성세대들의 시대처럼 일류도, 이류도, 삼류도 있어 그들끼리 선의의 경쟁도 하고 나름의 문화가 형성되어야 한다. 한마디로 학교별 입시를 치러야 한다는 것이다. 평준화는 모두를 우매하게 만들며, 경쟁 시대에 시대착오이다. 그렇다면 사교육을 우려하는 목소리가 여기저기서 터져 나올 것이다. 그건 그대로의 해결책을 마련해야 하는 것은 정부의 몫이다. 이 글에서는 사교육에 관해서는 논외(論外)로 하고 차후에 따로 다루고자 한다.

　대학은 또 어떠한가? 맨 먼저 '무조건 대학은 나와야 한다.'라는 국민적 의식이 문제이며, 세계적 흐름에도 역행하고 있다. 학문적 연구할 사람만이 대학에 가고, 그렇지 않으면 직업학교나 전문대학을 가는 것이 본인으로나 사회적으로 비용 면이나 효율성 면에서 바람직하다. 가까운 일본의 경우 가업(家業)을 물려받는 것을 소중히 여기고, 무엇보다도 자랑스럽게 여긴다. 우리의 의식도 이제 변화되어야 한다. 가업이 본인의 적성에 맞고, 돈벌이도 되며, 장래성이 있다면 주저할 것 없이 선(先) 일자리 후(後) 진학하기를 적극 권장하는 바이다. 아니 막말로 대학을 안 가면 어떠한가? 오늘날 돈벌이 되어 생활에 궁핍하지 않게 여유(餘裕: 시간적, 경제적 넉넉함) 있게 살아갈 수 있다면, 그렇게 대학에 연연(戀戀: 집착하여 미련을 가짐)할 필요도 없다. 주위를 돌아보면 대학을 나와도, 심지어는 일류대학을 나와도 취업을 못 해 전전긍긍하는 사람들이 종종 있지 않은가? 모든 것을 현실적으로, 실리(實利: 실제로 얻는 이익)적으로 따져보기를 바라는 바이다. 가업에 부모님을 도우면서 일을 배우거나 취업 후 대학을 다니는 것은 의향(意向)만 있으면 언제든지, 여러 방법이 있다.

　대학 선발방법은 어떠한가? 학령인구의 절대 감소로 벚꽃 지는 순서대로 대학들이 문을 닫게 된다는 말이 회자(膾炙: 널리 사람들의 입에 자주 오르내림)되고 있고, 실제 현실화되어가고 있으며, 지방대학은 물론이고 소수이긴 하지만 수도권 대학도 정원을 채우지 못하는 현실에, 앞으로 전국 4년제 대학 및 전문대 포함 약 400여 개 대학 1/3이 문을 닫게 되는 절박한 상황에 놓이게 된다는 것이 현실이다. 이런 상황 속에서 국가가 대학 선발권에 대해 간섭한다는 것은 시대에도 뒤떨어질 뿐만 아니라 세계화에도 역행하는 일이다. 이제라도 대학이 필요로 하는 학생들을 선발하도록 선발권을 대학들에 돌려주어야 할 때라는 것은 자명(自明)한 일이다. 그리고 현존하는 대학수학능력시험을 폐지하거나, '구관이 명관'이라는 말처럼 지금의 기성세대들이 대학에 입학할 때처럼 대학입학 '자격시험'으로 전환하는 방법도 심도(深度) 있게 논의가 필요하며, 또 하나 중요한 것은 입학지원자나 재학생의 절대 부족으로 사학들이 원만(圓滿)하고 적절하게 학교를 정리할 수 있도록 국회에 계류(繫留: 사건이 해결되지 않고 걸려 있음) 중인 사학법도 논의 조정 후 조속히 처리되어야 한다.

　마지막으로 우리나라의 학제와 교육현장의 상황은 어떠한가? 우리나라의 학제는 1949년 교육법 제정과 1950~51년의 교육법 개정에 의하여 6-3-3-4 제를 채택하고 있다. 미국의 경우는 5-3-4-4 제(초 · 중 · 고 12학년)를 채택하고 있다. 오늘날 초등학교 6학년생들은 정신적, 육체적으로 초등학생이 아니다. 미국과 같은 학제를 따르거나 아니면 초등학교를 5년으로, 1년 단축하는 방안도 논의가 필요한 시점이다. 다른 한 가지 시골 면(面) 단위에 속해 있는 초등학교들은 상당수 폐교되었으며, 그나마 면 소재지에 남은 학교는 전교생이 고작 50명 내외 정도이지만 교직원 수는 10여 명이 넘는다고 한다. 중학교도 예외는 아니다. 초등학교 부속 유치원은 더 심각하다. 그런데도 인건비, 관리비, 시설비 등으로는 '큰돈이 들어

간다.'라고 한다. 물론 교직원들 수급조절문제에 대한 당국의 어려움도 있겠지만, 과감한 통폐합으로, 합리적이고 경제적 운영 계획을 세워 예산의 절감과 효율성에 대한 당국의 대책 및 시행(施行)이 시급한 상황이다.

끝으로 국가의 교육문제는 백년지대계(百年之大計: 먼 장래까지 내려다보고 세우는 큰 계획)라고 한다. 그러나 지금까지 정권이 바뀌고, 장관이 바뀌면 조령모개(朝令暮改: 법령을 자주 고쳐서 갈피를 잡기 어려움)식이어서 수험생이나 학부모 그리고 일선 학교에 혼선을 빚어 왔다는 것은 자타가 공인하는 사실이다. 일부 서구 선진국들에서는 한번 수립(樹立)한 교육계획은 수십 년 시행(施行)하고, 문제점은 무엇인지, 보완(補完)점은 무엇인지 충분히 검토한 후에 수정해 나아가고 있다는 사실을 참고(參考)로 해야 할 것이다. '기업의 변화 속도는 100마일인데 학교의 변화 속도는 10마일이다.' 미국의 미래학자 앨빈 토플러의 말처럼, 기업이 빠른 속도로 변화하듯 학교의 변화는 이제는 '시대적 사명(使命)'이다. 결론적으로 우리나라의 교육에 관해 전반적으로 '시대와 세계화, 그리고 미래의 변화에 부응(副應)하는 논의가 되어야 하는데, 이 경우는 빠르면 빠를수록 좋다.'라는 것을 강력하게 주장하는 바이다.

* 이 글이 지금은 한 개인의 목소리이지만 폭포수처럼 퍼지고, 입에서 입으로 전달되고, 공론화되어 문제점 중 일부만이라도 개선되기를 간절히 바란다.

7

결혼(結婚)

결혼 또는 혼인은 두 사람이 부부가 되는 의례이자 계약을 일컫는 것으로 인간 사회에서는 결혼을 통해서 사회의 최소 단위인 가정이 생기기 때문에 매우 중요시되어왔다. 그래서 독일의 사회과학자인 막스 베버는 '결혼은 고도의 사회학적 행위이다.'라고 말했는데 무엇보다 한 개인의 관점에서 보면 행복과 불행을 결정짓는 인생에서 가장 중요한 이벤트 중 하나이다. 세계적 문학가이자 사상가인 독일의 괴테는 '결혼만큼 본질적으로 자기 자신의 행복을 결정짓는 것은 없다.'라고 결혼의 중요성에 대해 말했는데, 우리나라 속담에도 '남편을 잘못 만나도 당대 원수, 아내를 잘못 만나도 당대 원수'라는 말이 있다.

결혼의 효과란? 사회적 의미에서는 첫째, 법적 배우자의 아이와 부모 관계(친자뿐만 아니라 때론 계부, 계모)를 만든다. 둘째, 남편이나 아내가 가족 일상의 통제권과 자녀들을 위한 부부의 공동재산을 갖게 한다. 셋째, 배우자의 가족과 인척 관계를 만든다. 그리고 개인적 의미에서는 첫째, 성인으로서 사회적인 역할과 지위를 얻으며 정서적 안정감을 얻는다. 둘째, 자녀 출산 및 양육의 기회를 얻게 되어 사회 구성원을 충원하여 사회를 유지하고 존속시키게 된다. 셋째, 새로운 가족 문화를 창조하고 계승해 나아갈 뿐만 아니라, 인간의 원초적인 본능과 욕구를 충족한다.

결혼하면 문제를 일으킬 수 있는 사람이란? 결혼을 결정하기 전이나 이성 친구를 사귀는 단계에서부터 세심히 지켜보아야 한다. 프랑스의 극작가 몰리에르는 '대개 무아몽중(無我夢中)에 급히 결혼하기 때문에 그 결과로 일생을 후회와 한탄으로 보낸다.'라고 말했고 탈무드에서는 '아내를 선택할 때에는 겁쟁이가 되어라.'라고 했다. 첫째, 어떤 형태로든 상당한 금전적 빚을 졌거나 씀씀이가 몹시 헤픈 자 둘째, 상대에 대한 집착이나 스토커 기질이 있는 자 셋째, 화가 통제가 안 되는 욱하는 성격의 소유자 넷째, 매사 본인 위주여야 직성이 풀리는 이기심 많고, 지나친 욕심, 시기, 질투와 고집불통인 자 다섯째, 주색을 탐하거나 중독(약물, 알코올, 도박이나 게임 등)자 여섯째, 언어가 정제되어 있지 않고 매사를 부정적이고 빈정대는 말투이며, 특히 박정(薄情)한 인간미 없는 자, 마지막으로 가장 중요한 부모 형제, 가족들이 극구 반대하는 자 등이다.

결혼상대자로 배우자를 고를 때 상대의 성품은? 이성 교제 때부터 유심히 관찰해야 한다. 서양 격언에 '결혼은 성품의 연속적인 실험장이다.'라고 한다. 남편감으로는 성실하고 정직하며 책임감이 강하고 약속을 잘 지켜야 하고, 아내감으로는 알뜰하고 이해심 많고 덕이 있고 어질며 인정이 많은 사람이어야 한다. 그렇다면 남녀 공히 결혼 상대의 환경적인 면에서 고려할 사항은? 러시아의 소설가이자 사상가인 레프 톨스토이는 '결혼에 대하여 긴요한 것은 스무 번이고 백 번이고 생각해 보는 것이다.'라고 말했는데 첫째, 성격 둘째, 집안 셋째, 명리학적 음양오행이다. 요새 젊은이들이야 '얼굴만 예쁘면 모든 것이 용서된다.'라고 말하지만, 인물이 3년이면 성격은 평생 간다. 유대 격언에 '미인은 보는 것이지 결혼할 상대는 아니다.'라고 했고 세계적 대문호 셰익스피어는 '아름다운 아내를 갖는다는 것은 지옥이다.'라고 했다. 집안 내림이란 반드시 있다. DNA의 생물학적 내림도 있지만, 더 중요한 것은 환경적 요소로 무엇을 보고 배웠느냐이다. 남들에게 베풀며 선행으로 살아왔는지, 남 가슴 아프게 악행을 저지르며 살아왔느냐에 따라 자손들이 그대로 보고 배우기 때문이다. 사자성어에 장문유장(將門有將)이란 장수 집안에서 장수 난다는 말이다. 마지막 명리학적 음양오행은 미신이나 시대착오로 치부하거나 지나쳐 버리기도 하지만 부부는 상생과 보완관계로 서로 조화를 이루기도 하고, 부족한 것을 채워주기도 해야 하는데, 태어난 연월일시를 네 간지(干支)로 오행인 목(木) · 화(火) · 토(土) · 금(金) · 수(水) 중 내게 부족하거나, 없는 것을 상대에게서 찾는 것으로 사실, 결혼의 출발점은 상대와 음양오행부터 꼼꼼히 따져보아야 한다.

끝으로 미국의 정치가 벤저민 프랭클린의 명언을 인용한다. '결혼 전에는 눈을 크게 뜨고, 결혼 후에는 눈을 반쯤 감아라.' 귀감이 되는 말이다.

생각과 행동

생각의 사전적 의미는 몇 가지가 있는데 첫째, '사물을 헤아리고 판단하는 작용'(예, 올바른 '생각'), 둘째, '어떤 사람이나 일 따위에 대한 기억'(예, 고향 '생각'이 난다), 마지막으로 '어떤 일을 하고 싶어 하거나 관심을 두거나 그런 일'(예, 우리 수영장 가려는데 너도 '생각'이 있으면 같이 가자) 등이다. 영어에서 '생각'을 의미하는 단어는 주로 thought, idea, concept인데, 우리가 자주 쓰는 마인드(mind)는 영어에서는 '정신'의 의미로 육체(body)의 반대어이고, heart는 '마음, 심장, 정(情)'의 의미이다. 행동(行動)의 사전적 의미도 몇 가지로 쓰이는데 첫째는 '몸을 움직여 동작을 하거나 어떤 일을 하는 것'이며, 둘째는 '내적, 외적 자극에 대한 생물체의 반응을 통틀어 이르는 말'이고, 마지막으로 '분명한 목적이나 동기를 가지고 생각과 선택, 결심을 거쳐 의식적으로 행하는 인간의 의지적인 언행(言行), 윤리적인 판단의 대상'이 되는 것이다. 영어에서는 주로 action과 behavior를 쓰는데 후자는 전자와 다르게 행동 주체의 의지나 의도를 고려하지 않은 '움직임 자체'만을 대상으로 삼는다.

생각의 한자어로 날 생(生), 깨달을 각(覺)으로 알고 있지만, 사실은 순수 우리말로 한자어는 단순히 취음(取音: 본디 한자어가 아닌 낱말에 음만

취하는 것)한 것이다. 생각이란 어떤 문제의 결론을 얻기 위해서 행하는 모든 관념(觀念: 어떤 일에 대하여 가지는 생각이나 견해)의 과정, 다른 뜻으로는 헤아리고, 판단하고 인식하는 것 등의 정신적 작용, 다른 말로 사유(思惟: 대상을 두루두루 생각하는 일), 사고(思考: 생각하고 궁리함)라고 하며, 생각하는 힘, 다시 말해 사고할 수 있는 능력을 사고력이라고 하며, 이 같은 힘은 일상의 크고 작은 문제나 대화를 주고받는 경우부터 시험이나 면접 같은 것까지 주어진 상황에 만족하는 결과나 해법을 얻기 위해 평생 동안 우리 모두에게 요구되는 것이다.

행동(行動)에는 '반사(反射) · 주성(走性: 생물이 외부의 자극에 대한 방향성) · 본능(本能) · 의지동작(意志動作)' 등 여러 형태가 있다. 여기서 반사는 국부(局部: 전체 가운데 한 부분, 국소)적 자극으로 발달하여 생기는 반응이며, 자극과 반응과의 결합 관계가 직접적이고, 반응은 수동적으로 일어나는 것이다. 주성이란 곤충이 불을 향하여 달려드는 것과 같은 행동이고, 본능은 생득적(生得的: 타고난) 행동에 속하는 것이며, 의지동작은 동기가 의식되고 동기의 성립에 대해서는 자아의 선택, 결정적 작용이 첨가되는 것이다. 행동, 행위는 몸(身), 입(口), 생각(意)으로 이루어지는데, 이를 불가(佛家)에서는 삼업(三業: 몸, 입, 마음의 세 가지 욕심으로 인해 짓는 죄업)에서 업보[業報: 선악의 행업(行業)으로 말미암은 과보(果報)]라는 말이 나왔는데, 모든 '업(業)'의 근원은 바로 생각'이라는 것이다.

맥락(脈絡: 사물이 서로 이어져 있는 관계나 연관)은 조금 다르지만, 생각은 마음과, 행동은 말, 그리고 글과 서로 동일 연장 선상(線上)에 있다. 그런데 생각과 마음, 말과 글 그리고 행동을 움직이게 하는 주된 요인, 주체는 바로 나 '자신'인 것이다. 마음과 생각의 미묘(微妙)한 차이는 무엇인가? 예를 들어 '마음은 빵을 먹고 싶은데 생각은 몸에 좋지 않으니 먹지 말아야 한다.'라는 것이다. 마음은 본능적이라서 마음 가는 대로 에너지를 발생시키는 모체(母體)이고 교육받은 지식, 생각으로 통제 조절하려는 행위가 바로 사회적인 동물, 바로 우리 인간인 것이다. 생각대로 한다는 것은 자율의지에 따라 인간은 마음을 활용해 동물도, 인간도 될 수 있다. 바로 마음은 본능에서 통제가 잘 안 되는 것이고, 생각은 의지가 개입되는 것이다. 생각과 마음의 사자성어로는 성공을 위해서는 전심치지(專心治之: 오직 한 마음을 가지고 한길로만 나아감) 해야 하고 대인관계에서는 망자존대(妄自尊大: 앞뒤 아무런 생각 없이 함부로 잘난 체함)하지 말고, 때론 경균도름(傾困倒廩: 마음에 품은 생각을 숨김없이 드러내어 말함)하는 솔직담백(率直淡白: 거짓이나 숨김없이 바르고 곧으며 욕심이 없고 깨끗함)함이 필요하다.

그렇다면 말과 글 그리고 행동은 어떠한가? 마음과 생각이 글이나 말로 표현되고 행동으로 나타나는 것이다. 언어(말과 글)로 많은 것들을 표현할 수는 있지만, 실제로 무엇인가를 보여주고 나타내는 것은 행동이다. 한마디로 '백 마디의 말이나 글보다는 의미 있는 한 가지 행동이 훨씬 중요하다.'라는 것을 결코 간과(看過: 대충 보아 넘김)해서는 안 되는 것이다. 또한, 말과 글 그리고 행동이 일치해야 하는 것은 우리 인간 생활에서 처세의 으뜸 중 하나라는 것은 두말할 나위가 없는 것이다. 그래서 그렇지 못할 경우 고사성어에 언행불일치(言行不一致), 언행불부(言行不符)라 하고, 또한 생각과 마음 그리고 말과 행동이 다른 경우 사자성어로 자가당착(自家撞着: 말과 행동이 앞뒤가 서로 맞지 않고 모순됨), 표리부동(表裏不同: 겉에 보이는 언행과 속에 가진 생각이 다름), 구시심비(口是心非: 말로는 옳다고 하고 마음속으로는 그르게 여김), 양봉음위(陽奉陰違: 겉으로는 복종하는 체하면서 마음속으로는 배반함) 등이 있다. 특히 인간이 세상을 살아가는 데에는 상대를 평가할 때 말로 측정하게 되는데, '고운 말을 하는 사람은 얼굴빛이 결코 사납지 않으며, 바른말을 하는 사람은 결코 눈빛이 어지럽지 않으며, 올바른 말을 하는 사람은 결코 일상이 흐트러지지 않는 법이다.'

생각과 행동은 대조적 의미가 있는데, 생각이 다분히 비현실적이라면 행동은 현실적이며, 생각은 두 눈을 감고 아무것도 안 보일 때도 할 수 있지만, 행동은 두 눈을 똑바로 뜨고 해야 하는 것으로, 한마디로 생각은 육감(六感: 영감, 예감)에 의해서, 행동은 오감(伍感)으로 하는 것이다. 인간의 모든 생활, 활동은 생각에서부터 시작이 된다. 생각의 근원은 무엇인가? 자신이 보고 경험한 것을 생각하게 되는 것이다. 일상생활 중 주변에서 보고 들은 환경적 요소에서, 독서를 통해서, TV 시청을 통해서, 요즘 같으면 인터넷이나 유튜브를 통해서, 하다 못하면 꿈속에서 보거나 경험한 것을 생각하게 되는 것이다. 그러면 이들 중 가장 중요한 생각에 미치는 영향이 큰 것은 무엇인가? 물론 일상의 환경적 영향도 중요하지만, 개인적 차원에서 으뜸은 '독서'이다. 그렇다면 독서의 중요성은 무엇인가? 첫째는 인성이 발달하며, 시야가 넓어지고, 사고력이 길러지며, 둘째는 공부하는 학생에게는 성적향상에 직·간접적 영향을 미치며, 마지막으로는 마음의 위안과 때론 고민을 해결시켜주기도 한다. 프랑스의 철학자 데카르트의 '좋은 책을 읽는 것은 몇 세기의 훌륭한 사람들과 이야기를 나누는 것과 같다.'라는 말에서 독서의 중요성을 깨닫게 되는 것이다. 여기서 말하는 좋은 책이란 바로 양서(良書: 내용이 교훈적이거나 건전하고 유익한 책)를 말하는 것이다. 역으로 말하자면 불량도서(不良圖書: 색정적이거나 부도덕한 내용, 폭력적인 내용), 비현실적 판타지 소설 같은 경우는 인간의 생각과 정신세계를 피폐(疲弊)하게 할 뿐만 아니라, 말과 행동에도 직접적인 영향을 미치게 되어 거칠고, 보통사람들이 이해할 수 없을 정도로 기괴(奇怪)하게 된다. 심지어는 하얀색의 벽만 보아도 낙서하고 싶은 충동심이 들기도 하고, 실제로 그렇게 하는 경우도 있다. 그러므로 부모들이 자녀 교육에 있어 자녀들이 무슨 내용의 책을 보는지? 컴퓨터의 동영상이 무슨 내용인지? 보고 있는 잡지 등이 무슨 종류인지? 그리고 내 자식이 어떤 부류와 교우관계를 맺고 있는지? 항상 관심과 주의를 기울여야 한다. 특히 맞벌이 부부들의 자녀에 관한 관심은 외벌이 부부보다 몇 배의 관심과 철저한 관리가 필요하다 하겠다. 왜냐하면, 오늘날 우리의 자녀들은 주변에 너무나 많은 유해 환경에 처해 있기 때문이다.

끝으로 영어표현에 '건전한 정신에 건전한 육체(Sound mind, sound body)'라는 말이 있다. 우리의 자녀들이 건강하고 건전한 정신으로 살아가는 것, 이 또한 건강한 육체 못지않게 중요하다. 그런데 이 모든 것은 어찌 보면 부모의 세심한 관심, 관찰 그리고 지도, 교육이 절대적으로 필요하다. 왜냐하면, 커나가는 아이들, 우리의 자녀들은 개인적 면에서는 부모의 최후의 보루(堡壘: 적의 침입을 막기 위해 튼튼하게 쌓은 구축물, 지켜야 할 대상을 비유적으로 표현)이며, 국가적인 면에서는 미래 우리나라의 동량지재(棟梁之材: 기둥이 될 만한 인재)들이기 때문이다. 자나 깨나 자식 조심, 자고 있는 자식 다시 보자!

9

습관(習慣)과 운명(運命)

습관과 운명의 사전적 의미는, 습관이란 '어떤 행동을 오랫동안 되풀이 하는 과정에서 저절로 익혀지는 생활 방식' '학습된 행위가 되풀이되어 발 생하는 비교적 고정된 반응양식' '오랫동안 되풀이되어 몸에 익은 채로 굳 어진 개인적 행동' '학습에 의하여 후천적으로 획득되어 되풀이함에 따라 고정화된 반응양식'인데, 관습(慣習)은 '어떤 한 사회에서 오랫동안 지켜 내려와 구성원들이 인정하는 질서나 풍습'을 말하는 것으로, 습관은 개인 적, 관습은 사회적 의미이다. 우리나라 속담에 '세 살 버릇 여든까지 간다' 에서의 버릇은 습관의 순수 우리말이다. 프랑스의 사상가 장 자크 루소는 '사람은 진화하는 동물이며 습관의 집합체'라고 말했다. 한마디로 '습관' 이란 인간을 정의하기 위한 '정체성'이다.

운명이란 '인간을 포함한 모든 것을 지배하는 초인간적인 힘, 또는 그것 에 의하여 이미 정해져 있는 목숨이나 처지' '앞으로의 생사(生死)나 존망 (存亡)에 관한 처지'이다. 그렇다면 운명과 숙명(宿命: 타고난 운명, 피할 수 없는 운명)의 차이는 무엇인가? 운명이 '무엇인가를 만나고 관계를 맺 고 이루고 하는 것'이라면 숙명은 '누군가를 지키거나 무엇인가를 꼭 해야 하는 것'이다. 운명이 부부간의 만남이라면, 부모 자식의 만남은 숙명이다.

한마디로 운명은 내 선택에 따라 달라질 수 있지만, 숙명은 내 선택과 상관없이 다가오는 것이다.

프랑스의 수학자이자 철학자 파스칼이 쓴 팡세(pensees: '생각'이라는 의미)에서 말한 '습관은 제2의 천성'으로 버릇, 습관이 성격, 가치관이 되어 운명, 길흉화복(吉凶禍福)을 결정짓게 되는 것으로, 한 개인에게는 그 무엇보다도 중요한 것이다. 그러므로 건전한 사고방식과 생각, 올바르고 도(道)를 넘지 않는 말 한마디와 행동은 평소 신중하고 또 신중해야 하며, 혹여 지나간 뒤에라도 '실수나 잘못이 있다면 반성하고, 고쳐나가고, 반복하지 않겠다는 다짐'이 필요하다. 좀 더 구체적으로 살펴보면 기본적으로 한 인간의 마음과 생각이 말과 행동으로, 그리고 습관이 되고, 성격이 되어 운명이 되는 것이다. '천성은 비슷하지만, 습관은 성장할수록 달라진다.' 논어(論語)에 나오는 말이다. 평소 매사를 부정하고, 냉소하고, 비관하기를 습관화하게 되면 자기 삶은 우울하고, 인상은 어둡고, 스트레스와 불안 속에 사는 운명이 되고, 매사를 긍정적으로 보고 타인에게 관대하고 배려하는 마음으로 살게 되면 자기 삶은 자신감이 넘쳐나 영감과 아이디어가 떠오르는 '활기찬 운명'이 되는 것이다. 한 인간의 마음과 생각이 군자(君子)도, 소인배(小人輩)도 되게 하는 것이다. '군자는 마음이 평탄하고 너그러우며, 소인의 마음은 항상 근심에 차 있다.' 공자님의 말씀이다. 사자성어에 습속이성(習俗移性)이란 '습관과 풍속이 끝내 그 사람의 성질을 바꾸어 놓는다.'라는 말이며, '습여성성(習與性成)하게 된다.'라는 말은 '습관이 오래 되면 마침내 천성이 된다.'라는 말이다.

일본 에도시대 명리학의 대가이자 관상학의 아버지라 불리는 미즈노 남보쿠는 개운법(開運法)으로 '매일 매일의 생각과 행동이 내 운명을 결정한다. 만물을 소중하게 대하지 않고 하찮게 대하면 자신 또한 만물로부터 같은 취급을 받게 된다. 사람들은 복(福)을 갖고 태어난다고 믿지만 스스로 쌓은 덕이 복이 되어 돌아오는 것이다. 자기 운명은 매일 자신이 행동하는 바에 따라 그대로 나타난다.'라고 했다. 그렇다. 운명은 고정되어 있지 않고 살아 움직여 변하는 것이다. '운명의 길흉(吉凶)은 자기 정성에 따라 변하는 것이다. 어떻게 마음먹고 어떻게 행동하느냐에 따라 관상과 운명이 달라지는 것이다. 그러므로 운명을 묻기보다는 어떻게 살아가야 하는가를 물어야 하는 것이다.' 미국의 심리학자이자 철학자로 '의식의 흐름 (stream of consciousness: 의식과 무의식의 연상작용)'이라는 용어를 처음 쓴 윌리엄 제임스는 '같은 생각을 여러 번 반복하면 습관으로 굳어 버린다. 성격도 생각하는 방향으로 바뀐다. 그러니 생각을 원하는 방향으로 바꾸고 그 상태를 유지해 새로운 습관을 들여라.'라고 말했다.

'생각은 말이 되고, 말은 행동이 되며, 행동은 습관이 된다. 습관은 성격, 인격이 되고, 성격, 인격은 바로 운명이 된다.' 영국의 철의 여인이었던 대처 총리의 말이다. 운명이라는 것은 선천적이면서도 후천적 요인이 있어 딱히 뭐라 꼬집어서 말하기는 어렵다. 그러나 운명은 내 자신이 어떤 힘을 작용하느냐가 곧 나를 변화시킨다는 것이다. 한마디로 '나의 운명도 내가 어떻게 하느냐?'에 달려있다. '운명이 곧 나 하기에 달려있다'라는 것이다. 토끼와 거북이의 우화(寓話)에서 그 예를 보자. 토끼가 한 번의 낮잠에서 비롯된 치욕(恥辱: 수치와 모욕)을 거울삼아 절치부심(切齒腐心: 몹시 분하여 이를 갈며 속을 썩임)하고 최선을 다한다면 달리기 경주에서 거북이는 토끼를 어떤 경우라도 이길 수가 없을 것이며, 토끼의 낮잠이 습관이라면 그 반대로 토끼는 아무리 빠르다 해도 거북이를 결코 이길 수 없을 것이다.

부처님은 '현재의 마음(心)'에 살라고 가르침을 주셨다. '과거는 이미 지나간 일로 과거의 회한(悔恨: 뉘우치고 한탄함)이나 후회에 살지 말고, 미래는 아직 도래(到來)하지 않았으므로 미래에 대한 걱정과 근심을 미리가지지 말라'라고 말씀하셨다. '전생을 보려면 현재의 모습을 보아야 하듯 미래를 보려면 현재의 자기 모습을 보면 된다.'라는 것이다. 현재 우리가 무엇이든 간에 그것은 우리 과거의 생각과 행동의 결과이며, 미래의 우리가 무엇이든 간에 그것은 현재 우리의 생각과 행동의 결과인 것이다. 과거의 행동이 현재 상태를 결정하고, 현재의 생각과 행동이 미래를 결정하는 것이다. 그리고 오늘의 올바른 생각과 행동이 일상에서 반복되다 보면습관이 되는 것이다. 좋은 습관은 계속 이어 나가야 하지만 잘못된 습관, 나쁜 습관은 바꾸어 나가야 한다. 왜냐하면, '좋은 습관은 좋은 운명을 맞이하지만, 나쁜 습관은 나쁜 운명을 맞이하게 되기 때문이다.' 미래지향적사람이라면 오늘, 지금 하는 생각, 말, 행동, 그리고 습관 하나하나를 결코가볍게 여겨서는 안 되는 것이다. 그런데 자신을 바라보게 하는 것, 자아성찰(自我省察)은 무엇이 있는가? 바로 명상이다. 멈추어 되돌아보고, 옳고 그름을 따져보면서 자신을 알아가는 것이다. 나를 알면 모든 것을 알고, 그리고 나뿐만 아니라, 주변, 세상 모든 것을 알고, 바꿀 수 있다.

끝으로 이전 글 '생각과 행동', 이번 글, 그리고 다음 글 '성공과 실패'는베를 짜게 되는 씨(가로)줄과 날(세로)줄로 '서로 엉켜있고 조밀하게 짜여있으며(be intertwined and tightly knit), 인과(因果)관계를 이룬다.' 셰익스피어는 '인간은 습관들이기 나름이다.'라는 평범하지만, 진리가 담겨 있는 말을 했고, 영국의 철학자 데이비드 흄은 '습관은 인간 생활의 위대한안내자'라고 했으며, 프랑스 나폴레옹은 '행동의 씨앗을 뿌리면 습관의 열매가 열린다.'라고 말했다. 이전 글 '생각과 행동'에서 말한 것처럼 부모의 자녀들에 대한 세심한 관찰과 관심이 한 인간의 생각과 행동에 올바름을 기대할 수 있듯, 부모 자신들이 좋은 습관을 보여야 자녀들이 보고, 배울 뿐만 아니라, 자녀들의 운명도 밝은 미래를 기약(期約)할 수 있게 되는 것이다. 환경이 행동을 결정하는 법이다. 그래서 자녀들에게는 가정환경이 중요하다. 특히 어머니의 습관과 내가 아는 세상이 전부인 것처럼 내 방식만을 강요하는 말들을 쏟아붓지 않도록 항상 경계심을 늦추지 않는, 제대로 된 이론(理論)을 갖추어 자녀들을 지도하고 교육해야, 자녀들이 반듯하게 자라 개인적으로는 이루고자 하는 분야에서 성공한 사람으로, 국가적 차원에서는 맡은바 분야에서 우리 사회를 이끌어 가는 중추적인 인물이 될 것이다. 한마디로 우리 사회의 뿌리와 물줄기의 시작은, 바로 가정환경, 가정교육에서부터 나오게 되는 것이다. 결코 부모 노릇 쉽게 생각해서는 안 된다. '자식을 낳아 놨으니 저 알아서 잘 크겠지!'라는 안이(安易)한 생각은 절대 금물이다. 특히 아들자식은 딸자식보다 몇 배의 세심한 주의를 기울여야 한다. 가끔은 책가방, 책상 서랍도 살펴보아야 하고, 동선(動線)파악과 심야에는 밖에 나가고 없는지도 확인해야 한다. 또한, 자녀만 두고 며칠씩 부부가 집을 비우는 일이 없어야 한다. 기간은 적어도 고등학교 때까지이며, 특히 중3~고1 기간이 고비로 가장 예의주시(銳意注視)할 시기이다. '올곧게 내 자녀가 성장하기 위해 부모들이 유념(留念)해야 할 필수(必須) 사항(事項)들'이다.

10

성공(成功)과 실패(失敗)

[*이 글은 전전 글 '생각과 행동', 이전 글 '습관과 운명', 마지막으로 이번 글 '성공과 실패'로 이어지는, 한 사람의 '생각'이 '말과 행동'이 되고 '습관과 운명'이 되어 '성공과 실패'로 나뉘게 된다는 취지(趣旨)의 글이다.]

성공과 실패의 사전적 의미는 무엇인가? 성공이란 '목적한 바를 이루거나 사회적인 지위를 얻는 것'으로 '스스로 목표한 일을 성취함, 특히 사람들이 열망하는 목표를 이뤄낸 상태'이며, 실패란 '어떠한 일을 이루지 못한 것' '어떤 행위의 결과가 바람직하지 않거나 기대하지 않은 것이 되는 것'이다. 오래전부터 내려온 나름대로 진리가 담겨 있으며, 우리에게 가르침을 주는 성공과 실패에 대한 사자성어들을 살펴보자. 승패병가상사(勝敗兵家常事)는 '이기고 지는 것은 병(兵: 군사 병)가에서 항상 있는 일'로 '모든 일에는 성공과 실패가 있다.'라는 말이며, 장수선무(長袖善舞)는 '소매가 길면 춤을 잘 출 수 있다'로 '무슨 일이든지 조건이 좋은 사람이 성공하기 쉽다.'라는 말이다. 선패유기(善敗由己)는 '성공과 실패는 자신에게 달려있다.'라는 말이며, 인패위성(因敗爲成)은 '실패를 계기로 성공한다.'

라는 말이다. 초부득삼(初不得三)은 '처음에는 실패해도 세 번째는 성공한다'로 '꾸준히 하면 성공한다.'라는 말이며, 파별천리(破鼈千里)는 '절름거리는 자라가 천 리를 간다'로 '어리석은[명석(明晳)하지 않은] 사람도 꾸준히 노력하면 성공한다.'라는 말이다.

　성공한 사람과 실패한 사람의 태도(자세)는 어떠한가? 성공을 위해서는 자신이 하는 일이 제대로 진행되고 있는지 끊임없이 생각하고 검증해 나가며 어떻게 하면 자기 목표를 달성할 수 있는지 끊임없이 시도하고 고민한다. 그 결과 중도에 어려움에 봉착(逢着: 어떤 처지나 상황에 부닥침)하더라도, 헤쳐 나가며 자신이 하고자 하는 목표를 달성하게 된다. 그러나 실패자들은 자기 목표에 대한 난관(難關: 일을 해 나가기 어려운 고비)만 바라보고 예상되는 어려움, 부정적인 측면이 너무 많다는 생각에 제대로 시도도 해보기 전에 포기하거나, 아니면 일을 하면서도 의도적으로 열심히 하는 척만 하지, 일의 내용 면에서는 성의 없이 하다 보니 결국은 실패하게 되는 것이다. 그리고는 실패하게 되면 '나는 할 만큼 했다!'라고 하거나 '여건이 안 좋았다!' 등 자기 합리화나 변명만을 늘어놓는다. 결국 성공과 실패는 자신이 목표로 하는 일에 대한 태도, 자세이다. 중간에 난관에 봉착했을 때에도 자기 에너지를 집중해 최선을 다하는 사람은 문제들을 해결하고 성공할 것이며, 그 난관이 귀찮고 대충 넘어가려 하는 사람은 해결보다는 핑곗거리를 만들기에만 여념이 없을 것이며, 결국은 일에 열성과 정성이 없으니 실패하고 마는 것이다.

　단적으로 말하면 '성공과 실패는 습관'이다. 한 번의 성공이 하는 일마다 성공하는 습관이 될 수도 있고, 한 번의 실패가 습관적으로 실패가 되기도 하는 것이다. 그래서 어떤 사람은 하는 일마다 성공하고, 또는 하는 일마다 실패하는 사람이 있는 것이다. 또한, 성공과 실패의 원인도 동일한 요소에 대한 서로 다른 태도, 자세에 있다. 목표설정에 대한 자세, 시간 관리와 활용에 대한 자세, 책임 소재에 대한 자세, 인간관계에 대한 자세, 행동에 대한 자세에서 극명(克明: 매우 분명함)하게 엇갈리게 되는 것이다. 그렇다면 성공한 사람들의 남다른 특징은 무엇인가? 긍정적인 사고방식, 꾸준함과 사전대비, 자기성찰, 창의적인 안목, 효율적인 시간 활용, 그리고 실현 가능한 목표설정과 강한 집념을 가진 사람이다. 또한, 아이디어를 떠올리고, 정보를 수집하여, 반드시 실행에 옮기는 실행력이 남다른 사람이다.

목표하는 일에 성공하기 위해서는 3 · 3 · 3력(力: 힘 력)이 필요하다. 첫째로, 표현력, 친화력, 협동력(심), 둘째로 인성, 실력과 능력, 학력과 학벌, 마지막으로 성실, 정직(청렴), 지혜로워야 한다. 여기서 각각 하나씩 중요한 3력(力)으로 줄인다면 표현력, 인성 그리고 지혜이다. 그렇다면 줄여진 3력(力)에 해당하는 공통적인 기본, 뿌리는 무엇인가? 바로 독서이다. 독서는 어려서부터 습관이 되어야 한다. 바로 부모에게 상당 부분 책임이 있는 것이다. 먼저 표현력이란 무엇인가? 말 잘하고 글 잘 쓰는 것이다. 무엇보다도 어휘력이 풍부해야 한다. 말과 글에서 적재적소의 용어를 선택해야 한다. 핵심(정곡)을 찌르는 말과 글, 논리정연한 말과 글, 설득력 있는 말과 글, 그리고 때로는 적절한 비유나 인용의 말과 글이어야 한다. 요즘은 스토리텔링(storytelling) 시대로, 사람들 앞에서 자기소개를 하는 경우에도 스토리화해서 말 할 수 있어야 한다. 이는 독서의 힘이 절대 필요하다. 다음 인성, 보통 하는 말로 '싸가지'는 어떠한가? 당연히 집안 내림, 가정교육, 그리고 학교교육에서 비롯되기도 하지만, 바로 독서의 힘에서 비롯된다. 무한경쟁 시대인 오늘날 인성은 '경쟁력'이다. 그리고 처세술이기도 하다. 독서를 통해 세상 살아가는 방법을 터득하고 실천해가는 것이다.

마지막으로 지혜는 어떠한가? 지혜(知慧)란 '사물의 이치를 빨리 깨닫고 사물을 정확하게 처리하는 정신적 능력'이다. 사회생활에서, 때론 줄잘 서고, 눈치 빠르게 일 처리나 상황 파악, 그리고 나름대로 선견지명(先見之明: 어떤 일이 일어나기 전에 미리 앞을 내다보고 아는 지혜)이 필요하다. 영어표현에 '남자는 지(智), 여자는 정(情) 그리고 저 깊은 바다에는 진주가'(Men are wise, women are affectionate, and pearls are deep in the sea.)는 '바닷속 깊은 곳에 있는 보석 진주처럼, 특히 남자는 지혜가 있어야 하고, 여자는 따뜻한 정이 있어야 한다.'라는 말이다. 그렇다면 지혜는 어디서 오는가? 먼저 그리스도인들은 성경 말씀 '내가 너희의 모든 대적이 능히 대항하거나 변박(辨駁: 옳고 그름을 가림)할 수 없는 구변(口辯: 말솜씨, 언변)과 지혜를 너희에게 주리라(누가복음 21; 15).'처럼 하나님을 믿고 의지하며 간절한 기도로 지혜를 얻고, 유대인들은 경전이자 생활 규범을 토라(모세 5경)와 탈무드에서 배우고 얻었다. 그렇다면 우리 보통 사람들은 어디에서 배우고 얻어야 할까? 젊은이들은 오늘날 빠른 속도를 즐기지만, 느린 철학을 이해해야 한다. 느린 철학을 배우는 보고(寶庫: 귀중한 물건을 두는 창고)는 책이다. 남녀노소를 불문하고 모두 배움에서 지혜를 얻는다. 그래야만 정체되지 않는 법이다. 가난을 벗어나는 방법, 무지와 착각에서 벗어나는 유일한 방법, 모두 배움이다. 배움은 '지식의 근육을 키우는 가장 확실하고 현명한 방법'이고, 책은 '지혜를 얻는 보물창고'이다.

어린 시절 부모님 슬하(膝下)에서 역경을 이겨내고 성공한 위인전을 시작으로 역사물, 고전이나 현대소설, 사상이나 철학 서적에 이르기까지 독서를 통해 지혜를 얻게 되는 것이다. 독서라고 해서 거창하고 어렵게 생각해서는 안 된다. 간단한 단행본(單行本)으로 엮인 수필도 좋고, 매일 일간신문 2~3개(중앙지, 지방지 포함) 정도에 있는 오피니언란의 사설과 칼럼만으로도 독서의 필요한 양을 충족할 수도 있다. 그런데 중요한 것은 독서는 매일 습관화해야 하는 것이다. 미루는 습관이 있는 사람들에게 철강왕앤드루 카네기의 명언을 인용한다. '내일은 없다고 생각하고 살아라. 오늘이 내일이다.' 행복문화연구소장 원빈 스님의 말씀대로 '습관을 바꾸면 우리의 뇌와 그리고 운명이 바뀌는 법'이다. 습관은 우리 삶의 변화를 끌어내는 가장 강력한 원동력(原動力)이 되는 것이다. 다시 한번 강조하지만독서의 습관은 어린 시절부터 부모님의 지도하에 규칙적으로 이루어져야하는 것이다. 그래야만 평생 습관이 될 수 있는 것이다. 노벨문학상을 수상한 소잉카에게 수상 계기를 어느 기자가 물었더니 '타이밍, 질(質), 운'이라고 답했다. 이는 '실력을 갖추고 시기에 맞고 운이 있어야 한다.'라는의미로 해석된다. 결국 성공은 마지막으로 운이 작용해야 한다는 것인데, 실력을 갖추고 있으면 반드시 언젠가는 시기(때)와 운은 찾아오게 되는것이 세상의 진리이자 이치이다.

중국 청말 중화민국 초(初) 계몽사상가이자 문학가 양계초는 성공과 실패를 '정신의 문제'로 보고 '의력(毅力: 꺾이지 않고 버티는 굳센 힘)'을 강조했다. '누구에게나 똑같은 상황의 역경 속에서, 무너지지 않고 버티면서꿋꿋하게 앞으로 나아가는 사람이 성공할 수 있다면, 의력이야말로 성공과 실패의 열쇠'라는 것이다. 그런데 미국의 발명가 토머스 에디슨의 '실패는 성공의 어머니(Failure is the mother of success.)', 25세에 요절(夭折)한 영국의 천재 시인 존 키츠의 '실패는 성공으로 가는 고속도로다', 미국의 자동차 왕 헨리 포드의 '실패는 사람에게 다시 시작할 기회를 제공한다. 더 현명하게 말이다'에서 실패를 통해 배우는 것이 인생에서 매우 중요하다. 실패를 통해 대처방법을 찾고, 성공방법을 깨우쳐 새롭게 도전하는 정신이야말로 이 세상 그 어느 것보다도 숭고(崇高)한 것이다. 그런데 또 하나 중요한 것은 모든 일에 '자신감'이다. 미국의 철학자이자 시인인 에머슨은 '자신감은 성공의 제1 비결이다.'라고 말했다.

인생의 영광은 실패하지 않는 것이 아니라 실패할 때마다 일어서는 오뚝이 정신이다. 실패를 있는 그대로 받아들이고 인정하는 자세야말로 어두운 과거로부터 해방되고 밝은 미래를 준비할 수 있는 것이다. 실패는 곧 호사(好事: 좋은 일)이며, 성공의 가능성을 재확인시켜주는 기회로 여겨야 하는 것이다. 성공할 때까지 해 나간다면 실패는 내 사전에는 없는 용어가 될 것이다. 세계적 명성을 날린 월트 디즈니, 아인슈타인, 에디슨, 반 고흐, 스티븐 킹, 그리고 스필버그 등 실패에 연연하지 않고 자기 분야에서 성공을 거둔 사람들에게서, 우리는 귀감(龜鑑: 거울로 삼아 본받을 만한 모범)으로 삼아야 하겠다.

끝으로 한 인간의 오복(伍福)(?)을 좀 다른 시각으로 조명(照明)해 본다면, 첫째는 부모 복, 둘째는 형제 복, 셋째는 배우자 복, 넷째는 자식 복, 마지막은 인복, 인덕이다. 사람은 기본적으로 부모 복을 타고 나야 하고, 비즈니스에서 성공하려면 인복, 인덕이 있어야 하며, 노년, 말년이 평안(平安)하고 행복하려면 배우자 복과 자식 복이 있어야 하는데, 둘 중 하나를 선택하라 하면 단연코, 자식 복이다. 그렇다면 자식의 효도(孝道)란 무엇인가? 결코 복잡하고 어려운 것이 아니다. 단적으로 말해서 부모님 앞에서 '본인 건강하고, 자신을 위해 노력하는 것'이다. 한마디로 '자신 잘 되는 것이 곧 효도이다.' 그런데 그 거대한 물줄기의 시작은 바로 가정환경과 부모의 교육에서 비롯되는 것이다. 올바르고 건전한 사고(생각)방식, 품행이 방정(方正: 반듯하고 바름)하고 어디를 가든지 용모단정(容貌端正)하며, 규칙적이고 올바른 생활 습관과 분별(分別: 종류나 부류에 따라 구별하여 가름) 있는 대인관계, 강인한 의지력과 정신력, 옳고 그름에 대한 사리(事理) 분별력, 책임감과 사명감 그리고 친절과 배려심 등을 가르치고 훈육(訓育: 품성이나 도덕 따위를 가르쳐 기름)하는 것은 바로, 부모가 가장 우선해야 할 역할이자 책임이다. 엄친(嚴親: 엄한 어버이)과 제대로 된 교육과 훈육을 시킨 부모 밑에서 효자 나오는 법이며, 그리고 거시적(巨視的: 넓은 안목으로 바라본)으로는 '애국(愛國)의 길'이기도 하다. 왜냐하면, 내 자녀들이 자라고 성장해서 미래의 우리나라를 이끌어 나가는 중추적인 역할을 해야 하기 때문이다. 최근에 초등학생이 담임(擔任)의 뺨을 때린 사건으로 사회문제가 된 것을 보며, 그것이 '부모책임은 아니다'라고 말할 사람은 아무도 없을 것이다. 부모님들이 통감(痛感: 마음에 사무치게 느낌)해 주시기를 간절히 소망한다.

11

운(運)과 노력(努力) 그리고 인내(忍耐)

　운과 노력, 그리고 인내의 사전적 의미는 무엇인가? 운이란 '어떤 일이 잘 이루어지는 운수로 천운(天運)과 기수(氣數)'를 말하며, 노력이란 '목적을 이루기 위하여 몸과 마음을 다하여 애를 쓰는 것'을 말하고, 인내란 '괴로움을 참고 견디다'라는 의미인데, 인내야말로 '시대를 불문하고 인간에게 필수적으로 필요한 소양' 중 하나로, 어떤 일에 성공을 위해서는 노력은 운이 따라야 하고 노력은 인내가 따라야 하는 것으로, 이 글에서는 서로 상관(相關: 서로 관련이 있음)되는 운과 노력, 그리고 노력과 인내는 짝이 되어, 각각 하나로 보는 두 가지의 관점이다. 그런데 노력에는 목표와 적극성이, 인내에는 끈기와 집념이 수반(隨伴: 붙좇아서 따름)되어야 한다.

　운이란 자연의 흐름에 따른 인간의 반응으로, 운이 좋다는 것은 자연의 흐름과 한 인간의 조직의 흐름이 맞아떨어져 원하는 바를 이룩하게 되는 것이다. 결국 성공이라는 것은 자연 흐름의 작용인 운 없이는 이룩되지 않는 것이다. 그런데 성공은 스스로 행위가 동반되어야 하기 때문에, 또한 노력 없이는 불가능한 것이다. 한마디로 성공을 위해 스스로 자연스럽게 보람을 느낄 수 있고 적성에도 맞아 능력발휘를 할 수 있는 것을 찾아 각고(刻苦: 어려움을 견디며 몸과 마음을 다함)의 노력을 쏟고 기다리면 운은 찾아오는 것이다. 어찌 보면 자기답게 살 때 행운도 되고 자기답지 않게 살 때 힘들고 불운이 닥치는 법이다. 운이 중요하지만 꾸준한 노력이 없으면 성공도, 그에 대한 유지(維持: 변함없이 지탱함)도 불가능한 것이다. 행운은 기회와 같아서 누구에게나 주어지는 것인데 그것을 붙잡느냐, 놓치느냐이며, 기회보다 행운은 더 적게 오지만, 반드시 누구에게나 오는 법이다. 그런데 미국의 야구선수이자 브루클린 다저스 단장이었던 브랜치 리키는 '운은 계획에서 비롯된다.'라고 말했고, 고대 로마 시대 정치가이자 저술가 키케로는 '용기 있는 자로 살아라. 운이 따라주지 않으면 용기 있는 가슴으로 살아라.'라고 말하기도 했다.

사람들이 성공하게 될 때는 운이 상당한 작용을 하게 되는데, 운이라는 것은 성공에 이르기 위해서는 근면한 노력을 수년 동안 해온 결과의 최종적인 요인이 되는 것이다. 운이라는 것은 사람들로 하여금 어떤 사물들을 발명하고 발견하게 하고, 사람들을 유명하게도 하며, 일자리를 얻거나 시험 합격 여부도 결정적 요인이 된다. '나는 운을 신봉하는 사람이다. 그리고 더 열심히 일하면 할수록 더 많은 운을 갖게 된다는 것을 잘 알고 있다.' 미국의 제3대 대통령 토머스 제퍼슨의 말이며, '사람들은 평소보다 더 현명하게 행동했을 때 그것을 행운이라 부른다.' 미국의 대표적 여성 작가 앤 타일러의 말이다.

모험가 크리스토퍼 콜럼버스는 전 세계 여행을 위해 수년 동안 준비를 했다. 많은 사람들이 그가 미쳤다고 생각했지만, 콜럼버스는 스페인의 여왕 이사벨에게 끝없는 항해의 도움을 청한 노력에 대한 대가를 받게 되었다. 그는 인도 여행을 목표로 두었지만 운 때문에 아메리카대륙을 발견하게 된 것이다. 운이라는 것은 사람을 유명하게도 만든다. 수많은 배우들은 오랜 시간 연기연습이나 수업을 받기도 하고 단역으로 저임금을 받으며, 때로는 생계를 위해 파트타임 일도 하지만, 어느 날 운 좋은 배우는 영화의 일정한 배역을 맡아 유명세를 치르기도 한다. 또는 적절한 시점과 장소에서 유명 감독을 만나게 되는데 수년 동안 열심히 노력해 왔기 때문에 성공할 수 있을지 모르지만 마침내 운이 작용했기 때문이다. 일자리(직업)를 구하는 것도 마찬가지이다. 어떤 사람은 수많은 시간을 들여 이력서를 수없이 많이 쓰고, 수많은 구인광고를 찾고, 수없이 많은 면접을 보다가 적절한 시기와 장소에서 자기 기회, 운을 만나게 되는 것이다. 사자성어에 초부득삼(初不得三)이라는 말은 '첫 번째는 얻지 못해도 세 번째라는 뜻'으로 '노력하면 성공한다.'라는 의미이다. '노력은 수단이 아니라 그 자체가 목적이다. 노력하는 것 자체에 보람을 느낀다면 누구든지 인생의 마지막 시점에서 미소를 지을 수 있을 것이다.' 러시아를 대표하는 작가이자 사상가 톨스토이의 말이다.

　노력 없이 성공한다는 것은 분명 어렵다. 그러나 근면하고 꾸준한 노력도 운의 도움이 필요한 것이다. 그러므로 운과 노력은 손에 손을 맞잡아야 하는 것이다. 그런데 노력에는 먼저 목표가 분명해야 한다. 왜냐하면, 희망이 있는 자에게는 신념이 있고, 신념이 있는 자에게는 목표가 있고, 목표가 있는 자에게는 계획이 있고, 계획이 있는 자에게는 실천이 있고, 실천이 있는 자에게는 성공이 있고, 성공이 있는 자에게는 행복이 있기 때문이다. '행복은 성취의 기쁨과 창조적 노력이 주는 쾌감 속에 있다.' 미국의 대통령 루스벨트의 말이다. 특히 목표는 계획이 있어야 하며 계획 없는 목표는 한낱 꿈에 불과하다. 그래서 비록 사소한 것이라도 평소 끝마치는 습관을 통해 계획한 일을 끝까지 해 내겠다는 다짐과 믿음을 키워 나가는 것이 중요하다.

노력에는 적극성도 필요하다. 한 예를 들어보자. 과거 여성 3인조 보컬 그룹 리드보컬이었던 모(某) 양의 경우이다. 가수가 되고자 청운의 꿈을 품고 기회를 보던 중, 생각 끝에 우리나라 최고 연예기획사 회장이 잘 다니는 찻집을 알아내 그곳에서 아르바이트를 하면서 얼굴을 익히고는 얼마 있다가 쪽지('회장님, 제가 노래도 잘하고 춤도 잘 추어요. 오디션 한번 봐 주세요.')를 건네주게 된다. 이 계기로 오디션을 보게 되어 3인조 여성 보컬 그룹이 탄생하였는데 가창력과 외모도 출중(出衆)하여 유명세를 치르고 나중에는 연기도 하게 되어 탄탄한 연예계 생활을 한, 지금도 이름만 대면 알 수 있는 연예인의 이야기이다.

세상에 작은 성공을 이루기 위해서는 노력과 인내가 필요하다. 성실한 노력을 통해서 기초를 쌓아 올리고 인내하며 경험을 쌓고 그 과정에서 진리를 깨우친다면 더 큰 성공을 이룰 수 있는 것이다. '지혜 깊은 가르침으로써 얻어진 인내와 노력만이 풍요로운 삶을 가져다줄 것이다.' 러시아의 대문호 도스토옙스키의 말이다. 세상은 우리에게 성공을 보장해 주지는 않지만 노력한 만큼의 성장을 우리에게 약속하는 법이다. 또한, 세상이 주는 시련과 실패는 우리를 부유하게는 만들지 못하지만 인내와 지혜를 선물하는 법이다.

노력에는 목표와 적극성이 따라야 하듯 인내에는 끈기(쉽게 단념하지 않고 끈질기게 견디어 나가는 기운)와 집념(執念: 한 가지 일에 매달려 마음을 쏟음)이 따라야 한다. 특히 집념이 없으면 결코 성공은 이룩할 수 없는 것이다. '끈기는 최고의 기질이며 인내는 고결한 마음의 열정이다.' 미국의 비평가이자 교육자인 제임스 러셀 로웰의 말이며, 사자성어 마부위침(磨斧爲針)은 '도끼를 갈아 바늘을 만든다.'라는 의미로 '아무리 어려운 일이라도 해내고야 말겠다는 집념과 끈기를 갖고 계속하게 되면 언젠가는 반드시 성공한다.'라는 비유의 말이다.

노력과 인내의 대표적인 사례를 보자. 19세기 미국의 문필가이자 사회사업가였던 헬렌 켈러 여사는 태어난 지 19개월 만에 심한 병을 앓고 청각과 시각을 잃은 신체적 결함이 있었지만 그녀의 스승이자 친구인 앤 설리번의 도움과 가르침으로 수화와 언어, 그리고 말로 표현할 수 있는 음성 언어까지도 가능하게 되었는데, 이것들이 가능하게 되었던 이유는 앤 설리번은 헬렌 켈러가 알 수 있을 때까지 인내를 갖고 기다려 주고 계속 반복했으며, 헬렌 켈러도 역시 그것들이 가능할 때까지 포기하거나 좌절하지 않고 될 때까지 노력했던 것이다. '신은 우리가 성공할 것을 요구하지 않는다. 단지 우리가 노력할 것을 요구할 뿐이다.' 테레사 수녀님의 말씀이다.

사자성어의 운칠기삼(運七技三)이란 운이 70%, 기술, 노력이 30%라는 것이며, 막비명야(莫非命也: 모든 것이 운에 달려있음)도 인생을 지배하는 것이 대부분 운이 좋아서 된 것이라고 말하는 것인데, 노력을 바탕으로 실력이 받쳐주지 않는다면 당연히 성공은 다가오지도 않을뿐더러, 이룩한 성공도 유지(維持: 변함없이 계속 지탱함)가 불가능한 것이다. 미국의 '월스트리트의 살아있는 전설' 존 템플턴은 '성공을 위해 성실한 노력과 불굴의 인내가 필요하다는 사실을 인식하게 되면, 우리가 이룩한 업적을 제대로 볼 수 있고, 우리가 얻은 열매를 더욱 감사히 여길 수 있을 것이다.'라고 말했다.

한 사람이 세상을 살아가는 데는 무한한 인내와 노력, 끊임없는 도전, 그리고 선택이 요구된다. 그런데 인내와 끝없는 노력에도 불구하고 성공하지 못하는 경우도 많다. 그럴 때는 '내가 운이 없었나?'라고 대부분 말할지 모르겠으나, 먼저 '내 노력과 인내가 부족하지 않았나?'라고 반문(反問)하는 것이 먼저이다. 그렇게 되면 실패에 대한 나의 '경험'을 얻게 되어 자신에 대한 '믿음'과 '자신감'으로 다음에 해야 할 일을 보다 더 주도면밀하게 계획하고 더 많은 노력과 인내심으로 밀고 나아간다면 저절로 운은 따라오게 되는 것이다. 또한, 근면, 성실함과 노력으로 이룰 수 없는 일은 없다. 힘이 아니라 집념이 위대한 일을 성취하게 하며, 끈기와 열정으로 실행하면 기적은 도처에서 일어나게 된다. 끝으로 인생의 성공을 위해 지녀야 할 지혜로운 나만의 '신념(信念: 굳게 믿음)'과 다짐 하나를 추천한다. "나에게 '실패'라는 단어는 없다. 왜냐하면, 나는 성공할 때까지 '노력과 인내'로 끝까지 해낼 것이며, 거기다가 '행운'의 여신(女神)은 내 편이기 때문이다." 가끔 소리 내어 외쳐 보아라. 우리나라 속담에 '말이 씨가 된다(늘 말하던 것이 사실대로 되었을 때 이르는 말)'라는 말이 있지 않은가?

12

성공을 위한 끼·꼴·깡·끈

성공(成功)이란 '목적한 바를 이룸, 뜻을 이룸'이며, 목적(目的)이란 '실현(實現: 꿈, 기대를 실제로 이룸)하려고 하는 일이나 나아가는 방향'을 의미한다.

성공의 유의어에는 '공성(功成), 득공(得功), 대성(大成)'이 있으며, 목적의 유의어에는 '고지(高地), 대상(對象), 뜻'이 있다. 그리고 반의어는 실패(失敗)이고 성공과 실패를 성패(成敗)라고 한다.

성공이란 '스스로 목표로 한 일을 성취하거나 수많은 사람이 열망하는 목표를 이뤄낸 상태'로 그 주체가 두 개인데, 하나는 사회적으로 높은 지위이고, 다른 하나는 부(富)를 쌓는 것으로, 예를 들어 국내외의 위대한 정치가나 기업가가 되는 것이다. 세계적으로 이름난 정치가나 사업가들은 저마다의 '성공비결'을 가지고 있으며, 한 개인의 '인생관리'를 얼마나 잘하느냐에 따라 성공이냐, 실패냐가 결정되고, 인생은 '성공'도 있고 '실패'도 있으며, '시행착오(試行錯誤)', 그리고 '흥망성쇠(興亡盛衰)'가 있는 법이다. 이 모두가 자연의 이치(理致)이자, 또한 섭리(攝理)이다.

성공에 관한 명언들은 수없이 많다. 상황에 맞는 명언들을 알아두면 힘들며 지치고, 때로는 포기하고 싶을 때, 다시 한번 동기부여(動機附與)가

되어 큰 힘이 되는 법이다.

'성공을 확신하는 것이 성공으로 가는 첫걸음이다.' 미국의 발명왕 토머스 에디슨의 말이고 '삶에 필요한 것은 자신감이다. 그렇다면 성공은 확실하다.' '톰 소여의 모험'을 쓴 미국 문학의 아버지 마크 트웨인의 말이며, '자신(自信)은 성공의 제1 비결이다.' 미국의 사상가 에머슨의 말로, 성공에 대한 '확신에 찬 자신감'의 중요성을 말한 것이다. '도중에 포기하지 말라. 망설이지 말라. 최후의 성공을 거둘 때까지 밀고 나가라.' 미국의 자동차의 왕 헨리 포드의 말로 성공을 위한 '목표에 대한 집념(執念)을 강조'한 것이고, 영어표현에도 '노력하고 앞으로 나아가야 한다. 당신의 꿈을 위해 계속 노력하고 절대 포기하지 마라(You need to strive and push forward. Keep going for your dreams and never give up.)'가 있다. '성공하는 데는 두 개의 길밖에는 없다. 하나는 자기 자신의 근면, 다른 하나는 다른 사람의 어리석음이다.' 프랑스의 모럴리스트 브리웨르의 말과 '성공은 수고의 대가(代價)라는 것을 기억하라.' 고대 그리스의 시인 소포클레스의 말은 '근면, 성실함'을 강조한 것이다.

'성공의 비결을 묻지 마라. 해야 할 일 하나하나에 전력(全力: 온 힘)을 다하라.' 미국의 실업가 워너 메이커의 말이고, '성공의 비결을 하나 소개하면 집중하는 것이다. 성공한 사람들은 중요한 것부터 먼저하고 한 번에 한 가지 일만 한다.' 미국의 경영학자 피터 드러커의 말이다. 속담에 '십 년 적공(積功: 많은 공을 들임)이면 한 가지 성공을 한다.'라는 말은 '무슨 일이든지 오랫동안 꾸준히 노력하면 마침내는 성공을 하게 된다.'라는 말이며, 한자에 '일심정도(一心精到) 기불성공(豈不成功)'은 '한마음으로 정진(精進: 열심히 노력함)하면 어찌 성공을 못 하겠느냐'라는 의미로 '노력'을 강조한 명언이다.

그리고 성경 구절들을 인용하면, '무슨 일을 하든 최선을 다하라(전도서).' '빛의 열매는 모든 착함과 의로움과 진실함에 있느니라(에베소서).' '신중한 계획으로 성실하게 일하면 부유해지고, 조급하게 굴면 가난해진다(잠언).' '작은 일에 성실한 사람은 큰일에도 성실하다(누가복음).' '너의 행사를 여호와께 맡기라. 그리하면 네가 경영하는 것이 이루어지리라(잠언).' 등이 있다. 지금까지 이 모든 명언을 종합해 보면 성공을 위해서는 '자신감, 노력과 집념, 성실함과 진실성, 그리고 한결같은, 초지일관(初志一貫: 처음 먹었던 마음 끝까지 밀고 나감)하는 마음으로 집중(集中: 한 곳으로 모음)'해야 한다는 것이다.

그렇다면 성공을 위한 끼, 꼴, 깡, 끈은 무엇이며 왜 필요하고 중요한가?

끼란, 재능, 소질(素質)로, 우리가 흔히 '달란트(각자가 '타고난 자질'을 비유적으로 의미함)'라고 하는 것으로, 넷 중 으뜸으로 중요하다. 영어 단어에 '재능, 능력'의 의미로 ability, capability, capacity, faculty, gift, talent가 있는데 실제로 용도에 따라 미미(微微)한 차이가 있긴 하지만 ability는 '능란(能爛)하게 할 수 있는 재능과 능력' 그리고 가장 '일반적' 의미로 쓰이며, gift는 '타고난 천부적 재능'의 의미로, 그리고 'talent'는 '특수한 분야의 타고난 재능'을 지녔지만 '후천적 노력도 필요하다'라는 의미로 쓰인다. 한 예로 예술가들의 성공 여부는 바로 '끼'에서 판가름 난다고 해도 과언(過言)은 아니다. 끼가 없다면 '취미' 정도로 해야 하지 결코 '전공이나 직업'으로 선택해서는 안 되는 것이다. 또 다른 한 예로 오늘날 학생들의 교육현장인 인강(인터넷 강의)이나 오프라인 강의에서도 학벌이 좋고 실력이 좋아도, 다소 부족해도 끼 넘치는 교사나 강사들의 인기도를 따라잡기가 쉽지 않다. 바로 '끼'가 없다면 노력을 한다 해도 '한계'에 부딪치게 된다. 여타(餘他)의 경우도 대동소이(大同小異)하다.

꼴이란, 사람의 모양이나 행태[行態: 행동하는 양상(樣相: 생김새, 모습)]로 특색 있는 교육이라고도 하며 '자기만의 색깔', 자기 장점에 개성을 더하여 계발(啓發: 슬기·재능 따위를 일깨워 발전시킴) 및 개발(開發: 지식이나 소질 등을 더 나아지도록 이끄는 것)되어야 한다. 그런데 여기에는 외형적인 면뿐만 아니라 내면적인 면도 중요하다. 분위기에 걸맞고 단정한 옷차림, 깔끔한 외모, 그리고 자신감 있고 유창한 언변(言辯: 말재주), 무엇보다도 올바른 가치관과 품성, 즉 '어떤 인성을 지녔느냐'가 중요하며, 더불어 주변 사람과 원만한 유대관계, 친화력과 배려심, 협동심 등 처세술(處世術)도 큰 몫을 하게 되는 것이다.

깡이란, 악착같이 목표에 도달할 때까지 버티어 나가는 기질(氣質)로, 뒤로 물러날 길이 없다는 각오로 전진하는 '적극적인 삶의 자세'이다. 긍정적인 사고방식, 강한 신념과 집념, 설령 실패해도 실망하거나 좌절하지 않고 다시 일어서는 '오뚝이'가 되어야 한다.

끈이란, 연(緣)줄(인연이 닿는 길)이라는 의미로 인맥(人脈)이라고도 하며, 자기 꿈과 목표에 맞추어 인적네트워크를 잘 관리하고 쌓아 나아가야 하는데. 사회생활을 하다 보면 연줄, 인맥이 결정적 역할을 하는 경우도 있다. 어떤 한 사람을 평가할 때 '누가 추천했는지?'가 중요한 판단 기준이 되기도 한다.

우리는 왜 성공하려 하는가, 그러려면 어떻게 해야 하나?

바로 행복한 삶을 영위(營爲)하기 위해서이다. 그렇기 때문에 열심히 공부도 하고, 일도 하고, 무엇보다도 돈 많이 벌고, 사회적으로 출세도 해 성공하려고 온갖 노력을 하는 것이다. 그런데 이런 노력에 근본이 되는 세 가지가 있다. 첫째는 '아이디어'를 떠올리고, 둘째는 거기에 맞는 '정보를 수집'하여 '종합 분석'해야 하고, 마지막으로는 반드시 그것을 '실행(實行)'에 옮겨야 한다. 바로 자신의 성공, 목표 달성을 위해 이 세 가지를 적용(適用: 알맞게 이용하거나 맞추어 씀)과 실천에 옮기는 것이 성공을 위한 '삶의 지혜' 중 하나이다.

끝으로 미국의 사상가이자 시인인 랄프 왈도 에머슨의 말을 인용한다. "성공이란, 자주 그리고 많이 웃는 것, 현명한 이들에게서 존경받고, 아이들에게 사랑받는 것, 정직한 비평가의 찬사(讚辭)를 듣고, 친구의 배반을 참아내고, 아름다움을 식별(識別)할 줄 알며, 타인에게서 최선을 발견하는 것, 건강한 아이를 낳아 올바르게 기르고, 한 평이라도 정원을 가꾸어 환경을 바꾸고, 자기 이전 세대보다 더 살기 좋은 곳으로 만드는 것, 자신으로 인해 이 세상의 다른 사람(들)이 더 행복해지게 하는 것이 '진정한 성공'이다."

13

언어(말)의 품격(品格)과 위력(偉力)

먼저 제목의 사전적 의미를 하나씩 보자. 언어란 '생각이나 느낌 따위를 나타내거나 음성이나 문자 따위의 수단, 또는 그 음성이나 문자 따위의 사회관습 체계'이며, 말은 언어의 한 부분으로 '사람의 생각이나 느낌 따위를 표현하고 전달하는 데 쓰는 음성기호로, 곧 사람의 생각이나 느낌 따위를 목구멍을 통하여 조직적으로 나타내는 소리'를 가리킨다. 그리고 품격이란 '사람 된 바탕과 타고난 성품(性品: 사람의 성질과 됨됨이), 품위(品位: 사람이 갖추어야 할 기품이나 위엄), 기품(氣品: 고상한 성품이나 품격)'이며, 위력이란 '위대한 힘'이다.

조선 후기를 대표하는 문인 성대중(成大中)이 쓴 청성잡기(靑城雜記)에서 쓴 '내부족자(內不足者) 기사번(其辭煩)' 하고 '심무주자(心無主者) 기사황(其辭荒)'은 '내면의 수양이 부족한 자는 말이 번잡하여 마음에 주관이 없어 말이 거칠고, 말과 글에는 사람 됨됨이가 서려 있어 무심코 던진 말 한마디에 사람의 품성이 드러난다.'라는 의미이다. 언어 중 말은 우리 인간의 마음과 생각을, 그리고 육체를 변화시키기도 하며, 또한 행동을 지배하기도 하고, 환경과 운명을 결정짓기도 한다. 오늘은 어제 한 말의 결실이고, 내일은 오늘 한 말의 결실이기도 해서, 호수에 돌을 던지면 파문이 이는 것처럼 말의 파장은 자기 운명을 결정짓기도 하는 것이다. 특히 말은 자아상(自我像: 자기 역할이나 존재에 대하여 가지는 생각)을 바꾸기도 한다. '생각을 조심해라. 말이 된다. 말을 조심해라. 행동이 된다. 행동을 조심해라. 습관이 된다. 습관을 조심해라. 성격이 된다. 성격을 조심해라. 운명이 된다.' '철의 여인'으로 불렸던 영국의 대처 총리의 말이다.

언어(말)의 품격은 무엇인가? 먼저 품격의 한자(漢字·表意文字) 품(品)의 구조를 보면 입구(口) 세 개가 모여 이루어진 것으로 상품의 수준은 품질(品質), 국가의 수준은 국격(國格), 사람의 수준은 인격, 품격으로 그 사람의 '말이 쌓이고 쌓여 한 인간의 품성(品性)을 이룬다.'라는 것이다. 한 인간의 체취, 향기는 그 사람이 구사하는 말에서 나오는 것이다. 심지어 말에서 그 사람의 도덕성도 가름할 수 있다. '인간의 도덕성은 그의 언어에 대한 태도 속에서 드러난다.' 러시아의 소설가이자 사상가 레프 톨스토이의 말이다. 독일의 실존철학자 하이데거는 '언어는 존재의 집'이라고 했다. 이는 인간의 정체성(正體性), 존재의 본질(本質)을 드러내는 또 다른 얼굴로, 정제된 언어의 사용은 인간의 특권이자 의무이기도 하다. 생각이 말과 행동으로 나타나고, 말과 행동이 습관이 되고, 습관이 운명이 되어, 성공과 실패로 양분(兩分)되는 것이다. 거친 말은 건전하고 건강한 사고와 행동을 배척(排斥: 거부하여 물리침)하게 되고, 창의성과 진취성(進就性: 일을 차차 이루어 나갈 만한 성질)을 해치게 된다. 그러므로 좋은 말, 특히 진심이 담긴 말은 듣는 상대에게도, 말하는 자신에게도 바람직하고 복(福)이 되는 것이다. '진심 어린 말을 해야 완벽한 소통을 할 수 있다. 말이 있기에 사람은 짐승보다 낫다. 그러나 바르게 말하지 못한다면 짐승이 그대보다 나을 것이다.' 페르시아의 시성(詩聖) 사이디의 말이다. 그런데 말의 품격에는 내 말도 중요하지만, 그에 못지않게 상대의 말을 들어주는 것도 포함된다. '말하는 것은 지식의 영역이며, 경청은 지혜의 특권이다.' 프랑스의 작가 프랑수아 드 라 로슈푸코의 말이며, '경청하고 대답을 잘 해주는 것은 대화술에서 인간이 다룰 수 있는 최고의 경지이다.' 미국의 문필가이자 의학자인 올리버 웬들 홈스의 말이다.

언어(말)의 위력은 무엇인가? 말의 위력은 살상(殺傷: 사람을 죽이거나 상처를 입힘)의 무기가 될 수도 있고, 대인관계에서는 적대적인 사람끼리 화해를, 조직 내에서는 단결과 총화(總和: 전체의 화합)를 이룰 수도 있다. 한마디의 말이 행복과 불행을 가를 수도, 절망과 희망을 품게도 할 수 있게 하고, 친구와 적을 만들 수도 있으며, 그리고 단결이나 분열을 초래할 수도 있다. 당나라 말기부터 오대십국 시대 다섯 왕조를 거치면서 재상을 지낸 풍도(馮道)는 설시(舌詩)에서 말을 잘못하면 재앙을 피할 길이 없으니 말조심할 것을 다음과 같이 읊었다. '구시화지문(口是禍之門: 입은 재앙의 문이고)'이고, '설시참신도(舌是斬身刀: 혀는 몸을 베는 칼이다.)'이니라. '폐구심장설(閉口深藏舌: 입을 닫고 혀를 깊이 간직하면)' 하면 '안신처처우(安身處處宇: 가는 곳마다 몸이 편안하게 된다.)' 하리라. 한마디로 어디에서든지 말은 모든 화근(禍根: 재앙의 근원)이니 잘못 말하느니 안 하느니 못하다는 말이다. 말의 위대한 힘은 바로 진실 된 말, 고운 말, 논리 정연한 말, 칭찬하는 말, 감사하는 말, 그리고 무엇보다도 상대의 가능성을 독려(督勵: 감독하고 격려함)하는 말에서 나오는 것이다.

유대인의 경전이자 잠언집으로 정신적 지주 역할을 해온 '탈무드' 혀(1)에서 '인생을 참되게 사는 비결은 바로 자기의 혀를 조심해서 쓰는 일이다.' 혀(2)에서는 '언제나 부드러운 혀를 간직해야 한다. 딱딱한 혀는 불화

(不和)를 몰고 올 수 있다.' 그리고 혀(3)에서는 '혀가 좋으면 그보다 더 좋은 것이 없고 나쁘면 더 나쁜 것이 없다.' 여기서 혀는 말(내용), 말씨(말하는 태도나 버릇), 말투[말하는 버릇이나 본새(동작이나 버릇의 됨됨이)]를 말하는 것으로, 혀가 딱딱하고 나쁘다는 것은 요샛말로 언어폭력을 의미하는 것으로 해석된다. 언어폭력자(者)들의 입술은 예리한 면도날이고 치아는 엇갈린 톱날이며, 혀는 날카로운 송곳이고, 그리고 목구멍은 둔탁하나 날 선 도끼이다. 한마디로 상대의 가슴, 마음을 베고, 찌르고, 썰고, 찍어내고 도려내고 후벼 파기까지 하는 것이다. 페르시아 제국의 시성(詩聖) 중 한 사람인 사이디는 '입과 혀라는 것은 화(禍)와 근심의 문이요, 몸을 죽이는 도끼와 같다.'라고 말했다. 언어폭력자들은 가장 일반적인 자기 합리화의 말 '내가 오죽했으면 그렇게 말하겠느냐!' 아니면 '뭐 그 정도 말 가지고!'로 빠져나가려 한다. 그리고 자기 말이 언어폭력이라는 것을 전혀 알지 못할 뿐만 아니라 인정(하다못해 '내 말이 너무 지나쳤나!')도 하지 않으려 한다. 한마디로 언어폭력자들의 일련의 과정들은 염장 지르고, 재 뿌리고, 어깃장 놓고, 그리고 다음으로 오리발 내밀고, 가증(可憎: 괘씸하고 얄미운)스럽게도 상대에게 그 원인을 덮어씌우기로 끝을 낸다.

언어폭력은 상처가 남지 않을 뿐, 신체폭력과 결코 다름이 없다. 언어폭력이 주는 고통은 신체폭력 못지않게 크며, 회복하는 데 오랜 시간이 걸리거나 치유 불가능하기도 하다. 몽골속담에 '칼의 상처는 아물어도 말의 상처는 아물지 않는다.'라고 한다. 대인관계, 조직 생활 특히 가정의 가장 근본이 되는 부부 사이의 말 한마디 한마디가 얼마나 신중해야 하는지, 우리에게 주는 경고의 글귀이다. 부부 사이의 파탄 원인이 여러 가지 있지만, 상대의 언어폭력에 의한 경우에는 감정의 골이 깊기 때문에 회복 불가능하여, 결국 대부분 돌아올 수 없는 강을 건너고 말게 되는 것이다. 우리가 인생을 살아가는 지혜가 수없이 많지만, 그중에서 '상대에게 말 한마디라도 조심해야 한다.'라는 것은 그 어느것 못지않게 중요하다. 음식을 먹기 전 그 음식이 상했는지 확인해야 하는 것처럼, 말을 내뱉기 전에 그 말이 미칠 파장(波長)을 염두(念頭)에 두어야 한다. 성경 시편에도 '여호와여 내 입 앞에 파수꾼을 세우시고 내 입술의 문을 지키게 하소서!'라고 쓰여 있기도 하다.

우리는 흔히 '그 사람 참, 말 싸가지 없게 해!'라는 말들을 하거나 듣게 된다. 그럼 여기서 말하는 '싸가지'는 무엇인가? 바로 인성이다. 그렇다면 말하는 인성은 어떻게 형성이 되는가? 무엇보다도 집안 내림이다. 생물학적 DNA가 작용하는 것이다. 주변을 잘 지켜보아라. 어떤 한 사람이 말이 거칠고, 정제되지 않은 채, 흔히 하는 말로 싸가지 없게 행동하고 말하면, 대체로 그의 형제자매들도 거의 비슷비슷하다. 요새 인터넷 신조어(新造語)로 뇌피셜[뇌(腦) official(공식 입장): 자기 머리에서 나온 생각이 사실이나 검증된 것처럼 말하는 행위]이라는 말이 있는데 상대방이나 주변 사람들의 분위기나 정서에 맞지 않는 말을 지껄여 상대나 주변 사람들을 당황케 하거나 역겹게 하여 분위기를 망치는 경우도 있는 것이다. 사실 대인관계에서 대화할 때는 내뱉고자 하는 말은 먼저 뇌를 거쳐 가슴에서 적절한 필터링[filtering: 여과(濾過)]이 필요하다. 한마디로 '이렇게 말하는 것이 적절한지, 아니면 상대에게 상처를 주는 말은 아닌지' 전광석화(電光石火)처럼 판단이 필요한 것이다. '말을 시작하기 전 생각할 시간이 있다면 하고자 하는 말이 가치가 있는지, 말할 필요가 있는지, 상대에게 상처를 주지는 않을지 생각해 보라.' 러시아의 작가이자 사상가 톨스토이의 말이다. 집안 내림 다음으로는 환경적 요인이다. 어떤 부모님을 만나고, 어떤 스승님을 만나느냐에 달려있다. 사람은 6~7세 정도면 어느 정도 인격 형성이 되므로 유치원 교육이 먼저 중요하다. 또한, 사춘기 시절인 중, 고등학교 시절 교우관계는 더더욱 중요하다. 특히 중3~고1 시기가 가장 위험하고 중요하다. 그리고 사회에 나와 직종별 분위기나 정서에 따라 인격, 인성에 큰 변화를 맞이하기도 한다. 그렇다면 집안 내림이나, 환경적 요인을 뛰어넘을 수 있는 올바른 인격, 인성에 도움을 줄 수 있는 것은 무엇인가? 바로 독서이다. '사람의 품격을 그가 읽는 책으로써 판단할 수 있는 것은, 마치 그가 벗으로 판단되는 것과 같다.' 영국의 저술가 스마일즈의 말이다.

독서란 자기 인생의 폭을 넓히고 자기 체험을 정확하게 만들어 주며, 옳고 그름에 관한 판단을 정확하게 해 표현력을 증대시킨다. 결국, 바람직한 인격 형성을 하는 데 독서의 목적이 있다. 인간은 생각하기 위한 지식을 독서에서 구하고, 생각하는 방법을 독서에서 배우며, 독서와 더불어 생각할 때 비로소 사물에 대한 이해와 판단이 빠르고 폭넓은 인간으로 성장하게 되며, 나아가 새로운 것을 창조해 낼 수 있는 창의력을 갖게 된다. 또한, 가난과 무지에서 벗어나는 방법은 공부밖에 없듯이 미련과 착각에서 벗어나는 방법은 독서밖에는 없다. 한마디로 독서의 양과 인격, 인성은 비례한다고 해도 결코 지나친 말은 아니다. 왜냐하면, 독서는 '내 삶과 인격의 도정(搗精: 곡식을 찧거나 쓿음), 정백미(精白米: 더 이상 손댈 것 없는 깨끗한 쌀)'이기 때문이다. 독서를 통해 얻은 지식, 지혜, 그리고 인격 수양은 어느 누구도 가져갈 수 없는 것으로, 가장 확실하고 효율적인 인생의 투자, '독서'인 것이다.

끝으로 우리나라 사람들이 흔하게 쓰고 있는 속담 중 하나가 '말 한마디에 천 냥 빚 갚는다'일 것이다. 이는 대인관계에서 의사소통 시(時) 말의 중요성을 강조한 것으로, 말이란 우리가 사회생활 하면서 '다른 사람과 소통하는 통로'로 단지 메시지를 전달하는 수단이기도 하지만 '인간의 감정을 자극하고, 설득하는 도구'이기도 하다. 그러므로 상대와 나, 서로의 입장과 처지를 고려해 '조리(條理: 말의 앞뒤가 맞고 체계가 섬) 있는 말, 설득력 있는 말, 분별력 있는 말, 친절한 말('친절한 말은 짧고 하기 쉽지만, 그 울림은 무궁무진하다.'-테레사 수녀님 말씀), 특히 상대의 감정을 자극하거나 사기(士氣)를 꺾지 않는 말, 그리고 상대의 의견을 존중해 주는 말'은 원만한 대인관계와 조직 내(內)의 인간관계에서 '필수요건(要件)'이자 우리 모두의 '생활의 지혜'인 것이다.

14

대화(對話)와 화술(話術)

　대화와 화술의 사전적 정의는 무엇인가? 대화는 '마주 대하여 이야기를 주고받거나 그 이야기'로 담화(談話), 대담(對談)이라고도 한다. 화술이란 '말을 잘하는 슬기와 능력'으로 말솜씨, 말주변이라고도 한다. 그러면 말씀, 말투, 그리고 말씨는 무엇인가? 말씀이란 남의 말을 높이거나 자기 말을 낮출 때도 쓰이며, 기독교 하나님이 자기 계획과 목적을 인간에게 알리고 그것을 성취시키는 데 쓴 수단이기도 하며, 고담(高談), 고화(高話)라고도 한다. 말투는 말을 하는 버릇이나 본새를 말하는 것으로, 구기(口氣). 말본, 말본새라고도 한다. 말씨는 말하는 태도나 버릇의 의미이지만 말에서 느껴지는 감정 따위의 색깔이나 방언의 차이로 나타나는 말의 특징으로 말버릇, 어투(語套), 언사(言辭)라고도 한다. 우리는 듣고 말하는 것이 일상에서 너무 빈번하고 흔한 일이어서 그 소중함과 가치를 간과(看過)하고 만다. 이청득심(以請得心)이란 '귀 기울여 경청하는 일은 사람의 마음을 얻는 최고의 지혜'라는 말로 삶의 지혜는 듣는 데서 비롯되기도 하지만, 그러나 그에 못지않게 말을 잘 하는 데서 비롯되기도 한다. 그리고 언위심성 서심화야(言爲心聲 書心畵也)란 '말은 마음의 소리'요, '글은 마음의 그림'이란 말로, 사람이 지닌 향기는 말에서 뿜어져 나오는 것이다. 그러므로 내 말은 누군가에게 향기로운 꽃이 되어야 한다.

E. 리스의 명언 '말도 아름다운 꽃처럼 그 색깔을 지닌다.'처럼 말은 그 사람의 성격, 인격, 생각, 성장배경, 배움 그리고 사고방식이 묻어 나오고, 그 사람의 가치가 묻어 나온다. '말은 마음의 초상이다.' J. 레이의 명언이며, '언어(말)는 사고의 토대이고 사고는 감정의 토대이다.' J. 리버만의 명언이고, '언어(말)는 감정이 충만한 데서 나온다.' 세르반테스의 명언이다. 말은 '하는 사람을 어떤 사람으로 만드는 힘'을 지닌다. 말을 함부로 하는 사람은 부정적 이미지를 주지만 상대방을 존중하는 말은 긍정적 이미지를 만들어 준다. 말에는 그 가치(價值: 값어치, 사물이 지닌 의의나 중요성)가 있는 것이다. 그러므로 결코 말을 함부로 해서는 안 되며, 특히 상대를 무시하는 말투나 상처 주는 말은 삼가야 한다. 자신이 내뱉은 말 한마디로 자신의 가치가 높아지기도, 낮아질 수도 있다는 것을 명심해야 한다. 무심코 던진 한마디의 말에서 그 사람의 품격(品格)이 드러나는 것이다. 티베트의 격언에 '말이란 토끼와 같이 부드러울수록 좋다.'라는 말이 있다. 부드럽고 정감(情感) 어린 말 한마디는 인간관계에서 가장 중요한 것이다. 에머슨은 '다정하고 조용한 말은 힘이 있다.'라고 말했으며, 뮬러는 '훌륭한 말은 훌륭한 무기이다.'라고 말했다. 또한, 말에는 조리(條理: 앞뒤가 맞고 체계가 섬)에 맞는 말, 그리고 분별(分別)이 있어야 한다. '훌륭한 언어의 문법(文法: 말의 구성)은 사리분별력(事理分別力)에 있다.' 세르반테스의 말이다. '격언이나 명언이라고 하는 것들이 잘 이해할 수 없어도 놀라울 정도로 쓸모 있는 것이다.'라는 푸시킨의 말처럼 우리는 나라마다 격언이나 속담, 그리고 선인(先人)들의 명언에서 '삶의 철학과 지혜'를 얻을 수 있다.

'화술은 단순한 언어의 유희(遊戲)나 심리적인 마술이 아니라 상대와의 인간관계의 조화를 실현하기 위한 자기표현의 기술이며 연출이다.' 단재(丹齋: 일제 강점기 독립운동가 신채호의 號) 역사학회 포럼 대표 홍서여 작가의 말이다. 사실 화술이라는 말을 문자 그대로 풀어볼 때 '기술'이 있을까 마는, 이전 단락에서 언급(言及)한 것 이외 주의해야 할 몇 가지를 살펴보면, 첫째, 다른 일 하면서 대화하지 말고 대화 하나에만 집중해야 한다. 둘째, 대화의 흐름을 따라야 한다. 대화 중 갑자기 떠오른 생각을 말해서는 안 된다. 셋째, 했던 말 또 하고 식의 반복된 말을 해서는 안 되며, 잘난 체해서도 안 된다. 넷째, 내 경험과 상대의 경험을 동일시해서는 안 된다. 상대와 나는 엄연히 다르다. 마지막으로 가능한 한 짧게 말해야 한다. 흥미를 유지할 정도로 짧게, 그리고 주제에 따라 길이는 조정해야 하며, 상대의 반응에 따라 유연하게 조정해야 한다. 그런데 말하는 것에 근본(根本)은 '듣는 데서부터 시작'되어야 한다. 유대인의 생활규범인 탈무드에서 '입이 하나, 귀가 두 개인 이유가 있다. 말하기보다는 듣기를 두 배 더하라는 뜻이다.'처럼 상대의 말을 듣는 것이 먼저이고 내 말이 나중인 것이 인간관계에서 처세의 기본자세이며, 말실수의 확률을 최소화하는 방편(方便)이기도 하다. 올리버 웬들 홈스는 '말하는 것은 지식의 영역이고, 듣는 것은 지혜의 특권이다.'라는 명언을 남겼다. 공감 능력과 상대의 말을 잘 들어주는 능력도 사회생활에서 성공에 매우 중요하다. 역설적으로 내향적인 사람이 외향적인 사람보다 더 성공 가능성이 클 수도 있다. 왜냐하면, 말 많은 것이 오히려 '자신의 흠집이 잡혀 약점'이 될 수도 있으며 '말만 앞세운다'라는 평(評)으로 부정적 이미지를 면(免)치 못할 경우도 있기 때문이다.

끝으로 두 권의 책, 김정천이 쓴 '오늘부터 말을 공부합니다.'와 세계 제일의 세일즈 황제인 미국 조 지라드가 쓰고 김주영이 옮긴 '성공하는 사람들의 99가지 화술'을 읽을 것을 권고한다. 전자는 사회생활을 하면서 수많은 사람과 다양한 상황 속에서 품격 있게 말하는 노하우(know-how)를 사례를 들어 소개하고 있어 오늘날과 같은 대면(對面) 능력이 부족한 디지털 세대인 젊은이들에게 더 유익(有益)하며, 후자는 마음을 움직이는 비결, 상대의 마음을 사로잡는 비결, 기분을 살려주는 비결, 끌어들이는 비결, 부드럽게 비판하는 비결, 친근감을 주는 비결, 내 편을 만드는 비결 등의 큰 주제 아래 다양한 화술 비법을 알려주어 비즈니스맨, 세일즈맨뿐만 아니라 일반인 모두에게도 유익할 것이다.

15

예절(禮節)과 용모(容貌)

예(禮)의 기본정신은 예기(禮記: 유교의 경전 중 하나)에서는 '무릇 예라는 것은 자신을 낮추고 상대를 높이는 것이다.'라고 했고, 맹자(孟子)는 '공경하는 마음이 예이다.'라고 했으며, 주자(朱子)는 '예는 공경함과 겸손함을 본질로 한다.'라고 했다. 인간 사회에서 예(禮: 예도)는 사람이 살아가는데 질서이자 도리(道理: 사람이 마땅히 행해야 할 바른길)로, 공자님은 '예가 아니면 보지 말고, 예가 아니면 듣지 말고, 예가 아니면 행하지 말라.'라고 말씀하셨고, 괴테는 '예는 자기 자신을 비추는 거울이다.'라고 말했으며, 조선 중기 문신이자 학자인 김집(金集)은 '예라는 것은 인간의 욕심을 억제하고 천리(天理: 천지자연, 하늘의 이치)를 따르는 법칙이다.'라고 말했다. 바로 예(禮)에는 예절과 예의로, 그리고 오늘날은 매너나 에티켓으로 세분된다. 이들은 인간의 윤리, 도덕, 그리고 도리(道理)가 '상대의 존중'이라는 개념과 어우러져 인간으로서의 가치를 높이게 되어 '사람다운 사람'으로 평가받을 수 있게 한다.

우리가 일상에서 자주 말하는 예절, 예의, 매너, 에티켓은 무엇인가? 이것들은 같은 듯 다르며, 나라마다 문화나 관습에 따라 조금씩 다를 수 있고, 또한 시대에 따라 변화될 수도 있다. 예절이란 '예의에 관한 모든 절차나 질서'를 말하는 것으로 범절(凡節: 법도에 맞는 모든 질서나 절차), 예법, 예, 격(格), 의절(儀節: 예의에 관한 모든 질서나 절차)이라고도 한다. 예의(禮儀)는 '존경의 뜻을 표하기 위하여 예(禮)로써 나타내는 말투나 태도, 몸가짐'이며, 음은 같지만, 한자 표기가 다른 예의(銳意)는 '어떤 일을 잘 하려고 단단히 차리는 마음'이고, 예의(禮意)는 '예로써 올바르게 나타내는 존경이나, 예의 정신'이며, 예의(禮誼)는 '사람으로 마땅히 지켜야 할 도리'의 의미이다. 매너는 '행동하는 방식이나 자세, 몸가짐'이며, 그리고 '일상생활에서의 예의와 절차'로 다분히 주관적으로 지켜야 하는 행동이고, 에티켓은 '사교상의 마음가짐이나 몸가짐'으로 다분히 객관적으로 지켜야 하는 것이다. 예를 들어 화장실 에티켓이란 화장실에서 지켜야 할 마음가짐이나 몸가짐, 행동들을 말하는 것이다, 조어(造語: 새로 말을 만듦)로 네티켓(인터넷상에서 지켜야 할 예절), 펫티켓(반려 동물을 키울 때 지켜야 할 예절)이 있고, 요즘은 에티켓의 준말로 '에켓'이라고도 한다. 그러면 용모와 외모(外貌) 인상(人相)은 무엇인가? 용모는 사람의 '얼굴 모양으로 생김새, 모습, 마스크(mask)'라고도 하며, 외모는 '겉으로 드러나 보이는 모양'으로 겉, 겉모양, 겉모습이라고도 하며, 인상은 '사람 얼굴의 생김새, 얼굴의 근육이나 눈살' 따위를 말하는 데, 이 글에서는 모두 '용모(단정)'로 칭(稱)한다.

　예절과 예의의 차이는 무엇인가? 예절은 '형식(形式)의 문제'이고, 예의는 '존중의 문제'이다. 예를 들어 예절은 "학교에서는 선후배의 '예절'은 엄격하다."이고, 예의는 노인들의 대화 중에 "요새 젊은것들은 '예의'가 전혀 없어!"라고 표현한다. 먼저 예절은 '사회적인 합의에 의해서 이렇게 하는 것이 좋은 것'이다. 그러므로 이런 형식의 문제를 많은 사람이 좀 더 만족할 수 있도록 합리적으로 만든다면, 더욱더 살기 좋은 사회가 될 것이다. 예절에 관한 명언들은 다음과 같다. '예절 바른 사람과 어울려라. 당신의 예절이 나아진다. 그러므로 좋은 사람과 교제하라.' 스탠리 워커의 말이고, '예절이 사람을 만든다.' 위컴의 윌리엄(William of wykeham) 말이며, '훌륭한 예절과 부드러운 언행이 많은 난제(難題: 어려운 문제)들을 해결해 줄 것이다.' J. 벤부르의 말이고, '바른 예절은 최고의 교육도 열 수 없는 문을 연다.' 클라렌스 토머스의 말이다. 다음으로 예의는 '사람을 대하는 방법, 마음의 형식'으로, '그 사회를 밝게 만들 뿐만 아니라 오래 지속되게 하는 것'이다. 예의에 대한 명언들은 다음과 같다. '예의와 타인에 대한 배려는 푼돈을 투자해 목돈으로 돌려받는 것이다.' 토마스 소웰의 말이고, '예의의 실천은 자기를 낮추는 것이다.' 공자님의 말씀이며. '예의의 시작은 자세를 바르게 하고, 얼굴빛을 반듯하게 해야 하며, 말을 삼가는 데 있다.' 예기(禮記)에 나오는 말이고, '예의는 남과 화목함을 으뜸으로 삼는다.' 논어에 있는 말이다. 각각의 명언에서도 예절과 예의의 차이를 어느 정도는 이해할 수 있다. 그런데 요즘의 세태에 비추어 보아 무엇보다도 정치인들은 국민에게 예절과 예의를 지켜야 한다. 그러므로 자기 잘못에 대한 부정, 억지, 호도(糊塗: 감추거나 덮음), 말 바꾸기, 떠넘기기가 아닌 책임지는 언행이 되어야 국민을 대변하고, 국민을 위한 올바른 정책이 나오게 되며, 국민에게 진정한 존경과 신뢰를 받는다는 것을 명심하고 지켜 나아가야 할 것이다.

어떤 사람들의 거칠고 예의와 예절 없는 태도와 행동은 타인의 감정을 상하게 한다. 그들은 '나는 원래 그런 사람이야! 나는 내 생각대로 말하고 행동해~!'라고 자신을 정당화한다. 그리고는 이런 잘못된 특성을 '개성'

이라고 여긴다. 그러나 그들의 예절과 예의 없는 기질(器質: 기량과 타고 난 성질)은 단호하게 책망(責望: 허물이나 잘못에 대해 꾸짖거나 나무람) 받아 마땅하다. 한마디로 다른 사람들의 행복이 이기적으로 무시되는 일 은 동정과 사려(思慮) 깊은 말로 대체되어야 한다. 중국 송(宋)나라 때 유 학자 장사숙의 좌우명(座右銘: 가르침으로 삼는 말이나 문구)을 본받아야 하겠다. 범어필충신(凡語必忠臣: 말은 꼭 성실하고 믿음이 있어야 하고) 범행필독경(凡行必篤敬: 행실은 꼭 돈독하고 공경히 해야 하며) 용모필단 장(容貌必端莊: 용모는 언제나 단정하고 엄숙해야 하며) 의관필숙정[衣冠 必肅整: 의복, 옷은 깨끗하고 매무새(옷을 수습하여 입은 모양새)는 언제 나 단정해야 하고.] 상덕필고지[常德必固持: 덕성(어질고 너그러운 성질) 을 굳게 지녀라.] 그리고 공자님의 논어 학이편에 교언영색(巧言令色)이 라는 말이 나오는데 '교언(巧言: 교묘하게 꾸며댐, 또는 그런 말)이나 영 색(令色: 남의 비위를 맞추거나 아첨하기), 이 모두가 비난받을 일은 아니 지만, 그러나 입으로 아름다운 말을 하고 용모나 태도를 부드럽게 보이는 것이 주(主)가 된다면 인간의 근본이 되는 인(仁)의 마음이 적게 된다.'라 는 것은 '말재주가 교묘하고 표정을 보기 좋게 꾸미는 사람은 어진 사람이 적다'라는 말이다. 또한, 자로 편에서 '강직(剛直) 의연(毅然)하고 질박(質 朴) 어눌한 사람은 인(仁)에 가깝다.'는 '의지가 굳고 용기가 있으며 말수 가 적은 사람은 덕을 가진 사람에 가깝다.'라는 말이다. 그리고 옹야 편에 서는 '문(文)질(質)이 빈빈(彬彬)한 연후에야 군자라 한다.'라는 말은 '형 식과 실질이 어울려 잘 조화를 이루어야 군자(君子)'라는 말이다. 공자님 의 가르침, 이 모든 것을 한마디로 말하자면 '겉도 중요하지만, 속이 더 중 요하다'라는 것이다. 지당(至當)하신 말씀이다. 내실을 지닌 뒤 겉모습이 중요하다는 것으로, '외형만 번지르르하고 내실(內實: 내부의 실제 사정)이 없다면' 그것은 우리 속담의 '빛 좋은 개살구'격인 것이다.

예절과 용모는 왜 중요한가? 예절은 성장하면서 갖추어야 할 '기본 생활습관'이다. '아이를 보면 그 부모를 알 수 있다.'라는 말처럼 시기를 놓치면 바로잡기 힘든 예절교육은 어릴 때부터 바르게 부모교육이 절대 필요하다. 그래야 성인이 되어 사회생활에서 다른 사람들과 적응도 잘 하고, 사람들에게 좋은 인상을 주어 성공인(人)으로 살아갈 수 있다. 한마디로 예절과 예의는 다분히 인성의 발로(發露: 숨은 것이 겉으로 드러남)로 성공의 주요 모티브(motive)가 된다. 그리고 용모, 특히 꾸미기는 시대를 앞서간 패션의 혁명가, 여성복의 메종 샤넬(오늘날 명품 브랜드 중 하나)의 설립자인 가브리엘 "코코" 샤넬의 명언에서 짐작할 수가 있다. '날개가 없이 태어났다면 날개가 생기는 것을 막지 마라. 럭셔리(화려함, 사치스러움)의 반대는 빈곤함이 아니라 천박함이다. 자신을 꾸미는 일은 결코 사치가 아니다. 나는 누구와도 같지 않다. 내가 바로 스타일이다.' 그렇다. 나에 맞는 차림, 나만의 개성, 색깔 있는 모습이 중요하다.

조선 시대부터 천자문(千字文) 다음 과정으로 한자 학습서인 사자소학(四字小學) 중 일부에서 우리의 예절과 용모에 대한 일목요연(一目瞭然)하게 정리된 내용을 볼 수 있다. 비례물시(非禮勿視: 예가 아니면 보지 말고), 비례물청(非禮勿聽: 예가 아니면 듣지 말고), 비례물언(非禮勿言: 예가 아니면 말하지 말고), 비례물동(非禮勿動: 예가 아니면 행동하지 마라). 행필정직(行必正直: 행실은 반드시 곧게 하고) 언즉신실(言卽信實: 말은 곧 미덥고 성실하게 하라). 용모단정(容貌端正: 용모는 단정하게), 의관정제(衣冠整齊: 의관은 정돈되고 가지런히 하라). 오늘날에 적용해도 결코 손색이 없는 잘 정리된 문구(文句)들이다. 특히 마지막 구절은 시사(示唆)하는 바가 크다. 사람들은 누군가를 처음 대면(對面)하면 2~3분 이내에 그 사람에 대한 첫인상(first impression)이 형성하게 되는 데, 그것은 중요해서 대인관계에서 주된 평가를 이룰 뿐만 아니라, 그 사람의 평생 이미지(image)로 남게 되기도 한다. 이때 사람들의 가장 중요한 정보는 그 사람의 외모나 복장의 겉모습이다. 그런데 심리학 실험에서도 외모나 복장은 그 사람의 정직성과 어느 정도의 가능성을 판단하는 데도 영향을 미친다고 하니 이 얼마나 중요한 일인가? 한마디로 용모는 그 사람의 심성(心性)이고 인격(人格)이어서 상대에게 강한 인상을 주게 된다. 그런데 더 중요한 것은 반드시 시간과 장소 그리고 상황을 고려해야 한다. 한마디로 시간(time)과 장소(place) 그리고 상황(occasion)에 맞는 적절한 옷차림이어야 한다는 것이다. 물론 언행(言行)도 중요하다. 그러나 언행은 외모의 다음이다.

구체적으로 간단히 몇 가지 예를 들어보자. 남자는 볼록한 주머니, 무릎이 튀어나온 바지, 느슨한 벨트, 꼬인 넥타이, 더럽고 지저분한 넥타이와 신발(구두), 때 묻은 와이셔츠, 요란스러운 색상의 양말 등이 되지 않도록 세심한 주의를 기울여야 하며, 두발, 손톱, 수염, 헤어스타일, 양복이나 와이셔츠 단추, 표정[긴장이 풀리지 않은, 기백(氣魄: 씩씩하고 진취적인) 있는 모습]에도 각별(各別)한 관심을 가져야 하고, 무엇보다도 '청결하면서도 산뜻한 (보기에 시원스럽고 말쑥한) 그리고 튀지 않는 것'이 핵심 포인트(point)이다. 여자의 경우 의상은 화려하지 않게, 헤어스타일과 화장이 요란하지 않도록, 손 관리에 있어 지저분하고 매니큐어 색깔이 진하지 않게, 요란한 색깔과 무늬의 스타킹이 되지 않도록, 요란한 장신구(귀걸이,

목걸이, 팔찌)가 아니며, 신발은 의상과 조화(mix match)를 이루는, 전체적으로 '우아하면서도 청결하고 세련되며, 깔끔해 보이고, 온화한 표정관리'가 핵심 포인트이다. 그런데 남녀 공(共)히 간과(看過)해서는 안 되는 것이 있는데, 서 있거나 앉아 있을 때 '올바른 자세'와 악수나 대화할 때 상대의 '눈을 바라보는 것', '시선을 마주쳐야 한다.'라는 것이다.

끝으로 비즈니스에 종사하고 있을 뿐만 아니라 글로벌 시대를 살아가고 있는 모든 사람들, 특히 취업을 앞둔 젊은이들에게 오늘날 통용되고 있는 '정격(正格: 격식이나 규격에 맞음) 모델들'은 무엇이며, 왜 그렇게 해야 하는지에 대한 까닭을 소상(昭詳)하게 설명해 주는 책 한 권을 추천한다. 출판사 동문선 신성대 대표가 쓴 '자기 가치를 높이는 럭셔리 매너'로 글로벌 주류사회, 무한경쟁 사회의 생존 노하우(know-how)이자, 지금 이 시대에 꼭 필요한 소통 방법들과 품격 있는 사람들이 갖추어야 할 덕목(德目)들이 상세히 나열되어, '나의 품격(品格)을 한층 도약(跳躍: 더 높은 단계로 발전)시켜주는 지혜'를 줄 것이다.

16

소심(小心)과 용기(勇氣)

　사람의 성격을 표현하는 '소심'과 '용기'의 사전적 의미는 무엇인가? 소심이란 '주의 깊고, 도량(度量: 너그러운 마음과 깊은 생각)이 좁으며, 담력(膽力: 겁이 없고 용감한 기운)이 없고 겁이 많음' '대담하지 못하고 지나치게 조심성이 많음'이다. 음(音)은 같으나 한자 표기가 다른 소심(素心)은 '평소의 마음'으로 소지(素志)라고도 한다. 또한, 음은 같지만, 한자 표기가 다른 소심(騷心)은 '근심스러운 마음'이다. 소심(小心)의 유의어는 소담(小膽: 담력이 적음)이고 반의어는 대범, 용기, 호방(豪放: 기개가 강하여 작은 일에 거리끼지 않음)이다. 용기는 '씩씩하고 굳센 기운, 또는 사물을 겁내지 아니하는 기개(氣槪: 씩씩한 기상과 꿋꿋한 절개)'이다. 유의어는 패기, 기개, 기백, 담력(대), 의기이며 반의어는 비겁(卑怯: 비열하고 겁 많음), 겁(怯: 겁낼 겁), 좌절, 소심함 정도가 있다.

　소심(小心)과 비슷한 세심(細心), 세심(洗心), 섬세(纖細)함, 소박(素朴)함은 무엇인가? 어떤 사람이 소심하다고 평가받는 것은 '매사에 조심스럽고 신중한 사람이다.'라는 의미이며, 그 반대로 대범한 사람이라면, '성격이나 태도가 사소한 것에 얽매이지 않고 아량이 넓다.'라는 의미이다. 한마디로 소심은 '조심스럽고 무섭고 두려워한다.'라는 말로 '사소한 것에 발목을 잡혀 앞으로 나아가지 못한다.'라는 소극적인 인상(image)을 주며, 대범은 '작은 문제들은 제치고 과감하게 앞으로 나아간다.'라는 말로 당당하고 진취(進取)적, 적극적인 성향의 인상(image)을 준다. 세심(細心)은 '작은 일에도 꼼꼼하게 주의를 기울여 빈틈이 없다'이며, 같은 음(音)이지만 한자 표기가 다른 세심(洗心)은 '마음을 깨끗이 하다.'라는 의미이다. 섬세(纖細)는 옷감에서는 '곱고 가늘다.', 사람의 성격에서는 '매우 찬찬하고 세밀하다.'라는 뜻이다. 세심과 섬세의 차이는 대체로 세심은 성격적인 면(예, 사람들에게 배려심이 깊고 세심하다.)에서, 섬세는 행동적인 면(예, 그 사람은 일을 참 섬세하게, 꼼꼼하게 잘 한다.)에서 주로 쓰인다.

그러면 소박(素朴)함은 무슨 의미인가? 소박함이란 말, 태도, 옷차림 등에서 '꾸밈이나 거짓이 없고 수수(순수)하다.'라는 의미로, 영어로는 simple and honest인데 한 단어로는 modest('겸손한, 순수한, 수수한, 소박한, 신중한, 검소한')로 표현하는 것은 '겸손한 사람은 순수하고 순수한 사람은 대개 겸손하다'라는 의미를 나타낸다. 그런데 '소박함'은 결코 '소심함'과는 그 결이 다른데 반대어 소심함 〈-〉 당당함, 대범함, 소박함 〈-〉 화려함으로 보면 차이가 명확하다. 사자성어에 '소심(素心: 평소의 마음)소고(溯考: 옛일을 거슬러 올라가서 자세히 고찰함)'라는 말이 있다. '소박한 마음으로 돌아가서 다시 깊이 생각하라.'라는 말이다. 한마디로 '힘들고 지쳐, 포기하고 싶을 때 소박한 마음으로 돌아가 깊이 생각하다 보면 좋은 생각이 나고 희망이 생겨 용기가 난다.'라는 말이다.

그렇다면 보통 소심한 사람들의 특징은 무엇인가? 온라인 커뮤니티 사이트에서는 다음과 같이 설명한다. 한마디로 주변 사람들에게는 착한 사람(?)으로 여겨지지만, 손해 보는 일들이 많아 정작 본인은 지치고 힘들게 살아가게 된다. 첫 번째, 대인관계에서 '이건 뭐지?' 하면서 모든 의미를 부여한다. 두 번째, 머릿속에 잡다한 생각이 너무 많다. 세 번째, 눈물이 너무 헤프다(화나도 눈물로 푼다). 네 번째, 모든 일에 자신이 잘못했다고 자책(自責: 스스로 뉘우치고 나무람)하고 죄책감으로 주눅이 들어 있다. 마지막으로 남에게 부탁은 못 해도 남의 부탁은 거절하지 못한다. 인생을 살아가면서 남의 도움이 필요도 하는 법인데 힘들게 혼자 해결하려 하고, 내가 힘들어도 남의 부탁은 거절 못 하고 끙끙대며 때로는 상대를 원망하거나, 투덜대지만 결국 들어주고 해결해 준다. 반대로 용기 있는 사람들은 어떠한가? 세계적 리더십 강연자인 로버트 E 스타웁 2세는 말하기를 첫 번째, '꿈을 꾸고 그 꿈을 표현하는 용기' 두 번째, '현실을 직시하는 용기' 세 번째, '맞설 수 있는 용기' 네 번째, '수용할 수 있는 용기' 다섯 번째, '배우고 발전할 수 있는 용기' 여섯 번째, '마음을 열고 사랑할 수 있는 용기' 마지막으로, '행동하는 용기'를 꼽았다. 그리고 '자신의 정체성, 존재의 본질을 찾아가는 특별한 경험이 바로 용기'라고 덧붙여 말했다.

　한 인간이 세상을 살아가려면 생각, 행동, 그리고 말에 소심함, 세심함, 섬세함, 그리고 소박함이 깃들어 있어야 한다. 상황에 따라서 다르지만 때로는 과감한 용기가 필요하기도 하다. 무엇보다도 우리는 살면서 수많은 역경과 고난에 봉착(逢着: 어떤 처지나 상황에 부닥침)하게 된다. 그 고난과 역경을 딛고 일어서려면 무엇보다 '인내와 용기'가 필요하다. 용기는 '역경에 있어서 빛이요, 소리이며, 생명'이다. 그리고 새로운 도약(跳躍: 급격한 진보, 발전의 단계로 접어듦)에도 절대 용기가 필요하다. 소심함이 일견(一見: 언뜻 봄) 현재의 위치나 상황을 벗어나지 않는 안정(安定)과 안주(安住: 한 곳에 자리 잡고 편히 삶)는 있을지 몰라도 발전을 기대하기란 어렵다. 새로운 도전에는 용기가 필요하다. 바로 '도전정신'이다. 두려워하지 말고 자신감을 갖자. 그리고 무엇보다 주도면밀(周到綿密)한 계획을 세우고 거기에 대한 충분한 정보도 수집하자. 반절 이상의 가능성에 대한 확신이 서면 나머지 반절은 용기와 노력 그리고 집념으로 성공을 이룩할 수가 있다. 그런데 한 가지 염두에 두어야 할 것은 중도 포기하지 않고 '성공할 때까지, 끝까지 한다.'라는 단단한 각오는 필수(必須: 꼭 필요함)이자 필연(必然: 다른 도리가 없음)이다. 용기를 잃으면 기력(氣力: 정신과 육체의 힘)을 잃는 것이다. 그렇게 되면 곧 미래를 잃는 것이다. 우리의 운명이 인간에게서 부귀영화를 빼앗아갈 수 있을지언정 결코 용기는 빼앗아가지 못하는 것이다. 용기는 우리에게 희망이자 하나님 다음으로 신앙이다. 용기는 반절의 성공 가능성을 갖게 된다. 또한, 마음을 대범하게 써야 한다. 그러면 무엇이 두렵겠는가? 큰사람이 되려면 큰마음을 가져야 한다. 그리고 어디에서든지 자신감 있게 당당함을 내보이는 '삶의 지혜'가 필요하기도 하다.

끝으로 한 권의 책을 읽을 것을 권장한다. 로버트 E 스타웁 2세가 쓴 '용기 있는 사람들의 일곱 가지 행동'이다. 남들이 시도하지 않았던 것에, 또한 남들이 수없이 많이 실패했던 것에 도전하려 할 때는 항상 우리 인간에게는 '용기'가 필요하다. 용기는 결코 타고나는 것은 아니지만 자기 삶을 충만하게 하기 위해서는 반드시 '용기'가 필요하다. 그러므로 용기는 후천적 자기계발(啓發: 일깨워 발전시킴)이 필요한 것이다. 이 책은 우리가 용기를 배우고 자신 있게, 당당하게 살아가는 방법을 제시해주고 있다. 우리말 번역본도 나와 있다.

17

명상(冥想)과 기도(祈禱)

명상과 기도의 사전적 의미는 무엇인가?

명상은 '고요히 눈을 감고 깊이 생각함, 또는 그런 생각'으로 유의어에는 묵상(黙想), 관조(觀照), 사색(思索)이 있고, 기도는 '인간보다 능력이 뛰어나다고 생각하는 어떤 절대적 존재에게 빎, 또는 그런 의식'으로 유의어에는 기원(祈願), 기망(祈望), 기구(祈求)가 있다. 명상과 기도는 '마음의 근육'을 발달시키고, 명상과 기도가 생활 속에 습관화되면 '이기심, 자만심 그리고 피해 의식 등 모든 부정적 감정'들을 뇌리(腦裏)에서 밀쳐낼 수 있고, 피할 수도 있다.

명상과 기도의 차이는 무엇인가?

명상은 마음을 고요히 하고 현재 순간에 집중하는 수련으로 명상의 목표는 "내면의 고요함, 명료(明瞭: 뚜렷하고 분명)함, 고양(高揚: 정신이나 기분 따위를 높이 북돋움)된 '마음 챙김' 상태를 달성하는 것"이라면, 기도는 특정 목적을 위해 '더 높은 힘이나 신(神)과 의사소통을 하는 것'으로 인도(引導)를 구하거나 감사를 표현하고 용서를 구(求)하기도 하는 것으로, 기도와 명상은 영적 또는 종교적 수행과 관련이 있지만, 목적, 접근방식 및 기술이 다른 두 가지, 별개의 수행법이다. 명상의 명언 앱(App) 혜

드 스페이스(Head Space)를 만든 前 티베트 승려 앤디 퍼디컴은 그가 쓴 '당신의 삶에 명상이 필요할 때'에서 '명상은 자기감정과 생각이 형성되는 방식과 이유를 자각하고 이해하는 법을 훈련하며 그 과정에서 균형 잡힌 건강한 시각을 얻게 한다.'라고 말했으며, 미국에서 공부하고 렛고 명상의 유튜브 운영자인 티베트 불교 수행자 용수 스님이 쓴 '내가 좋아하는 것들, 명상'에서 명상의 핵심은 '알아차리는 것이다. 번뇌, 망상 즉, 생각에서 벗어나 이 순간 깨어나는 것이다.'라고 말했다. 기도의 명언으로는 '사랑이 지나친 법은 없다. 기도가 지나친 법은 더더욱 없다.' 프랑스 작가 빅토르 위고의 말이고, '백 년을 살 것처럼 일하고, 내일 죽을 것처럼 기도하라.' 미국의 정치 철학자 벤저민 프랭클린의 말이며, "자기 마음을 다스리는데 명상 못지않게 중요한 것은 기도이다. 기도는 특정 종교 신앙인들만 하는 것이 아니다. 종교가 '궁극적 관심'을 지향하는 것이라면 하느님, 붓다, 천지신명 모두 기도의 대상이다. 혼자 믿는 미신, 좋은 글귀나 그림이면 또 어떤가? 진심을 담아 간절히 기도하는 것이 무엇보다 중요하다." 덴마크의 철학자 쇠렌 키르케고르의 말이다.

명상과 기도의 효과(效果: 보람 있는 좋은 결과)는 무엇인가?

두 방법 모두 '개인의 차분함을 느끼고 자신보다 더 큰 무엇인가와 연결되어 있다고 느끼는 데 도움'이 될 수 있으며, 두 관행 모두 '정신과 육체 건강에 긍정적인 영향을 미친다는 점'에서 두 가지 다 일상에서 통합하는 것은 유용한 자기 수련이 될 수 있다. 구체적으로 명상은 '긴장 완화, 스트레스 감소와 면역 기능의 강화, 정신적 명료성을 촉진'하며, 기도는 '위로와 희망' 그리고 '우울증과 불안 증상'을 줄일 수 있어, 명상과 기도는 서로 다른 의도와 기술을 가진 서로 다른 수련이지만 '내면의 평화, 명확성 및 웰빙(well-being: 참살이)을 촉진'할 수 있는 잠재력을 지니고 있다. 다만 한 가지 분명한 것은 명상은 종교와는 관련이 없는 마음의 과학으로, 마음의 원리를 통하여 자유로워진다.

명상이란 다른 말로 '마음 챙김'이라고 표현할 수 있다. 그렇다면 '마음'이란 무엇인가? 마음(心)이란 '감정이나 생각, 기억 따위가 깃들이거나 생겨나는 곳'인데, 구체적으로 첫째, 사람이 '본래부터 지닌 성격이나 품성'이고 둘째, 사람이 다른 사람이나 사물에 대하여 '감정이나 의지, 생각 따위를 느끼거나 일으키는 작용이나 태도'이며, 마지막으로 사람의 '생각, 감정, 기억 따위가 생기거나 자리 잡는 공간이나 위치'로 마음을 둘로 나누면 '본성과 품성' 그리고 '감정과 생각'인데, 명상에 해당하는 것은 모두 두 번째의 경우로 '마음이 생각과 비슷한 의미'로 사용되는 개념이지만, 생각이 '두뇌 활동'이라면 마음은 '가슴'에 있다고 비유하며 '감정이나 감성'과 동일시되는 느낌이 강하다, 그러므로 명상이란 자신의 '생각을 정리하고 감정을 추스르는 일'인 것이다. 그런데 또 한편에서는 명상은 '무상무념(無想無念)'의 방법을 선택하기도 하는데. 한마디로 머릿속을 '아무 생각 없이 비우고 고요한 상태를 지향(指向)하고, 과거와 미래를 잠시 잊고 지금 이 순간에 집중하면 마음이 비워진다고 한다.' 전문가들이 말하는 명상 시간은 '10~30분' 정도가 적당하며 '정기적'이어야 하고, 장소는 '조용하고 깨끗한 곳이면 어디라도 좋다'라고 한다.

기도는 사람이 신이나 하나님과의 협력하는 경로이고, 신이나 하나님께 부르짖는 방식이며, 신이나 하나님 영(靈)의 감동이나 때론 응답을 받는 과정이다. 기도가 없으면 정상적인 영 생활을 할 수 없으며, 더욱이 성령의 역사를 따를 수도 없다. 기도가 없으면 신이나 하나님과의 관계가 단절

된 것이므로 신이나 하나님에게서 칭찬이나 은혜, 무엇보다도 성령의 역사를 받을 수가 없게 되는 것이다. 성경에는 기도에 대한 여러 구절이 있는데, 그중 두 구절만 인용한다. '너희가 기도할 때에 무엇이든지 믿고 구하는 것은 다 받으리라 하시니라(마태복음).' '너희는 내게 부르짖으며 와서 내게 기도하면 내가 너희를 들을 것이요(예레미야),' 기도방법을 전문가들의 말을 빌리자면 '규례(規例: 일정한 규칙과 정하여진 관례)가 아닌 겸손한 마음으로, 이성적으로 피조물의 위치에서 기도하라'라는 것과 기도법의 핵심은 '행위가 아니라 마음에서 시작되는 정성스러운 마음의 상태가 가장 중요하다'라고 한다. 기도의 시간과 장소는 사실 일정하게 제한이 없다. 언제라도, 어디에서라도 가능한 것이지만, 반드시 '하루가 시작하거나, 그 하루가 끝나기 전 해야 한다.'라는 것이다.

끝으로 명리학자 조용헌 교수는 일평생을 행복하게 살기 위해서, 특히 발복(發福), 즉 '운(運)이 틔어서 복(福)이 닥친다는 것'으로, 실천해야 할 다섯 가지를, '첫째는 독서, 둘째는 불가(佛家)에서 말하는 보시(布施), 즉 남을 돕는 것, 셋째는 명당[양택(陽宅: 집터), 음택(陰宅: 묘터)]을 잡는 것, 넷째는 명상이나 기도하는 것, 마지막으로 지명(知命), 즉 자기 운명을 아는 것'을 들었다. 그중에서 명상은 현대를 살아가는 우리가 받는 수많은 스트레스를 해소하고, 때로는 우울증으로 죽음의 문턱에서 자신을 구할 방법 중 으뜸으로, '몸이나 호흡을 닦아 마음을 닦는 행위'이며, 또한 종교인이든 아니든 참된 기도를 통해 신이나 하나님의 감동을 받을 수 있음에, 명상과 기도하는 습관을 기르는 생활의 지혜를 지녀야 하겠다. 우주는 공명(共鳴), 즉 울림이다. 젊은 시절은 나를 위해, 노년에는 자식들을 위한 간절한 기도는 반드시 통천(通天), 하늘에 닿아 응답해 준다는 것이다. 마지막으로 기도의 명언 두 구절을 인용한다. '기도는 하늘의 힘을 좌우하는 지상의 유일한 힘이다.' 남아프리카 성자(聖者) 앤드루 머레이의 말이며, "누구나 자기 존재의 근원을 찾고자 하는 사람은 먼저 '간절한 마음'으로 기도를 해야 한다. 진정한 기도는 종교적 의식이나 형식이 필요 없다. 오로지 '간절한 마음'만 있으면 된다. 간절한 소망을 담은 진정한 기도가 '영혼을 다스려 줄 것'이다." 법정 스님 말씀이다.

18

꿈이란 무엇인가?

꿈의 사전적 의미는 첫째, '실현(實現)하고 싶은 희망(希望)이나 이상(理想)'이고 둘째, '잠자는 동안에 깨어 있을 때와 마찬가지로 여러 가지 사물을 보고 듣는 정신 현상'이며 마지막으로, '실현될 가능성이 아주 작거나 전혀 없는 헛된 기대나 생각'으로, 다른 말로 표현하자면 '과대망상(誇大妄想), 망상, 망념(妄念) 몽상(夢想), 백일몽(白日夢: 한낮의 꿈, 헛된 공상)'이라고도 한다.

맨 먼저 희망이나 이상의 의미, 꿈은 목표, 비전(vision: 내다보이는 장래의 상황) 등 '본인이 이루고자 하는 바를 비유(比喩)적으로 이르는 말'로, 협의(狹義: 좁은)의 의미로는 '장래의 희망이나 직업 등'에 한정되어 쓰이기도 한다. 프랑스의 낭만파 시인이자, 소설가인 빅토르 위고는 '미래를 창조하기에 꿈만큼 좋은 것은 없다.'라고 말했다. 한 개인은 물론이고, 인류가 발전하는 모티브(motive)는 꿈이다. 인간의 가장 중요한 '신앙'은 하나님 다음으로 '희망, 꿈'인 것이다. 희망, 꿈이 있는 자(者)에게는 신념(信念)이 있고, 신념이 있는 자에게는 목표가 있고, 목표가 있는 자에게는 계획이 있고, 계획이 있는 자에게는 실천이 있고, 실천이 있는 자에게는 성공이 있으며, 성공한 자(者)에게는 행복이 있다. 희망, 꿈, 목표를 성취해

가는 것이 성공이다. 그리고 성공한 자의 행복의 으뜸은 '성취감'이다. 한 마디로 '성공, 행복의 발원지(發源地: 물줄기가 시작되는 곳)'는 바로 '희망, 꿈'인 것이다. '꿈을 품고 뭔가 할 수 있다면 그것을 시작하라. 새로운 일을 시작하는 용기 속에 당신의 천재성과 능력 그리고 기적이 모두 숨어 있다.' 독일의 철학자 괴테의 말이며, "벨보이(bellboy: 호텔 종업원) 시절에 나보다 일을 잘하는 사람도 많았고, 나보다 경영 능력이 뛰어난 사람도 많았다. 하지만 '자신이 호텔을 경영하게 되리라'라는 '믿음과 꿈'을 가진 사람은 '나 혼자' 뿐이었다." 세계적인 최고급 힐튼호텔 체인 창업주 콘래드 니콜슨 힐튼의 말인데, 그가 바로 세계적 뉴스거리를 몰고 다녔던 패리스 힐튼의 증조부이다.

만일 인간이 꿈이 없다면, 그리고 꿈이 실현되지 않는다면?

삶에 대한 의욕(意慾: 적극적인 마음이나 욕망)이 없어 죽은 자나 마찬가지일 것이다. 설령 꿈이 이루어지지 못한다 해도 실망하거나 좌절(挫折: 마음이나 기운이 꺾임)해서는 안 된다. 중요한 것은 꿈을 이루기 위한 노력하는 '의지와 열정'에 있다. 비록 꿈을 이루진 못해도 그것을 위해 노력하는 과정에서 얻은 '지식과 경험'이 훗날 '소중한 자산(資産)'이 되어 또 다른 꿈을 실현할 수 있기 때문이다. 결코, 현실에 안주(安住: 한 곳에 자리 잡고 편히 삶)해서는 안 되는 것이다. 삶이란, 끊임없이 나아가야 하는 것으로, 우리가 세상을 살아가는 궁극(窮極: 어떤 과정의 마지막이나 끝에 도달)적인 이유가 여기에 있는 것이다. 그러므로 가능한 원대(遠大)한 꿈을 꾸어야 하지만, 경계해야 할 것은 허무맹랑(虛無孟浪: 터무니없이 거짓되고 실속이 없음)한 꿈은 무용지물(無用之物)이라는 것을 명심(銘心)해야 한다. 희망 어린 명언 하나를 더 인용한다. '꿈과 이상은 별과 같아서,

그것을 손으로 만지지는 못하지만, 망망대해(茫茫大海: 한없이 크고 넓은 바다)의 항해자(航海者)처럼 그것을 길잡이로 삼아 따라가다 보면 운명에 도달한다.' 독일 출생의 미국의 정치가이자 언론인 카를 슐츠의 말이다. 사자성어에 희성희현(希聖希賢)이라는 말은 '성인이 되고 현인이 되기를 바란다.'라는 의미로 사람은 '자신보다 뛰어난 사람을 이상으로 삼을 것'을 말하는 것인데, 안고수저(眼高手低)는 '눈은 높으나 솜씨는 서투르다'라는 의미로 '이상만 높고 실천이 따르지 못함'을 이르는 말과 지족지계(止足之戒)란 '제 분수(分數: 사물을 분별하는 지혜)를 알아 만족할 줄 알라'라는 경계(警戒)의 말로 '허황(虛荒)된 꿈은 삼가라'라는 말도 있다.

다음으로 우리가 수면(睡眠) 중(잠을 잘 때) 꾸는 꿈이란?

오스트리아의 심리학자 지그문트 프로이트가 쓴 '꿈의 해석'에서 '꿈은 우리의 무의식에 도달하는 최고의 지름길'이라는 이론을 제시했는데, 이는 즉 꿈이란 '무의식을 보여주는 것'으로 '충족되지 못한 잠재적 무의식을 상징적 형태로 발현(發現: 숨겨져 있던 것이 드러남)하기 위한 것'이며, '욕구충족이라는 심리적 기능과 상징적 의미가 있다'라고 말했다. 프로이트가 쓴 '꿈의 해석'은 딱딱하고 어려운 내용이지만 인내하고 읽다 보면 세 가지 점을 발견하게 된다. 하나는 꿈은 "과거 깨어 있을 때의 '생각'과 관계가 있으며", 다른 하나는 '꿈에서는 소원을 이루기도 한다.'라는 것이고, 마지막으로 꿈은 '의식이 활동하지 않는 공상의 세계'라는 점을 알게 될 것이다. 또한, 정신과 전문의(專門醫) 김태호 교수는 꿈을 꾸는 이유는 '깨어 있는 동안 쌓여 왔던 여러 정보 중 더 이상 필요 없는 정보들을 정리하기 때문이다'라고 주장하기도 한다. 또 다른 특정 이론으로는 '실제로 겪은 두려움, 불안 또는 스트레스가 꿈에 반영된다.'라는 것으로, 꿈으로 '정신 상태'를 알 수 있다는 것인데, 매일 자신도 모르는 사이에 받는 '스트레스나 불안감이 잠재의식 속에 파고들게 되고, 실제로 경험하고 있는 문제나 두려움이 다른 형태의 꿈으로 이어질 수 있다'라는 것이다.

그렇다면 일반인들의 보편적 꿈에 대한 생각은?

사실 일부는 꿈을 대수롭지 않게 여기는 사람들도 있는 반면, 의미를 크게 부여하는 사람들도 있다. 현실에서 강렬히 바라는 희망이 꿈속에서 실현되는 것을 종종 경험하기도 하여, 꿈에서나마 자기 희망이 이루어졌다면 그 순간은 정말 행복한 순간일 것이다. 꿈속에서라도 자신이 오매불망(悟寐不忘: 자나 깨나 잊지 못함) 바라는 것이 이루어지기를 바라는 마음으로 하루하루를 살아가는 삶은 신명(흥겨운 신과 멋)이 나는 삶일 수도 있다. 때로는 무섭거나 소름 끼치는 꿈을 꾸고 소스라치게 놀라 일어나 '그래 꿈은 현실과 정반대라고들 하지?' 하면서 가슴을 쓸어내리기도 한다. 실제 자다가 목이 말라 물을 먹고 싶을 때 꿈에서 물을 꿀떡꿀떡 마시거나, 물을 찾아 여기저기 찾아다니기도 하며, 또는 소변이 마려워 시원하게 보거나, 아니면 소변을 보려는데 소변이 나오지 않아 애를 쓰는 경험을 하기도 한다. 또한, 젊은 날 교사나 교수였던 사람은 은퇴 후 강의하는 꿈을 꾸면서 잠꼬대로 강의도 하며, 어떤 목적을 두고 열심히 영어공부를 하다 보면, 어느 정도 경지(境地: 어떤 단계에 도달한 상태)에 이르게 되면 잠꼬대를 영어로 하는 경우도 있는 것이다. 사실 거의 매일 밤 꿈을 꾸어도 자고 일어나, 그 꿈이 생생한 경우도 있지만, 무슨 꿈이었는지 기억에 남지 않는 경우도 흔하고, 아예 꿈을 꾸었는지조차도 모를 때도 있다. 언뜻 보기에는 의미가 없는 꿈에, 사실은 미래의 운세나 여러 가지 정보가 갖추어져 있을 수 있기 때문에 '꿈해몽(解夢: 꿈을 풀어 길 · 흉을 판단함)'을 잘 해야만 한다. 좋은 꿈이라면, 그 꿈을 소중히 하면 행운이 따를 것이고, 비록 나쁜 꿈이라 할지라도 필요 이상으로 해석하지 말고 인생에 대한 경계나 충고로 인식하고 일상생활에서 조심하거나 개선하려 하면 된다. '꿈의 운세는 마음가짐 하나로 불운이 행운으로 변화해 가는 법이다. 그러므로 해몽이라는 것은 꾼 꿈을 판단하는 것도 중요하지만, 좋은 꿈을 선택하여 좋은 운세만 받아 우리 인생을 살리는 일이야말로 가장 훌륭한 꿈의 활용법이다.' 역리(易理)학자 천운 이우영 선생의 말씀이다.

그렇다면 우리가 잠잘 때 꾸는 꿈의 종류는?

대체로 꾼 꿈이 중대한 의미를 가지는지를 판단할 수 있는 다섯 가지 종류로, 꿈을 해몽하는데 여러 가지 기준점을 갖고 말하는 해몽가(解夢家)들의 말을 빌리자면, 첫째는 심몽(心夢)으로 '평소에 생각하고 있는 것이 비추어지는 꿈'으로, 반복해서 꾸는 꿈이다. 두 번째는 정몽(正夢)으로 본 적도 없고, 느낀 적도 없으며, 마음먹은 바도, 생각한 바도 없는데 '갑자기 꿈에 또렷하게 나타나고, 깨어나서도 꿈의 전후 상황이 생생하게 남아 있는 경우'이다. 그런데 이 경우는 어떤 목적, 사정을 위하여 극히 심려(心慮: 마음으로 걱정함)하고 있을 때 그것이 실현되거나 그에 관한 결과가 이루어지려는 경우에 나타나게 되는데, 보통 이 경우를 우리는 대개 해몽(解夢)의 대상으로 삼는다. 세 번째는 허몽(虛夢)으로 '심신(心身)이 쇠태(衰態: 쇠약한 상태나 모습)할 경우 꾸는 기분 나쁘거나 우울한 꿈'이다. 네 번째 잡몽(雜夢)은 '욕망에 관한 꿈'으로 해몽에는 그다지 의미가 없는 흔히 말하는 개꿈이다. 마지막으로는 영몽(靈夢)으로 '신(화)적, 영적인 꿈으로 산신령이나 조상님이 나타나서 경고하는 중대한 의미를 갖는 꿈', 인생에 흔치 않은 희귀한 꿈으로, 예지몽(豫知夢)도 여기에 속하며, 실례

(實例)가 평생 한 번 있을까 말까 하는 복권 당첨과 같은 꿈들이다.

　마지막으로 헛된 꿈, (과대) 망상(妄想), 망념(妄念)으로 이치(理致)에 맞지 않는 망령(妄靈)된 생각을 하거나 그 생각으로, 몽상(夢想)이라는 말과 일치하며, 그런 사람을 몽상가라 일컫는다. 예를 들어 전혀 공부도 하지 않으면서 의사, 판·검사를 꿈꾸거나, 무일푼의 사람이 대도시 중심가에 대형빌딩을 짓겠다는 생각 등이다. 이런 망상에서 벗어나는 유일한 길은 자기 처지(處地: 처하여 있는 사정이나 형편)를 잘 관조(觀照: 대상의 본질을 바라봄)하는 것이다. 꿈, 희망이란 자기 능력(실력)과 노력, 환경 그리고 운(運)이 한데 어우러져야 결실(結實)을 보는 법이다. 한마디로 우리네 보통사람들은 꿈이란 '실현 가능한 것'이라야 한다고 말한다. 그런데 故 차동엽 신부님은 생전에 저술과 방송 활동을 통해 주로 '행복의 비밀'을 말씀하셨는데 이런 말씀을 남기셨다. "망상을 품지 않으면 실패할 확률이 0%이지만, 동시에 기적이 일어날 확률도 0%이다. 망상을 품으면 실패할 확률이 높아지지만, 적어도 기적이 일어날 확률이 0%에 고착(固着: 굳어져 변하지 않음)되지는 않는다. '몽상가' 소리를 듣는 것을 두려워하는 사람은 죽었다 깨어나도 '선구자(先驅者: 어떤 일이나 사상에서 맨 앞에 선 사람)'는 될 수 없다. 계속 품고 있으면 망상은 위대한 '기적의 모태(母胎)'가 되기도 한다." 꿈, 희망과 헛된 꿈, 망상을 제대로 분별(分別: 바른 생각이나 판단, 사물을 구별하여 가름)할 줄 아는 것도 생활의 지혜 중 하나이다.

19

방황(彷徨)과 배회(徘徊)

방황이란 '이리저리 헤매어 돌아다님', '분명한 방향이나 목표를 정하지 못하고 갈팡질팡함'의 의미이며, 유의어에는 방양(彷佯), 지회(遲徊)가 있고, 배회란 '아무 목적도 없이 어떤 곳을 중심으로 어슬렁거리며 이리저리 돌아다님'의 의미로 유의어가 방황이다. 그런데 '방황'과 '배회'는 같은 듯 조금은 다른데, 예를 들어 방황으로는 "그는 사업에 실패하고 오랜 좌절과 '방황'을 겪었다." "잘 곳을 정하지 못해 거리에서 '방황'을 계속하였다." 이고, 배회로는 "낯선 남자가 몇 시간째 공원에서 '배회'하고 있다." "그는 바닷가를 '배회'하며 깊은 생각에 잠겼다"로 쓰이는데, 의미 구별을 하려면 각 문장 속에 '방황과 배회'를 맞바꿔보면 확연(確然)하게 구별할 수 있다. 방황은 '정신적 마음, 육체적 행동'에 둘 다, 배회는 주로 '육체적 행동'에 쓰인다. 그리고 방랑(放浪)은 '정(定)한 곳이 없이 이리저리 떠돌아다님'의 의미이다. 혹자(或者)는 말한다. '방랑과 방황 사이가 배회라고.' 그럴듯한 말이기도 하다.

오늘날 우리 사회의 가장 큰 문제 중 하나는 청소년들의 '방황과 배회'이다. 여성가족부가 조사한 청소년 가출(家出)의 원인은 '부모님과의 갈등', '놀고 싶어서' '자유로운 생활을 하고 싶어서'가 거의 대부분이라고 한다. '집으로 돌아갈 의사가 없거나', '돌아가서는 안 되거나', '돌아갈 가정이 아예 없는' 청소년들도 상당수를 차지하고 있다고 한다. 거리에 몇십만의 청소년들이 먹지도 못하고 거리를 배회하고 있다고 하는데, 더욱 우려스러운 것은 이들 방황과 배회하는 청소년들 일부가 범죄를 저지르거나, 범죄와 연루(連累)되어 비행 청소년[非行 靑少年: 미성년자로서 지켜야 할 규칙을 위반하거나 부모에 대한 불복종, 상습적 학교결석, 가출, 음주, 흡연 따위, 우범(虞犯: 성격이나 환경의 영향을 받아 범죄를 저지를 우려가 있음) 행위 등을 저지르는 12세 이상 20세 미만의 청소년들을 통틀] 이 되기도 한다는 것이다. 또한, 일부의 어른들이 이들을 이용하거나 부추긴다는 데 문제의 심각성이 있다는 것이다. 이런 상황에서 정부나 지자체에서 학교나 해당 가정과 연계(連繫)해서 각 가정으로 돌아가도록 유도(誘導)하거나 아니면 청소년 쉼터에 자발적으로 입소하여 적절한 보호와 지원을 받아야 할 뿐만 아니라 적절한 교육과정을 거쳐 사회에 나와 적응할 수 있게 해야 한다. 우리 사회의 저출산 문제에 대한 심각한 상황에 막대한 예산을 투입하고 있는 상황에서 그 일부만이라도 가출청소년에 대한 정부 예산 투입으로 그들을 건강하고 건실한 우리 사회의 구성원으로 성장할 수 있도록, 지원책은 신생아 출산 독려(督勵) 정책 못지않게 시급(時急)하고 절실(切實)하다. 왜냐하면, 청소년 가출은 사회적 문제를 야기할 수 있기 때문이다. 어떤 경우라도 청소년들의 가출로 말미암은 방황과 배회는 사회적 차원에서 막아야 한다.

　우리는 부모님에게서 태어나 유년기를 보내고 아득히 먼 초등학교, 중·고등학교, 대학교 시절, 그리고 비교적 학창시절보다 그나마 기억이 또렷한 생활전선에서 보내온 지난 세월은 때로는 방황, 배회, 망설임, 주저

(躊躇: 머뭇거리며 망설임)함 그리고 답보(踏步: 제자리걸음)상태로 살아왔다 해도 절대 지나치지 않다. 돌이켜 생각해 보면 진취적(進取的)이지 못하고, 자신감이 없고, 무엇보다도 소신(所信)이 없었음에 틀림이 없었다. 이것이 범인(凡人: 평범한 사람들)들 생활의 한 단편일까? 지난날 당시는 깨닫지 못했지만, 세월이 흘러 이제 생각해 보니 인정하지 않으려 해도 시간이 지나면서 확실해지고 있다. 과연 내가 살아온 길이 잘 살아온 것인지? 내가 생각하고 믿은 방향이 옳았던 것인지? 그렇게 살아온 내 과거가 제대로 된 현실을 만들어 주고 있는지? 모든 것이 의문스럽다. 그렇지만 분명한 것은, 그래도 세월은 유유(悠悠)히 흘러 여기까지 왔다는 것이다. 그리고 무엇보다도 지나간 시간은 절대 돌아오지 않는다는 것이다. 지나간 시간은 후회해도 소용없다. 영어 속담에도 '후회는 나중에 오는 법이다(Regret comes later.)'라는 말이 있다. 우리 인간들은 누구나 그것이 짧든 길든 간에 방황과 배회의 시기(時期)가 있고, 있었다.

그렇다면 왜 '방황과 배회가 때로는 필요하다'라는 말인가?

'방황과 변화를 사랑하는 것은 살아있다는 증거이다.' 독일의 작곡가 바그너의 말이다. 교육의 목적도 '변화'이다. 방황의 시간이 지나면 변화의 계기(繼起)가 되기도 하는 것이다. '바보는 방황하고 현명한 사람은 여행한다.' 영국의 성직자이자 작가인 토머스 풀러의 말이다. 목적지가 없으면 방황이고, 목적지가 있으면 여행으로 본다면, 방황과 여행은 같은 맥락(脈絡)으로 '여행을 하거나 병에 걸리는 것, 이 둘의 공통점은 자기 자신을 되돌아보는 것.' 일본 도쿄대학 교수였던 지구물리학자 다케우치 히토시의 말처럼, 방황도 때론 자신을 되돌아볼 기회이며 새로운 전기(轉機: 사람이 바뀌는 기회. 전환의 시기)가 마련되기도 하는 법이다. '지리산, 나는 방황 그 자체로서 이곳에 이르렀으며, 어떠한 주문(呪文)으로도 잠재(潛在: 겉으로 드러나지 않고 잠겨 있거나 숨어 있음)할 수 없다.' 한국 현대 문학의 중요한 성과의 하나인 소설 '지리산'을 쓴 소설가이자 언론인 故(고) 이병주 님의 말씀으로, 방황이 때로는 괄목할 만한 '업적(業績)'을 남기기도 한다는 것이다. 또 다른 예로 성장하는 청춘들의 고뇌와 인간의 내면성의 양면성에 대한 고찰(考察)을 통해 휴머니즘(humanism: 인간의 존엄성을 최고의 가치로 여김)을 지향(志向)한, 스위스의 대문호 헤르만 헤세의 대표작으로 42세에 산전수전을 다 겪은 상태에서 새로운 삶을 살기 위하여 처음부터 다시 시작하는 마음으로 집필한 자전적 소설 '데미안(Demian)'은 주인공 에밀 싱클레어의 젊은 반항은 곧 헤세 "자신의 지난날 '방황'을 돌이켜 보는 반성적 시각"이었고, 그 속에서 끊임없는 '각성을 촉구하는 목소리'가 구현(具現)된 존재가 바로 막스 데미안이다. 헤세는 지난날의 '방황'을 바탕으로 '데미안'을 발간(發刊)한 이후 상승세를 타고 마침내 '유리알 유희'로 69세에 노벨문학상을 수상하게 되었다.

끝으로 오늘날 취업난을 겪고 있는 젊은이들이 '방황과 배회 그리고 고난을 통해 도전하여 꿈을 펼치기를 바라는 마음으로, 기성(旣成)작가가 아닌 또래의 젊은 작가 박유현이 쓴 '아무도 나를 모르는 곳으로 가고 싶었다.(뉴질랜드 워킹 홀리데이 백 패커의 수기)'를 읽기를 권고한다. 저자가 걸어간 길을 함께 여행하고 있다고 느끼게 될 것이다. 방황과 배회의 시기는 대체로 '정체(停滯)'의 시기이기도 하다. 지나온 발자취를 더듬으며 솔직 담백하게 풀어낸 이 책이, 읽는 이로 하여금 방황과 배회의 정체를 떠나 '도전에 대한 출발점(starting point)'이 되는 불씨를 지필 수 있는 계기(契機)가 마련되길 바란다.

20

반항(反抗)과 순응(順應)

*부제(副題): 반항을 중심으로

반항이란 '다른 사람이나 대상에 맞서 대들거나 반대함'의 의미이며, 유의어에 거역(拒逆), 대(對)거리(상대편에 맞서 대듦), 대항(對抗), 항거(抗拒), 저항(抵抗), 반발(反撥)이 있으며, 결(結)이 조금 다른 혁명(革命: 종래의 권위나 방식을 단번에 뒤집어엎는 일)도 있다. 반항의 반대어인 순응이란 '변화에 적응하여 익숙해지거나 체계, 명령 따위에 적응하며 따름'이나 '환경의 변화에 따라 유기체의 형태, 구조 기능이 환경조건에 가장 알맞은 상태로 변화하는 현상'의 의미로도 쓰이며, 유의어로는 동화(同化), 적응(適應), 순종(順從), 복종(服從), 권복(勸服: 마음으로 따름), 승순(承順: 웃어른의 말을 잘 쫓음)이 있고, 결이 조금 다른 조정(調整: 기준이나 실정에 알맞게 정돈함)과 조절(調節: 균형을 잡아 어울리게 바로잡음, 적당하게 맞추어 나감)도 있다.

반항이라고 해서 무조건 부정적인 말은 결코 아니다. 정의롭고 깨어 있는 사람들도 기존체제에 문제의식을 느끼고 시위나 집회를 하고 반항을 표출(表出: 겉으로 나타냄)하기도 한다. 예(例)로 말도 안 되는, 비상식적인 명령을 수행하는 것에 대한 반항은 정상적인 사람들이라면 전혀 문제 삼지 않고 오히려 칭송(稱頌)하는 법이다. 그런 맥락(脈絡)에서 때로는 혁명도 민중(民衆: 국가나 사회를 구성하는 일반 국민)의 지지(支持: 찬동하여 뒷받침함)를 받을 수도 있다. 그런데 특히 조직 사회에서의 반항은 상황을 잘 봐가면서 해야 하지, 반항할 상황도 아닌데 반항을 했다가는 상급자들에 의해 평생 괘씸죄로 낙인(烙印: 다시 씻기 어려운 불명예스러운 판정이나 평가)찍혀 앞으로의 조직 생활이 힘들어질 수도 있다. 그러므로 무지(無知)하다고 욕먹고 불이익을 감수(甘受: 책망이나 고통 따위를 달게 받아들임)할 각오가 되어있어야 가능한 일이기도 하다.

반항하면 떠오르는 것은 '아이의 반항'과 '청소년의 반항'이라는 단어이다. 대체로 '반항은 2~6세 사이와 청소년기에 정상적으로 나타난다.'라고 전문가들은 말한다. 이 단계에서 아이 또는 청소년은 자기 의지에 따라 행동하고 이를 주장하고 싶어 하는 데서 일어나거나, 환경변화로 인해 어려움을 느낄 때 일어나기도 한다. 부모의 관점에서는 이해하기 어려울 수 있으며, 아이의 고통이 반항으로 해석될 수도 있다. 이 경우는 아이를 이해해 주고, 그의 말에 귀 기울이고, 사랑으로 감싸주어야 하는 것도 중요하지만, 반항을 통제하기 위한 적당한 단호함을 갖고 행동을 교정해야 하는 것도 중요하다. 부모의 지혜가 절대 필요하다. 그런데 전문가들은 '반항은 정상적으로 여겨지므로 반항의 단계는 어떤 의미에서는 필요하다. 이 단계에서 아이가 성격, 정체성(正體性: 변하지 않는 존재의 본질을 깨닫는 성질, 또는 그 성질을 가진 독립적 존재), 개성을 형성하기 때문이다.'라고 말한다.

혹자(或者: 어떤 사람)는 '10대(代)의 문제아란 없다. 그저 성장통(痛)을 앓는 이치(理致)이다.'라고 말한다. 그러나 청소년의 반항은 한 가정에서나 사회적으로 수수방관(袖手傍觀: 팔짱을 끼고 보고만 있음)할 수만은 없다. 한마디로 슬기롭게 잘 넘어가면 다행이지만 그렇지 않으면 가정이나 사회적으로, 무엇보다도 본인에게 있어 더러는 황폐(荒廢: 정신이나 생활 따위가 거칠어지고 메말라 감)하게 되어 돌이킬 수 없는 지경에 이를 수도 있기 때문이다. 어느 통계 자료에 의하면 '대부분의 청소년은 사춘기를 큰 문제 없이 넘기지만, 100명 중 5~10명은 심각한 사춘기를 겪는다.'라고 하며, 소아청소년정신건강학과 김붕연 교수는 '반항적인 태도·공격성과 같은 심각한 사춘기 증상은 청소년 우울증 증상과 일치하며, 조사대상자 4명당 1명은 실제 우울증을 경험한 것으로 나타났다.'라고 한다. 절대 적은 숫자가 아니다. 더 심각한 것은 반항 장애인데 불순종적이며 도전적인 행동을 보이고, 고집이 세고 거친 행동을 보이며, 특히 권위적인 사람을 거부하고 적대적인 행동을 보이며 최소 6개월 이상 지속하면 병적 증상으로 전문가의 상담과 치료가 필요한 것이다. 왜냐하면, 이 (적대적인) 반항성 장애는 사회적이고 본인의 학업성취에 지장을 줄 뿐만 아니라 같은 또래(나이 수준이 비슷한 무리)들보다 문제행동의 빈도가 더 높을 수 있기 때문이다.

'청소년의 반항'을 순화(純化: 불순한 것을 버리고 순수하게 함)해서 우리는 보통 "사춘기(思春期: 보통 여학생은 12세, 남학생은 14세부터-신조어(新造語)로 '중2병'이라고도 함)"라고 명명(命名)한다. 사춘기라 하면 떠오르는 것은? '짜증', '반항', '친구', '다툼', '성장'이라는 단어와 '몸과 마음이 아이에서 어른으로 성장하는 과정'이다. 무엇보다도 이 시기는 본인은 물론이고 부모의 각별한 관심과 사랑이 필요한 때이다. 성경에서는 '아비들아 너희 자녀를 격노(激怒: 격렬하게 화를 냄)케 말찌니 낙심(落心: 바라던 일이 이루지 못해 마음이 상함)할까 함이라(골로새서)'와 '아비틀아 너희 자녀를 노엽게 하지 말고 오직 주의 교양과 훈계로 양육하라 (에베소서)'로 그리스도인들에게 가르침을 주신다. 심리상담전문가들도 '올바른 자녀 교육은 질타(叱咤: 큰 소리로 꾸짖음)가 아니라 격려를 해주는 것이다. 언성(言聲: 말소리)을 높이는 것은 결코 안 된다. 격려를 통해 아이들과 가까이 지내게 되는데, 무엇보다도 부모로서 자녀가 잘못했을 때 바로잡아 주어야 하는 것은 당연한 일이며, 부모 된 도리이다.'라고 말한다.

1950년대 십 대 전체를 대변했던 자신이 출연한 영화명이기도 한 '이유 없는 반항'의 주연배우인 미국의 영화배우 제임스 딘이 있다. 오늘날 젊은 이들이야 생소하겠지만 60~70년대 학창시절을 보냈던 기성세대들은 영화 관람은 물론이고 지금까지도 어렴풋이나마 기억에 남아 있을 것이다. 그 당시 딘은 실제로도 반항아였고, 당시 청춘스타들에게 요구되었던 단정하고 전형적인 규준(規準: 본보기가 되는 표준)에 따르지 않았으며, 평소 얼굴 표정과 목소리도 고독과 회의(懷疑: 의심을 품음)의 그림자가 녹아 있었으며, 눈을 찌푸리는 표정이 고독한 반항을 짙게 했는데, '젊음, 스포츠카, 청바지, 반항적 표정과 행동' 하면 사람들이 바로 그를 떠올릴 정도의 당대 영화계, 그리고 유명한 붉은 잠바를 입고 10대의 모습을 상징적으로 재현(再現: 나타냄)하여 청춘을 상징하는 불멸의 아이콘(icon: 어떤 분야를 대표하거나 그 분야에서 최고의 사람이나 사물) 중 한 사람이며, 소위 쿨함(cool: 꾸물거리거나 답답하지 않고 시원시원함)의 '영원한 상징'으로 전후 세대 이후 오늘날까지도 반항의 아이콘으로 불린다. 그러나 그는 안타깝게도 24세에 교통사고로 요절(夭折: 젊은 나이에 죽음)하고 말았다.

끝으로 우리나라와 외국 작가의 작품을 통해 '반항'에 대한 견해를 인용하고자 한다. 먼저 우리나라의 수필가이자 시인인 이승훈 님이 쓴 '반항해야 성공한다'로 '고정관념에서 반항적으로 탈피하면, 개인뿐만 아니라 사회 전반에도 이로운 영향을 끼치게 된다. 고정관념이라는 마인드는 우리의 창의성과 자율성을 제한하고, 진정한 성공과 개인적인 마인드에 도달하는 데 방해가 된다. 고정관념이라는 족쇄를 풀고 새로운 아이디어와 문화를 탐색하며, 타인의 의견과 경험에도 개방적이어야 하며, 무엇보다도 우리는 편견을 깨고 새로운 시각을 개발하고 해결책을 발견해야 하는데, 이것이 곧 성공으로 가는 길이다.'라고 말한다.

　다음으로 프랑스의 작가이자 철학가로 노벨문학상을 수상했던 알베르 카뮈의 '반항하는 이들에게 주는 메시지'를 보기로 하자. 내 삶의 주인이 되기 위한 투쟁으로 카뮈의 대표작 '시지프 신화', '페스트', '이방인'의 세 가지의 코드는 '부조리, 반항, 그리고 사랑'이다. 그의 작품 속에서 일관되게 강조하는 것은 '부조리 속에서 좌절하지 않는 성실성'이다. '이왕 살아가기로 한 인생을 내 손에 쥐고 내 것으로 삼으라고. 그것은 삶이라는 바위를 굴리는 성실함으로 만들어지는 것'이라고 말한다. 최종적으로 그는 우리에게 다음과 같은 메시지를 남겼다. '세상이 부조리하지만 그렇다고 세상과 인생을 포기해서는 안 된다. 부조리를 응시하며 부조리한 세계에 반항해야 한다. 나는 반항한다. 그러므로 나는 존재한다.' 진정한 반항은 처절한 사고(思考: 생각하고 궁리함)의 결과이다. 조용하지만 강력하다. 교언영색(巧言令色: 아첨하는 말과 알랑거리는 태도)과는 정반대이다. 반항인은 사회를 지배하는 가치에 의문을 던지고, 결국에는 사회를 긍정적으로 바꾸기도 한다는 것이다. 결론적으로 이유 있는 반항, 합리적인 반항은 변화와 발전, 그리고 개혁을 도모(圖謀)할 수 있지만, 무턱대고 순응, 순종하는 것은 정체(停滯)나 퇴보(退步)만이 있을 뿐이라는 것이다.

중년들을 위한 생활 속 지혜

1

어제, 오늘 그리고 내일

어제는 지난날이고, 오늘은 지금의 현실이며, 내일은 나의 미래이다. 흔히 말하기를 어제는 과거이고, 내일 바라보는 오늘도 과거이며, 내일이 현실이 되면, 내일도 결국 오늘이 되고, 어제도 과거의 오늘이었다. 다시 말해 오늘 바라본 어제는 과거(past), 역사(history)이며, 미래(future), 내일은 신비, 수수께끼(mystery)이다. 그렇다면 오늘, 현재는 무엇인가? 오늘인 현재(present)는 신(神)이 우리에게 준 선물(present: 영어 단어 'present'는 「현재의」, 「참석한」, 「출석한」, 「선물」,의 의미)이다. 그러므로 한 인간이 세상을 살아가면서 어제, 오늘, 그리고 내일을 어떤 시각(視覺: 사물을 관찰하고 파악하는 기본자세)으로 봐야 하고, 조명(照明)해야 할 것인가의 문제가 제기(提起)된다.

'삶은 세 가지 기간(期間)으로 나누어진다. 그것은 예전과 지금과 미래이다. 지금 이 순간으로 인해 이익을 얻기 위해서 과거로부터 배우고, 미래에 더 나은 삶을 살기 위해서 현재로부터 배워야 한다.' 영국의 낭만파 시인이자 영국 왕실의 계관시인 윌리엄 워즈워스의 말이다. 영어 명언에도 이런 구절이 있다. '불가능하다는 게 어떤 건지 말하기는 어렵다. 왜냐하면, 어제의 꿈이 오늘의 희망이 되고 내일의 현실이 되기 때문이다(It is difficult to say what's impossible, for the dream of yesterday is the hope of today and the reality of tomorrow.)'. 이는 언제나 '희망과 꿈을 가지고 포기하지 말라'라는 말로 '어제 꿈꾸고 오늘 소망한다면 내일은 이루어진다.'라는 것으로 미국 물리학자이자 로켓개발자 로버트 고다드의 말이다.

어제, 오늘 그리고 내일엔 연속성이 있다. 서두르지 않고 멈추지 않는 시간에 시작과 끝이 따로 있지 않기 때문이다. 한 인간의 삶이란 하나하나의 점(點)들이 모여 선(線)을 만들어 가는 과정과도 같다. 어제가 있어 오늘이 있고, 오늘이 있어 내일이 있고, 어제, 오늘, 내일이 지나 내 삶이 되는 것이다. 그런데 우리는 모두 함께 오늘에 살고 있으면서도 어제의 사람이 있는가 하면, 내일의 사람도 있다. '어제의 사람'은 정신적으로 미래에 대한 비전을 상실한 사람이라는 의미이며, '내일의 사람'은 오늘에 살고 있지만 내일에 대한 비전과 희망을 지니고 있는 사람이다. 그러므로 우리가 내일의 사람이 되어 창조적이고 생산적인 위대한 삶에 참여하기 위해서는 '삶의 분명한 목표의식'을 갖고 그것을 '힘차게 추구'해 나아가야 하겠다. 그러기 위해서는 '용기와 지혜, 지식과 능력, 희망과 단단한 포부(抱負)'를 지녀야 한다.

과거(過去), 예전, 어제를 바라보는 시각은?

'절대 어제를 후회하지 마라. 인생은 오늘의 내 안에 있고, 내일은 스스로 만드는 것이다.' 미국의 판타지 소설의 대가 L. 론 허바드의 말이다. 사람들은 일반적으로 '어제의 아쉬움이 가장 크게 느껴진다.'라고 한다. 그러나 이런 생각은 오늘을 살아가는 데 큰 도움이 되지는 않는 법이다. 어제 일어난 일에 대한 후회나 고민(苦悶: 괴로워하고 애를 태움) 그리고 우울감에 사로잡혀 있다면, 더 나아가 오랜 지난 과거에 일어난 일들을 생각하며 현재의 소중한 시간을 보내고 있다면, 분명 나는 과거에 살고 있는 사람이다. 비록 현재에 살고 있지만, 생각이 과거에 살고 있다면 과거에 생각과 감정이 얽매어있는 것이다. 물론 생각과 느낌, 감정이 좋다면 다행이지만, 만약 후회나 나쁜 생각과 감정이 올라온다면 현재의 삶은 고통스러운 법이다. 더 우려스러운 것은 미래까지도 영향을 받는다는 것이다. 한마디로 과거를 보는 생각과 감정 그대로, 미래를 바라보게 된다는 것이다. 과거에 대한 일들이 내 뇌리(腦裏)에 남아, 놓아버리지 못하기 때문에 미래에 대한 걱정과 두려움이 앞서 매사에 조심성이 지나치다 보니, 현재는 불안정하고 미래로 나아갈 수 없다. 지난날의 좋았던 것은 '추억'이고, 나빴던 것은 '경험'으로 삼아 미래의 '자산'으로 생각해야 한다. '어제를 통해 배우고, 오늘을 살며, 내일을 소망하라.' 세계적 물리학자 아인슈타인의 말이고, '언제나 어제만 생각하고 있으면, 더 나은 내일을 맞이할 수 없다.' 발명가 찰스 캐터링의 말이며, '과거를 지배하는 자가 미래를 지배할 수 있으며, 현재를 지배하는 자(者)가 과거를 지배할 수 있다.' 영국의 작가이자 언론인 조지 오웰의 명언이다.

현재(現在), 지금(只今), 오늘을 바라보는 시각은?

'지나간 것은 쫓지 말고 아직 오지 않은 것은 생각 마라. 과거 그것은 버려졌으며, 미래 그것은 아직 오지 않았다. 그러므로 단지 지금 존재하고 있는 것을 이 자리에서 잘 관찰(觀察: 사물을 주의 깊게 살펴봄)해야 한다.' 부처님 말씀이다. 과거, 현재, 미래, 셋으로 구분되는 시간의 현재는 바로 지금의 순간이지만 다른 둘(과거, 미래)에 비하여 의식(意識: 깨어있는 상태에서 자기 자신이나 사물에 대한 인식하는 작용)과 실천(實踐: 실제로 행함)에 관해 훨씬 더 우월(優越)성을 지닌다. 사실 시간적 개념으로 볼 때 현재, 오늘이 가장 중요하다. 또한, '인간이 행복감을 느끼는 시간적 개념'도 현재, 오늘이다. 그런데 중요한 것은 현재의 평범한 자기 일상(日常: 매일 반복되는 생활)의 소중함을 느끼는 것도 행복감의 한 일부(一部)여야 한다. '언제나 현재에 집중할 수 있다면 행복할 것이다.' 세계적 베스트셀러 '연금술사'를 쓴 브라질의 신비주의 작가 파울로 코엘류의 말이다. 오늘에 바라본 과거, 어제는 추억과 미련 그리고 후회가 남고, 오늘에 바라다보는 미래, 내일은 기대와 희망 그리고 도약(跳躍: 급격한 진보·발전의 단계)이 되어야 한다. 한마디로 오늘이 있기에 '후회'와 '희망'이 존재하는 것이다. '오늘이 어제와 같지 않도록 만들어라. 그러면 내일은 달라질 것이다.' 미국의 작가이자 심리학자 토니 로빈스의 말이고, "삶은 매 단계 너무 빨리 지나버리고 만다. 후회하고, 다투고, 화를 내다 보니, 얼마 후면 사라져 버릴 '지금'이라는 귀중한 시간을 허비하고 만다. '지금'은 그리 오래 지속되지 않는다." 기독교 작가 에디스 쉐퍼의 말이며, "진정한 '행복'이란, 지난 과거를 떨쳐버리고, 미래에 대한 불안한 의존 없이 '현재를 즐기는 것'이다."는 고대 로마 철학자 세네카의 명언이다. 그리고 테레사 수녀님은 '어제는 이미 지나갔고, 내일은 아직 오지 않았다. 당신이 가진 것은 오늘뿐이다. 그러니 지금 시작하라.'라는 말씀을 남겼다.

미래(未來), 장래(將來), 내일(來日)을 바라보는 시각은?

미래, 내일은 현재의 다음 시간대로, '반드시 다가오는 시간'을 의미한다. 그런데 아직 일어나지 않은 예측불허(豫測不許)한 시간으로 당장 1분(分) 뒤에라도 무슨 일이 일어날지 정확히 말할 수 없다. 한자어 '미증유(未曾有: 지금까지 한 번도 있거나 본 적이 없음), 공전(空前), 전대미문(前代未聞), 초유(初有)의'라는 수식어가 붙는 사건이나 사고가 일어날 수도 있다. 미래는 장래(將來)와 혼용(混用)되어 쓰이기도 하는데, 사전적 정의로 보면 미래는 '아직 오지 않았다'라는 의미이며, 장래는 '장차 다가올 날'을 의미한다. 여기서 말하는 장래는 어느 정도 '앞날을 예측'할 수 있는데 반해, 미래는 '그보다 더 먼 시간까지를 가리킨다.'라는 것이다. 예(例)로 '장래가 촉망된다.'라고 말한다.

무엇보다도 미래는 정해져 있는가, 그렇지 않은가에 대한 의문이 생긴다. 결론적으로 미래를 완전 예측하기는 불가능하다는 것이 정설(定說: 이미 확정되거나 인정된 설)이다. 그런데 앞서 운명론자들은 '운명은 이미 정해져 있다.'라고 하고, 결정론자들은 '뉴턴 역학에서부터 시작된 미래는 하나로 정해져 있다.'라고 하며, 확률론적 결정론자에 따르면 '미래는 확률적인 사건들이 겹쳐 확률의 형태로 존재한다.'라고 주장한다. 그러므로 미래는 어떻게 보면 결정적이거나 비결정적이지만, 분명한 것은 결정론은 아닌 것 같다. 그러면 자기 미래는 어떻게 결정되는가? 당연히 이치[理致: 정당한 조리(條理: 앞뒤가 맞고 체계가 섬)]에 맞는 답(答)이 기다리고 있다. 자기 미래는 능력(실력), 노력, 환경 그리고 타이밍[운(運) 포함]이 어우러져 이룩되는 것이다. 어찌 보면 한 개인뿐만 아니라 한 가정, 한 나라, 나아가 온 인류에 해당하는 말이기도 하다. '슬픈 사연으로 내게 말하지 마라. 인생은 한낱 헛된 꿈에 지나지 않는다고. 우리가 가야 할 곳, 혹은 가는 길은 향락도, 슬픔도 아니다. 내일이 저마다 어제, 오늘보다 낫도록 행동하는 것이 인생이니라. 주저하지 말고 현재를 개선하고, 그리고 미래로 나아가라. 두려워하지 말고 씩씩하게 용기를 갖고 나아가라.' 미국의 시인 헨리 워즈워스 롱펠로가 쓴 '인생 찬가'에 나오는 말이다.

어제, 오늘 그리고 내일의 우리 모두의 모습은 '자기 삶의 태도에 결정

된다' 해도 결코 과언(過言)은 아니며, 무엇보다도 먼저 지난 과거를 돌이켜 보면 된다. '미래를 알고 싶으면 먼저 지나간 날들을 살펴라.' 명심보감(明心寶鑑)에 나오는 말이다. 누군가 말했던가? 인생에서 슬픈 세 가지는 '할 수 있었는데!' '해야 했는데!' 그리고 가장 비통(悲痛: 몹시 슬퍼서 마음이 아픔)한 것은 '해야만 했었는데(과거에 대한 유감, 후회, 비난, 잘못)!'이다. 그러나 어제는 경험이었고, 내일은 희망이 있고, 그리고 오늘은 경험을 희망으로 옮기기 위해 '최선을 다하는 순간'이 되어야 한다. 무엇보다도 어제의 일들이 아쉽거나 후회스럽지 않고 '내일이 있기에 나는 오늘 여유롭고 넉넉하다.'라는 마음가짐을 지니는 것도 생활의 지혜 중 하나이다. 우리 모두 추억 어린 어제, 행복한 오늘, 그리고 밝고 희망찬 내일을 위해, 다 함께 건배(Cheers)/화이팅(Fighting)!!!

2

인간관계(人間關係)

　인간관계, 즉 대인관계(對人關係)는 일명(一名) 끈, 또는 연(緣)줄이라고도 하는데 인간과 인간, 또는 집단과의 관계를 통틀어 일컫는 말로, 둘 이상의 사람이 빚어내는 개인적이고 정서적인 관계를 말한다. 이러한 관계는 교제(交際), 사랑, 연대(連帶), 일상적인 사업 관계 등의 사회적인 약속에 기반을 둔다. 한마디로 인간관계란 사람과 사람의 감정의 흐름이 있고 휴머니즘(인간의 존엄성을 최고가치로 둠)을 토대로 상호 소통과 협력하고자 하는 의지가 있는 만남이다.

　'인간은 사회적 동물로 태어날 때부터 타인의 도움과 보호가 필요한 의존적 존재'이기도 하다. 따라서 인간은 가족, 연인, 친구, 동료, 조직(단체) 구성원 등 사회를 구성하여 서로 상호작용하면서 살아가게 되는 것으로, 인간관계는 '인간을 가장 인간답게 살아가게 해주고, 가치 있는 존재로 만들며 개인의 정체성(正體性: 변하지 않는 존재의 본질을 깨닫는 성질)을 발달케 한다. 특히 직장, 조직 생활의 성공적 요인으로 능력보다 우선순위이기도 하다.' 그런데 인간관계의 필요충분조건(참이 되기 위해서 반드시 충족되어야 하는 조건)으로 네 가지 '진정성, 수용, 공감, 나눔'이 순차적으로 이어져야 한다.

오스트리아의 정신의학자로 '개인 심리학'을 수립한 알프레트 아들러는 '인간관계를 모든 행복의 근원이자 고민의 근원'이라고 말하였고 '가족 관계 -〉 친구나 연인 관계 -〉 비즈니스 관계 등 순서대로 가면 갈수록 인간관계의 어려움을 크게 느끼게 된다.'라고 덧붙였다. 명언 중에는 미국의 저술가 리즈 카펜터는 '대부분의 사람은 내 편도 아니고 내 적도 아니다. 또한, 무슨 일을 하거나 자신을 좋아하지 않는 사람은 있기 마련이다. 모두가 자신을 좋아하기를 바라는 것은 지나친 기대이다.'라고 말했으며, 공자님의 말씀 '사람은 서로의 입장과 처지를 바꿔 생각해야 한다.'는 역지사지(易地思之)의 중요성을 강조한 것이다.

　대인관계 능력(能力)이란, 다른 사람의 생각이나 감정을 잘 이해하며 '조화롭게 관계를 유지'하며, 갈등이 생겼을 때 이를 '원만하게 해결'할 수 있는 능력을 말하며, 대인관계의 매력(魅力)은 다른 사람의 어떤 성향이나 행위에 대해 지닌 '긍정적 태도의 정도'인데 대인관계라는 것은 결국 일방적인 것이기보다는 '상대적이고 더 나아가 사회적'이라고 말할 수 있다. 오늘날 인간관계는 자산(資産)으로 인식되는 인적네트워크뿐만 아니라 사회생활을 영위하는 데 필요한 인간관계를 포함하는 사람과 사람 사이에 사회적 행동과 교섭이 거듭됨으로써 생기는 관계로까지 확대되어, 인간 생활에서 중요한 위치를 차지하고 있다. 왜냐하면, 한 사람이 사회에서 성공하기 위한 필수요건은 인성, 꿈, 끼, 꾀, 꼴, 깡, 끈(연줄)이기 때문이다. 그러므로 현대를 살아가고 있는 우리는 인간관계의 처세술(處世術: 세상을 살아가는 꾀)이 절대 필요한 때이다.

　그렇다면 처세에 가장 중요한 것은 무엇인가? 바로 '정직'인데 '돈키호테'를 쓴 세계적 작가 세르반테스는 '정직만큼 풍요로운 재산은 없으며,

사회생활에서 최고의 도덕률은 없다. 정직한 사람은 신이 만든 최고의 작품이기 때문에 하늘은 정직한 사람을 도울 수밖에 없다.'라고 말했으며, 영국 수상이었던 윈스턴 처칠도 '정직하지 않으면 사람을 움직일 수 없다.'라고 대인관계에서 '정직'의 중요성을 강조했다. 인간관계에서 상대와 마음의 문을 열려면 내가 먼저 두드리고 공개해야 한다. 내가 먼저 솔직한 모습, 인간적인 모습, 때로는 망가진 모습까지 보여주면 상대도 편안하게 마음의 문을 열게 된다. 그리고 술값, 밥값을 내가 먼저 내는 것은 돈이 많아서가 아니고 친하게 지내자는 것이고, 대화 중 내 치부(恥部: 부끄러운 점)를 드러내는 것은 속이 없고 분수(分數: 분별이나 헤아리는 능력)가 없어서가 아니라 함께 마음을 터놓고 지내자는 의미이다. 사실 사람은 오래 지켜보아야 알 수 있다. 아무리 짧아도 1년, 그리고 나서 3년, 10년, 평생을 지켜보아야 그 사람의 진면목(眞面目)을 알 수 있다.

인간관계, 대인관계에서 사람과 사람의 만남은 인연이며, 관계는 노력이다. 인연이란, '시작이 좋은 인연'이 아니라 '끝이 좋은 인연'이다. 인연의 시작이 내 의도와 상관없이 시작되었어도 어떻게 마무리하느냐가 중요한 것이다. 명언으로는 '인연이란, 인내를 갖고 공(功)과 시간을 들여야 비로소 향기로운 꽃을 피우는 한 포기의 난초이다.' 헤르만 헤세의 말이다. 노력이란 어떤 목적을 이루기 위하여 몸과 마음을 다하여 애를 써야 하는데, 명언으로 파스퇴르는 '의지, 노력, 기다림은 성공의 주춧돌이다.'라고 했으며, 해리크는 '노력이 적으면 얻는 것도 적다. 인간의 물적, 인적, 지적재산(財産)은 그의 노고(勞苦)에 달려있다.'라고 말했다. 인간관계의 법칙을 정한다는 것은 조금 무리이지만 굳이 말한다면 '거울'과 같다. 내가 웃어야 거울 속에 내가 웃듯 '내가 먼저 관심을 두고 공감하고 배려하는 것'

이 우선이다. 미국의 경제학자 토머스 소웰의 '예절과 타인에 대한 배려는 동전을 투자해 지폐를 돌려받는 것과 같다.'라는 말은 대인관계에서 상대에 대한 예절과 배려의 중요성을 강조한 것이다.

인간관계의 주(主)가 되는 것들은 무엇이 있는가? 첫째는 부모와 자식 간의 관계, 둘째는 동기간(同氣間: 형제자매 사이)의 관계, 셋째는 부부관계, 넷째는 친구 관계, 넷째는 스승과 제자의 관계이며, 마지막으로 사회의 조직이나 단체에서 상급자와 하급자의 관계가 있다. 그렇다면 이들 각각의 관계에서 처신 방법이나 지켜야 할 덕목(德目)에는 무엇이 있는가? 첫째, 부모는 자식에게 인자하고, 자식은 부모를 존경해야 하며 서로 친애(親愛)함이 유지되어야 하고, 가족의 구성원으로 행해야 할 의무를 다해야 한다. 둘째, 동기간의 관계는 두루두루 편안해야 모두가 편안하다. 그리고 서로 고만고만해야 가장 이상적인 관계이다. 사는 게 차이가 나면 은근히 시기, 질투, 견제가 있으며, 만나면 찧는 소리 하고 가족 내(內) 책임을 떠넘기기도 한다. 셋째, 부부관계는 서로 존중하고 인정해주며, 그리고 내 공(功)도 상대의 공으로 돌릴 수 있어야 한다. 넷째, 친구 간의 관계는 자주 만나거나, 아니면 안부라도 자주 물어야 하며, 돈 써주고, 서로 흉허물이 없어야 한다. 성경 잠언에 '서로를 파괴하는 친구는 있지만, 진짜 친구는 형제보다도 더 가까이 있다.'라고 한다. 그리고 아리스토텔레스가 말한 명언 '친구는 제2의 자신'으로 멘탈(정신이나 마음) 관리가 중요하다. 왜냐하면, 감정적인 사람은 항상 나중에 후회하기 때문이다. 넷째, 스승과 제자의 관계는 스승이 스스로 낮춰 제자가 높아지는 가운데 새로운 창조가 세상에 빛을 발할 수 있다. 마지막으로 조직이나 단체의 상급자와 하급자의 관계는 수직적 관계로 상하가 분명해야 하고 각자 주어진 위치에서 소임(所任: 맡은 바 직책이나 임무)을 다해야 한다. 특히 조직의 리더는 솔선수범하고 청렴해야 하며, 조직원들을 챙기고 위해 주어야 하고, 무엇보다도 정의의 실현인 신상필벌(信賞必罰: 잘하면 상을 주고 잘못하면 벌을 줌)이 명확해야 한다.

한마디로 한 사람의 일상에서 가장 중요한 위치를 차지하는 가정과 직장에서 인간관계를 정리하자면 '부모에게는 편안함과 섬김을, 자식에게는 따뜻함과 자상함을, 형제에게는 믿음과 관심을 주는 가정을, 상사에게는 편안함과 존중을, 동료에게는 믿음과 배려를, 부하직원에게는 끌어주고, 품어주는 분위기의 직장을 만들어야 한다.' 특히 직장인들은 대체로 직장에서 보내는 시간이 많기 때문에 전체적으로는 가족적 분위기 조성이 중요하며, 개인적으로는 야트막하고 넓은 인간관계를 맺는 것이 중요하다. 예를 들어 큰 규모의 직장 내 애경사(哀慶事)가 있을 때 경(慶)사는 초청해야 가는 것이지만, 애(哀)사는 평소 인사만 하고 지내는 사이라도 상(喪)을 당한 것을 알게 되면 직접 조문 가서 성의껏 부의금을 내고 오면 나중에 내게 어려운 일이 생기면 조문 갔던 그 사람의 기억에 남아 손수 나서서 해결해 주기도 한다. 이것이 지혜로운 대인 관계법이다.

끝으로 중국 명나라 때 홍자성이 쓴 인간관계의 처세법을 가르친 경구(警句)집 '채근담'에 나오는 명언 하나를 인용한다. '생각이 너그럽고 두터운 사람은 봄바람이 따뜻하게 만물을 기르는 듯하여 무엇이든지 이런 사람을 만나면 살아나고, 마음이 모질고 각박한 사람은 차가운 눈이 만물을 얼게 하는 듯하여 무엇이든지 이런 사람을 만나면 죽느니라.' 귀감이 되는 명구(名句)로 인간관계의 기본이자 근본이며 시작점을 우리에게 정확하게 제시해준 명언 중 명언이다.

3

배움과 가르침의 중요성

'배움'과 '가르침'의 정의는 무엇인가? 배움과 가르침의 통칭(通稱)이 교육(敎育)으로 '교육(을) 받다.' '교육(을) 시키다.' 등으로 사용하며, 사람으로 지칭할 때 교육자(educator: 교사, 교원, 교수자, 교육가)와 피교육자[student: 학생, 교육생, 학인(學人)]라고 칭한다. 배움이란, '새로운 지식이나 교양을 얻거나, 새로운 기술을 익히고, 남의 행동, 태도를 본받아 따르는 것'을 말하고, 가르침은 도리(道理: 사람이 행하여야 할 바른길)나 지식, 사상, 기술 따위를 알게 하거나 그 내용, 그리고 스승의 가르침을 의미하기도 하며, 유의어에는 계시(啓示: 깨우쳐 배움을 줌), 교육, 교훈(敎訓: 가르치고 깨우침)이 있다. 교육이라는 어원은 본래 맹자(孟子)의 '득천하영재이교육지(得天下英才而敎育之)'라는 말에서 유래되었는데 '가르칠 교(敎)' 자는 '회초리로 아이를 배우게 한다.'라는 의미이고 '기를 육(育)' 자는 '갓 태어난 아이를 기른다.'라는 의미이다.

그럼 먼저 교육'이란 무엇인가?

교육은 '개인이나 집단이 가진 지식, 기술, 기능, 가치관 등을 대상자에게 바람직한 방향으로 가르치고 배우는 활동'이다. 그리고 교육은 피교육자가 보다 나은 삶을 영위하기 위해, 또한 그로 인하여 사회가 유지 · 발전될 수 있도록 피교육자가 가진 능력을 끌어내고, 새로운 지식이나 기능을 습득하게 하는 활동이며, 광의(廣義: 넓은 의미)의 의미로는 '개인의 정신, 성격, 능력의 형성에 영향을 주는 모든 행위와 경험'을 교육이라고 한다. 인간은 교육을 통해 이전 시대가 해 왔던 것처럼 다음 세대에 지식 및 문화를 전수(傳授)하고 발전시킨다. 교육 활동이 제대로 이루어지기 위해서는 가르치는 교육자, 배우는 교육생 그리고 교과서(textbook)와 같은 교육할 내용, 즉 교재가 있어야 하는데, 교재에는 활자화된 주 교재, 필요에 따라 부교재, 이해를 돕기 위해 적절한 교구(敎具: 괘도, 표본, 모형, 실험도구 등) 그리고 오늘날과 같은 정보화 시대에는 시청각교재(視聽覺敎材: 사진, 슬라이드, 영상 등)도 포함된다. 그런데 여기서 교육자와 교육생의 입장에서 가장 중요한 것이 있다. 이것은 강의 연륜이 있는 사람이라면 전적으로 공감하는 내용일 것이다. 교육을 시키는 교육자는 첫째, 인성(人性) 둘째, 실력(강의력), 셋째, 학력(學歷)이나 학벌(學閥)인데, 가장 중요한 것은 교육자의 인성이다. 한마디로 학력이나 학벌보다는 실력이 우선이고 그보다 더 우위(優位)를 차지하는 것이 인성이라는 것이다. 그리고 강의 시에는 첫째, 이해하기 쉽고 재미, 흥미롭게 둘째, 핵심을 짚어주고 셋째, 반드시 피드백(feedback)을 해주어야 한다. 교육받는 교육생의 입장에서는 수업받을 과목에 대한 사전 예습, 그리고 수업받은 당일(當日: 바로 그날)이 지나지 않는 복습이 필수이다. 그런데 둘 중 하나만이라면 예습이 더 효율적이지만, 과목이나 교재 내용이 어려워 예습이 불가능하다면 복습 위주(爲主)로 해야 한다.

다음으로 '배움'이란 무엇인가?

무지와 가난 그리고 착각에서 벗어나는 유일한 방법은 배움, 공부밖에는 없다. 그러나 그것이 당장 나타나는 것은 아니다. 오랜 시간이 필요하다. 수천억의 자산가이며 칼럼니스트이자 '돈과 인생'의 저자인 세이노(筆名: Say No로 Pen Name)의 가르침에서 "아무리 배워도 당장 내 수입은 늘지 않는다. 그리고 아무도 내 노력을 알아주지도 않는다. 가시(可視)적인 효과가 없으니 재미도 없고 싫증이 난다. 그러나 성취가 나타나면 도파민이 분비되어 스트레스와 피로감이 사라진다. 성취는 '재미' 또한 부여하게 되어 '행복감'을 느끼게 한다."처럼 행복감은 자신감으로 나타나 적극적이고 더욱 열성(劣性)을 다하게 된다. 그러다 보면 무엇인가 본인의 목적달성이 이뤄지게 되어있다. 배움에는 여러 가지가 있는데 공교육, 사교육, 사회(평생)교육 등이 있으며, 피아노, 바이올린, 악기연주방법, 수영이나 체조, 헬스 등도 있고, 외국어 교습, 그리고 다양한 취미나 오락교습도 있다. 이 모든 것에 사람들이 관심을 두고 몰두하는 것은 자기계발, 능력과 실력의 제고(提高), 나아가 수입증대나 사회적 지위의 성취 등 다양하다. 사자성어를 통한 배움을 정리하면 학무지경(學無止境: 배움은 끝이 없어 평생 배움)과 학불가이[學不可已: 배움은 끝없는 정진(精進: 열심히 노력함)] 해야 하고, 향학지성(向學之誠: 학문에 온 마음을 기울이는 정성)과 마천철연(磨穿鐵硯: 학문을 열심히 닦으며 다른 곳에 마음을 두지 않는 것) 하며, 조익모습(朝益暮習: 아침에 가르침을 받아 저녁에 그것을 익히는 것처럼 학문연마에 열중함) 해야 하는 데 무엇보다도 불분불계(不憤不啓: 스스로 터득하려고 애쓰는 사람이라야 스승의 가르침으로 미묘한 이치에 통달하게 됨)가 가장 중요하다.

마지막으로 '가르침'은 무엇인가?

가르침에는 추정(趨庭)이라는 자식이 부모에게서 가르침을 받는 것을 시작으로 수많은 형태가 있는데, 그중 하나가 예수님의 산상수훈[山上垂訓: 신앙생활의 근본원리가 간명(簡明: 간단명료)하게 정리·기술되어 있음(마태복음 5~7장)]을 통해 그리스도인들은 가르침을 받기도 한다. 우스갯소리로 교육자를 칭(稱)할 때 '강사'는 강의만 책임지면 되고, '교사'는 교실에서만 책임지면 되며, '선생'은 학교 내(內)에서만 책임지면 되지만 '스승'은 학교 밖까지 책임을 져야 한다는 말로 어느 정도는 맞는 말이기도 한 것 같다. 교육자는 교육생들의 진정한 '스승이 되어야 하겠다는 마음가짐' 하나만으로도 모든 것은 통(通)하게 된다. 유교의 5경(經) 중 하나인 서경(書經)에서 "누군가를 가르치는 것은 '내가 배우는 것'이다. 누군가를 함부로 가르치는 것에 '책임감'을 느껴야 한다."라는 말에서 가르친다는 것은 반절은 자신이 배우는 것으로, 가르치는 자는 가르침으로써 자신이 알지 못했던 것을 알게 되기도 하지만, 무엇보다도 철저한 사전 준비가 필요하다. 한마디로 철저한 교재연구가 필수이다. 교육자는 교육생이 교육받는 시간에 비례 내지는 그 이상의 시간을 교재연구에 투자해야 한다. 과거 인터넷이 발달하기 전만 해도 국문 동아대백과사전이나 영문 브리태니커백과사전을 뒤져가며 교재연구를 했지만, 오늘날은 편리한 인터넷 검색으로 조금만 수고하면 미진(未盡)한 부분 없이 완벽하게 수업준비를 할 수 있다. 그리고 설령 잘못 가르쳤을 때는 반드시 다음 시간에 바로잡아 주어야 하는데, 자존심 때문에 얼버무리고 넘어가거나 틀린 것을 알고도 그냥 지나쳐 버린다면 그거야말로 죄악을 저지르는 행위이다.

무엇보다도 교육자는 매너리즘[mannerism: 타성(惰性)]에 빠지는 것을 경계하고 조심해야 한다. 한 교재를 가지고 매 학기, 매 학년 사용하기도 하는데, 가능한 같은 과목이라도 새로운 교재로 바꿔야 교육자 자신도 공부가 되고 수업에 신선함도 있는 것이다. 부지런한 교육자라면 그 클래스(class)의 수준에 맞는 교재를 만들어 사용한다면 두말할 나위 없이 바람직하다. 그리고 수업받는 한 클래스 안에는 반드시 뛰어난 학생이 있다는 것을 염두에 두고 긴장감을 늦추어서는 안 된다. 또한, 수능 강의를 하는 고3 수업이나 입시학원 재수종합반 강의 시 반드시 수업 전 문제집의 오타는 없는지, 정답은 정확한지 확인해 보아야 하며, 수업 시 무엇을 말해야 하고, 무엇을 강조할 것인지 그리고 예상 질문까지도 마치 연극 대본을 쓰듯 미리 머릿속에 설정(設定)해 두고 수업에 임(臨)해야 한다. 교육자는 강단에 설 때 단정한 옷차림과 말끔한 외모, 수업시간을 철저히 지키는 것, 준비된 수업, 그리고 기억에 남을 강의 내용, 이 모든 것이 교육자의 도리(道理)이며, 교육생들에 대한 예의(禮儀)이다.

끝으로 우리 인간은 배움과 가르침 두 가지 중, 모두에게 해당하는 것은 '배움'이다. 그러므로 '배움 중심'으로 마무리하려 한다. 유대인의 생활규범인 탈무드의 명언을 인용한다. '만나는 모든 사람에게서 무언가를 배울 수 있는 사람이라면 세상에서 가장 현명한 사람이다.'처럼 부모님, 선생님, 친구, 독서를 통한 선인들의 말씀에서 심지어는 길을 가다가 노인에게서, 어린아이에게서도 그리고 자연에서도 배울 것이 있으며, 사자성어의 '반면교사(反面敎師: 사람이나 사물의 부정적인 면에서 얻는 깨달음이나 가르침의 대상)'에서 배우기도 한다. 배움은 그 누구도 챙겨주지 않는 법이다. 내가 알아서 챙기고 익혀서 내 지식이나 지혜가 되게 해야 한다. 덧붙여 탈무드의 '인간이 지혜를 얻는 방법 세 가지'에 대한 명언을 하나 더 인용한다. "첫째는 가장 고귀한 방법으로 '자신을 돌아보는 것', 두 번째는 가장 쉬운 방법으로 그냥 '따라 하는 것', 마지막으로 가장 어려운 방법으로 '경험을 통해 배우는 것'이다."

유대 경전에 '승자는 달리기 시작하며 계산을 하지만, 패자는 달리기 전에 계산부터 하느라 바쁘다.'라는 명언에서 배움에 대한 의심은, 무엇이든 계산적으로 생각하는 빈곤한 자들의 공통된 특성으로, 무슨 일이든 계산부터 하다 보면 진정한 성공, 목표 달성을 이룰 수 없다. 또 하나 세이노의 말을 빌리자면 "뭘 배우던, 그 어떤 것을 하던 '피를 토하는 자세'로 임하는 것이다."처럼 목표한 것에 대한 일에 인내와 끈기, 집념 그리고 긴장감을 잃지 않는 지혜가 필요하다. '배우지 않고 살아가노라면 아무 일도 일어나지 않는다. 하지만 배움을 통해 그 어떤 지식이든 뇌에 축적되어 있다면, 미래에 무슨 일이든 새로운 일이 일어나게 된다.'에서 나이 불문하고 배움을 게을리해서는 안 된다는 것이다. 세이노의 두 인용문 중, 전자는 '젊은이들'에게, 후자는 100세 시대를 살아가야 하는 '중장년들'에게 주는 강한 메시지(message: 전달 내용)이다.

4

약속(約束)

약속이란 '다른 사람과 앞으로 어떻게 할 것인가를 미리 정하여 두거나 정한 내용'을 의미한다. 유의어에는 언약(言約), 기약(期約)이 있고, 비슷한 의미이지만 그 결이 조금 다른 용도로 쓰이는 가약, 계약, 상약, 서약, 약정, 맹세, 맹약 등이 있다. 그런데 현실에서 하는 구두 약속은 법적 효력이 없기 때문에, 중요한 약속은 '문서(文書)화' 시켜두기도 한다. 일상생활에서 약속은 대부분 사람과 만남을 갖기 위함인데, 별거 아닌 약속이더라도 어기면 다른 사람의 신뢰를 잃기 때문에 일단 해둔 약속은 가능한 한지키고 늦지 않는 게 좋은데, 그것은 일반적 상식이기도 하다. 그러므로 피(避)치 못해 늦거나, 참여할 수 없다면 사전 연락이나 통보를 하는 것이 사회생활의 필수적인 상대에 대한 예의이다. "아무리 보잘것없는 약속이더라도 상대방이 '감탄할 정도'로 지켜야 한다. 신용과 체면 못지않게 약속도 중요하다." 세계 최초로 '자기계발서'를 만든 미국 작가 데일 카네기의 말이다.

약속은 동서고금(東西古今: 동양과 서양, 옛날과 지금을 통틀어 말함)을 통해서 그 중요성만큼이나 명언들이 많이 있다. 특히 사자성어에서 약속에 대해 이런 표현들이 있다. 여인상약(與人相約: 다른 사람과 약속함), 단단상약(斷斷相約: 서로 굳게 약속함)과 금석맹약(金石盟約: 쇠나 돌처럼 굳고 변함없는 약속), 견여금석(堅如金石: 서로 맺은 언약이나 맹세가 쇠와 돌같이 단단함)이 있는데, 단금지계(斷金之契: 쇠라도 자를 만큼의 굳은 약속)는 '두터운 우정'을 말할 때 쓰이고, 일낙천금(一諾千金: 한번 승낙한 것은 천금같이 귀중함)은 '약속을 소중히 지키라'라는 의미로 쓰인다. 그런데 위정자(爲政者: 정치를 하는 사람)들은 '국민과의 약속'을 지키는 것이 그 무엇보다도 중요하다는 말로, 이목지신(移木之信)과 사목지신(徙木之信)이 있다.

명사(名士)들이나 선인(先人)들의 명언(名言: 이치에 맞는 훌륭한 말)들은 우리의 삶의 지침(指針)이 될 수 있고, 때론 자신의 좌우명(座右銘)으로 삼을 수도 있다. '도리에 어긋나는 약속은 해서는 안 된다. 그것은 지킬 수 없기 때문이다.' 유교의 경전 논어(論語)에 나오는 말이며, '지킬 수 없는 약속보다는 당장의 거절이 낫다.' 덴마크의 속담이다. 그리고 '사람은 자신이 한 약속을 지킬 만한 좋은 기억력을 가져야 한다.' 독일 철학자 니체의 말이고, '누구나 약속하기는 쉽다. 그러나 그 약속을 이행하기란 쉽지 않다.' 미국의 사상가 에머슨의 말이다. 또한, '약속을 지키는 최고의 방법은 약속하지 않는 것이다.' 프랑스 황제 나폴레옹의 말이고, '약속을 쉽게 하지 않는 사람은 그 실행에 가장 충실하다.' 프랑스 사상가 루소의 말이다.

사람들은 약속할 때 서로 굳게 지키자는 맹세의 의미로 보통은 새끼손가락을 건다. 대체로 전 세계적이라고 하는데, 요즘에는 새끼손가락을 건 뒤 서로의 엄지손가락으로 도장을 찍기도 하고 여기서 한 단계 더 나아가 복사와 사인을 하는 것으로까지 발전하였다. 그렇다면 새끼손가락을 거는 유래(由來)는 어디에서 나온 것일까? 일본의 유녀(遊女: 노는 여자)들이 직업적인 특성상 사랑하는 남자에게 손톱을 뽑아주거나 머리카락을 잘라 주었는데 이는 곧 자라기 때문에 남자들이 쉽게 유녀를 믿지 않자, 확실한 사랑의 약속 증표(證票)로 새끼손가락을 자르기까지도 했는데, 이는 고통스럽고 극단적이기 때문에 나중에는 '가짜 손가락을 주거나 새끼손가락을 거는 것으로 대신했다고 추측된다.'라는 설(說)이 유력(有力: 가능성이 큼)하다. 그런데 중요한 것은 약속은 손가락으로 하는 것이 아닌 '마음'으로 하는 것이다.

　한 인간이 세상을 살아가면서 깨지 말아야 할 가치 있는 것 세 가지가 '신뢰와 마음 그리고 약속'이다. 이것들은 우리의 '성장 열쇠'이다. 왜냐하면, 이 세 가지는 우리가 무언가의 그리고 누군가의 일부라고 느끼게 해주어, 이들이 무너지면, 우리가 살아가는데 더 이상 버틸 수가 없게 되는 것이다. 특히 약속은 '신뢰'와도 밀접한 관계가 있다. 약속은 나와 다른 사람과 연결하는 중요한 '신뢰의 척도(尺度: 평가·판단하는 기준)'인 것이다. 또한, 약속을 지키는 것은 상대에게 나를 보이는 '기본예의'이다. 약속에는 수많은 종류가 있지만 아주 작은 만남의 시간약속에서부터 시작이 되는데, 그 작은 약속 하나에서 그 사람의 됨됨이를 알 수 있는 것으로, 수많은 말을 안 해도 그 작은 행위에서 그 사람의 많은 것을 느끼고 평가할 수 있게 되는 것이다. 특히 섣불리 한 약속을 지키지 못하고 아무 일 없다는 듯이 행동하게 되는 것은 곧, 자신의 품격을 떨어뜨리게 되고 만다. 예를 들어 비즈니스 하는 사람이 약속 시각에 늦어진다는 것은 기본이 안 된 사람으로 이유 불문하고 변명의 여지가 없는 것이다. 이렇듯 사회생활에서 약속은 어느 것 못지않게 중요하다. 그런데 다른 사람과 약속도 중요하지만, 무엇보다도 자신과의 약속은 더더욱 중요하다. 사실 자신과의 약속을 지키는 것은 다른 사람과의 약속보다 더 어렵다. 혼자 마음속으로 한 약속이기 때문에 지켜도 그만, 안 지켜도 그만이기 때문이기도 하며, 적절하게 합리화(合理化: 잘못을 그럴듯한 이유를 붙여 옳은 일 인양 꾸밈)할 수 있기 때문이다. 그러나 자신과의 약속을 지킬 수 있어야만 개선된 나, 변화되는 나로 발전을 기대할 수 있다. 약속이란 사람과 사람 또는 나 자신과 '신뢰를 쌓아가는 행위'로 그 아무리 사소한 것이라도 가볍게 여겨서는 안 된다.

사실 우리네 삶은 타인이 되었건, 아니면 나 스스로가 되었건 정(定)한 약속이 있기에 하루하루가 소중한 것이다. 그 소중한 삶 속에서 만나게 되는 소중한 사람들, 친구들, 사랑하는 사람들, 이런저런 인연으로 만나는 사람들 속에서 내 삶이 풍요로워지고, 고귀(高貴)해지는 것이다. 우리 인간의 삶은 '소중한 약속'으로 이루어져 있다고 해도 과언은 아니다. 그러므로 그 약속을 지키려고 최선의 노력을 기울여야만 한다. 손윗사람이든, 손아랫사람이든, 가까운 사람이든, 그렇지 않은 사람이든, 업무적이든, 일상의 일이든 약속을 지키는 것을 '목숨'처럼 여기는 생활 자세가 절대적이다. 그러므로 약속할 때에는 세 번 이상 생각해 보는 지혜가 필요하며, 지키지도 못할 약속, 습관처럼 덥석덥석 해서는 안 된다. 신중하게 하되, 했으면 반드시 지켜야 한다. 그것이 나의 사회에서 성공과 인정 그리고 좋은 평판을 받을 수 있는 첫걸음이 되는 것이다.

끝으로 먼저 '진실한 삶의 약속'을 읊은 시인 용혜원의 시(詩) '우리의 삶은 약속이다'의 첫 부분(初章)과 마지막 부분(終章)을 인용한다. "우리의 삶은 '하나의 약속'이다. 장난기 어린 꼬마 아이들의 새끼손가락 거는 놀음이 아니라 '진실이라는 다리를 만들고 싶은 것'이다. 〈중략(中略)〉 봄이면 푸른 하늘 아래 음악처럼 피어나는 꽃과 같이 우리들의 '진실한 삶은 하나의 약속'이 아닌가."에서 어제는 잊힌 약속이고 내일은 지키기 어려운 약속으로 다만 약속이 있다면 오늘, 오늘의 약속은 사랑이라는 말이다. 다음으로 '애절(哀切: 매우 애처롭고 슬픔)한 약속' 두 경우를 인용한다. 하나는 요즈음 같이 부부간 별거나 졸혼, 피치 못할 사정으로 이혼한 부부들 사이에 해당하는 나태주 시인의 시(詩) '오늘의 약속' 후반부 "삶은 우리들 이야기만 하기에도 시간이 많지 않은 걸 잘 알아요. 그래요, 우리 멀리 떨어져 살면서도 오래 헤어져 살면서도 스스로 행복해지기로 해요. 그게 '오늘 약속'이에요."이고, 다른 하나는 떠나버린 사랑하는 사람을 애타게 그리는 가창력이 뛰어나고 초창기 얼굴 없는 가수로 유명했던 김범수가 부른 '약속'의 가사 후렴(後斂) "'돌아온다는 너의 약속' 그것만으로 살 수 있어 가슴 깊이 묻어둔 사랑 그 이름만으로 아주 늦어도 상관없어 너의 자리를 비워둘 게 그때 돌아와 나를 안아줘"로, 사랑도 약속이며, 사랑은 한 번 주면 결코 잊을 수도, 사라지지도 않는 영원한 것으로, 설령 떨어져 있거나 헤어진다 해도 사랑하는 그대를 지우려 해도 절대 지워지지 않는, 짙은 그림자가 항상 내 곁에 따라다니는 법이다.

5

소비(消費)와 저축(貯蓄)

　소비와 저축의 사전적 정의는 무엇인가? 소비란 '돈이나 물자, 시간, 노력 따위를 들이거나 써서 없앰,' '경제 욕망을 충족하기 위하여 재화(財貨: goods: 상품, 물건)나 용역(用役: service: 노무, 품)을 소모하는 일'이다. 유의어는 비모(費耗), 비소(費消), 소모(消耗)이고, 반의어는 생산(生産), 축적(蓄積: 많이 모으는 것)이다. 음(音)은 같으나 한자 표기가 다른 소비(所費)는 '일에 든 비용'이다. 저축은 '절약하여 모아둠', '소득 중에서 소비로 지출되지 않는 부분'이며, 유의어에는 비축(備蓄: 만약을 대비하여 저축해 둠), 저류(貯留: 절약하여 모아 둠)이며, 반의어는 소비이다. 그렇다면 절약(節約)은 무엇인가? '함부로 쓰지 아니하고 꼭 필요한 데에만 써서 아낌'이다. 그러므로 저축과 절약은 같은 듯 다르다. 인생을 살아가는 지혜의 핵심어(keyword)인 '근검절약 정신'이야말로 젊어서부터 생활화, 습관화가 되어야 평생을, 특히 노년에 편안하고 행복한 삶을 영위(營爲: 꾸려나감)할 수 있다. 왜냐하면, 노년은 경제력, 돈이 곧 '인격이고 생명줄'이기 때문이다. 일반적으로 인생의 불행(不幸) 세 가지를 꼽으라면, 너무 젊은 나이에 출세(부와 명예, 인기)하거나, 젊은 날 배우자의 사별(死別)이며, 마지막으로 노년 극빈(極貧: 몹시 가난함)이다. 그중 노년 극빈이 으뜸이다.

　우리나라 경제 성장기에는 '저축만이 살길이다.'라는 분위기였으며, 절약과 저축이 미덕으로 간주되고, 권장되었던 반면에, 오늘날은 절약과 저축이 미덕이라기보다는 오히려 '소비가 미덕'이라는 사회적 분위기는 서구사상의 영향도 있겠지만 오늘날은 자기 정체성(正體成: 존재의 본질을 깨닫는 성질)을 표현하는 방식으로 진화되어 가고 있다. 영어표현에 '당신을 부자로 만드는 것은 수입이 아니다. 그것은 당신의 소비 습관이다(It's not your salary that makes you rich. It's your spending habits.).'라는 말이 있다. 한마디로 '얼마나 많이 버느냐가 중요하지 않고 어떻게 쓰느냐.'이다. 우리가 인생을 살면서 두 가지를 잘 쓸 줄 알아야 한다. 하나는 '시간'이고, 다른 하나는 '돈'이다. 시간이야 그렇다 쳐도, 사람들은 돈 쓸 줄 모르는 사람이 누가 있겠느냐고 반문할 것이다. 여기서 말하는 '돈을 쓴다'라는 것은 과소비나 불필요한 것에 낭비, 더 심하면 탕진(蕩盡: 재물을 써서 없앰)을 말하는 것이다. 일본 도쿄대학 교수였던 지구 물리학자 다케우치 히토시는 '사람의 일생은 돈과 시간을 쓰는 방법에 의하여 결정된다. 이 두 가지 사용법을 잘못하여서는 결코 성공할 수 없다.'라고 말했고, 미국의 세계적 거부(巨富) 빌 게이츠는 '과도한 소비는 경제적으로 위험할 수 있지만, 행동을 변화시키려면 많은 돈을 투자해야 한다.'라고 말했다. 한마디로 성공을 위해서는 아낌없이 돈을 쓰는, 투자를 해야 한다. 대체로 꿈과 희망을 위한 자기계발(啓發), 대인관계, 자기표현(예, 옷차림이나 치장 등)에 드는 비용은 아깝게 생각하지 말고 투자해야 한다. 특히 요새는 평소보다 카드값이 조금 나왔다 해서 좋아할 일이 아니라 대인관계에서 소홀함이 없었나를 먼저 생각해 보아야 한다는 것이다. 다음으로 옷차림이다. 세계적 대문호 셰익스피어는 '요란스러운 옷은 못 쓴다, 옷은 그 사람의 인품을 나타낸다. 경제가 허용하는 한 몸에 걸치는 것에 돈을 아끼지 마라.' 나폴레옹은 '사람은 그가 입은 옷대로 된다.' 그리고 미국의 사상가 에머슨은 '옷을 잘 입어야 하는 이유가 있다. 개들도 좋은 옷을 입은 사람은 공격하지 않기 때문이다.'라고 말했다. 한마디로 옷은 잘 입고 다녀야 한다. 그런데 자기 직업과 분수에 맞게, 특히 분위기에 걸맞은 옷을 입는 센스도 절대 필요하다. 옷뿐만 아니라 신발, 가방이나 핸드백, 액세서리도 중요한데, 머리부터 발끝까지 명품은 아니어도 때론 명품이 필요하기도 하지만, 명품도 짝퉁으로 보이는 것이 아니라 짝퉁도 명품으로 보이는 그런 차림, 바로 그런 느낌을 말하는 것이다. '나는 소비한다. 고로 존재한다.' 미국의 설치 미술가 바바라 크루거의 말이다.

저축이라는 의미를 재(再)정의 해보면, 한 개인이 미래의 소비를 위해 현재 돈을 쓰지 않는 것으로, 살아가다가 급한 돈이 필요할 때, 또는 미래에 하고 싶은 것이 있을 때를 위해, 그리고 국가의 경제에 도움이 되기 위해 꼭 필요한 것이다. 한 개인에게 있어서 저축은 선택이 아니라 규칙, 습관이 되어야 한다. 수입이 얼마이든 저축을 먼저 생각하고 최소에서 최고액, 아니면 일정 퍼센트(percent)를 정해 생계를 꾸려 가는 데 지장이 없는 범위 내에서 매월 저축해 나아가야 한다. 소중한 사람들과 아름다운 휴가를 즐기기 위해, 더 밝은 미래, 나아가 더 편안하고 안락한 노년을 위해 저축은 필수불가결(必須不可缺)하다. 성공철학과 성공원리를 전하는 미국 역사상 가장 영향력 있는 강사인 짐 론은 '부자는 돈을 저축하고 남는 돈을 소비하지만, 가난한 사람은 돈을 쓰고 남는 것을 저축한다.'라고 말했다. 특히 그는 그가 쓴 '부와 행복을 얻기 위한 7가지 전략'이라는 책에서 드림리스트로 첫째, 훈련 둘째, 부 셋째, 성공 넷째, 행복 마지막, 근본원리 [根本原理: 존재나 인식의 근간(根幹)]로 성공은 인생에 근본원리를 꾸준히 적용함으로써 생겨난 자연적 결과를 꼽았다.

우리 인간은 단 하루라도 소비를 하지 않고는 살아갈 수 없다. 그런데 저축은 소득이 많고 적음과 관계없이 하는 사람이 있고, 소득으로 생계비용이 빠듯하여 저축은 엄두도 내지 못하는 사람도 있으며, 소득은 엄청 많아도 버는 족족 다 써버려 저축할 겨를이 없는 사람도 있다. 조선 후기 실학자 박제가가 쓴 '북학의'라는 책에서 '소비는 우물과도 같아서 퍼낼수록 물이 솟는다.'라고 말했다. 그 당시는 농업 위주의 빈곤하던 시절로 어찌 보면 불합리한 주장이었지만, 오늘날은 시의적절(時宜適切)한 말인 것 같다. 적절한 소비는 더 많은 소득을 창출(創出: 전에 없던 것을 지어내거나 만들어 냄)하게 하여 더 많은 저축의 기회와 액수(額數: 돈의 머릿수)를 만들어 낼 수 있다. 그러려면 무엇보다도 합리적인 소비와 저축을 위해 소비와 저축의 기회비용을 따져봐야 한다. 한마디로 저축이 미래에 더 큰 가치로 돌아온다면 저축을, 소비가 더 큰 가치로 돌아온다면 소비를 해야 한다. 어찌 보면 이 말은 이치이자 진리이다.

이 글을 읽는 독자(讀者) 여러분들이여!

한 문장으로 요약해서 '계획 있는 삶을 사는 지혜를 지녀라.'라는 것이다. 꿈과 희망, 성공도 그렇다. 큰 줄기는 평생을, 적게는 10년 단위로 계획을 세우라는 것이다. 구체적으로 10대 때는 20대 때를, 20대 때는 30대 때를, 30대 때는 40대 때를 위해, 이런 식으로 10년 단위로, 그리고 나아가서 노년을 위해 미래를 계획하라는 것이다. 여러분의 시대는 의학과 위생의 발달로 100세를 훌쩍 넘게 살 수도 있을 것이다. 의외로 현직에서 은퇴하고 노년의 세월은 생각보다 훨씬 길다. 인간의 최종 목표가 무엇인가? 행복이 아닌가? 그래서 젊은 시절 돈도 많이 벌고 출세와 성공도 하려는 것이다. 행복의 필요조건에는 여러 가지가 있지만, 그중 으뜸은 경제력, 돈이다. 부자는 아니더라도 살아가는 데 불편하지 않을 정도의 돈은 지녀야한다. 그러려면 젊은 시절 근검절약으로 저축은 필수불가결한 것이다. 버는 대로 저축하라는 것은 아니다. 꼭 써야 할 곳에는 쓰고, 저축하라는 것이다. 바로 합리적인 소비와 저축을 하라는 것이다. '똑똑한 소비는 똑똑한 절약을 낳는다. 그리고 창의성 없는 절약은 오히려 결핍이다.' 에이미 다사이크진(Amy Dacyczyn)의 명언이다. 위험성이 항상 따르는 주식이나 코인, 그리고 부동산보다는 시중은행의 정기적금이나 공(公)기관인 우체국, 재정 건전성 1~2위 보험회사의 연금보험에 가입하는 것이다. 월별 불입(拂入)액수는 얼마 안 되어도 2~30년 정도 불입하고 만기(滿期)가 되면 노년에 큰 목돈이 된다. 계약 만기가 되면 가입자의 희망에 따라 일시불이나 매월 연금으로 받을 수 있다. 부부간에 따로따로 주머니를 차는 것은 바람직하지 않을지 모르지만, 그러나 노년에는 각자의 적어도 일정한 수입(소득)과 목돈이 있어야 한다. 그래야만 인간답게, 그리고 사람 노릇하며 살 수 있다. 돈이 유일한 답은 아니지만 다른 사람과의 '삶의 질(質)에 차이'가 나게 한다. 지금도 늦지 않았으니 당장 실행에 옮겨라. 사실 연봉이 일억이라도 월마다 50~100만 원씩 정기적금 불입도 쉽지 않다. 그만큼 쏨쏨이가 있기 때문이다. 지금 작정하고 매월 불입액이 몇십만 원짜리라도 시작하라. 그리고 더 여유나 계획이 서면 이곳저곳, 다른 곳에 구좌(口座: 계좌) 수(數)를 늘려나가면 된다.

6

돈(錢)이라는 것

돈이란 '사물의 가치'를 나타내며, '상품의 교환을 매개(媒介)'하고, '재산 축적의 대상'으로도 사용하는 물건으로, 예전에는 조가비(조개껍데기), 짐승의 가죽, 보석, 옷감, 농산물 따위를 이용하였으나 요즘은 금, 은, 동 따위의 금속이나 종이를 이용하여 만들며 그 크기나 모양 액수 따위는 일정한 그 나라의 법률로 정한다. 돈이란 현대사회에서 지칭하는 일명 화폐(貨幣: currency), 즉 통화(通貨)와 거의 동일한 의미인데, 영어로 돈은 머니(money)로 '경고'라는 라틴어 '모네레(MONERE)'에서 유래되었으며, 한국어의 돈에 대한 어원은 불분명 하나 '돌고 돈다' 또는 '동그랗다'라고 하여 돈이라는 설(說)이 유력(有力)하며, 보통 돈을 말할 때 손짓으로 '엄지와 검지'를 둥그렇게 맞대 원(圓)을 그리거나, '동그랑땡'이라고도 하는데 이는 주로 음식, 요리 용어이지만, 옛날 사용하던 엽전의 모양과 엽전이 떨어지는 의성어(擬聲語: 사물의 소리를 흉내 내는 소리)로 민요의 후렴구에서 구걸할 때 부르는 타령(사물에 대한 생각을 말이나 소리로 나타내 되풀이함)으로 '돈과 연결'되는 말로 쓰이기도 한다.

돈은 파워(power: 힘)가 있어 행복으로 가는 지름길로 인도하기도 하지만, 때론 돈 그 자체는 결코 악은 아니지만, 탐욕(貪慾)이 되면 악(惡)의

길로 인도할 수도 있다. 이처럼 돈이란 양면성을 지니고 있어 돈에 관해 어떤 의미로 바라보느냐에 따라 그 가치는 천지(天地) 차이가 나는 것이다. 그러므로 우리가 살아가면서 돈의 의미와 가치를 어떻게 생각할지를 성경이나 명사(名士)들의 명언(名言)들 속에서 그 답(答)을 찾아보는 지혜가 필요하겠다.

먼저 성경에서 두 구절을 인용하면, '잠언'에 '망령되이 얻은 재물은 줄어가고 손으로 모은 것은 늘어가느니라'는 '재물을 모으기 위해 땀 흘려 일하라'라는 말씀이며, '디모데전서'에 '돈을 사랑함이 일만 악의 뿌리가 되나니 이것을 사모하는 자들이 미혹(迷惑: 무엇에게 홀려 정신 차리지 못함)을 받아 믿음에서 떠나 많은 근심으로써 자기를 찔렀도다.'는 '돈만을 쫓아가다 보면 믿음에서도 멀어질 뿐만 아니라 악의 구렁텅이에 빠지게 된다.'라는 경고의 말씀이다.

다음은 명사(名士)들의 명언(名言)들을 살펴보자. '돈이란 힘이고 자유이며 모든 악의 근원이기도 한 동시에 한편으로는 최대의 행복이 되기도 한다.' 미국의 시인이자 저널리스트인 칼 샌드버그의 말이고, '정당한 소유는 인간을 자유롭게 하지만 지나친 소유는 소유 자체가 주인이 되어 소유자를 노예로 만든다.' 독일 철학자 니체의 말이며, '만족할 줄 아는 사람은 부자이고, 탐욕스러운 사람은 가난하다.' 아테네의 정치가이자 시인인 솔론의 말이다.

마지막으로 돈에 대한 가장 '공감'을 일으킬 수 있는, 무릎을 '탁' 치게 되는 명언으로는 '돈이 없으면 방랑자, 돈이 있으면 관광객이다.' 미국의 기업가 폴 리치의 말이고, '스스로에게는 부자인 양, 친구들에게는 빈자(貧者)인 양 행동하라.' '풍자시집'을 쓴 로마시인 유베날리스의 말이며,

'돈의 가치를 알고자 하거든 돈을 조금 빌려보아라. 돈을 빌리러 가는 것은 슬픔을 빌리는 것이다.' 미국 건국의 아버지 중 한 사람이자 정치가 벤저민 프랭클린의 말이다.

돈이란 자신을 더 행복하고 편안하게 할 뿐만 아니라 주변 사람들을 끌어들이는 역할도 하지만, 잘못 쓰면 자신을 파멸에 이르게도 하며 사람들을 떠나가게도 하는 것으로, 무엇보다도 돈은 버는 것도 중요하지만, 보다 가치 있고 의미 있게 쓸 줄 아는 것이 더더욱 중요한 것이다. 사실 돈은 인간의 칠정(七情: 사람의 일곱 가지 감정)과 칠욕(七欲: 일곱 가지 욕구) 그리고 백팔번뇌(百八煩惱)가 다 돈과 얽혀 있다고 해도 과언(過言)은 아니다. 가진 것이 많다고 해서 으스댈 일도 아니고, 설령 가진 것이 없다 해서 의기소침(意氣銷沈)하고, 부끄러워할 것도, 수치스럽게 생각해서도 안 된다. 만약 수치스럽게 생각한다면 그것이 부끄러워할 일이다.

우리는 흔히 말하기를 '돈이 목적이 아니고 수단이 되어야 한다'라는 말들을 한다. 그러나 현실적으로는 어떠한가? 돈만을 쫓아가다가 일어나는 불상사(不祥事), 불미(不美)스러운 일들을 종종 접하게 된다. 특히 일부 사회 지도층이나 일부 정치인들이 청렴(淸廉), 청백(淸白)해야 하고, 사회적 모범이 되어야 함에도 불구하고 돈과 연루(連累)된 스캔들(scandal: 추문)에 관한 뉴스를 접할 때마다 보통사람들은 허탈(虛脫)감 내지 비분강개(悲憤慷慨)함이 들기도 하고, 때론 정도가 심한 경우는 나라 걱정에 잠 못 이루기도 한다. 돈이란 결코 남의 것을 욕심내거나 불로소득(不勞所得), 특히 떳떳하지 못한 돈을 바라거나 욕심내는 것은 절대 금물(禁物)이다. 내 피와 땀을 흘린 노력으로 번 돈, 깨끗하고 정정당당한 돈, 바로 그런 돈만이 내 수중(手中)에서 오래 간직되고, 돈의 진정한 가치, 빛을 발산(發

散)하게 되는 것이다. 역(逆)으로 말하자면 내 노력으로 벌지 않은 돈, 부정한 돈은 반드시 내 수중을 쉽게 떠나 없어지며, 그리고 결코 가치 있는 일에 쓰이지도 않는 법이다. 그것이 곧 불변의 이치이다.

끝으로 우리가 쉽게 말하는 '저축'이라는 것도 쉽고 간단한 일은 아니다. 철저한 사전 계획이 필요하다. 수입이나 소득에 맞춰 최소한의 생활비, 품위유지비, 자기계발비를 제외한 액수를 월별, 연도별로, 미래에 초점을 맞춰 장기계획으로 '선(先) 저축' 방식을 취해야 한다. 그리고 '돈을 쓰는 방법' 또한 중요하다. 한마디로 '외유내강(外柔內剛)'형이 되어야 한다. 내게는 엄격, 절약 그리고 규모 있게, 주변 사람들에게는 세심하고 넉넉하게, 특히 적은 액수라도 적재적소에 써주어 '감동을 줄 수 있어야 하는 것'이 핵심이자 생활의 지혜이다.

7

재산(財産)

    재산의 사전적 정의는 '재화[財貨: 재물(財物)]와 자산(資産)을 통틀어 이르는 말'로 '보석이나 귀금속 같은 가치 있는 물건과 자동차 등의 동산(動産), 토지나 가옥 등의 부동산(不動産)을 통틀어 이르는 것'이며 '돈으로 바꿀 수 있는 것은 모두 재산'이라고 할 수 있다. 반면에 옷, 식재료, 책 등 가치는 있으나 그 가치가 현저히 적은 일반적인 소비재는 재산이라고는 하지 않는다. 오늘날과 같은 화폐 경제하에서는 재산은 돈과 바꿀 수 있는 것으로, 재산이라는 단어는 돈과 거의 동의어처럼 쓰인다. 그러므로 일상생활에서 '재산이 많은 사람'은 '돈이 많은 사람'으로 바꾸어 말해도 의미의 변화가 거의 없다.

    먼저 단적(端的)으로 말해 돈, 재산과 행복은 관련이 있다. 다만 한 가지 괄목(刮目)할 만한 점은 돈, 재산이 행복해질 '기회'를 더 많이 가져다줄 수는 있을지언정 행복을 살 수는 없다. 구체적으로 돈으로 행복을 살 수는 없지만, 자전거에 앉아서 우는 것보다는 고급 승용차 안에서 우는 것이 더 나을 수 있다. 그렇다면 돈, 재산이 행복과 비례한다는 말인가? 맞는 말인 것 같기도 하고 틀린 말 같기도 하지만, 돈, 재산이 있어야 무조건 행복한 것은 아니더라도 선물도 살 수 있고, 무엇보다도 '마음을 표현'할 수 있다는 면에서 행복을 만들어 줄 수는 있는 어느 정도, 아니 상당한 가치는 있는 것 같다. 중국의 전한(前漢) 시대 역사가이자 '사기(史記)'를 썼으며, 동양에서 역사학을 정립(定立)한 사마천의 명언인 '범편호지민(凡編戶之民), 부상십즉비하지(富相什則卑下之), 백칙외완지(伯則畏憚之), 천즉역(千則役), 만즉복(萬則僕), 물지이야(物之理也)'라는 말은 '평범한 사람은 다른 사람의 재산이 10배 많으면 헐뜯고, 100배 많으면 두려워하고, 1000배 많으면 그의 심부름을 하고, 일만 배(倍)가 많으면 그의 하인이 되니, 이것이 세상의 이치이다.'라는 의미로, 비록 중국 고대(古代) 사람의 말이지만 오늘날에 비추어 봐도 결코 틀린 말이 아닌 명언이다. 아일랜드 출신 시인이자 작가로 영국 여왕 빅토리아 시대 가장 성공한 극작가 오스카 와일드의 '젊었을 때는 인생에서 가장 중요한 것이 돈이라고 여겼다. 나이가 들고 보니 그것이 사실임을 알겠다.'라는 말은 '젊으나 늙으나 돈이 중요하다'라는 것인데, 사실 젊었을 때보다 늙어서 돈이 더 절실(切實: 시급하고도 긴요함)하고 '인격이자 생명'으로 '삶에 가치'를 발휘하게 되는 것이다.

일본의 여성 교육 전문가이자 교육상담가로 닛폰방송의 상담프로그램 '인생 상담' 상담자로 활동하고 있는 오하라 게이코(大原敬子)는 재산을 만드는 방법을 다음과 같이 피력(披瀝)했다. '첫 번째, 실패를 통해 재산을 만든다. 좌절로 흘린 눈물이 성공의 열매를 맺는다. 두 번째, 시련을 통해 재산을 만든다. 난관을 극복한 경험이 자신감이라는 열매를 맺는다. 세 번째, 위기를 통해 재산을 만든다. 피하지 않으려는 노력이 성과의 열매를 맺는다. 네 번째, 습관을 통해 재산을 만든다. 아무렇지도 않은 일상이 평온의 열매를 맺는다. 다섯 번째, 연령을 통해 재산을 만든다. 작은 축적이 젊음의 열매를 맺는다. 여섯 번째, 신용을 통해 재산을 모은다. 약속을 지키려는 성실함이 온정의 열매를 맺는다. 일곱 번째, 목표를 통해 재산을 만든다. 우선순위를 붙여 성취의 열매를 만든다. 여덟 번째, 호기심을 통해 재산을 만든다. 꿈을 이루는 준비가 기회의 열매를 맺는다. 아홉 번째 식생활을 통해 재산을 만든다. 매일 맛있게 먹는 음식이 영광의 열매를 맺는다. 마지막으로 불안을 통해 재산을 만든다. 현실에 맞서 싸울 용기가 여유의 열매를 맺는다.'인데, 이들 중 가장 값지고 중요한 것은 첫째와 두 번째로 빌 게이츠의 말처럼 '성공을 자축하는 것도 중요하지만 실패를 통해 배운 교훈에 주의를 기울이는 것이 더 중요한 것'이며, 그다음으로 미국의 문필가이자 사회사업가로 3중고(苦)의 장애를 겪은 헬렌 켈러 여사의 말 '시련과 고통을 통해서만 강한 영혼이 완성되고, 통찰력이 생기고, 일에 대한 영감이 떠오르며, 마침내 성공할 수 있다.'에서 더욱 확신(確信)하게 한다. 사실 재산이라고 하면 보편적으로 물질적인 것으로만 생각하지만 그보다 더 큰 재산은 부모님에게서 물려받은 강인(强忍)하고 건전(健全)한 정신력, 그리고 건강한 체질이 있으며, 또한 재산 중 으뜸은 '지식과 지혜'인 것이다. 유대인의 생활규범인 탈무드에서는 '부(富)는 요새(要塞)이며, 빈곤(貧困)은 폐허(廢墟)이다.'라는 말이 있는데, 여기서 말하는 '부와 빈곤'을 '지식과 지혜'로 대입(代入)하면 물질적 재산이란 쉽게 없어지기도, 빼앗길 수도 있지만, 지식은 언제나 빼앗기는 것 없이 지니고 다닐 수 있기 때문에 지식을 쌓는 것이 가장 값진 재산이다. 또한, 지혜로운 자(者)만이 재산을 모을 수도, 그리고 가치 있게 쓸 수도 있다. '재산이 많은 사람이 그 재산을 자랑하는 사람이 있더라도 그 돈을 어떻게 쓰는지 알 수 있을 때까지는 그 사람을 칭찬하지 말라.' 고대 그리스의 철학자 소크라테스의 말이다. 사실 많아서 좋은 것이 아니라, 해줄 수 있어서 좋은 것이다.

이것이 '삶의 진정한 의미'인 것이다.

작가인 명로진이 쓴 '부자들의 청년 시절'이라는 책에서 전 세계적인 부자들이 부(富)를 이룬 교훈과 비결, 그리고 청년들에게 전하고 싶은 메시지들이 담겨 있는데 워런 버핏, 조지 소로스, 마크 저커버그, 스티브 잡스, 앤드루 카네기 같은 세계적 거부(巨富)들의 공통점 하나는 일찍부터 '부자가 되겠다!'라는 '결심'이라고 지적한다. '부자처럼 생각하고 부자처럼 행동하라. 나도 모르게 부자가 되어있다.' 오늘날의 자랑스러운 우리나라의 세계적 기업 삼성을 우뚝 세운 故 이건희 회장께서 하신 생전의 말씀이다. 어찌 보면 사람은 마음먹은 대로 되는 법이다. '큰 꿈과 자신감이 미래의 나를 만드는 것'이다. 일반 사람들은 장래가 궁금하거나 꼬이는 일이 있고, 잘 풀리지 않으면 답답한 심정에 명리(命理)를 공부한 사람을 찾아 사주, 관상도 보고, 때론 무속(巫俗)인을 찾아 상담하기도 하지만, 막상 상담을 받고 나오면 허탈한 경우가 대부분이다. 어느 정도 위안이 되고 참고는 될지 몰라도 이 모든 것이 부질없는 짓이다. '내 마음이 내 운명을 결정짓고 미래의 나를 만드는 것'이다.

돈, 재산, 부에 관해서 명심(銘心)할 것이 있다. 이 또한 마음먹기, 생각하기 나름이다. 사실 큰 부자는 하늘이 내려주는 것이다. 하는 일마다 잘되어 돈을 많이 버는 사람도 있지만, 죽으라고 노력해도 가난을 면치 못하는 경우도 있긴 하다. 돈을 많이 벌고 부자가 되고 싶지 않은 사람이 누가 있겠는가? 불가(佛家)의 무병최리(無病最利) 지족최부(知足最富) 후위최우(厚爲最友) 이원최락(泥洹最樂)은 "건강은 가장 큰 은혜이고, '만족할 줄 아는 것은 가장 큰 재산이다.' 믿고 의지함은 가장 귀한 벗이고, 열반(涅槃: 모든 번뇌에서 벗어난, 영원한 진리를 깨달은 경지)은 가장 높은 행복이다."라는 말이고, 고대 그리스의 철학자 아리스토텔레스는 '재산의 수준을 높이기보다는 욕망의 수준을 낮추도록 애쓰는 편이 오히려 낫다.'라는 명언을 남겼고, 영어 속담에도 '최대의 부는 소(小)를 가지고도 만족하는 데 있다(The greatest wealth is contentment).'가 있다. 그런데 여기서 중요한 한 가지를 덧붙인다면 칠성재[七聖財: 불교에서 말하는 일곱 종류의 성(聖)스러운 법을 '재산'이라고 하는데 이를 신재(信財)와 계재(戒財)라고도 함] 중 하나인 보시(布施: 재물을 베풂)인데 돈, 재산이 많고, 적음을 떠나 자신이 가지고 있는 것을 주변에 나누어 줄 수 있는 '베풂의 미덕'이야말로 '삶의 진정한 지혜이자 가치'이다. 왜냐하면, 꽃은 바람을 거역해서 향기를 내지만, 선하고 어진 사람이 베푸는 '베풂의 향기'는 사방팔방으로 퍼져나가기 때문이다. 재물, 재산은 그 무엇보다도 소중한 것이어서 귀(貴)하게 여겨야 한다. 그러나 '옳게 쓸 줄 아는 지혜로운 사람'이 되어야 한다. 영어 속담에 '그 집의 부(富)는 그 집의 덕(德)에 의해 성립된다(The fortune of the house stands by the virtue).'라는 말이 있다.

끝으로 미국의 사업가 로버트 기요사키가 쓴 세계적 베스트셀러로 '부자 명언', '성공 명언' 그리고 '부자 마인드 배우기'로 불리며 수많은 사람에게 영감을 주고, 현명한 돈 관리와 돈에 대한 선입관을 깨뜨리고, 오늘날의 트렌드인 투자 원칙과 구체적 지침서로 '부자 아빠 시리즈(전 8권)'을 읽어 볼 것을 권고(勸告)한다. 세계적 부자들의 사고방식은 '잠자고 있는 시간에도 돈을 벌지 못한다면 평생을 일해야 한다.'라는 것인데 부자가 되기를 원하거나, 특히 '투자'에 대한 사전지식을 얻고자 하는 이들에게 필독서(必讀書)라고 사료(思料)된다.

부(富)와 빈곤(貧困)

부(富)는 '넉넉한 생활', 또는 '넉넉한 재산으로 풍요롭고 부유한 것'이며, 특정한 '경제 주체가 지닌 재산의 전체'를 의미하기도 한다. 빈곤(貧困)은 '가난하여 살기 어려움'이나, '내용 따위가 충실하지 못하거나 모자라서 텅 빔'의 의미로도 쓰인다. 부는 '풍요로움'을 측정하는 측도(測度: 측정되는 정도)인데, 부의 크기를 결정하는 가장 중요한 요인은 '저축률'로 소득이 같아도 저축률이 높을수록 자산(資産)이 빠르게 증가하기 때문이다. 한편 개인이나, 가정의 부도 있지만, 나라 전체의 부인 국부(國富: national wealth)도 해당된다. 빈곤(貧困: 가난을 공적인 영역에서 다룰 때 한자어로 사용)인 가난은 본인 스스로 원인 제공을 하기도 하지만, 때론 사회의 구조적 결함으로 생기기도 하는 것으로, 기초생활수급자의 형태인 '절대적 빈곤'과 상류층과 비교한 '상대적 빈곤'이 있고, 경제적 빈곤 이외에도 지식, 정서. 정보력 등 특정 분야에 부족한 경우 '지적 빈곤', '정서적 빈곤' 등으로 쓰이기도 한다.

세상사 다 그러하듯이 부와 가난도 빛과 그림자가 있다. 부라고 해서 마냥 다 좋은 것만은 아니고, 가난하다고 해서 다 나쁜 것만은 아니다. 그러나 우리는 부에 훨씬 더 후(厚)한, 만점에 가까운 점수를 준다. 나라마다 속담이나 격언, 그리고 명사(名士)들이나 선인(先人)들의 명언(名言)들을 살펴보자. '찰나(刹那: 지극히 짧은 순간)에 떠오르는 걱정 중 제일은 텅 빈 지갑이다.' 유대 격언이고, '악마는 부자가 사는 집에도 찾아가지만, 가난한 사람이 사는 집에는 여러 번 찾아간다.' 스웨덴 속담이며, '쌀독에서 인심(人心) 난다.' 한국 속담이다. 또한, '가난한 자는 언젠가 미래에 보상을 받는다. 하지만 부자는 당장 보상을 받는다.' 장편 '25시'를 쓴 루마니아 소설가 게오르규의 말이고, '가난하게 태어난 것은 당신 잘못이 아니지만, 가난하게 죽는 것은 분명 당신의 잘못이다.' 미국의 기업가 빌 게이츠의 말이며, '부자는 행복을 선택할 수 있지만, 가난한 자에게는 불행이 강요된다.' 미상(未詳: 알려지지 않음)이다. 그리고 '당신이 아무리 불행한 부자라 할지라도, 가난한 자보다는 행복하다. 가난하다고 행복할 수 있다고 설파(說破)하는 것은 일종의 정신적 허영(虛榮)이다.'는 '이방인'을 쓴 프랑스의 소설가 알베르 카뮈의 말이고, '많이 가진 사람은 더 많은 것을 손에 넣는다. 조금밖에 가지지 못한 사람은 그것마저 빼앗긴다.' 독일의 시인 하인리히 하이네의 말이며, '부귀를 누리는 자의 주변에는 생면부지(生面不知) 사람들도 모여들고, 빈궁한 자의 곁은 친척들도 거들떠보지 않는다.' 문선[文選: 중국 양나라의 대표적인 시문(詩文)을 모은 책]에 나오는 말이다.

　세상사 모든 것들에는 음양[陰陽: 천지 만물을 만들어 내는 상반(相反)하는 성질 두 가지]이 있다. 악이 있으면 선이 있고, 낮이 있으면 밤이 있으며, 삶이 있으면 죽음이 있듯, 부자가 있으면 가난한 자가 있는 것, 이 모두가 자연의 이치(理致)이자 섭리(攝理)이다. 한마디로 부(富)와 귀(貴), 그리고 빈(貧)과 천(賤)이 모두 우리 안에 있는 것이다. 사람을 해(害)하는 것 세 가지는 '근심, 말다툼, 그리고 빈 지갑'이다. 그중 가장 큰 상처를 입히는 것은 '빈 지갑'이다. 육체의 모든 부분은 '마음에 의지'하고, 마음은 '돈에 의지'하기 때문이다. 돈이란 나쁜 것도 저주스러운 것도 아닌, 현실적으로는 사람을 '축복'해 주는 것이다. 사실 어찌 보면 부와 가난도 유전자와 가정교육의 문제이다. '성격과 습관'이기 때문이다. 특히 집안 '분위기'에서 어린 시절부터 보고 배운 것이 생활 속에 깊이 파고들어 있기 때문이다. 대체로 타고난 부자, 타고난 가난한 자가 있지만, 더러는 돈도 권력도 없는 집안에서 태어나, 무엇보다도 혹독(酷毒)한 가난을 딛고 자수성가(自手成家: 혼자 힘으로 집안을 일으키고 재산을 모으거나, 큰 성과를 이루어 놓음)한 경우도 있다. 우리 속담에 '개천에서 용 났다.'라는 말이나, 또한 일상에서 쓰이는 '입지전(立志傳)적 인물'로 '자수성가한 사람'을 표현하기도 한다. 그러나 요즘 세상에 자수성가한다는 것은 절대 쉽지 않을 뿐더러, 아무나 하는 것은 아니다.

유대인들은 생활규범인 '탈무드'를 가족들끼리 둘러앉아 읽으면서 어린 시절부터 돈에 관해 토론하고 논쟁하며, 돈의 '의미와 가치'를 키워 나갔다. 그리고 아이에게는 생애 첫 장난감으로 저금통을 선물하여 걸음마를 떼기 전 동전을 쥐여주고 저금통에 집어넣는 습관을 길러주었다. 그러면 13세 정도부터 이미 재테크를 시작하고 대학 졸업 무렵에는 창업에 필요한 자금을 어느 정도는 확보한다고 한다. 그래서 오늘날 세계인구의 0.2%인 유대인들이 노벨상과 더불어 부자라는 키워드(keyword)로 연상(聯想)되고, 전 세계적으로 성공의 아이콘(icon: 우상)이자 부자의 대명사가 된 것이다. 그리고 무엇보다도 탈무드에서 가르침을 주는 '부는 요새(要塞)이며, 빈곤은 폐허(廢墟)이다.'와 "부자는 '행동'하고 가난한 자는 '생각'만

한다."라는 말들이 그들의 정신세계에 뿌리 깊이 박혀있음 직한 것이다. 워런 버핏, 빌 게이츠, 스티브 잡스, 마크 저커버그, 록펠러, 스티븐 스필버 그 등 내로라(어떤 분야를 대표)하는 성공한 자(者)들은 대체로 유대인으 로, 부자가 되는 것을 중요하게 여기고 아이들에게 가난은 죄(罪)라고 가 르침을 주었다.

부자와 가난한 자들의 습관에는 대체로 일곱 가지가 있는데, '첫째는 어 떤 일에 책임을 지느냐, 그렇지 않으냐, 둘째는 말만 앞세우느냐, 행동에 옮기느냐, 셋째는 목표가 있느냐, 없느냐, 넷째는 쉬운 길, 편안한 길만 찾 느냐, 어렵고 험난한 길도 마다하지 않느냐, 다섯째는 협조자가 있느냐, 없 느냐, 여섯째는 적은 돈도 소홀히 하느냐, 그렇지 않으냐, 마지막으로 너무 빨리 단념하느냐, 그렇지 않으냐' 등이다. 불가(佛家)의 경전(經典)과 선 사(禪師)의 말씀에도 재산을 잃는 원인 여섯 가지로 '첫째는 술을 좋아하 고, 둘째는 놀기를 좋아하며, 셋째는 이성을 밝히고, 넷째는 도박에 빠지 고, 다섯 번째는 나쁜 친구를 사귀고, 마지막으로는 방일(放逸: 게을러서 멋대로 놂)함에 젖어 있는 것'이라고 한다. 그러면서 참다운 '부와 빈곤'을 '백년탐물일조진(百年貪物一朝塵: 백 년을 탐한 재물 아침 마당의 티끌이 요)' '삼일수심천재보(三日修心千載寶: 사흘 동안 닦은 마음 천 년을 두고 보배로다)'라고 말한다. 그리고 '스스로 갖고 있음을 충분히 만족'하는 의 미인 '소욕지족(小欲知足)'을 권고(勸告)하기도 한다.

조선 후기 방랑시인 김삿갓(본명 金炳淵: 김병연)은 돈이 지닌 마성(魔 性: 사람을 미혹시키거나 악마와 같은 성질)을 느끼고는 다음과 같은 시를 읊었다. 부인곤부빈곤빈(富人困富貧困貧: 부자는 부자대로 걱정 가난한 자는 가난한 대로 걱정) 기포수수곤칙균(飢飽雖殊困則均: 배가 부르거나 고프나 걱정하기는 같도다.) 빈부구비오소원(貧富俱非吾所願: 부자도 빈자도 나는 원하지 않고) 원위불부부빈인(願爲不富不貧人: 빈부를 떠나서 살고 싶구나.) 그리고 성경 구절 잠언에도 비슷한 내용의 기도문이 있다. '내가 두 가지 일을 구하였사오니 나의 죽기 전에 주시옵소서. 곧 허탄(虛誕: 거짓되고 미덥지 아니함)과 거짓말을 내게서 멀리하게 하시며, 나로 가난하게도 마옵시고 부하게도 마옵시고 오직 필요한 양식으로 내게 먹이시옵소서.' 그렇다. 김삿갓의 시(詩)나 성경 구절처럼 인간 세상에서 다 그러하듯이 양(兩)극단은 적절치 못한 경우가 생기기도 하고 때론, (큰) 문제를 야기할 수도 있다. 우리네 인생살이라는 것이, 먼지 하나 없는 곳에서 태어나 금수저로 살아가는 사람이 있는가 하면, 흙먼지 흩날리는 땅바닥에서 태어나 흙수저로 살아가는 사람이 있고, 어떤 사람이 사치를 위해 산 물건이 포장되어있는 박스를 버리면, 그 박스를 주워 팔아 근근(僅僅: 겨우, 어렵사리)이 생계를 유지하는 사람이 있는 것이다. 이것이 어쩌면 우리 주변에서 볼 수 있는 부와 가난의 극명(克明: 매우 분명함)한 실례(實例)이다. 큰 부, 극심한 가난도 아닌 부로 인한 부끄러움과 가난의 불편함이 없는 접점(接點)에서 궁핍하지 않을 정도로 살아가는 것, 그저 부족하지 않을 정도에 만족하며 살아가는 것, 바로 안분지족(安分知足: 편안한 마음으로 제 분수를 지키며 만족할 줄을 앎)한 삶을 살아가는 것, 이것 또한 생활의 지혜 중 하나가 아니겠는가?

9
칭찬(稱讚)과 꾸중

[이 글은 특히 자녀들을 둔 부모님들에게 주는 글이다. 부모님에게서 때와 장소에 맞는 적절한 칭찬과 꾸중으로 훈육(訓育)된 아이들은 어려서부터 좋은 습관을 몸에 익힌 결과로 사회생활에서도 쉽게 주변 환경에 적응할 뿐만 아니라, 조직 내에서 어떤 행동을 해야 하는지, 어떻게 인간관계를 맺어야 하는지, 그리고 규칙들을 지키고 어떻게 반응할 것인지도 알며, 자아조절 능력도 갖게 되어 어려운 문제를 스스로 해결할 수 있는 능력을 지니게 되는 것이다.]

칭찬이란 '좋은 점이나 착하고 훌륭한 일을 높이 평가함, 또는 그런 말'로 유의어에는 격찬(激讚), 절찬(絶讚), 극찬(極讚), 칭송(稱頌), 찬양(讚揚), 찬사(讚辭), 찬탄(贊嘆), 찬미(讚美) 등이 있는데, 사실 칭찬은 윗사람에게는 할 수 없으며 칭찬의 궁극적 목적은 위계(位階)를 통한 '제어와 통제'라고 보고 칭찬보다는 '격려가 더 효율적이고 올바르다'라는 시각도 있다. 꾸중은 '아랫사람의 잘못을 꾸짖는 말'로 유의어에는 꾸지람, 야단, 책망(責望), 문책(問責)이 있다.

미국의 경영관리와 리더십 분야의 권위자이며 컨설턴트이자 기업가인 켄 블랜차드는 그가 쓴 '칭찬은 고래도 춤추게 한다.'에서 조련사의 칭찬이 범고래로 하여금 관람객 앞에서 신나는 쇼를 벌이도록 동기부여(動機附興) 하는 사례를 들어 '칭찬의 긍정적 효과'를 설명했다. 바로 칭찬이 주는 쾌락적인 보상은 크고 자존감의 토대(土臺)가 되는 것이다. 그리고 과학적으로 칭찬을 받았을 때 신체적 변화, 귀 바로 위에 있는 후측 뇌섬엽(외부의 세계를 경험하고 인식하는 데 핵심적 역할을 하며, 행복의 비결이 이 부위에 있다고 함)에서 생기게 되는데, 칭찬처럼 자존감을 높이고 기분 좋은 심리적 접촉이 생겼을 때 이 부분이 활성화된다는 것이다. 사실 시대가 어렵고 힘들수록, 그리고 오늘날과 같은 무한경쟁 시대에는 칭찬을 많이 하면 할수록 엔도르핀이 생겨 '창의력'이 나오고 무엇보다도 상대에게 '희망'을 주는 것이다. 사람에게서 좋은 에너지를 받으면 그다음으로 넘어갈 수 있는 '힘'이 생겨난다.

꾸중보다는 칭찬에 훨씬 더 많은 명언이 있다. 어찌 보면 꾸중보다는 때와 장소에 걸맞은 칭찬은 모든 인간 특히, 자라나는 아이들에게는 성장동력(成長動力)이 될 수도 있다. 유대인의 생활규범인 탈무드에는 '남에게 자기를 칭찬하게 해도 좋으나 자기 입으로 자기를 칭찬하지는 말라.'와 '사람을 찬미할 수 있는 사람이야말로 참답게 명예스러운 사람이다.'라는 말이 있고, 미국의 세계적 철강왕 카네기는 '성실하게 시인하고 칭찬을 아끼지 말라'와 '욕을 먹든가 모함을 받으면 조심하라. 우리는 누구나 잘못을 저지르기가 쉽다. 아홉 가지의 잘못을 찾아 꾸짖기보다는 단 한 가지의 잘한 일을 발견하여 칭찬해 주는 것이 그 사람을 올바르게 인도하는 데 큰 힘이 될 수 있다.'라는 말을 남겼으며, 독일의 시인이자 극작가 괴테는 '남의 좋은 점을 발견할 줄 알아야 한다. 그리고 남을 칭찬할 줄도 알아야 한다. 그것은 남을 자기와 동등한 인격으로 생각한다는 의미가 있다.'와 '사람은 남을 칭찬함으로 자기가 낮아지는 것이 아니다. 도리어 자신을 상대방과 같은 위치에 놓는 것이 된다.'라는 명언을 남겼다. 그런데 성경에서는 칭찬은 '자기 이익 내지는 편의를 위해 아첨하거나 자기 죄의 욕구를 일시적으로 충족시켜 주는 사람에게 하는 것'이라고 보고 고린도전서에 '때가 이르기 전 곧 주께서 오시기 전까지 아무것도 판단하지 말라. 그가 어둠에 감추어진 것들을 드러내고 마음의 뜻을 나타내시리니, 그때 각 사람에게 하나님으로부터 칭찬이 있으리라.'라는 것과 오히려 꾸중에 대해서는 잠언에 '내 아들아 여호와의 징계를 경(輕)히 여기지 말라. 그 꾸지람을 싫어하지 말라. 마땅히 행할 길을 아이에게 가르치라. 그리하면 늙어도 그것을 떠나지 아니하리라. 매를 아끼는 자는 자식을 미워함이라. 자식을 사랑하는 자는 근실(勤實)히 징계하느니라.'라는 말씀으로 강조하고 있다.

칭찬과 꾸중을 할 때는 어떻게 해야 하는지 전문가의 말을 빌리자면 다음과 같다. 첫째, 일관성(一貫性: 방법이나 태도 따위가 한결같음)이 있어야 한다. 둘째, 시의적절(時宜適切: 때와 장소를 가림)해야 한다. 셋째, 결과보다 과정, 능력보다 노력을 중심으로 해야 한다. 넷째, 비례와 균형(칭찬과 꾸중의 횟수와 빈도가 적절하게 함)이 맞아야 한다. 다섯째, 지나친 감정 이입(移入)은 금물이다. 여섯째, 먼저 본인이 모범이 되어야 하고 솔선수범해야 한다. 마지막으로 가장 중요한 것은 상대의 생각과 느낌을 헤아려야 한다. 칭찬과 꾸중이 상대에게 용기와 의욕, 반성과 분발(奮發: 마음과 힘을 다하여 떨쳐 일어남)의 마음을 일으킬 수도 있지만 반대로, 자만(自慢)과 독선(獨善: 자기 혼자만이 옳다고 생각하고 행동함), 수치심과 좌절감을 느끼게 하는 부정적인 효과를 가져올 수 있음을 사려(思慮) 깊게 생각하고 상황 파악을 잘 해야 한다. 영국의 교육부에서는 칭찬과 꾸중을 5:1의 비율로 권장하도록 전국 각 학교에 지침을 내렸다 하지만, 일부의 전문가들은 7:1의 비율이 적절하다고 한다. 미국의 저명(著名)한 교육 컨설턴트 케이트 켈리는 좋은 칭찬 방법은 '구체적'이고, 결과보다는 '과정에 관심을 기울이라'라고 충고하고, 칭찬보다는 중요한 것이 '꾸중의 기술'이라고 말하며 제시한 방법으로는 '절대 화를 내며 이야기하지 말 것', '짧게 할 것', '자존심을 상하게 하지 말 것'을 들었으며, 일본의 교육자 도비타 사다코는 '못된 놈', '고집불통', '너는 안 돼'와 같은 부정적 어휘들은 '주홍글씨를 새기는 것과 같다'라고 환기(喚起: 관심이나 생각 등을 불러 일으킴)시킨다. 무엇보다도 아이들을 꾸중할 때에는 '배려'가 우선되어야 한다. 아이가 잘못한 원인을 직접 파악할 수 있도록 꾸중은 하되, 절대로 자존심을 상하게 해서는 안 되며, 화를 내서는 더더욱 안 되고, 아이가 잘못한 것을 이성적으로 지적해 주는 것으로 끝을 내야 한다는 점을 항상 염두(念頭)에 두어야 한다.

누구나 칭찬은 언제나 듣기에 '기분 좋고', 또한 꾸중은 언제나 '듣기 싫고 불쾌하다'라고 생각한다. 그러나 잘못된 칭찬이 아이를 망치게 할 수 있으며, 제대로 하는 꾸중은 칭찬보다 더 나을 수도 있다. 그렇다면 잘못된 칭찬과 제대로 꾸중하는 노하우(know-how)를 전문가들의 말을 빌리면 다음과 같다. 먼저 잘못된 칭찬으로는 첫째, 일관성 없는 칭찬(예: 어느 날은 '도와줘 고맙다' 해놓고 어느 날은 '귀찮게 하지 말고 얌전히 앉아 있어') 둘째, 칭찬과 꾸중을 동시에(예: 시작은 그래 '이건 잘 했어' 그런데 말이야 너는 '이게 문제야') 마지막으로, 진심을 담지 않는 건성으로 하는 칭찬, 구체적으로 기(氣)를 살려준다고 무턱대고 칭찬하는 것(예: 그림을 잘 그리지 못하는 데도 '참 잘 그렸네')인데 이 경우는 오히려 '참 열심히 그렸구나!'라는 표현이 더 적절한 것이다. 다음으로 제대로 된 꾸중의 노하우로는 첫째, 사소한 행동이라도 방치하면 다음에 위험에 빠뜨릴 수 있는 경우는 처음이라도 엄하게 제지하며 반드시 그 이유를 설명해야 한다. 대표적인 예가 어려서 호기심이 되었든 다른 이유에서든 남의 물건을 집에 가져오는 경우가 더러 있는데, 이 경우야말로 단호하게 꾸짖어 되돌려주고 다시는 이런 일이 일어나지 않도록 다짐받아야 한다. 둘째, 잘못을 저지르는 순간 꾸중을 듣게 되어야 자신이 왜 꾸중을 듣는지 깨닫게 되는 것이다. 셋째, 간결하게 얘기한다. 길게 얘기해봤자 잔소리로 변질될 수 있다. 넷째, 일관성이 있어야 한다. 기분에 의해 좌지우지되어서는 안 된다는 것이다. 마지막으로 중요한 잘못을 고치려는 의도로 거짓말을 해서는 안 된다. 그 예(例)로 우는 아이에게 '울음을 그치지 않으면 경찰 아저씨 부르겠다.'이다.

끝으로 한 권의 책을 소개하고자 한다. 미국 예일대를 비롯하여 명문 대학의 정신분석, 아동심리 및 치료에 대한 전문적인 교육을 받고 예일대 의대 부설 소아정신클리닉 연구원으로 아동심리와 가족치료 전문 상담사 상진아 교수의 대표 저서이자 베스트셀러인 '칭찬과 꾸중의 힘'으로 부모의 칭찬 한마디, 꾸중 한마디로 아이를 어떻게 변화시킬 수 있는지에 대한 방법이 담겨 있으며, 특히 상황별, 사례별, 아이의 성격별로 다양한 예문과 대화 팁을 소개하고, 어떤 칭찬과 꾸중이 올바르거나 잘못되었는지를 상세하고 명확하게 설명해 준다. 중국, 대만, 태국 등지에서도 출간되어 한국은 물론 전 세계 부모들에게 꾸준히 사랑받는 책으로, 내 아이가 훗날 건강한 자신감을 가진 행복한 어른이 되길 바라는 모든 부모님을 위한 필독서(必讀書)라고 사료(思料)되는 바이다.

10

울음과 웃음

울음과 웃음, 울고 웃는다는 것은 받침 하나만 서로 다를 뿐인데 의미는 정반대이다. 표정도, 소리도 서로 완전히 다르다. 그렇지만 둘 다 소중한 얼굴이다. 창조주 여호와 하나님께서 울음과 웃음을 인간의 얼굴에 숨겨놓으신 것은 보물임이 틀림없다. 성경 전도서에서 '모든 것은 때가 있다.' 중 '슬플 때가 있고 즐거워 웃을 때가 있다.'라는 구절이 있다. 즐겁거나 기쁠 때 입을 활짝 열어 웃을 때는 옆에서 보는 사람으로 하여금 기분이 좋아진다. 옆에 있는 나도 덩달아 웃게 된다. 반면에 슬프거나 괴롭고 견디기 힘든 일은 당했을 때 흐느끼거나 통곡하는 것을 보면 내 마음도 심란(心亂)하고 눈물이 난다. 그래서 웃는 사람 옆에서 살짝 미소만 지어줘도 좋아한다. 자신과 내가 공감대(共感帶)가 형성된 것으로 생각하고 내가 자기편이라고 생각한다. 또한, 우는 사람 옆에서 내가 눈물만 살짝 비춰줘도 위로(慰勞)가 되고, 고마워한다. 자기 슬픔에 내가 공감(共感)하고 있다고 생각하기 때문이다. 울고 웃는 사람에게 그 연유(緣由)를 묻지 않아도 옆에서 내 표정만 맞춰주면 서로 공감대가 형성된다. 홍시율의 시(詩) '웃음과 울음'에서 말한 것처럼 울음과 웃음이 힘겹게 만나게 되는 것은 감정의 공유(共有) 때문일 것이다. 나를 넘어 너를 안아 줄 수 있는 것, 바로 '혼자 울거나 웃으면 외롭고, 함께 울거나 웃으면 행복한 마음인 것'이다.

울음과 웃음의 여러 가지 형태를 영어 단어로 설명하면 더욱 명확하다. 먼저 울음(tears-'눈물' 의미로 복수형을 쓴다.)에는 cry(슬프거나 아파서 울다-가장 일반적으로 쓰며, crying은 '울음소리, 울기'의 의미이다), weep(몹시 슬퍼하며 눈물을 흘리다), sob(설움이 복받쳐 흑흑 소리 내어 흐느껴 울다), wail(너무 슬프거나 아파서 크고 높은 소리로 길게 늘여 울다, 울부짖다)이 있고, 다음으로 웃음(laugh-가장 일반적으로 씀)에는 smile(소리 없는 웃음, 미소), giggle(터져 나오는 웃음을 참으며 소리 죽여 잇따라 웃다. 낄낄대고 웃다, 피식 웃다), chuckle(만족스럽거나 재미있는 듯 낮은 소리로 조용히 웃다. 킬킬, 싱긋, 싱그레 웃다), guffaw(너털웃음, 큰 웃음, 깔깔대다), yuks(유크스: '웃음, 재미'라는 의미)가 있으며, 조금 결이 다른 비웃음, 냉소(冷笑), 조소(嘲笑)에는 sneer, jeer, mock, scoff, ridicule이 있는데, 같은 울음과 웃음이라도 조금씩 그 표현이 다르다.

울음의 효과는 무엇인가? 프랑스 작가 볼테르는 '눈물은 목소리가 없는 언어이다.' 첫째, 진정효과가 있고, 둘째, 통증 완화에 도움이 되며, 기분 개선과 스트레스 해소에도 도움이 되고, 셋째, 수면에도 도움이 되며, 몸 속 박테리아 퇴치에도 도움이 되고, 넷째, 안구 건강에도 도움이 되며. 마지막으로 가장 중요한 '정서적 균형 회복'에 도움이 된다. 일반적으로 울음에는 세 가지 종류가 있는데, 각각 나름대로 의미가 있다. 첫째는 슬퍼서 흘리는 것은 '눈물'이고, 둘째는 슬프지는 않은데 괜히 눈물이 흐르는 것은 '피눈물'이며, 마지막으로 눈에서는 눈물이 나는데 입가에는 미소나 웃음이 나오는 것은 '감격, 감동의 눈물'이라고 하면 적절한 표현일 것 같다. 그럼 이 세 가지 눈물과는 결이 다른 눈물에는 무엇이 있는가? 독일의 철학자 괴테는 '눈물 젖은 빵을 먹어보지 않은 사람은 인생의 참맛을 모른다.'라는 명언을 남겼다. 그렇다. 고생해본 자(者)만이 인생을 더 많이 향유(享有)할 수 있다. 요샛말로 금수저보다 흙수저가 더 가치 있는 삶을 영위할 수 있다는 말이다. 그리고 인생을 살아가다 보면 남자들보다는 여자들은 걸핏하면 울어버리는 습성(習性)이 있다. 특히 연인이나 배우자 앞에서 자신이 불리한 처지에 놓이게 되면 대체로 그리한다. 이 경우는 고대 로마 시대 정치가 세네카의 명언을 인용한다. '눈물이 많은 것은 다른 사람에게 보이기 위해서이다. 지켜보는 사람이 없으면 그 눈물은 즉시 그쳐 말라버린다.' 슬픔의 눈물이 아닌 이런 정략(政略)적 눈물도 더러는 일상에서 가끔 존재하는 것이다. 어찌 되었든 '참된 슬픔은 고통의 지팡이'라고 한다. 성서 전도서에서도 '웃는 것보다도 슬퍼하는 것이 더 좋다.'는 '얼굴에 시름이 서리긴 해도 마음은 바로잡힌다.'라는 교훈의 말씀이다. 또한, 성서 시편 34편 18절에서는 '여호와는 마음이 꺾인 자들에게 가까이 계신다.'라는 구절이 있다. 그리고 프랑스 수학자 파스칼은 '팡세'에서 '웃음은 기쁨의 예고편이고 울음은 슬픔의 안정제이다. 실컷 웃으면 마음이 더 즐겁고 신이 나지만, 실컷 울고 나면 오히려 마음이 개운하다.'라고 말했다.

그렇다면 웃음의 효과는 무엇인가? 웃음은 뇌의 여러 영역이 함께 작용하여 웃음을 만드는, 뇌 곳곳에서 벌어지는 종합 작용이라고 한다. 영국의 철학자 버트런드 러셀은 웃음은 '만병통치약'이라고 말했다. 첫째, 웃으면 면역 기능이 높아지고, 심장박동수가 두 배로 늘어나며, 둘째, 폐(肺) 속의 나쁜 공기가 신선한 공기로 바뀌며, 암과 몸속의 나쁜 세균을 처리하는 유익한 세포들이 증가하게 되는데, 실제 의료현장에서 암 환자들에게 웃음

치료요법이 성공한 사례도 있다. 셋째, 스트레스는 면역체계를 무너뜨리지만 웃음과 함께 밝은 마음은 면역체계를 강하게 할 뿐만 아니라 내장 활동도 활성화하고, 넷째, 건강한 뇌와 몸을 갖게 하며, 마지막으로 가장 중요한 '활기찬 하루'를 만들어 주며, 특히 '하는 일들이 다 잘 풀려나가게 된다.' 소문만복래(笑門萬福來)는 '웃으면 복이 온다.'라는 말이다. 어쩌면 우리는 '행복해서 웃는 것이 아니라 웃기 때문에 행복한 것'이다. 독일 철학자 아더 쇼펜하우어는 '많이 웃는 사람은 행복하고, 많이 우는 사람은 불행하다.'라고 말했으며, 미국의 유명작가 앨버트 하버드는 '고통은 어떤 사상(思想)보다도 깊고, 웃음은 고통보다도 더 고귀(高貴)하다.'라고 말했으며, 미식축구센터였던 다니엘 샌더스는 '웃음은 마치 음악과 같다. 웃음이 마음속에 깃들어 그 멜로디가 들리는 장소에서는 인생의 여러 가지 재앙(災殃)은 사라져 버린다.'라고 말해, 웃음에 대한 예찬론을 폈다.

끝으로 시인 정연복의 시(詩) '웃음과 울음'을 인용한다. "웃음은 밝고 명랑해서 좋다. 울음은 깊고 그윽해서 좋다. 하루에도 두어 번은 얼굴 가득 환한 웃음을 지어보자. 생활의 고단함이 잠시 사라지고, 살아있음의 기쁨과 행복이 느껴진다. 어쩌다 가끔은 남몰래 가슴속 울음을 터뜨려보자. 쌓였던 좋지 못한 감정이 녹고, 바다같이 깊은 평안이 찾아올 것이다." 이 글을 읽고 나서 컴퓨터로 워드를 쳐, 출력해서 집안에 잘 보이는 벽에 붙여 두고 가끔 읽고 내용대로 실행(實行)해 볼 것을 권고(勸告)한다. 누구나 세상을 살아가면서 이런저런 삶의 고단함, 그리고 마음에 한(恨)이 서려 있는 법, 울음과 웃음은 '삶의 윤활유(潤滑油)'로 진정(眞正), 마음의 평안(平安)이 찾아올 것이다.

11

시기(猜忌)와 질투(嫉妬)

시기와 질투의 사전적 의미는 무엇인가? 시기는 '남이 잘되는 것을 샘하여 미워하는 것'이고, 질투는 '다른 사람이 잘 되거나 좋은 처지에 있는 것 따위를 공연히 미워하고 깎아내리려는 것'이다. 시기와 질투는 일상에서 비슷하게 사용되지만, 엄밀하게 따지면 의미가 다르다. 고대 그리스의 철학자 아리스토텔레스는 '시기와 질투'를 구분해서 설명했는데, 시기는 '주변 사람에게 있는 좋은 것을 보면 그 사실 때문에 불편해지는 것'으로 다른 사람을 의식하면서, 본인 주변 사람이 잘 되거나 좋은 것을 지니고 있으면 불편해하는 마음으로 '초점이 상대방'에게 있는 것이고, 반면에 질투는 '초점이 자신'에게 있는 것으로 '저 사람은 있는데, 왜 내게는 없지? 라고 하며 무게 중심을 자신에게 두는 것'이다. 그런데 질투는 때로는 상대처럼 되고 싶은 마음과 의지를 불러일으키고 경쟁심을 유발하여 열심(熱心: 온 정성을 다함)을 내는 동력이 되기도 한다.

그렇다면 질투와 부러움의 차이는 무엇인가?, 질투는 경쟁자가 누구든 간에 원하는 대상에 초점이 맞추어지고, 부러움이란 경쟁자에게 초점이 맞추어지기 때문에 부러움의 대상이 경쟁자가 아닌 다른 사람에게 넘어가면 부러움을 안 느끼지만, 경쟁자가 그 대상을 가지는 순간부터 부러움을 느끼게 된다. 그러면 열등감(劣等感)과 자격지심(自激之心)의 공통점과 차이점은 무엇인가? 열등감은 '자신이 스스로에 대해서 부족하다고 느끼는 감정'이고, 자격지심은 '자신이 해놓은 것에 대해 흡족해하지 않는 마음'이다. 열등감이나 자격지심이 '어떠한 것에 의해 자신을 낮춘다.'라는 것에는 공통점이 있지만, 열등감은 '느끼는 감정으로서 비교되는 자기 위치'에 초점이 맞춰져 있는 반면에, 자격지심은 '자신이 평가하여 자신이 해놓은 것이 부족함을 평가 및 비판'하는 데 초점이 맞춰져 있다. '개인 심리학'을 수립한 오스트리아의 정신의학자이자 심리학자 알프레드 아들러는 '올바른 열등감과 자격지심, 그리고 보상을 통해 인격을 만들어나가고 자기발전을 해 나가는 것이 중요하다.'라고 말했다.

시기의 폐해(弊害: 폐단으로 생기는 해)는 무엇인가? 하는 쪽이나 받는 쪽, 양쪽 모두 건설적(建設的: 좋은 쪽, 생산적)이지 못하다. 시기를 받게 되면 공격의 대상이 된다. 자신은 상대에게 어떤 해악(害惡: 해가 되는 나쁜 일)을 가한 적이 없는데도 가해 상대의 시기로 함정에 빠지거나 험담과 추악한 소문, 중상모략(中傷謀略: 근거 없는 말로 남을 헐뜯고 사실을 왜곡하거나 속임수로 남을 해롭게 함)으로 치명적인 손상을 입을 수 있다. 반면에 시기하는 쪽은 온통 신경과 시선을 상대에게 둔 나머지 정작 자신이 해야 할 일에 몰입하거나 전문성 계발(啓發: 기술이나 재능을 발전시킴)에 에너지를 쏟지 못하고 불필요한 시간 낭비, 에너지를 낭비함으로 자신이 해야 할 일, 그리고 마침내는 자기 성장에 엄청난 지장을 초래하게 된다. 결국은 양쪽 다 피해자가 되는 것이다. 그런데 유감스럽게도 우리 한국인들의 의식구조는 이런 시기심과 질투심이 강하게 자리 잡은 민족이라는 것이다. 어느 한 주미대사가 임기를 마치고 이임사를 통해 '한국인은 배고픈 것은 참아도 배 아픈 것은 참지 못한다.'라는 말을 남겼다. 한편으로 부끄럽고 치욕적인 말이지만, 우리가 새겨들어야 할 말이다.

시기와 질투에 관련된 병리적(病理的) 현상(병적 증상)을 가진 자(者)들을 편집성 인격장애자라 하는데, 편집성인격(偏執性人格)이란 자기중심적이고 남을 비방하며 모든 책임을 타인에게 전가하는 특징의 인격장애로, 과민, 강직, 이유 없는 의심, 시기, 질투를 보이는 것인데, 이런 사람은 말할 때 보통은 사팔뜨기의 눈을 뜨고, 입을 삐죽거리면서, 그리고 코웃음을 치고, 혀를 차기도 하며, 부적절하거나 불필요한 감탄사나 의성의태어(擬聲擬態語: 사람이나 사물의 소리나 모양, 움직임을 흉내 냄)를 사용하는 경향이 있다. 구태여 원인을 따져본다면 여러 이유가 있겠지만, 어린 시절 사랑을 받지 못한 애정 결핍증에서, 또는 심성 면에서 욕심이 지나쳐 비롯되는 경우가 더러 있지만, 배타적인 성향, 심한 고집과 충동성이 고착됨으로 편집성 인격장애가 유발된다고 보고되어 있고, 망상성(妄想性: 이치에 어그러진) 장애나 조현병(정신분열증)의 병전(病前) 인격이라고도 보고되어 있다. 그런데 이런 성향의 사람들은 상대의 행복이 본인의 불행이며, 상대의 불행이 본인의 행복이 되기도 한다. '질투 많은 사람의 사랑은 증오처럼 되어있다.' 프랑스의 작가 몰리에르의 말이며, '질투는 모든 것을 바쳐 사랑하는 사람에게, 동등하게 사랑을 받지 못하고 있다는 염려에서 인간이 느끼는 고통이다.' 영국의 수필가 조지프 애디슨의 말이다. 편집성 인격장애자들은 특히, 연인이나 배우자가 그 경쟁의 대상이 되어, 언어폭력이나 과격한 행동의 정도가 심한 나머지 연인인 경우는 쉽게 곁을 떠나게 되고, 배우자에게는 큰 정신적 고통을 주게 되어 끝내는 파국을 맞이하거나, 아니면 별거나 졸혼에 이르게 된다. 이 얼마나 한 개인에게는 안타깝고 불행한 일인가? 그러므로 남녀교제나 배우자 선택 시 평소 시기, 질투심이 지나친 사람은 심각하게 고민, 사전에 손절하는 것이 삶의 지혜이다. 왜냐하면, 언젠가 반드시 내가 편집성 인격장애자의 피해자가 될 수 있기 때문이다.

끝으로 시기와 질투에 대한, 우리에게 경고와 조언의 명언들을 인용한다. 성 바실리오 성당의 수도규칙에는 '녹이 쇠를 좀 먹듯이, 질투는 그것에 사로잡힌 영혼을 병들게 한다.'가 있고, 고대 로마시인 호라티우스는 '질투심 많은 사람은 이웃 사람들이 살찔 때 마르게 된다.'라고 말했다. '마음의 화평은 육신의 생명이나, 시기는 뼈가 썩음이니라.' 성경 잠언 14장 30절에 나오는 말씀이다.

12

욕심(慾心)과 탐욕(貪慾)

[이전 글, 이번 글, 다음 글들 모두 '인간의 '마음속'에서 우러나오는 것들로, 우리의 삶 속에서 '경계'해야 할 것들을 다루고 있다. 인간의 궁극(窮極: 궁극에 도달)적인 목표가 무엇인가? 행복이다. 행복은 맨 먼저 자기 마음을 다잡는 데 있다. 그래서 집안 문단속도 잘 해야 하지만 무엇보다도 '내 마음 단속'을 잘 해야 한다. 이 글들의 취지(趣旨)가 바로 여기에 있는 것이다.]

욕심, 욕망(慾望)과 탐욕, 탐심(貪心)의 의미와 차이는 무엇인가? 비슷비슷한 말들이지만 사전의 정의는, 욕심은 '분수에 넘치게 무엇을 탐내거나 누리고자 하는 마음'이고 욕망은 '부족을 느껴 무엇을 가지거나 누리고자 탐함'이다. 탐욕은 '지나치게 탐하는 욕심'이고 탐심은 문자 그대로 '탐하는 마음'이다. 특히 불가(佛家)에서는 탐욕을 '마음으로 짓는 업[業: 삼업[몸(身), 입(口), 마음(意)으로 짓는 죄]]'으로 경계할 것을 권하는데, '자기 분수에 넘치는 욕심과 탐욕은 사고로 이어져 자기파멸을 맞이할 수도 있다는 것'이다. '수상록'을 쓴 프랑스의 사상가 몽테뉴가 '탐욕은 일체(一切: 한 몸, 전체)를 다 얻고자 욕심을 내어 도리어 모든 것을 잃는다.'라고 말한 것은 우리 인간들의 탐욕에 대한 경각심(警覺心: 정신 차리고 조심하는 마음)을 일깨워 주는 명언이기도 하다.

성경 말씀에 '오직 각 사람이 시험을 받는 것은 자기 욕심에 끌려 미혹됨이니 욕심이 잉태한즉 죄를 낳고 죄가 장성한즉 사망을 낳느니라(야고보서 1; 14~15).' '탐욕이 지혜 있는 자를 우매하게 하고 뇌물이 사람의 명철(明哲: 총명하고 사리에 밝음)을 망하게 하느니라(전도서 7; 7).'가 있고, 특히 성경 누가복음 12절 15절에 나오는 '모든 탐심을 물리치라. 사람의 생명이 그 소유의 넉넉함에 있지 아니하리라.'라는 말씀은 '큰 욕심 내지 말고, 현재 가지고 있는 것에 만족하라는 안분지족(安分知足: 편안한 마음으로 제 분수를 지키며 만족함을 앎)의 삶을 살아가라.'라는 것으로 해석된다. 결국, 성서에서 말하는 탐욕은 자신이 가질 수 있는 이상을 가지려는 것, 자신의 정해진 위치를 옮기려고 하면서까지 가지려 하는 것으로 일종의 권력처럼 욕망, 욕심의 남용이라고 말하는 것이다. 한 예를 들어보자. 한 남자가 어느 한 여자를 두고 '저 여자를 내 여자로 삼아야겠다.'라는 것은 욕망이나 욕심이다. 그런데 그것이 실제 이루게 되어 살다 보니 지난 간절했던 마음은 퇴색되어 또 다른 이 여자도, 저 여자도 만나고 사귀고 싶어 이 여자, 저 여자 집적대는(아무나 손대는) 것은 탐욕이다. 한마디로 인간은 욕망이 욕심이 되고, 만족하지 못하고 더 큰 욕심을 내어 탐욕이 되는 것이다. 그렇게 되면 처음 간절히 원했던 여자와도 문제(남자의 바람기)가 생겨 떠나가버리고, 결국은 이도 저도 아닌 혼자 남게 되는 것이다.

'인간 본성을 풍자한 책'을 주로 쓴 '탐욕에 관한 진실'의 저자 허시 골드버그는 '탐욕, 그 모든 것 중에서 인생, 돈, 사랑, 지식에 대한 탐욕은 인류를 도약시켰다.'와 '탐욕은 명료하게 하고, 헤치고 나아가게 하며, 전진하

는 정신의 진수(眞髓: 가장 중요하고 본질적인 부분)를 북돋아 준다.'라고
말했다. 심리학자 리처드 태플링거의 '탐욕의 사회학적 근원'이라는 연구
에서 '탐욕은 우리의 생존에 큰 도움을 주는 것으로, 우리의 감정 속의 허
무나 공허함을 억지로 묻어버리려는 것이 아니라면 반드시 나쁜 것은 아
니다. 왜냐하면, 의식주의 소유는 반드시 필요하며, 삶의 필수요소를 채우
고자 하는 마음에서 경쟁적이고 탐욕스러워진다.'라고 말했다. 어찌 보면
탐욕은 한 개인, 사회, 나아가 인류의 '필요악(必要惡)'이기도 한 셈이다.

  꿈-〉욕망-〉욕심-〉헛된 망상이나 탐욕으로 변화될 수 있다. 꿈은 크게
가져야 한다. 그런데 그 꿈도 행동이 뒷받침되지 않는다면 욕심이나 헛된
망상이 되는 것이다. 지금은 이렇다 할 정도로 내세울 만한 것은 없지만,
꿈을 실현하기 위해 노력해 나아간다면 욕망이 되는 것이다. '욕망이 없는
곳에는 근면도 노력도 없다.' 영국의 철학자 존 로크의 말이다. 도를 넘지
않는 절제와 무엇보다도 결과에 당당할 수 있는 자세야말로 욕심이 아닌
욕망이 되는 것이다. 과(過: 지나친)한 욕심은 스스로 절제하면서, 성실함
과 노력으로 목표를 향해 욕망을 실현하는 것이 꿈을 향해 자신의 길을 열
어가는 마음가짐, 자세일 것이다. 사람은 욕심이 과도해서도 안 되지만 그
렇다고 아예 없어서도 안 되는 것이다. 적절하고 자기 분수에 맞는 욕망과
욕심은 인생을 살아가는 데 동기부여(動機附與)가 되는 것이다. 장래희망
도 역시 욕망, 욕심이다. 욕심이 지나쳐 탐욕이 될 수 있고, 욕심이 단지 욕
심으로 끝날 수도 있지만, 욕심에 '성실과 노력'의 뒷받침으로 '욕망과 꿈
의 실현'을 이룩할 수 있다.

  사람이 살면서 수많은 인간관계를 하다 보면, 심성이 곱고 인성이 좋은
사람처럼 보여도 시간이 지나면 내재(內在)되어 있는 나쁜 심성과 인성이

여과 없이 드러나는 법이다. 정수된 물처럼 맑고 투명하며 완벽한 사람이 이 세상에 어디에 있겠는가? 나이 들어가면서 모든 욕심과 탐욕, 이기심을 내려놓고 혼탁(混濁)한 마음을 스스로 정화해 가며, 자기 마음을 주위 사람들에게 돌려, 조금이라도 연민(憐憫)의 정을 갖고, 그리고 그것을 삶 속에서 실천해가며 살아간다는 것은 '의미 있는 삶'이자 '삶의 지혜'이기도 하다. 사람은 '음식, 공기, 물 그리고 마음'을 잘 먹어야 한다. 무엇보다도 그중에서 '마음'을 잘 먹어야 한다. 그래서 내 마음과 삶의 햇볕이 잘 드는 비옥한 땅으로 만들어야 한다. 그래야만 나 자신, 사랑하는 가족들, 그리고 소중한 주변 사람들과 함께 더불어 편안하고 행복한 삶을 영위(營爲: 꾸려 나감)해 나아갈 수 있다.

13

복수(復讐)와 보복(報復)

복수와 보복의 사전적 정의는 무엇인가? 복수는 '피해자가 가해자에게 해를 돌려주는 행위'를 말한다. 비슷한 의미의 단어로는 되갚음, 설욕, 앙 갚음, 보복이 있는데, 보복이란 '남이 자신에게 끼친 해를 그대로 갚는 것' 으로, 복수와 의미가 비슷하지만, 실생활에서는 뉘앙스(미묘한 차이)가 다 른데, 복수가 긍정적, 또는 중립적 의미로 쓰이는 반면에, 보복은 부정적인 의미로 쓰이는 것으로, 복수가 상대방의 잘못 혹은 상대방이 주는 정당하 지 못한 불이익 등으로 당사자가 손해를 입을 때 이를 되갚기에 쓰이는 반 면, 보복은 상대방의 정당한 행위에 대해 불이익을 주는 행위를 가리킬 때 쓰는 경우이다. 어찌 보면 보복은 당연히 있음 직한 일임에도 자신이 당한 것에 대한 앙심을 품고 공격하는 형태가 많은데, 그래서 보복범죄라는 말 이 나온다. 그러므로 보복이 복수보다 훨씬 피해자의 자기중심의 저급(低 級)한 형태이다. 그렇다면 복수와 보복의 반대개념은 무엇인가? 바로 '용 서와 용납'일 것이다.

복수와 보복에 대한 긍정적, 부정적 명언들이 많이 있다. 그런데 이런 명언들은 경고의 메시지이기도 하지만 남에게 원한을 사서 '복수와 보복 의 대상이 되지 마라.'라는 중의적(重義的: 두 가지 이상의 뜻)인 의미이기도 하다. 먼저 긍정적 명언에는 가장 흔하게 쓰이는 '눈에는 눈, 이에는 이(바빌로니아 함무라비 법전)'와 '사람은 하느님 모습으로 만들어졌으니 남의 피를 흘리는 사람은 제 피도 흘리게 되리라(창세기 9; 6).'가 있고, '군자가 원수를 갚는 것은 10년이 걸려도 늦지 않다. 30년 전의 복수라도 하지 않으면 사나이가 아니다.'라는 중국 속담이 있고, '만약 원수가 명예를 훼손했다면, 복수로 그것을 복구할 수 있다. 또한, 복수는 내가 원수를 두려워하지 않는다는 것을 증명하고, 거기서 비로소 합의와 조정의 의미가 있다.'라는 독일 철학자 니체의 말이 있다. 다음은 부정적 명언들로 '원한은 원한으로 갚는다고 풀어지지 않으리니, 원한을 버릴 때만 풀리리라(석가모니 법구경).'와 '눈에는 눈을 고수한다면 세상에는 장님밖에 남지 않을 것이다.'라는 인도 간디의 말과 '개에게 물린 상처는 개를 죽인다고 아물지 않는다.' 미국 링컨 대통령의 말이 있으며, 그리고 '어둠으로 어둠을 몰아낼 수 없다. 오직 빛으로만 할 수 있다. 증오로 증오를 몰아낼 수 없다. 오직 사랑만이 그것을 할 수 있다.' 미국 킹 목사의 말이다.

우리나라는 OECD 국가 중 자살률 1위이다. 자살의 이유가 외로움이나 소외감, 그리고 경제적 빈곤이기도 하지만 대체로 인간관계로 말미암은 우울증이 주원인이다. 마음속에 누군가에 대한, 특히 가까운 사람에 대한 복수심, 증오심과 피해 의식, 그리고 원한(怨恨: 응어리진 마음)이다. 가까운 일본은 어려서부터 '화목'과 남에게 '폐 끼치지 말 것'을, 미국은 '존중'과 '양보'를 가르치는데, 우리는 어떠한가? 어려서부터 남에게 '절대 지지 말 것'을, '경쟁에서 이기는 것'을 최우선으로 한다. 경쟁이 무엇인가? 상대가 패(敗)해야 내가 승(勝)하는 것 아닌가? 역사적으로 외세의 침략과 수탈로 한(恨)이 많고, 피해 의식이 강하게 자리 잡고 있기 때문이 아닌가 하는 생각이 든다. 거기에는 궁핍한 생활에서 벗어나야 한다는 강박관념도 한몫하는 것 같다. 그러다 보니 상대야 어떻든 '나는 잘 살아야 하고, 나는 불편함이 없어야 하고, 내 생활에 방해가 되고 걸림돌이 되는 경우는 모두 적(敵)으로 간주하게 되는 것'이다. 그러다 보니 층간소음, 보복운전, 불법 쓰레기 투기, 질서를 지키지 않는 등과 같은 사회적 병리 현상(病理現象: 정치, 문화, 경제 등에서 발생하는 각종 문제점)이 일어나는 것이다. 그런데 규범(規範: 마땅히 지켜야 할 본보기)의식의 퇴영(退嬰: 뒤로 물러남)으로 인한 사회적 병리 현상은 범죄로 연결될 가능성이 크다는 것이다. 여기에는 무엇보다도 정치적 퇴보로 말미암은 국민의식의 퇴보도 한몫하게 되는 것 같다. 그 사례 중 하나가 우리 사회의 '내로남불' 사상이다.

복수와 보복의 가장 저열(低劣)한 형태, 우리 주변에서 일어날 수 있는, 노년에 며느리가 시부모에 대한, 아내가 남편에 대한 보복이다. 젊어서 시부모님이 어떤 형태로 마음에 들지 않는 면이 있어 좀 심하게 며느리를 대했다고 마음속에 꽁하고 있으면서 시부모님이 늙기를 기다렸다는 듯이 천대(賤待: 업신여겨 푸대접함)로 시부모님의 노년을 비참하게 만드는 것이다. 심하면 한집에 살면서도 본인 방 밖은 잘 나와 보지도 않는다. 우리 문화에는 시부모님도, 처가 부모님도 결혼하면 친부모와 똑같다. 그런데도 몰상식하고 배움 없이 내 부모와 차이가 나게 대한다면 과연 그게 제대로 된 사람인가? 부부간의 경우도 그러하다. 젊어서 남편의 성격이나 크고, 작은 잘못이 있었다고, 그것을 앙심을 품고 노년이 되어 지난날을 반추(反芻: 되새김질)하며 노년을 비참하고 회한에 빠지게 한다면, 그 또한 사람이 할 짓인가? 더 큰 문제는 남편이 젊어서 성실하고 가족들만을 위해 허튼짓하지 않고, 근검절약하며 어엿한 한 가정을 이루고 살아왔는데도 말이다.

  끝으로 시부모님은 내 남편을 길러주시고, 자식을 위해 청춘을 다 바치신 분들이다. 그리고 나와 남편이 있기에 오늘날 내 가정이 있는 것 아닌가? 인생을 살아가면서 부모님을 비롯한 가족들, 그리고 내 가정, 소중히 여기고 넉넉하고 넓은 마음, 그리고 잘못이나 서운함도 지난 과거 속에 다 묻어버리고, 이해하는 마음으로 살아가는 '삶의 지혜'가 절실(切實)하다. 왜냐하면, 그래야만 우선 내 마음이 '편안하고 행복'할 수 있기 때문이다. 누군가를 미워하고, 그 사람을 마음 아프게 하면 실상(實狀)은 '내 마음도 비참하고 아프게 되는 법'이다.

14

독선(獨善)

　독선의 사전적 정의는 '자기 혼자만이 옳고 선(善)하다고, 생각하고 행동하는 일,' 또는 '남을 돌보지 아니하고 자기 한 몸의 처신만을 온전하게 하는 것'이다. 유의어(類義語)에는 독단(獨斷), 독선기신(獨善其身)이 있는데, 독단의 의미는 정의 첫 번째에 해당하고, 독선기신은 두 번째 정의에 해당하는 의미이다. '이익과 욕심이 다 마음을 해치는 것은 아니다. 자신만이 옳다고 생각하는 독선이야말로 마음을 해치는 도적(盜賊)이다. 음악(淫樂)과 육욕(肉慾)이 도덕적 수양을 방해하는 것이 아니다. 스스로 총명하다고 잘난 체하는 것이야말로 도덕 수양의 장애물이다.' 서양의 '탈무드'와 쌍벽을 이루는 동양 '최고의 지혜서', '나를 바꾸는 지혜서'로 명나라 말기 홍자성이 쓴 '채근담'에 나오는 '독선과 오만(午慢)을 경계'하는 명언이며, 성경 빌립보서(4; 5)에서는 '이 같은 독선보다 관용과 사랑, 그리고 배려의 마음이 필요하다'라고 그리스도인들에게 가르침을 준다. 한마디로 독선의 반대어는 관용, 사랑, 그리고 겸손, 겸양과 배려이다.

　독선은 여러 가지의 대구(對句: 짝지은 둘 이상의 글귀)표현을 이루는데, 차례로 열거하고 독선과의 상호관계를 비교해 보자. 첫 번째, 독선과 주관(主觀), 신념(信念)이다. 주관이란 자신만의 견해(見解: 사물이나 현상에 대한 의견이나 생각)나 관점(觀點: 그 사람이 보는 시각이나 생각)이며, 신념은 굳게 믿는 마음이다. 세상을 살아가면서 맹목성(盲目性: 원칙과 주관, 신념 없이 일하는 성질이나 특성)을 지녀서는 안 된다. 타인(他人: 남)의 느낌이나 신념을 무조건 따를 필요는 없다. 내 신념과 주관이 중요하므로 잘 판단해서 세상을 살아야 한다. 그러나 주관이나 신념이 지나쳐 독선이라는 선을 넘지 않도록 경계하고 주의해야 한다. 두 번째, 독선과 자존(自存)감이다. 자존감은 우리가 스스로에 대해 갖는 인식으로, 스스로를 사랑하고 가치 있게 여기며 보살피는 데 필요한 능력으로, 나의 정체성과 그것을 지탱해 주는 주요한 자원이기도 하다. 특히 자존감은 자신과 타인을 이해할 수 있도록 도와주는 핵심 열쇠이기도 하다. 그러나 자존감이 지나쳐 독선이 되지 않도록 경계하고 주의해야 한다. 독일의 시인이자 철학가 괴테의 말 '사람에게 일어날 수 있는 가장 끔찍한 일은 스스로를 나쁘게 생각하는 일이다.'에서 적절하고도 도를 넘지 않는 자존감은 한 개인에게는 필요한 것이다. 세 번째, 독선과 과시(誇示), 자만(自慢)이다. 과시는 자랑하여 보이는 것으로, 사실보다 더 크게 나타내어 보이는 것이며, 자만은 자신이나 자신과 관련된 것들을 스스로 자랑하며, 뽐내는 것이다. 인간은 누구나 다 어느 정도 과시욕이나 자만심을 가지고 있는 것이 인지상정(人之常情: 사람이 보통 가질 수 있는 마음)이다. 그러나 과시가 지나치면 허세(虛勢: 실속 없이 겉으로만 드러나 보이는 기세)로, 자존감이 지나치면 자만이 되는 법이다. 인간사 과유불급(過猶不及: 정도가 지나침은 미치지 못한 것과 같다.)이다. 유교 중용(中庸: 한쪽으로 치우침 없음)의 도(道)이다. 네 번째, 독선과 아만(我慢)이다. 아만은 불교의 사만[四慢: 거만, 자만, 오만, 고거심(高擧心: 잘난 체하고 거들먹거리는 마음)]

중 하나로 스스로를 높여서 잘난 체하고, 남을 업신여기는 마음이다. 비슷한 말로 오만, 교만, 거만이 있다. 아만이 생활화되고 시간이 흐르면 점차 매사에 독선으로, 또는 그 근원이 될 수 있다. 다섯 번째, 독선과 자신감, 자부심, 맹신(盲信)이다. 자신감은 스스로를 믿는 감정으로 일명 용기 있는 자로, 어떤 행동을 하든지 대범하게 행동하여 빠른 결과를 성취할 수 있으며, 자부심이란 자신이나 자신이 소속해 있는 단체를 자랑스럽게 여기는 마음인데, 자신감이나 자부심이 지나치면 자만으로, 그리고 일 처리나 어떤 일을 결정할 때 독선이 될 수 있다. 맹신은 옳고 그름을 가리지 않고 덮어 놓고 믿는 일로, 특히 종교적으로 광신(狂信)으로 쓰이는데, 이는 사리 분별없는 맹 신도들은 자기 종교를 희화화(戲畵化: 웃음거리로 만듦)시키거나 오히려 발전을 저해할 수도 있으며, 믿음을 타인에게 무조건적, 독선으로 강요, 밀어붙이기도 한다. 여섯 번째, 독선과 아집(我執), 고집(불통), 우격다짐이다. 아집의 정의는 자기중심적 생각이나 좁은 소견(所見: 생각이나 의견)에 사로잡힌 고집인데, 고집은 바로 아집에서 시작되는 것이다. 그래서 자기의 의견을 바꾸거나 고치지 않고 굳게 지키고 우겨대는 것으로 자기 신념을 관철(貫徹: 목적을 이룸)시키기 위해 설득이나 논리적 접근으로 상대를 설득시키기보다는 우격다짐(억지로 우겨 굴복시킴), 독선적으로 끝까지 밀어붙인다. 마지막으로 독선과 표독(慓毒)함이다. 표독이란 '악독한, 악랄한, 흉악한'의 의미로 '사납고 독살스러움'의 의미이다. 보통 '표독스러운 눈'을 비유적으로 말할 때 '독사의 모습(눈)'이라고 한다. 그런데 독선과 표독스러움(날카로운 눈초리, 소리쳐 말함)이 병행되면 감정적 자극을 불러일으켜 원한 관계로 이어질 수 있으며, 보복의 위험이 있어 가장 위험한 경우로 경계하고 조심해야 한다.

끝으로 인간이 사회생활에서 가장 중요하게 고려할 것은 '신뢰와 믿음' 그리고 '존중'이다. 결코, 독선에 빠져 배타적(排他的)이거나 흑백논리(黑白論理)만을 펴서는 안 된다. 한 나라의 통치자, 직장이나 조직의 장(長)들, 가정의 가장(家長)에 이르기까지 어떤 경우라도 독선적으로 일 처리 하거나 결정해서는 안 된다. 상대나 구성원들의 합리적 의견을 수렴(收斂: 한데 모음)하고 소통, 타협하고, 그리고 화합해야 한다. 독선이 계속되면 끝내 파국을 부르게 된다. 매사 독선, 독단이 되지 않도록 '삶의 지혜'가 필요하다. 그래야만 모두의 화합과 발전으로, 서로 함께 '편안'하고, 더불어 행복'을 누릴 수 있게 되는 것이다.

15

거짓과 진실(眞實)

거짓과 진실의 사전적 정의로 거짓은 '사실과 어긋난 것', 또는 '사실이 아닌 것을 사실처럼 꾸민 것'이며, 논리적으로는 '바르지 못한 것'이다. 유의어에는 '가식, 가짜'가 있으며, 반의어는 '참'이나 '사실, 진실'이다. 거짓과 뉘앙스(nuance: 미묘한 차이)가 좀 다른 기만(欺滿)이란 '남을 속여 넘김'의 의미이며, 때론 미끼를 던져 유인하는 '간교한 행위나 속임수'를 일컫는 말이기도 하다. 유의어에는 '기망(欺罔), 무망(誣罔), 속임, 사기'이며, 반의어는 '정직, 진실'이다. 진실은 '거짓이 없는 사실'이며, '마음에 거짓이 없이 순수하고 바름'이다. 유의어에는 '사실, 실제, 진리, 정직, 참말'이 있으며, 반의어는 '거짓'인 셈이다.

고(故) 이어령 교수님이 쓰신 '마지막 수업'이라는 책에서 '진실의 반대는 거짓이 아니라 망각이다. 덮어버리고 잊어버리는 것, 은폐가 곧 거짓이다.'라고 말씀하셨으며, '완벽한 진실이 없다는 것은 완벽한 거짓도 없다는 의미이며 그렇기 때문에 선과 악으로 이분하는 것은 유치하고 어리석을 뿐이다.'라고도 말씀하셨다. 진실은 옳고 그름을 떠나, 있는 그대로의 가공하지 않은 사실을 가리키는 것이다. 그런데 '진실과 사실'의 개념 구분이 애매(曖昧)한데, 진실은 '거짓이 없는 사실'을 의미하며, 사실은 '실제 있었던 일'을 의미한다.

거짓과 진실에 관한 명언들은 많이 있다. 특히 성서에서는 '거짓'이라는 단어를 언급하는 구절이 여러 군데 언급되어 있다. "사실과 어긋나게 말하거나 사실처럼 꾸밈, 율법은 거짓 행위를 삼가도록 규정하며(시편, 잠언), 이를 매우 악(惡)한 것으로 간주한다(시편). 예를 들자면 거짓증거와 거짓 고소(신명기), 거짓 맹세(말라기), 거짓 예언(예레미야), 거짓 환상(에스겔) 등이 여기에 속한다. 우리가 경배하는 하느님은 거짓이 없으신 분(사무엘 상)이시기에 '거짓을 미워하실 뿐만 아니라 거짓 행위를 반드시 심판하신다.'(시편, 잠언)"가 있다.

거짓과 진실에 관련된 명언들은 우리네 '삶의 지혜'이다. 좋은 글귀 하나가 때로는 크나큰 배움이고 힘이 되어 내 삶의 길라잡이가 되는 것이다. '거짓말을 해서는 안 된다. 그러나 진실 중에도 입에 담아서는 안 되는 것이 있다.' 유대인의 속담이며, '믿음은 선의의 거짓이 아닌 사실에 근거해야 한다. 사실에 근거하지 않는 믿음은 저주받아 마땅한 헛된 희망이다.' 에디슨의 말이고, '진실한 사람의 마음은 언제나 평화스럽다.' 셰익스피어의 말이며, '시간은 매우 소중하다. 그러나 진실은 그것보다 훨씬 더 소중하다.' 영국의 정치가이자 작가인 디즈레일리의 말이다, 그런데 가장 우리에게 큰 울림을 주는 명언은 영국의 성직자이자 작가인 찰스 칼렙 콜튼의 말 '진실의 가장 큰 친구는 시간이고, 진실의 가장 큰 적은 편견이며, 진실의 영원한 반려자는 겸손이다.'이다.

법정 스님은 '인연을 맺음에 너무 헤퍼서는 안 된다. 진실은 진실 된 사람에게 투자되어야 좋은 결실을 본다. 우리는 인연을 맺음으로 도움도 받지만, 그에 못지않게 피해도 많이 본다.'라고 말씀하셨고, '인연으로 피해를 보는 것은 진실 없는 사람에게 진실을 쏟아부은 대가로 받는 벌(罰)이다.'라고 덧붙여 말씀하셨다. 그렇다. 인간관계의 인연에서는 '진실'이 최우선의 기준이다. 부모, 형제, 자식이야 선택이 아닌 하늘이 맺어준 인연, 운명이다. 물론 배우자와의 만남도 인연이다. 그렇다면 배우자와의 인연, 내 인생에서 가장 중요한 행복 아니면 불행을 결정짓는 선택의 기준은 무엇인가? 첫째는 진실, 둘째는 인간미, 마지막은 노력이다. 셋 중 으뜸은 그 사람의 근본이자 기본인 '진실성'이다. 슬슬 거짓말하고, 눈속임하고, 구차한 변명 늘어놓는 성격은, 한마디로 정직하지 못하고, 솔직하지 못하고, 진실하지 못한 것이다. 영어 단어 'sincere'는 '성실한, 정직(진실, 신실)한' 의미로 대개 '성실한 사람은 정직하고', '정직한 사람은 성실하다'라는 의미일 때 이 단어를 쓴다. 한마디로 진실하지 못하다면 성실하지 못할 개연성도 큰 것이다. 진실도, 성실도 하지 못하다면 배우자로서는 부적격자가 아니겠는가? 다른 여타(餘他) 조건과 관계없이 선택해서는 안 된다.

'돈키호테'를 쓴 세르반테스는 '정직만큼 풍요로운 재산은 없으며 사회생활에서 최고의 도덕률은 없다. 정직한 사람은 신이 만든 최상의 작품이기 때문에 하늘은 정직한 사람을 도울 수밖에 없다.' 그렇다. 성공을 위한 사회에서의 처세도 마찬가지이다. 사람은 생활 습관과 사고방식에 의해 모든 것들이 결정되고, 타인에게 평가된다 해도 과언이 아니다. 구체적으로 성실하고, 정직하고, 지혜롭고, 솔선수범하는 자세, 또한 긍정적인 사고와, 강한 신념과 집념, 그리고 부정과 불의에 타협하지 않고, 실패해도 실망하거나 좌절하지 않고 다시 일어나는 오뚝이의 기질, 하나를 더 추가하자면 본인에게 쓰는 돈은 아껴도 주변 사람들에게는 적절한 인사치레나 돈 써주는 외유내강(外柔內剛)의 기질을 가진 사람이라면 어느 곳을 가든, 어느 때, 시기이든, 어떤 사람(들)과든, 함께 적응하고 조화를 이루며, 주변 사람에게서 신임과 인정받으며 두루두루 성공할 수 있다. 한마디로 우리 인생의 핵심어(keyword)는 진실성(정직)인 것이다.

끝으로 인생을 살아가면서 진실성(정직)이라는 큰 물줄기는 어디서부터 시작하는가? 당연히 집안 내림인 유전자가 우선은 중요하다. 그렇지만 부모의 가정교육이 더 중요하다. 무엇보다도 생활 속에서 먼저 부모가 본(本)보기를 보이고 진실(정직)하지 못한 경우 그때그때 지적해서 개선하게 해야 한다. 그리고 살아가면서 진실성(정직)이 왜 중요한지, 적절한 사례들도 모아 들려주어야 한다. 이것이 자녀 교육에 있어 가장 역점을 두어야 하는 '생활 속 지혜'이다. 어찌 보면 훗날 재산을 물려주는 것보다 더 크고 값진 유산이 될 것이다.

16

기호(嗜好)와 중독(中毒)

[이 글은 기호와 중독이라는 제하(題下)에서 기호는 우리의 일상에서 사람마다 각기 다른 취향(趣向)에 따라 다를 수 있지만, 중독은 한 개인은 물론이고, 사회적 병리(病理) 현상을 우려한 나머지 중독을 중심으로 조명(照明)한다.]

　기호와 중독의 사전적 의미는 무엇인가? 기호는 '일반적으로 음식과 술·담배 또는 성적(性的) 행동 등 주로 생리적으로 기본적인 욕구에 관하여 평소 즐기고, 좋아함'이라는 하나의 의미이지만, 중독이란 세 가지의 의미가 있는데, 첫째, '생체(生體)가 음식물이나 약물의 독성에 의하여 기능 장애를 일으키는 일', 둘째, '술이나 마약 따위를 지나치게 복용한 결과, 그것 없이는 견디지 못하는 병적인 상태,' 셋째, '어떤 사상이나 사물에 젖어버려 정상적으로 사물을 판단할 수 없는 상태'로 일명 세뇌(洗腦)에 해당하는 것으로, 이 글에서는 중독 중 두 번째 경우만을 다루려 한다.

　기호를 표현하는 대표적 경우가 식욕(食慾)에서 '음식물에 대한 기호'이다. 기호는 기본적으로 생명적·정신적 평형(homeostasis: 恒常性: 늘 같은 상태를 유지하려는 성질)으로 설명된다. 동물이나 유아에게 음식을 선택시키면, 그 영양소의 종류와 분량은 생체가 필요로 하는 것과 대개 일치한다. 동물은 담배 · 커피 · 모르핀에 대한 기호가 없다. 본래 이것들은 생체의 생명유지와 관계가 없는 것으로, 신경에 대한 자극을 원하는 인간만이 가지고 있다. 기호는 문화에 의하여 규정된다. 각 민족은 제각각의 식품목(食 品目)을 가지고 있고, 성적(性的)인 기호도 마찬가지로, 어떤 민족은 이상하게 여기지 않고 널리 행하고 있는 행동형이, 다른 민족에서는 이상하게 받아들여지기도 한다. 그러나 식 품목은 다르더라도 영양소의 비(比)는 대체로 거의 같다.

중독의 구체적 사례들은 무엇인가? 첫째, 술, 알코올 중독 둘째, 담배, 니코틴 중독 셋째, 카페인 중독 넷째, 인터넷, 스마트폰, 게임중독 다섯째, 약물, 마약 중독 여섯째, 사행성 게임 및 도박중독 마지막으로 포르노 중독인데, 대체로 4대 중독으로는 알코올, 인터넷, 도박, 마약을 꼽지만, 이와는 별도로 사람들이 간과(看過)하는 중독으로는 음식 중독, 물 중독인 수독(水毒)과 건강하고 건전한 중독, 공부, 운동 중독도 있으며, 인간의 육체와 정신을 피폐(疲弊)하게 해, 폐인(廢人)으로 만드는 가장 위험한 것은 마약과 포르노 중독이다.

알코올, 술에 관하여: 술은 인류의 탄생과 함께 시작되었다. 인류와 함께하는 수천 년 역사 동안 술은 즐거움, 위로, 흥을 돋우는 것으로 기호품이지만 반면에 여러 문제를 야기(惹起)해 왔다. 개인적으로는 지나친 음주로 건강을 해칠 뿐만 아니라, 실수나 추태로 말미암아 자신의 사회적 위상(位相)이 치명적 손상을 입기도 한다. 또한, 요즘은 음주운전으로 말미암은 사고로 타인의 생명을 앗아 가기도 한다. 그렇다고 해서 사회생활 하면서 술을 마시지 않고 살아갈 수는 없다. 무엇보다도 절제, 절주(節酒),

특히 자기 주량(酒量)에 맞는 음주 습관을 지녀야 한다. 하나 더 중요한 것은 술은 처음 배울 때 반드시 어른, 아버지에게서 배워야 한다. 흔히 말하는 술버릇을 제대로 배워야 하는 것도 대단히 중요하다. 처음 마시기 시작무렵의 버릇이 평생 가는 법이다.

니코틴, 담배에 관하여: 흡연의 유·무해에 관해서는 끊임없이 논란(論難)이 되어왔으나 60여 년 전인 1964년 미국의 공중보건국의 보고서를 통해 담배의 유해성(有害性)이 전 세계에 널리 알려지게 되었다. 오늘날은 간접흡연의 유해성도 강조되고 있으며, 흡연으로 말미암은 병 질환은 여러 가지가 있지만, 특히 만성 폐쇄성 폐 질환의 가장 중요한 원인은 흡연이다. 전문가들의 말을 빌리자면 '처음에는 담배 한 개비에도 뇌의 보상 회로가 활성화되어 도파민이 크게 증가하지만, 양이 늘어날수록 뇌의 보상회로가 과도하게 자극되어 도파민 수용체의 기능이 저하되어, 약한 자극에는 쾌감을 느끼지 못하는 내성이 생겨, 이 과정이 반복되면 더 많은 니코틴을 원하게 되어 '내성과 갈망, 금단현상은 니코틴을 끊기 어렵게 만드는 증상'이라고 한다. 그런데 흡연을 해서는 절대 안 되는 사람들은 성장 중에 있는 청소년, 임산부, 그리고 신체의 어느 한 부위나 장기(臟器)가 병약(病弱)한 사람은 치명타(致命打)일 수도 있다.

술과 담배의 영향: 술은 생각을 죽이고 담배는 몸을 죽이며, 술은 주변 사람을 순식간에 죽이지만 담배는 서서히 죽이게 되고, 술은 실수를 부르고 담배는 후회를 부르며, 술은 개가 되게 하고 담배는 약한 사람, 약골이 되게 한다. 무엇보다도 술과 담배의 공통점은 생명(生命)과 사명(死命)을 단축시키는 것이다.

카페인의 중독에 관하여: 카페인은 세계적으로 가장 널리 소비되는 정신 활성 물질로, 커피·차·청량음료·초콜릿 등에 포함되는 정신자극제인, 각성제 가운데 하나로, 중추신경계를 자극해 사람을 또렷한 정신으로 깨어 있게 할 수 있게 하고, 기억력을 향상하는 기능을 한다. 오늘날 일부의 질병에 오히려 카페인 섭취를 권장하는 경우도 있지만, 무엇이든지 지나치면 건강을 해칠 수 있듯, 과도한 카페인 섭취도 중독증상과 부정적인 부작용을 초래할 수 있으므로 적정하게 조절하거나 아니면 허브차, 자연 식물차로 대신해야 한다.

인터넷, 스마트폰, 게임중독에 관하여: 이 경우는 주로 자라나는 우리 청소년들에게 해당하는 경우로, 왜, 아이들이 컴퓨터나 TV, 스마트폰 등에 매달려 살까? 다른 말로 왜, 미디어에 집착할까? 전문가들의 말은 '사는 것이 재미가 없기 때문이다.'라고 말한다. 가족들과도 서먹한 관계, 아빠 엄마와 얼굴 볼 시간도 없고, 말도 안 통하고, 어쩌다 마주치면 야단이나 치고, 잔소리나 해대니 아이들에게는 이것들이 최상의 도피처가 되는 것이다. 자녀들이 이것들에 빠져 있다고 파악이 되면 답은 '자녀와 함께 가능한 한 많은 시간을 보내는 것'이다. 또한, 세상에는 '재미있는 일이 많다.'라는 것을 인지(認知)시키고, 호기심을 분산시키는 것이다. 무조건 못하게 하거나 야단, 잔소리보다는 함께 영화 보기, 쇼핑, 스포츠, 여행, 특히 자주 외식(外食)하며 대화를 나누어야 한다.

약물, 마약 중독에 관하여: 약물 중독은 약물의 부정적이고 위해(危害)한 결과를 알면서도 약물에 사로잡혀, 강박적으로 약물을 갈망하고 지속적으로 사용하도록 만드는 뇌의 구조와 기능이 변화되는 만성 뇌 질환이다. 약물 중독은 심장질환과 같은 다른 질병과 유사하게 조직(기관)이 정상적이고 건강한 기능을 방해하고 위험한 결과를 초래하기 때문에 자제와 치료가 필요하다. 마약 중독은 마약에 정신적·신체적 의존상태를 말하며, 특징으로는 내성 상승, 습관성 고정, 금단증상의 3가지이며, 마약에는 아편, 모르핀, 코데인, 코카인, 합성 마약, 대마 등이 있다. 우리나라도 마약 청정지역이 아니라는 사실에 각별한 주의가 필요하며, 외국 유학 시 일부 국가나 주(洲)에서는 대마의 경우 합법이어서 조심해야 하고, 낯모르는 사람이 주는 약이나 음료수는 절대 먹어서는 안 되며, 특히 여성인 경우 사우나나 미장원 등에서 살 빼는 약이라고 속여서 주는 경우도 있으니 주의가 요망되고, 무엇보다도 마약류는 호기심에라도 한번 손을 대면 절대 끊을 수 없어 자기 삶이 나락(那落)으로 빠진다는 것을 명심해야 한다.

사행성 게임 및 도박중독에 관하여: 사행성 게임이란 온라인 게임물을 변조(變調)하여 게임결과물을 환전해 주고 재산상 손익(損益)을 미치게 하는 요행(僥倖)성 오락이고, 도박은 우리 선조들의 투전(投錢)으로부터 오늘날은 카지노, 서양의 카드, 중국의 마작, 경마, 우리나라의 화투, 그 밖의 동물 싸움에 돈을 걸거나 운동선수들끼리 맞붙어 싸우게 하는 투기(鬪技)도박 등이 있다. 도박 장애는 분명 정신과적 질병임이 틀림없다. 나와 가족들, 나아가서는 사회에 파문을 일으키기도 해 사회문제를 야기(惹起)하기도 한다. 도박에 중독되면 집안 살림을 거덜 내기도 하고, 직장인이면 공금(公金)에 손을 대고, 나중에는 도둑질도 마다하지 않는다. 얼마나 심각하길래 마누라까지도 판다는 말이 있겠는가? 남의 돈을 거저먹으려는 심성도 도박에 빠지는 원인이 될 수 있다. 생활 속에서 불로소득은 없다는 사상, 내 노력으로 살아가는 생활 자세가 기본적으로 필요하며, 도박도 엄연한 정신과적 질병이므로 병원 치료가 필요하다.

포르노 중독에 관하여: 1997년 대법원 판결문에 포르노그래피란 '일반적으로 폭력적이고 잔인하며 어두운 분위기 아래 생식기에 얽힌 사건들을 기계적으로 반복·구성하는 음란물의 일종'이라고 했다. 미국의 과학 저술가인 개리 윌슨은 '인터넷 포르노의 범람은 아무런 감시·감독 없이 실행되고 있는 역사상 가장 급격한 전 지구적 실험이다.'라고 말하고, 포르노에 반대하는 연구를 대중에게 알리는 웹사이트 '포르노가 당신의 뇌에 끼치는 영향(Your Brain on Porn)'을 설립해 운영하고 있다. 오늘날 인터넷이나 스마트폰을 통해 야동(야한 동영상)이라는 이름으로 범람하고 있다. 청소년이나 혈기왕성한 젊은이들의 정신세계를 황폐하게 하는 것으로, 특히 사리분별력이 약한 한창 공부해야 할 학생들에게는 더더욱 위험하다. 어느 통계발표에 의하면 미국 인구 3억4천만 명 중 2백만 명 정도가 포르노에 중독되어 사실상 일상생활이 불가능하다고 한다. 우리나라도 정확한 통계치는 없지만, 인구대비 엇비슷할 거라고 생각된다. 청소년들은 포르노에 중독되면 공부에는 전혀 관심이 없고 오로지 야동 장면만 머릿속에 맴돌고, 중독된 젊은이들은 결혼생활을 하게 되면 일부는 파국을 맞는다고 한다. 미국은 컴퓨터를 개인 방에 두지 못하고 거실에 두게 되어있다. 우리나라는 방송강의나 인터넷강좌를 듣는다는 미명(美名) 아래 거의 모두 학생 개인 공부방에 둔다. 학부모님들 중 맞벌이 부부들은 자녀들 생활에 각별한 관심을 기울여만 한다. 특히 학교생활도 점검해 보아야 한다. 담임선생님을 통해서 수업시간 태도가 어떤지 꼭 확인해야 한다. 수업시간 책상에 엎드려 자고, 교과목 선생님이 깨워도 금방 또 엎드려 자고, 매가리가 없으면 거의 게임중독, 포르노 중독을 의심해 보아야 하는데, 거의 포르노 중독 확률이 높다.

끝으로 이 글은 중독의 폐해를 중심으로 성장 중인 청소년이나 젊은

이들, 특히 자녀를 둔 학부모님들이 읽고 경계해야 한다. 그런데 노년들은 어떻게 해야 하나? 2023년 WHO(세계보건기구)에서 발표한 장수비결 20위 중 1위가 '좋은 술 적당히 마셔라.'이다. 술 냄새가 몸속을 순환하고 마사지 역할을 해 주며, 어떤 운동, 음식도 대신할 수 없는 심폐기능을 강화해 주며, 친구끼리 만나 술 마시는 것이 장수비결이라고 한다. 평소에 술 잘 마시고 담배 피우던 사람이 술, 담배 냄새가 역겨우면 건강에 이상이 생긴 것이다. 노년에 술·담배 당기면 마시고, 피워라. 그게 정신건강에 더 유익하다. 사실 오늘날은 의학이 발달해서 병(病)이 문제가 아니라 노년에는 정신이 훨씬 중요하고 위험하다. 또한, 친구들끼리 만나 밥값 내기 화투놀이는 정신건강과 치매에 도움이 된다. 이 경우는 도박이 아니라 단순 놀이다. 셈 계산 연습도 되고, 친구들과 웃고 즐길 수 있다. 노년에는 때로 야동도 필요하다. 노년의 성(性)은 밤새 타고 난 다음 날 새벽녘의 화롯불과 같다. 재로 변하기 직전이다. 작은 불씨라도 유지해야 하는 것 아닌가? 이 모든 것들을 노년에는 '경륜과 연륜'을 통해 나름대로 선택 여부를 현명하게 결정해야 한다. 단, 한 가지 명심해야 할 것이 있다. 노년의 '생활의 지혜'이자 '실천할 덕목' 중 하나는 '절제'이고, 다음으로는 주어진 경제력 범위 내에서 꼭 써야 할 곳에는 쓰지만 '절약'하는 것이다.

17

정의(正義)와 불의(不義)

　정의와 불의의 사전적 의미는 무엇인가? 정의(正義)는 '바른 의의(意義), 개인 간의 올바른 도리(道理), 또는 사회를 구성하고 유지하는 공정한 도리'를 말하며 유의어에는 공정, 도리, 의(義)가 있다. 불의(不義)는 '의리, 도의(道義), 정의에 어긋남'으로 유의어에는 부당, 부정, 부정의가 있다. 그런데 '정의와 불의'도 따지고 보면 결국은 '선(善)과 악(惡)'의 범주(範疇)에 속해 있으며, 양심(良心)은 선과 악의 판단을 내리는 '도덕적 의식'이다.

　정의의 한자 '正義'를 풀어 해석하면 '진리에 맞는 올바른 도리'이며, 영어 단어'justice'는 '공정성, 정당성, 재판, 사법'의 의미로 '사회를 살아가는 데 있어서 모두가 지켜야 할 강제하는 규범, 법'이다. 사실 정의는 선(善)도 악(惡)도 아닌, 이 둘을 포함하는 중립적 개념으로 정의를 바탕으로 세워진 법(法)은 누군가에게는 악법(惡法)일 수도 있으며, 법치국가(法治國家)에서는 정의의 마지막 수호자는 법관(法官)이다. 그리고 올바른 사회를 위해, '사회정의, 정의구현(正義具現: justice served), 정의사회 구현, 공정사회, 사법 정의'라는 용어가 쓰인다. 그리스의 서정시인 핀다로스는 '정의로운 자의 찬란한 행위는 육신의 고향인 흙 속에 묻히지 않고 살아남는다.'라는 말을 했고, 고대 로마의 정치가 키케로는 '사람이 서로 해치지 않게 하는 것이 정의의 역할이다.'라고 말했으며, 스파르타의 왕 이게실라우스 2세는 '정의는 미덕(美德)의 으뜸이다. 정의의 뒷받침이 없는 용기는 무용지물(無用之物)이며, 만인(萬人)이 모두 다 의롭다면 용기는 필요 없다.'라고 말했고, 오늘날까지도 널리 말하여지는 '악법도 법이다.'는 고대 그리스의 철학자 소크라테스의 말이다.

성경에서는 정의보다는 불의에 관한 하나님 말씀에 무게를 두어 여러 구절이 나온다. 불의(injustice, wickedness, sin)는 '옳지 않은 일, 사람의 도리에서 벗어난 일로 규정하고 물리적 폭력과 정신적 탄압으로 타인에게 심신(心身)의 상처를 안기거나 재산상 손해를 입히는 행위(잠언)', '하나님이 요구하시는 기준에서 벗어나거나 하나님을 대적하는 모든 행위, 하나님을 떠난 일체(一切)의 일(로마서, 사도행전, 고린도 전, 후서)'로, 일명 '죄(罪)'라는 말로 이해할 수 있다. 특히 로마서에는 '선으로 악한 불의를 이기라. 악에 지지 말고, 선으로 악을 이겨라.'라는 말씀이 있는데, 범인(凡人)들은 쉽게 이해도 안 갈뿐더러 따르기도 쉽지는 않겠지만, 아무튼 '악을 악으로 갚지 말라'라는 정도로 이해하면 될 것 같다. 원불교에서 삼학(三學)이란 정신수양(精神修養), 사리연구(事理硏究: 지식을 넘어 지혜까지 성장하는 것), 작업취사(作業取捨: 취하고 버림)이며, 부처의 인격에 이르도록 하는 세 가지 길로 대표적 원불교의 수행교리로 삼학을 병진(竝進)해서 삼학의 공덕인 삼대력(三大力: 수양, 연구, 취사)을 얻고 보면 '자기 마음을 부처와 같이 사용할 줄 아는 자유인이 되며, 원만한 인격의 소유자가 된다.'라는 것이다. 특히 삼학의 세 번째인 '작업취사'는 실생활 속에서 '정의는 용맹 있게 취하고 불의는 용맹 있게 버리는 공부'로 사회생활에서 어떤 일을 당했을 때 효과적으로 활용(活用)하자는 것에 그 목적이 있다고 한다.

사실 정의와 불의라는 것이 그 말을 주장하거나 부르짖는 사람의 입장이나 이해득실(利害得失)에 따라 좌지우지(左之右之)될 수 있다. 서로 반대편에서 자신만이 정의이고 상대편은 불의라고 주장하고, 설득할 수 있는 이유이다. 그런데 여기서 우리에게 가장 중요한 진리는 '생명존중, 더불어 잘사는 나라, 나도 행복하고 너도 행복하고'이다. 잘잘못을 따져보는 것, 중요하다. 그러나 지금 우리나라가 거의 반반으로 분열되어있는 안타까운 현실을 보며 개개인 모두가 책임의식을 느껴야 하고, 특히 위정자(爲政者)들의 반성과 의식전환을 국민 모두가 염원(念願)하고 있는 것은 두말할 나위도 없으며, 또한 일부 사람들이긴 하지만 이념적 편향, 그리고 계층 간 대립이 더 이상 극점으로 치닫지 말아야 하겠다는 염원 또한 간절한 것이 오늘날 우리의 현실이다.

그렇다면 한 인간이 세상을 살아가면서 정의와 불의, 다시 말해 선과 악을 저지르는 것은 과연 무엇 때문일까? 우리는 오랜 세월 동안 성선설(性善說)과 성악설(性惡說)에 대해 격론(激論)을 벌여왔다. 그러나 그 같은 팽팽한 격론에도 변함이 없는 사실이 있다. 인간은 유전자가 제일 먼저이고, 그다음이 환경이다. 대체로 선량한 집안에서 태어나면 선량하고, 악한 집안에서 태어나면 악한 것이다. 환경적 요소라는 것은 가정과 학교교육인데, 교육이란 '선과 악을 가려보는 눈을 갖게 하는 것'이지만, 가정교육은 타고난 그대로, 분위기 자체가 선(善)하고 악(惡)할 테니, 별 큰 의미가 없고, 그렇다면 학교교육인데 조금은 변화될지 몰라도 큰 차이는 없는 법이다. 한마디로 선한 사람은 불의를 저지르려 해도 결국은 선하게 돌아오고, 악한 사람은 정의를 지키고, 실현하려 해도 불의, 악을 선택하고 말게 된다는 것이다. 그래서 본성(本性), 천성(天性)이라는 말이 우리 인간 세계에서 회자(膾炙)되고 있지 않은가? 결국, 사회에서 성공과 행복하려면 사람을 제대로 볼 줄 알아야 한다. 타고난 선인(善人)인지, 악인(惡人)인지? 다시 말해 정의로운 사람인지, 불의를 저지를 사람인지? 상대를 의심하고, 시험해 보는 경미(輕微)한 것부터 극악무도(極惡無道)한 언행(言行)에 이르기까지 정도 차이는 있을지언정 모두가 죄악(罪惡)이다. 상급자든, 하급자든, 특히 친구나 배우자의 경우, 결국 종국(終局)에는 내게도 그리하고, 때론 악인은 악행을 동참(同參)하거나 동조(同調)할 것을 요구하게 되어있다. 그러다 보면 본의(本意) 아니게 휩쓸려 내 삶에 낭패(狼狽)를 볼 수도 있다. 사람을 제대로 볼 줄 아는 '생활의 지혜', 살아가면서 그 무엇보다도 중요하다.

끝으로 두 권의 책을 추천한다. 하나는 미국 하버드대 정치철학 교수 마이클 샌델이 쓴 '정의란 무엇인가?'로, 이 책의 일반적 평(評)은 관념적(觀念的)이고 난해(難解)하다고 하지만 저자가 말하는 정의란 '올바른 분배'를 의미하는 것으로, 그 방식은 3가지로 '행복의 극대화' '자유의 존중' '미덕 추구'라는 관점에 근간이 되는 철학적 사상을 면밀히 소개하고, 그 철학적 주장이 가진 허(虛)와 실(實)을 논리(論理)의 장(章)으로 올려놓고 다각도로 탐구할 수 있게 해 준다. 다른 하나는 영국 셰필드대학 인류지리학 교수 대니얼 돌링이 쓴 '불의란 무엇인가?'로 우리 사회의 고정관념을 설명하고 있는데, '엘리트주의는 효율적이다.' '배제는 필수적이다.' '편견은 자연스럽다.' '탐욕은 좋은 것이다.' '절망은 불가피한 것이다.'로, 이 다섯 가지의 고정관념은 거짓이며 불평등을 지속시키는 기제(機制: 인간의 행동에 영향을 미치는 심리의 작용이나 원리)라고 주장하고 있다. 두 권의 책 모두 딱딱하고 지루하지만 인내하고 읽어 나가다 보면 '정의와 불의라는 관점'에서 우리 사회의 '문제점과 해결책'들이 무엇인지를 나름대로 도출(導出)해 낼 수 있을 것이다.

18

도덕(道德)과 부도덕(不道德)

도덕의 사전적 의미와 부도덕, 비도덕, 반도덕의 의미와 그 차이는 무엇인가?

도덕이란 사회의 구성원들이 양심, 사회적 여론, 관습 따위에 비추어 스스로 마땅히 지켜야 할 행동 준칙(準則)이나 규범의 총체, 외적 강제력을 갖는 법률과 달리 각자의 내면적 원리로서 작용하며, 종교와 달리 초월자와의 관계가 아닌 인간 상호관계를 규정하는 것이며, 도(道)와 덕(德)을 설파(說破: 사물의 내용을 밝혀 말함)하는 데서 노자의 가르침을 이르는 말이기도 하다. 유의어에는 도, 도리, 윤리가 있으며, 반의어에는 부[부(不)는 '아님', '어긋남']도덕, 비[비(非)는 '아님'을 더함]도덕, 반[반(反)은 '반대되는', '반대하는']도덕으로 부정 접두어 표현이 조금은 다르게 쓰이는 데, 보통 '부도덕한 사람', '비도덕주의', '반도덕론자', 나쁜 짓을 하면서 죄책감을 느끼지 않는 경우를 '도덕 불감증'이라고 하며 그런 사람을 '도덕 불감증자', 또는 '도덕 마비자'라고도 한다.

그렇다면 도덕(moral)과 윤리(ethic)의 차이는 무엇인가? 도덕과 윤리는 '선과 악' 또는 '옳고 그름'의 차이를 구별하는 것과 연관이 있는데, 도덕이 개인적이고 규범(規範: 마땅히 따르고 지켜야 할 본보기)적인 것이라면, 윤리는 특정 공동체(community)나 사회적 환경에 구별되는 '좋은 것과 나쁜 것'의 기준이다. 한마디로 도덕이 '자기완성을 위한 규범'이라면, 윤리는 '인간관계에서 합당하게 행동하는 것으로, 예를 들어 '직업윤리'라는 말은 써도 '직업 도덕'이라는 말은 쓰지 않는다. 속담에 '도덕은 변해도 양심은 변하지 않는다.'라는 말은 '사회의 변화에 따라 도덕은 편의대로 변할 수 있지만, 인간의 양심은 세월이 지나도 변함이 없다.'라는 말로 도덕은 그 사회나 시대에 따라 변할 수도 있다. 다음은 명사(名士)들이 '도덕'에 관해 어떤 말을 했는가 살펴보자.

먼저 프랑스의 수학자, 물리학자, 사상가인 파스칼은 '인간은 생각하는 갈대이다(Man is a thinking reed.)'라는 말을 했다. 그렇다면 이 말은 무엇을 말하기 위함일까? 우주 만물은 인간을 말살시킬 수도 있는 위대한 힘을 가졌지만, 사고력이 없다. 그렇지만 인간의 힘은 갈대와 같이 나약하지만 '사고력'을 지니고 있다. 그러므로 인간이 지켜야 할 도리(道理)로, '도덕성(morality)'을 강조한 말이다. 그렇다면 인간의 '도덕성'이란 무엇이고 왜, 중요한가? 도덕성이란 도덕적 품성(品性), 곧 선(善)과 악(惡)의 견지에서 본 이념, 판단, 행위 따위에 관한 가치를 이르는 말로, 어떤 사물이나 상황 등에 대하여 '옳고 그름을 판단하고 바르게 행동하는 능력'이다. 그리고 서양철학의 큰 발자취를 남긴 독일 철학자 칸트의 도덕 철학 용어로, '적법성이나 이해관계'가 아니라 '도덕률' 그 자체에 대한 존중에서 '자발적으로 도덕을 준수해야 한다는 것'이다.

그런데 그 도덕성이 중요한 것은, 예를 들어 도덕성 있는 리더는 차치(且置)하고, 부도덕한 리더의 가장 치명적인 문제를 지적한다면 '죄의식'이 없다는 것이다. 부도덕한 리더는 '분별없는 시도'를 '겁도 없이 실행'하는 것이다. 그리고 큰 문제가 터질 때까지 계속 반복한다는 것이다. 그래서 지극히 위험하다. 이런 부도덕한 리더는 본인뿐만이 아니라 때로는 추종자, 그리고 주변 사람들 모두, 나아가서 사회에 대한 범죄행위로 확산할 공산(公算)이 큰 것이다. 전문가들이 말하기를 우리 사회는 '리더십 결핍 증후군'에 걸려 있다고 한다. 대표적 몇 가지 사례들을 본다면, 싸움질만 하고 국민은 안중에도 없이 당리당략에만 빠져, 소신 없이 거수기 노릇만 하거나, 상황에 따라 수시로 말 바꾸고, 뻔히 들여다보이는 일에도 잡아떼는 일부의 정치인들, 학교를 살리기보다는 뒷돈 챙기기에만 혈안이 되어 결국은 학교가 폐교당하는 지경에 이르게 하는 소수이지만 일부 사학 설립자들, 직원들은 고군분투하고 있는데도 자기 돈처럼 뒤로 빼돌리고 부족하면 빚을 내어 결국은 그 기업을 도산(倒産)시키게 하는 소수이지만 일부 경영자들로, 결국 무능한 리더나 경영자보다도 부도덕한 리더나 경영자가 훨씬 위험한 것이다. 특히 한 나라의 지도자는 두말할 나위도 없고, 심지어는 교육현장에서까지도 교육자 자질의 으뜸이 도덕성이 되어야 한다. 한마디로 사람의 평가 기준의 최우선 순위는 도덕성으로, 도덕성 면에서 의구심(疑懼心)이 가거나 현저하게 떨어지는 사람은 실력이나 달변(達辯), 그리고 화려한 학벌, 그 어느 것에도 속아 넘어가서는 안 된다.

다음으로 노자(老子)의 '도덕경(道德經)'은 무엇인가? 공자님의 '논어(論語)'는 현대까지도 수많은 사람의 애독서(愛讀書)로, 그다음이 노자의 도덕경인데 '도(道)를 이해한 다음, 덕(德)으로 살아가는 삶을 이상적으로 여긴 작품'으로, 자연 그대로의 상태인 도(道)를 본받아 자연에 순응하고 인위적이지 않은 무위(無爲)의 삶을 살 것을 주장하며, 그 도의 작용을 덕이라 한 것은, 형이상학[形而上學: 사물의 본질, 존재의 근본원리 연구(예,

철학) 〈-〉 형이하학(形而下學): 형체를 갖춘 사물연구(예, 자연과학)]적인 무위(無爲)의 도를 근본으로 삼고 세속적인 성공을 위한 '겸손과 무욕(無慾)'의 실천적 태도를 강조한 것이다.

다음으로 철학의 아버지라 불리는 고대 그리스의 철학자 소크라테스가 사회에 준 말들이다. '진리와 공의(公儀: 공적인 의식)에 관한 탐구는 인간적인 것이며, 우리는 언제나 선의(善意: 착한 마음)를 따르는 것이 좋고, 우리는 항상 진실을 말해야 하며, 좋은 예(禮)를 보이면 다른 사람들도 따를 것이고, 우리는 다른 사람을 돕는 것이 결국은 우리 자신을 돕는 것이라는 것을 알아야 하며, 우리는 서로를 존중해야 하고, 좋은 교육은 좋은 삶을 살게 해주며, 교육 없이는 사회가 번영할 수 없다.'라는 명언을 남겼다. 선인(先人)들의 말씀은 결국은 우리 인간들의 선과 악, 예(禮: 예도, 예절), 그리고 덕과 악덕을 분간하는 '도덕성을 강조'한 것으로, 도덕을 한 단어씩 풀어 정의하면 도(道)는 '사람이 마땅히 지켜야 할 도리(道理: 사람이 어떤 입장에서 마땅히 행하여야 할 바른길)'이고, 덕(德)이란 '도덕적, 윤리적 이상을 실현해 나가는 인격적 능력'과 '공정하고 남을 넓게 이해하고 받아들이는 마음이나 행동'을 의미한다.

마지막으로 앞선 주장들과는 조금 다른 각도로, 정신분석의 창시자인 프로이트는 '인간의 성격은 3가지 구조적 구성 요소(원초아 -〉 자아 -〉 초자아)에 의해 작동한다.'라고 말했다. 원초아(原初我: id: 이드)는 생물학적 구성요소로 '원초적 · 동물적 · 본능적 요소'이고, 자아(自我: ego: 에고)는 원초아의 쾌락추구, 초자아의 완벽추구와는 달리 '현실을 추구하는 것'이며, 초자아(超自我: super-ego: 슈퍼에고)는 인간의 내적 도덕심인 양심으로 '도덕적 완성을 추구'하는 것으로, 이들은 각기 기능은 다르지만, 자아로 통합되어 '성격'으로 형성된다는 것이다.

우리는 초 · 중 · 고교 시절 바른 생활, 도덕, 윤리라는 이름의 교과과목으로, 더러는 대학 시절 교양필수나 선택으로 동양철학이나 (서양) 철학 과목을 배우고 학습한다. 더 중요한 것은 가정에서 부모님으로부터 직접적인 가르침이나 부모님의 평소 생활 속에서 은연(隱然)중에 본(本: 본보기가 될 만한 올바른 방법)을 받게 된다. 돌이켜보면 학창시절 학교에서 담당 교과목 선생님들로부터 배웠던 기억보다는 부모님 슬하에서 꾸지람을 듣거나 가르침을 받았던 기억이 더 생생하다. 또한, 어떤 상황 속에서 부모님들이 도(道)와 덕(德)의 정도(正道)를 지키셨던 기억이 생생할 뿐만 아니라 내 머릿속에, 그리고 생활 속에 깊이 자리 잡고 있다. 본래 선과 악이라는 것은 유전자의 영향이 일차적이다. 선한 집안 자손들은 선하고, 악한 집안 자손들은 악한 법으로 심성(心性)이 결정된다. 유전자의 직접적인 영향 아래 간접적으로는 집안 분위기, 생활 방식에 영향을 받게 된다. 그래서 도(道)와 덕(德), 그리고 예(禮)가 없는 사람을 말할 때 '보고 배운 것이 없다'나 '집안이 싸가지가 없다'라는 말이 나오는 법이다. 한마디로 한 사람의 도덕성도 '어떤 가정에서 태어나고', '어떻게 가정교육을 받았느냐'가 대단히 중요한 것이다. 대체로 사람은 태어나서 유치원 때까지 인성, 인격이 거의 형성되어 평생을 가는 법인데, 다수의 학자도 '유년기에 도덕성을 발달시키는 것이 중요하다'라고 말한다. 그러므로 학교교육이나 사회교육은 한참 뒷얘기이다. 어느 정도 변화는 있을지언정 큰 변화를 기대하는 것은 무리이다.

끝으로 독일의 철학자 니체의 명언을 인용한다. '우리는 어려서부터 도덕적인 사람이 되어야 한다. '덕'이란 우리 각자가 만들어 낸 것이라야 하며, 그리고 자신의 가장 사(私)적인 방어수단이며 생활의 필수품이 되어야 한다. 무엇보다도 '덕'이라는 개념에 대한 존경심에서 비롯되는 것은 이롭지 못한 것이다'

19

양심(良心)과 비양심(非良心)

양심과 비양심의 사전적 의미는 무엇인가? 양심이란 '사물의 가치를 변별(辨別)하고 자기의 행위에 대하여 옳고 그름과 선(善)과 악(惡)의 판단을 내리는 도덕적 의식(意識)'인 '도덕적 심판관'이고, 비양심은 '양심에 어긋남'을 의미한다. 양심의 유의어에는 도덕심, 도심(道心), 양식(良識)이 있고, 반의어가 비양심이다. 양식의 우리말 동음(同音)으로 한자어가 다른 양심(兩心)은 '두 마음'이고, 양심(養心)은 '심성을 수양(修養)하거나 그 마음'이다.

우리나라 헌법에도 '모든 국민은 양심의 자유를 가진다.' 하여 보호한다. 사실 거짓말, 도둑질, 뇌물, 청렴, 결백, 고백에 이르기까지는 양심을 빼놓고는 말하기가 어렵다. 우리는 자기 임무와 역할을 성실히 수행할 때, 그리고 신념을 위해 저항할 때도 '양심적'이라는 말로 평가를 한다. 오늘날 일어나고 있는 일련의 수많은 사건을 볼 때 우리 사회는 양심의 부재(不在) 속에 살아가고 있다고 해도 결코 지나친 말이 아니다. 특히 일부의 정치인들이 도(道)를 넘고 있는 것 같다. 영국의 성공회 주교였던 조셉 버틀러는 종교철학과 윤리학에 기여(寄與)한 공로가 혁혁(赫赫)한데 특히 윤리학의 역사상 '양심론'을 본격적으로 다룬 최초의 인물로 인간 본성의 내적(內的) 구조를 인간 행위를 촉발(觸發)하는 동기에 세 가지 차원을, 가장 낮은 단계로 정념(情念: 감정에 따라 일어나는, 억누르기 어려운 생각), 열정(passions & affections), 다음 단계를 자기애(自己愛)와 이타심(利他心), 그리고 가장 높은 단계를 '양심'으로 보았다.

명사(名士)들의 명언(名言)에서 우리는 삶의 지혜를 얻고 때로는 삶의 좌표(座標)를 설정(設定)할 수 있다. '양심은 영혼의 소리요, 정열은 육신의 소리이다.' 프랑스의 사상가 장 자크 루소의 말이고, '인간을 비추는 유일한 등불은 이성이며, 삶의 어두운 길을 인도하는 유일한 지팡이는 양심이다.' 독일의 시인 하인리히 하이네의 말이며, '명예는 밖으로 나타난 양심이며, 양심은 안에 깃든 명예이다.' 독일의 철학자 쇼펜하우어의 말이다. 양심은 개인의 '인격적 존재가치를 지탱하는 마지막 내면의 외침'으로 반드시 '행동하는 양심'이 되어야 할 뿐만 아니라 남의 죄, 양심을 따지기 이전에 내 양심을 먼저 되돌아보아야 하겠다. 성경 디모데전서에서도 '믿음과 착한 양심을 가지라'라는 가르침을 주신다. 그런데 같은 성경을 믿는 어느 종파에서는 고린도와 에베소서에 '정치적 중립(中立)을 지킨다.'라는 성경 구절을 인용하여 집총(執銃)거부로 우리나라 국민의 4대 의무(국방, 납세, 교육, 근로) 중 하나인 국방의무를 '양심적 병역거부'라는 미명(美名)으로 국방의무를 이행치 않아 오랫동안 사회문제뿐만 아니라 이슈(issue)가 되어 논란이 되어왔다. 그래서 대부분 국방의 의무를 이행했거나 이행하고 있는 사람들은 '그렇다면 국방의 의무를 이행하는 사람들은 비양심이라는 말인가?'라는 반론과 의문을 제기해 왔다. 이에 헌재(憲裁)는 명쾌한 답(答)을 다음과 같이 내놓았다. "'양심적' 병역거부는 실상 당사자의 '양심에 따른' 혹은 '양심을 이유로 한' 병역거부를 가리키는 것일 뿐이지, 병역거부가 '도덕적이고 정당하다'라는 의미는 아니다. 따라서 '양심적' 병역거부라는 용어를 사용한다고 하여 병역의무의 이행은 비양심적이 된다거나, 병역을 이행하는 대부분의 병역의무자들과 병역의무 이행이 국민의 숭고한 의무라고 생각하는 대다수 국민이 '비양심적'인 사람들이 되는 것은 결코 아니다."

비양심은 우리네 생활 속에 헤아릴 수 없을 만큼 수많은 경우가 있다. 그중 한 가지 경우만 들어보고자 한다. 바로 노년에 부부 사이에서 일어날 수 있는 사례이다. 이 경우 대체로 아내가 남편에게 하는 '비양심적 언어폭력'이라고 말할 수 있겠다. 대체로 두 가지로, 하나는 '지금까지 네가 한 것이 뭐냐? 모든 살림 내가 이루었지'라는 말로, 남편의 공(功)은 인정하지 않으려는 것이고, 다른 하나는 '너 같은 빈 털털이는 없다. 너처럼 부모에게서 물려받은 것 없는 사람은 다 돌아봐도 없다.'라는 말로 시댁에서 큰 도움 주지 않은 것에 대한 원망(怨望)과 한탄(恨歎)의 말이다. 노년에 이르러 어엿한 한 가정을 이루기까지 남편은 생활전선에서 남들 잘 때 잠 줄여가며, 남 놀 때 놀지 않고 돈 벌어와 아내 손에 모두 쥐여주고, 아내는 알뜰하게 살림하여 자식들 교육시키고 여우(결혼시킴)살이까지, 그리고 노년에 궁핍하지 않고 부러운 사람 없을 정도로 재산 형성도 해놓는 것이, 서로의 역할이고 의무가 아닌가? 그런데도 남편의 가족들을 위한 생활전선에서의 그간 쌓아온 공(功)은 헌신짝처럼 내동댕이쳐 버리고, 본인 알뜰하게 살림한 것만을 치켜세우고, 또한 시댁에서 큰 도움은 없었어도 소소한 도움으로 초년 결혼생활을 잘 넘겼는데도 본인 친정에서야말로 단 1도 도움이 없었다는 것은 전혀 염두(念頭)에 두지 않는 것, 바로 비양심의 전형(典型)이고, 노년의 이런 경우가 '비양심의 가장 처절(凄切)하고도 악질(惡質)적'인 행태(行態)이다.

　양심은 나 자신뿐만 아니라 온 인류가 지켜야 할 기본적인 도리이다. 양심이란 한 인간이 살아가고 인류가 존재하기 위해 필수불가결한 것이다. 우리는 양심의 위대함을 실감하면서도 양심이 인도하는 길을 따라가야 했는데, 그렇지 못한 것이 한심스럽고 후회되기도 한다. 안타깝고 답답한 가슴으로 반성을 해 본다. 그렇지만 지금부터라도 양심이라는 현미경으로 지난날의 행적(行蹟)들을 돌아보며 새롭게 다짐하는 계기(契機)로 삼아, 양심과 비양심 사이의 지각 있는 분별력으로 청정(淸淨)한 내가 되어, 주변 사람들에게도 영향을 주게 되면, 나아가서 우리 사회가 더욱 양식 있는 밝고 건전(健全)한 사회가 될 것이다.

20

약자(弱者)와 강자(强者)

세상에는 크게 두 부류(部類), 약자, 강자로 나뉜다. 약자는 '힘이나 세력이 약한 사람이나 생물, 또는 그런 집단'이고, 강자는 '힘이나 세력이 강한 사람이나, 생물 또는 그런 집단을 말하는 것'으로, 사대(事大)는 '약자가 강자를 섬기는 것'인데, 우리의 지난 과거 부끄러웠던 '사대주의'는 주체성(主體性) 없이 세력이 큰 나라나 세력권에 붙어 그 존립을 유지하거나 빌붙고자 하는 의식과 태도를 말하는 것으로, 반의어는 '민족주의(民族主義)'이고 그밖에 사대교린(交隣)이나 문화 사대주의, 그리고 사대주의 근성이라는 말들이 쓰였다. 그리고 오늘날에는 우리 주변의 사회적 약자들(보편적인 사람들의 모습과 다르거나 삶의 방식, 또는 사고방식이 다르다고 후천적으로 구별하여 '비정상이라고 구분하는 경우')을 대하는 일반인들의 올바른 태도와 각별(各別)하고도 세심(細心)한 배려로 그들이 소외(疏外)되지 않고, '우리와 함께 더불어 살아가는 사회적 분위기 조성이 필요(必要)하다.' 하겠다.

유대인의 생활규범인 탈무드에서 '약자와 강자'의 이야기가 있는데, 세상에서 강하다고 여겨지는 것이 형편없이 약한 것을 두려워하는 경우로 '사자는 자기를 마구 물어뜯는 모기를 두려워하고, 코끼리는 자기 다리를 파고 들어오는 거머리를 두려워하며, 전갈은 꼬리에 파리가 붙으면 찌르려다가 그만 자기 독으로 자기 꼬리를 찌르는 경우가 있어 전갈은 파리를 두려워한다.'라고 한다. 이는 '강자가 무조건 약자에게 두려운 존재는 아니며, 아무리 약자라 할지라도 조건만 성립되면 강자를 굴복시킬 수도 있다.'라는 '약자에게 기죽지 말고 어떤 일이든 할 수 있고, 그리고 하라'라는 '희망과 격려'의 말인 것 같다.

그런데 고대 그리스 철학자 플라톤은 자연의 법으로 '강자가 약자를 지배'한다는 이론을 폈다. 구체적으로 '본성 자체가 주는 바는 더 훌륭한 자가 더 열등한 자보다, 그리고 더 힘 있는 자가 힘없는 자보다 더 많은 몫을 가지는 것이 더 정당하다'라는 것이다. 동물의 세계에서뿐만 아니라 인간들의 모든 나라와 모든 종족에서도 '강자가 약자를 지배하고 더 많은 몫을 지니는 것이 정의롭다.'라고 주장했다. 이 주장도 지극히 지당(至當: 이치에 맞고 정당함)한 말이다. 일반적으로 사람들은 강자에 약하고 약자에게 강한 법이다. 그렇다면 약자가 강하게 되려 하거나 강자와 대적(對敵: 맞서 싸움)하려면 어떻게 해야 하는가? 첫째 실력(힘)이 있어야 한다. 둘째 강단(剛斷: 어려움을 견디는 힘)이 있어야 한다. 마지막으로 어떤 불이익도 감수(甘受: 고통 따위를 달게 받음)할 각오가 되어있어야 한다. 그런데 세상 이치가 언제나 뒤집힐 수 있는 개연성은 있는 법이다. 한마디로 정의(正義)는 언제나 살아있는 법이다. 항상 소신(所信: 굳건한 믿음과 생각) 있는 삶의 자세가 생활 속에 깃들어 있어야 하며, 언제나 불의(不義)라면 아무리 강자라 할지라도 맞서 싸울 대찬 각오가 되어있어야 한다는 것이다. 어쩌면 강자에게는 큰소리치고, 약자에게는 다정스럽게 말할 줄 아는 것이 사회생활에서 성공의 모태(母胎)가 될 수도 있다.

또 다른 한편으로 원불교를 창시(創始)하신 소태산 대종사가 제시한 사회발전의 원리로 '정전(正傳)' 수행 편에 강자약자진화상요법(强者弱者進化上療法)이 다음과 같이 수록되어 있다. '강자가 더욱 강하여 영원한 강자가 되고 약자라도 점점 강하여 영원한 강자가 되는 법이 있건마는, 이 세상 사람들은 그 좋은 자리이타(利他: 자기 이익보다는 다른 이의 이익을 더 꾀함) 법을 쓰지 못하고 약육강식을 하며, 약자는 강자를 미워만 하다가 강자와 약자와는 원수가 되며 또는, 생명을 희생하며 더욱 심하면 세세생생(世世生生: 불가에서 말하는 몇 번이든지 다시 환생함) 끊어짐이 없는 죄를 지어 고(苦)를 만난다.'라고 되어있다. 한마디로 강자라고 해서 약자를 무시하고 함부로 할 것도 아니며, 약자라고 해서 강자를 시기 질투만을 일삼고 미워할 일은 아니다. 무엇보다도 강자에게 맞설 힘을 기르는 일에 혼신(魂神)을 다해야 한다.

약자와 강자에 관한 명언들을 살펴보자. '지혜로운 사람은 행동으로 말을 증명하고, 어리석은 사람은 말로 행위를 변명한다. 승자(강자)는 책임지는 태도로 살며, 패자(약자)는 약속만을 남발(濫發)한다.' 유대 경전에 나오는 말이고, '길을 가다가 돌이 나타나면 약자는 그것을 걸림돌이라고 말하고 강자는 그것을 디딤돌이라고 말한다.' 영국의 사학자 토머스 칼라일의 말이며, '약자는 기회를 기다린다. 그러나 강자는 기회를 만든다.' 앤더슨 바텐의 말이다. 그런데 기다리기만 한다면 그것은 약자의 모습인지 몰라도, 기회를 얻기 위해 준비하는 과정에 단련되는 모습은 강자의 모습일 것이다. 기회는 만드는 것이지 주어지지는 않는다는 것을 아는 사람은, 강자의 면모를 갖춘 사람임이 틀림없다. 그러므로 우리는 누구나 강자가 될 수 있다는 자신감을 지니고 있어야 한다.

약자와 강자에 대한 사자성어들을 살펴보자. 억강부약(抑强扶弱)은 '강자를 누르고 약자를 돕는다'라는 의미이며, 억약부강(抑弱扶强)은 '약자를 누르고 강자를 도와준다.'라는 말이다. 약능제강(弱能制强)은 '약자가 강자를 이길 수 있다.'라는 것이며, 강약부동(强弱不同)은 '약자가 강자를 대적할 수 없다.'라는 의미이다. 궁서설묘(窮鼠齧猫)는 '궁지에 몰린 쥐가 고양이를 문다.'라는 말이며, 조궁즉탁(鳥窮則啄)도 '새가 쫓기어 도망갈 곳을 잃으면 상대편을 주둥이로 쫀다.'라는 의미이다. 양웅상쟁(兩雄相爭)과 용호상박(龍虎相搏)은 용과 범이 서로 싸운다는 뜻으로 '강자끼리 서로 싸움을 이르는 말'이다. 본래 약자들끼리는 잘 싸움이 일어나지 않는 법이다. 강자끼리의 싸움이야말로 진정한 싸움이며, 거기서 이겨야 최고의 승자, '최강자'가 되는 것이다. 그리고 어디선가 한 번이라도 강자를 해 본 사람이 다른 곳에 가서도 강자가 되는 것이지, 한 번도 강자가 되어본 적이 없었는데 다른 곳에 가서 강자가 된다는 것은 거의 불가능한 일이다. 이것이 인생의 '진리'이다.

약육강식(弱肉强食)과 적자생존(適者生存)의 의미는 무엇인가?

약하면 강자에게 먹히는 약육강식은 동물의 '먹이사슬'뿐만 아니라 우리 인간 세계의 치열한 '경쟁 사회'를 말하기도 하는 것이다. 과거에는 육체적으로 힘이 센 사람이 약한 사람을 지배해 왔지만, 오늘날은 두뇌가 명석(明晳)하거나 돈이 많은 사람이 그렇지 못한 사람을 아래에 두어 이득을 취하거나 휘하(麾下)에 두고 부린다. 약육강식이라는 말에 항상 뒤에 따라다니는, 영국의 철학자 허버트 스펜서가 제시한 적자생존(survival of the fittest: 최적자들의 생존)은 '진화론적인 시각에서 조명(照明)'하는 것으로 '환경의 변화에 잘 적응하고 오래 살아남는 생명체'를 의미하는 것으로, 어찌 보면 약육강식이라는 말은 자연의 법칙에 맞는 말이지만, 오늘날 국가나 기업경영 차원에서 보면 '적자생존'이라는 말이 더 현실성이 있다.' 하겠다. 한 인간에게도 마찬가지이다. 강자는 언제나 변화에 있어 몸은 민첩(敏捷)하게 움직이고, 처세에도 교묘하고 끈질기게 행동한다. 그렇다면 약자는 어떻게 해야 하는가? 약자가 승리할 방법은 '선택과 집중'을 통해 강자에 의존하여 '자기발전'을 이룩한 후에 강자를 밀어 재끼거나 우위를 점하는 방법밖에는 다른 도리가 없는 것이다.

그렇다면 약자와 강자의 차이는 무엇인가?

보통사람들은 생각하기를 약자와 강자와의 차이는 거대하고 불가항력(不可抗力: 인간의 힘으로는 어찌할 수 없는 힘)이 있을 거라는 것이 일반적 통념(通念)이다. 그러나 그 차이는 절대 크지 않은 간발(間髮)의 차이, '생각과 의지(意志)'이다. 예를 들어, 내 목표가 100이라는 수치인데 내 능력은 30밖에 안되고, 죽으라고 노력해 봤자 50밖에는 도달할 수 없다고 생각한 나머지 고생만 하고 "목표 달성은 불가(이때 대개 푸념의 혼잣말로 '내가 내 능력을 알지! 다른 사람은 몰라도 나는 안 돼!')하다" 생각하고는 포기해 버리는 것은 약자들이고, 강자들은 그거라도 하려고 덤벼들어, 반드시 50 이상~100까지도 달성(達成: 목표한 바를 성취함)하고 마는 것이다. 한마디로 하고자 하는 '불굴(不屈)의 의지'와 '진취(進取)적인 기상(氣像: 올곧은 마음)과 기개[氣槪: 곧은 절개(節槪: 신념을 굽히지 않고 굳게 지킴)]'의 차이이다. 그런데 이것은 성격으로 습관이 되어 강자는 어디를 가나 강자로 자리매김을 하지만, 약자는 어디를 가나 약자로 남게 되어 강자에게 굴종(屈從)하며, 하자는 대로 따르고는 현실에 안주(安住)하는 것으로 만족하며 그 자리를 벗어나지 못하게 되는 것이다.

끝으로 도가(道家)의 창시자인 중국의 사상가 노자(老子)의 명언을 인용한다. "강하고 큰 것은 아래에 머물고 부드럽고 약한 것은 위에 있게 되는 것이 자연의 이치이다. 천하의 지극히 부드러운 것이 천하의 강한 것을 지배한다. 강해지려면 '흐르는 물'처럼 되어야 한다. 물은 장애물만 없으면 유유히 흐르고 장애물이 있으면 흐르지 않는 법이다. 물은 부드럽고 마음대로 흐르기 때문에 가장 불요불급(不要不急: 필요하지도 급하지도 않음)하고도 강한 것이다. 이 세상에 물보다 무르고 약한 것은 없다. 그러나 물이 바위 위에 계속 떨어질 때 그 바위는 구멍이 뚫리고 만다. 이처럼 약한 것도 '한 곳에 힘을 모으면' 강한 것을 능히 이길 수 있다."

21

인과응보, 사필귀정 그리고 천벌

인과응보[因(인할 인) 果(열매 과) 應(응할 응) 報(갚을 보)]란, 곧 원인과 결과가 물리고 물린다는 말로 '좋은 일에는 좋은 결과가, 나쁜 일에는 나쁜 결과가 따른다는 것'으로 선인선(善因善), 악인악(惡因惡)이라는 말이기도 하다.

다시 말해 인과응보란 '원인과 결과는 상응(相應)하여 갚는다.'로, '행한 대로 결실(結實)을 얻는다.'라는 의미의 고사성어(故事成語)이다. 그런데 보통은 줄여서 응보(應報), 과보(果報)라고도 하는데, 원래는 불교 용어로 '원인과 결과는 서로 맞물려 이어져 있다'라는 말의 비슷한 사자성어로는 종두득두(種豆得豆), 자업자득(自業自得), 양호유환(養虎遺患), 자업자박(自業自縛), 결자해지(結者解之), 자작자수(自作自受)가 있고, 이것들은 '이미 저지른 잘못에 대해 합당한 처벌이 이루어져야 함'을 강조하거나, '현재 일어난 어떤 일은 근본적인 이유를 따져보면 그럴 수밖에 없었던 것이므로 반성해야 한다.'거나 '나쁜 짓 하면 무서운 벌이 내려진다. 즉 천벌(天罰) 받는다.'라는 의미이기도 하다.

성경 말씀으로 갈라디아서에 '뿌린 대로 거둔다.'나 시편에 '울며 씨를 뿌리는 자는 기쁨으로 거둘 것'이라고 쓰여 있으며, 원불교에서는 이를

'인과보응'이라고 하는데, '원인이 있으면 반드시 결과가 있고, 그 결과는 새로운 원인이 되어 다시 새로운 결과를 내게 된다.'라는 것이며, '천지만물(天地萬物)의 생성(生成: 사물의 생겨남)변화의 철칙(鐵則: 바꾸거나 어길 수 없는 법칙)'이기도 하다.

불교의 세계관에 대한 백과사전인 '법원주림(法苑珠林)'의 유무삼매경(惟無三昧經) 편에 '선(善)을 생각하는 자는 선한 과보(果報)를 얻고 악(惡)을 생각하는 자는 악한 과보를 얻는다(日善念者 亦得善果報 一惡念者 亦得惡果報).'라는 구절이 있는데, 불교에서는 윤회(輪廻)의 현상 이면(裏面: 겉으로 드러나거나 보이지 않는 부분)에 인과(因果)관계가 있다고 본다. 현재에 경험하는 모든 일상의 것들은 지난 과거 행위의 결과이며, 지금 행하는 모든 것은 다가올 미래에 그 결과로서 일어난다는 것이다. 원인과 결과가 '과거 · 현재 · 미래의 삼세(三世)'에 호응하여 나타나므로, '과거에 선한 일을 했으면 현재에 좋은 보답을 받게 되고, 현재에 나쁜 짓을 하면 미래에 그 죄에 대한 대가(代價)를 받는다.'라는 것이다. 이 얼마나 인간의 올바르고 선량한 '마음과 행실(行實)'에 대한 삶의 지침(指針)의 말이 또 어디에 있겠는가? 새기고 새겨들어야 할 말이다.

사필귀정[事(일 사) 必(반드시 필) 歸(돌아갈 귀) 正(바를 정)]이란 '처음에는 시비(是非: 잘잘못)곡직(曲直: 사리의 옳고 그름)을 가리지 못하여 그릇되더라도 모든 일은 결국에 가서는 반드시 정리(正理: 올바른 도리)로 돌아간다.'라는 것, 한마디로 '무슨 일이든 옳은 이치[理致: 사물의 정당한 조리(條理: 말이나 글 또는 일이나 행동에서 앞뒤가 들어맞고 체계가 서는 갈피, 두서)]대로 돌아간다.'라는 것이다. 대표적인 사례가 어린 시절이나 학창시절 읽었던 '디즈니' 만화에서 백설 공주처럼 '고난과 시련이 찾아와도 나중에는 행복을 찾는다.'라는 것과 이솝우화의 '나무꾼과 헤르메스(그리스 신화 올림포스 12신 중 하나)'에서 나무꾼의 '정직함으로 금도끼와 은도끼 모두를 얻게 된 이야기'처럼, 다른 사람을 부러워하고 남의 것을 탐내다 보면 오히려 자기가 가진 것마저 잃을 수 있다는 것이다. 그러나 정직하고 부지런히 자기 일만 하면 모든 일이 뜻대로 이루어진다는 것으로, 비슷한 의미의 사자성어에는 사불범정(邪不犯正: 바르지 못하고 요사스러운 것이 바른 것을 범하지 못함)과 인과응보(因果應報)가 있다.

인과응보나 사필귀정이라는 말의 부정적 결과, 천벌[天(하늘 천) 罰(죄벌)]이란 '하늘에서 내리는 큰 벌' '인간이 인간에게 내리는 벌이 아니라 초월적 존재가 인간에게 내리는 벌이다.'라는 의미이다. 유의어에 벼력, 천앙, 천견, 천주, 천형이 있고 동음이지만 한자어가 다른 천벌(天伐)은 '벼락 맞아 죽다'의 의미인데, '천벌 받을 사람'을 '벼락 맞아 죽을 사람'이라고 말하기도 하며, 결과론적 의미인 '천벌 받다.' 그리고 '벼락 맞아 죽다'를 '앙륙(殃戮)하다'라고도 한다.

우리는 세상을 살아가면서 '천벌 받을 인간, 또는 그 인간 천벌 받았다'라는 말을 한다. 상대에게 육체적, 물질적 그리고 정신적으로 큰 피해를 보았을 때 하는 말이다. 그 상대가 큰 피해, 심지어는 죽음에 이르게 되었는데도 인간의 측은지심(惻隱之心: 불쌍히 여기는 마음)보다는 이런 심한 말을 한다는 것은 어찌 보면 인간의 도리로는 좀 아닐지 모르지만, 그만큼 상대방에게서 받은 상처, 피해, 특히 마음의 상처가 크다는 의미이기도 하다. 이 세상 수많은 분명한 이치, 진리 중 하나가 있다. '남에게 피해 주고, 상처 주고, 마음 아프게 하면 반드시 본인은 물론이고 자식까지도 그 죗값을 치르게 된다.'라는 이 엄연한 진리 앞에 내 말 한마디, 행동거지 하나하나에 경계심을 늦추어서는 안 된다.

요즘 세상에는 '당대, 바로 그 자신이 죗값, 천벌을 받는다.'라는 것을 우리가 모두 명심하고 '생활의 지혜'로 삼고 '남의 눈에 피눈물 나게 한 사람은 반드시 복리(複利)이자(이자에 대해 또다시 이자를 붙임), 더 심하면 달러 이자(날로 계산하여 무는 이자)까지 붙어 피눈물, 심하면 죽음을 맞게 되는 천벌을 받게도 된다.'라는 엄연한 사실을 잊어서는 안 된다. 공자님의 '인간이 되어라.'와 장곡 이석이 선생의 '천벌을 무서워하라.'라는 말씀, 그리고 고대 로마의 문인, 철학자, 정치가 키케로는 '정의가 승리한다. 천벌은 늦더라도 반드시 온다.'와 영어 속담 '뿌린 대로 거둔다(As you sow, so shall you reap).'에 귀 기울이고, 살면서 조심, 조심하며 올바른 길, 정도(正道)를 걸어가야 하겠다.

세상을 살아가는 데에는 다른 사람, 특히 주변 사람들에게 이모저모 피해를 주지 않고 살아가기란 그렇게 쉽지는 않다. 그래서 두 가지로 보통은 분류하는데, 바로 선의(善意)의 피해와 악의(惡意), 악질(惡質)적 피해가 있다. 마찬가지로 거짓말에도 선의의 거짓말과 새빨간 거짓말로 나뉜다. 문자 그대로 선의라는 말은 엄밀히 상대에게 피해, 악의보다는 어쩔 수 없는 상황 또는 상대의 기분을 상하지 않게 하기 위함인 경우이다. 그렇다면 오늘날 천벌을 받아 마땅할 만한 악의적, 악질적 행태[行態: 행동하는 양상(樣相), 주로 부정적 의미로 씀]들은 구체적으로 무엇들이 있는가? 수많은 사례 중 몇 가지만 들어보자.

첫 번째, 불륜(不倫)으로 인해 상대 가정을 파국으로 몰고, 그 배우자에게 엄청난 심리적 고통을 주는 자 두 번째, 미성년을 대상으로 한 성범죄 그리고 아동이나 노인 학대 세 번째, 고의적이고 상습적인 악플러 네 번째, 자기관리와 절제가 안 되어 음주운전으로 사망 사고를 내거나 큰 부상을 입혀 한 가정이나 개인의 삶을 송두리째 빼앗은 자 다섯 번째, 극히 일부이긴 하지만 국민을 저버린 부정, 부패, 거짓, 말 바꾸기, 위선, 흑색선전과 선동, 그리고 무엇보다도 내로남불의 성향이 심할뿐더러 죄가 있어도 전혀 죄의식이 없고 남에게 덮어씌우기에 능수능란함으로, 국민에게 극도의 피로감과 허탈감을 주는 위정자 여섯 번째, 가짜 상품, 특히 사람들의 먹거리에 장난을 쳐 국민 건강을 해치는 자 일곱 번째, 상습적인 언어폭력으로 가까운 주변 사람의 정신을 황폐(荒廢: 거칠고 메마름)하고 피폐(疲弊: 지치고 쇠약해짐)하게 하는 자 여덟 번째, 가난하고 외로운 노인 상대 사기범죄자 아홉 번째, 피땀 흘려 짓거나 기른 농축수산물(農畜水産物) 절도범 마지막으로, 혈육이라서 차마 따지지 못할 것으로 판단해 혈육의 장래가 걸린 일에도 금품(金品)을 편취(騙取)하는 자 등이다.

끝으로 도(道)란 '사람이 가야 할 길'로 '만물이 생멸(生滅)하는 이유와 마땅히 그래야만 하는 본질적 법칙'이다. 도(道)의 다섯 가지는, 하늘의 도인 천도(天道: 천지자연의 도리-현대의 자연과학), 정치의 도인 정도(政道: 정치를 하는 방침-현대의 정치학), 장사의 도인 상도(商道: 상업에 종사하는 사람 사이에 상호 간에 지켜야 할 도덕적 기준-현대의 경제학), 의술의 도인 의도(醫道: 의료업계 종사자가 의술을 펼치는 데 지켜야 할 도덕이나 히포크라테스 선서 준수-현대 의학), 마지막으로 우리 인간들이 살아가는데 가장 중요한 사람의 도인 인도[人道: 자연계나 사회에서 인간이 마땅히 가져야 할 태도-현대의 인문학(人文學)]이다. 오늘날 물질문명, 특히 과학 문명의 발달에 정신문명이 뒤따르지 못하고 있다. 이런 세태에 발맞추어 이 시대에 어떻게 살아가야 할지, 내가 살아가야 할 태도인 도리는 어떤 것들이 있고, 어떻게 해야 할지 한번 생각해 보는 기회를 갖는다는 것도 내 삶에 있어 유의미(有意味)하다고 사료(思料)되는 바이다.

22

실패(失敗)와 실의(失意)

실패란 '어떠한 것을 이루지 못하는 것'의 의미이고, 반대어가 성공이다. 실의는 '뜻이나 의욕을 잃음'의 의미로 유의어에는 낙심, 낙담, 낙망, 실망, 절망, 상심, 비관이 있다. 실패의 결과(結果) 격(格)이 실의이고, 실의의 원인(原因) 격이 실패이다. 그런데 중요한 것은 실패의 결과 격이 성공적으로 되기도 한다는 것으로, 대부분의 '성공은 실패의 경험이 밑받침된다는 것'은 괄목(刮目: 눈을 비비고 다시 봄)할 만하고, 주지(周知: 여러 사람이 두루 앎)의 사실이다.

실패와 성공의 수많은 명언 중 가장 우리 귀에 익고, 인생의 모토[motto: 살아나가거나 일을 하는 데 있어 표어나 신조(信條: 굳게 믿어 지키고 있는 생각)로 삼아야 할 세 가지 명언으로, '실패는 성공의 어머니이다.' 미국의 발명왕 토머스 에디슨의 말이고, '실패는 성공으로 가는 고속도로이다.' 젊은 나이에 요절(夭折)한 영국의 천재 시인으로 '사랑과 영원한 아름다움에 대한 시'를 주로 쓴 존 키츠의 말이며, '실패는 사람에게 다시 시작할 기회를 제공한다. 더 현명하게 말이다.' 미국의 자동차 왕 헨리 포드의 말이다. 더불어 토머스 에디슨은 '나는 실망, 실의에 빠지지 않는다. 잘못된 시도로 실패한 것은 한 걸음 더 나아가는 밑거름이 되기 때문이다.'라는 명언으로 실패로 말미암은 실의에 빠진 자(者)들에게 '희망의 메시지'를 오늘날까지 남겼다.

이 세상 그 어느 누구도 실패를 원하거나 달가워할 사람은 없다. 누구나 일생을 살아가면서 겪게 되는 크고 작은 실패 앞에서 곧바로 절망하고 좌절해 버린다. 특히 실패란 녀석은 꼭 실망과 포기, 자포자기와 함께 손잡고 다니는 법이다. 어찌 보면 실패보다 실망, 절망이라는 녀석이 훨씬 더 무서운 놈이다. 그런데 어쩌다 오기(午氣: 힘이 달려도 남에게 지기 싫어하는 마음)라는 녀석을 만나게 되면 힘, 탄력을 받게 되는데, 그때 도전이라는 녀석을 소개해준다. 바로 실패에서 성공으로 가는 '초석(礎石: 주춧돌)과 디딤돌, 발판'이 되는 것이다.

농구의 신(神)이라고 불리던 마이클 조던은 '나는 살아오면서 실패를 계속 거듭해 왔다. 그것이 바로 내가 성공한 원인이다.'라고 말했으며, 실패를 두려워하기는커녕 '성공을 낳는 황금알'로 여겼다. 보통사람들은 실패의 경험으로 자신감이 떨어지게 되어 추진력을 잃게 되는 법이다. 그런데 실패에 연연하지 않고 '끈기'를 갖고 노력할 때 성공을 하는 것이다. 최종적인 목표를 향한 성공의 힘은 바로 노력, 노력, 그리고 노력이다. '나는 실패한 경험이 없다.'라고 자신 있고 당당하게 말하는 사람에게 비결을 물어보아라. 대답은 '어떤 일이나 목표한 것은 성공할 때까지 한다.'라고 할 것이다. 목표에 대한 성공 '의지'가 강하니 실패는커녕 실의, 절망, 좌절의 경험도 해본 적이 없는 것이다. '의지만 있다면, 실패는 인간에게 가르침을 준다. 너 역시 그런 의지가 충만한 사람이다.' 19세기 영국을 대표하는 소설가로 '위대한 유산'을 쓴 찰스 디킨스의 말이고, '실패하면 실망할지도 모른다. 그러나 시도도 안 하면 불행해진다.' 미국의 오페라 가수였던 비버리 실스의 말이다.

　실패를 거듭했음에도 실의에 빠져 좌절하거나 포기하지 않고, 노력이라는 이름으로 자신을 멈추지 않고 영감이 되게 만들었던 세계적인 유명한 사람들, 그런데 결코 실패라는 경험이 없을 것만 같은 10인(人)을 소개한다. 목표한 무엇인가에 실패해 실의, 절망으로 포기하려는 자들은 교훈, 거울로 삼아라.

　월트 디즈니(상상력과 좋은 아이디어가 부족하다고 해고당했지만, 백설 공주 개봉 이후부터 성공 가도를 달리게 되었다.), 알버트 아인슈타인(4세 때까지 말을 못 했고, 7세가 되어서야 글을 읽게 되었으며, 대학입시에서도 실패했고 천재성의 능력을 인정받는 데 어려움을 겪었지만, 세계적 물리학자가 되었다.), 찰스 다윈(의대에 들어갔지만 뛰어나지 못해 의대를 그만두고 신학을 연구한 덕분에 자연에서의 진정한 천직을 발견하게 되었다.), 토머스 에디슨(전구를 만들고자 천 번 이상 시도했지만 실수할 때마다 작동하지 않는 이유를 알게 되어 마침내 성공에 이르렀다.), 오프라 윈프리(방송 리포터로 일할 때 TV 뉴스에 적합하지 않다고 해고당했지만, 끈기를 갖고 다시 일어서 미국 방송계의 가장 영향력 있는 여성이 되었다.), 빈센트 반 고흐(그림을 그리며 굶다시피 살았지만 800점에 달하는 그림을 남겼고, 죽고 나서야 천재성을 인정받게 되었다.), 스티븐 킹[경비원으로 시작해 세계 최고의 베스트셀러의 작가가 되었는데, 그의 첫 작품 '캐리(Carrie)'를 만족하지 못해 쓰레기통에 버렸지만, 그의 아내가 발견해 세상의 빛을 보게 되어 지금까지 수백만 권이 팔리고 지금까지도 '고전 공포소설'로 여겨지고 있다.], 조앤 케이 롤링(언론계에서 실패하고 '해리포터'를 발표하기 전까지 가난하게 살았지만, '해리포터 시리즈'를 내고 세계적 명성을 얻었다.), 윈스턴 처칠(초등 6학년 때 중퇴하고 공직에서도 실패했지만 62세의 나이에 명망 있는 영국 총리가 되었다.), 스티븐 스필버그(대학 영화과에 입학하지도 못했으며 3번이나 거절당해 다른 곳에서 공부했지만 거기서도 동기부여를 받지 못해 결국 영화감독이 된, 시작은 힘들었어도 전 세계적 수상을 제일 많이 한 영화감독이 되었다.) 등이다.

끝으로 한 권의 책을 추천한다. 여러 번의 실패와 목숨까지 내놓으려고 하는 혹독한 절망과 좌절을 딛고 어두운 터널을 통과한 성공한 사람들의 얘기를 진솔하게 담은 명품전략연구원장 송진구 교수가 쓴 'The 희망'으로 피아니스트, 기업인, 가수, 공무원, 산악인, 한의사, 변호사, 영화감독, 방송인 등 국내 저명인사들의 성공신화를 담은 책으로, 저자가 직접 취재해 알아낸 '희망의 비밀'들이 담겨 있어, 현실성 있는 감동으로 다가오게 될 것이다.

장년들을 위한 생활 속 지혜

1

가 정

　가정의 사전적 의미는 '한 가족이 생활하는 집, 가까운 혈연관계에 있는 사람들의 생활 공동체'인데, 한자로는 집 가(家)에 뜰 정(庭)이고 영어로는 home(가정, 자택, 안식처), house(가정, 가옥, 가계), household(가정, 세대, 둥지)로 한마디로 말하면 가정이란 한 가족의 안식처, 둥지인 셈이다. 우리 속담에 '보금자리 사랑할 줄 모르는 새는 없다.'라는 것은 새조차도 제 보금자리인 둥지를 사랑한다는 뜻으로, 사람은 누구나 자기 가족과 가정을 사랑하고 소중히 여겨야 함을 의미한다. 이규태가 쓴 '한국인의 의식구조'에서 '한국인에게는 어떠한 희생을 무릅쓰고라도 가정 내에서 가족 간에 유대에 집착하는데, 이는 그것을 놓치면 불안을 느끼기 때문이다.'라고 말한다. 대체로 가정은 가족과 구별하는 잣대로 공간적 의미를 강조하지만, 단순히 공간적 개념뿐만 아니라 가족 구성원의 심리적 공간도 포함해야 한다고 말할 수 있다.

　가정의 기능은 무엇인가? 사회의 변화에 따라 여러 가지 측면에서 변화되었는데, 오늘날 능률적으로 체제를 개선한 합리화(合理化), 기계화, 문명의 이기(利器) 덕분으로 가정생활은 예전에 비해 현저히 변화되었다. 편리한 가전제품의 보급으로 가사노동은 경감되었고 TV나, 오디오 및 노래방, 컴퓨터 등 보급으로 가정이 오락적 혹은 교양적, 문화적 기능으로 변화되었다. 오늘날 가정의 기능은 첫째 자녀의 출산과 양육기능, 둘째 사회의 기본적인 문화를 습득할 수 있는 사회화 기능, 셋째 성적 욕구충족과 가정이라는 울타리 내에서 규제 기능, 넷째 현대사회에서는 경제적 소비의 기본 단위로 기능, 마지막으로 정서적 안정 기능이 있다.

가정의 역할은 무엇인가? 가정은 한 인간의 인성의 뿌리이며 에너지의 원천이기도 하며, 사회를 이루는 기본 단위이기 때문에 인간사에 그 역할은 매우 크다. 미국 정신의학 잡지(American Psychiatric Press)에서 가정의 역할은 '첫째 구성원에게 물리적인 욕구(음식이나 잠자리, 외부환경으로부터 보호 등)를 충족시켜 주어야 하며, 둘째 자녀들에게 자율성의 형성과 발달을 도우며, 셋째 부모의 인격 형성과 안정을 도와야 한다.'라고 한다. 이는 가정은 생존에 필수불가결한 의식주가 해결되어야 하고 만물의 영장인 인간은 독립된 인간으로 성숙한 역할을 해야 하는데 부모 자식 관계에서 일상의 희로애락을 함께 나누면서 인간적 성숙이 이루어지는 곳이다. 그리고 매사 세상사 일방통행은 없는 법, 이는 부모와 자식 간에도 해당하는 것으로 부모만 무조건적인 사랑을 베풀 수는 없는 것으로 자식들의 마땅한 보상도 때론 이루어져야 하고. 자녀에게서 벗어나 부모만의 시간적 여유도 가져야 한다는 것이다.

가정은 어떠해야 하나? 우선 먼저 가정의 핵심 주체인 부부는 서로 사랑하고 돌보아 주어야 하며, 서로의 가치를 배우고 익히며 성장해야만 한다. 강하고 끈끈한 부부애가 있을 때 어려운 문제에 봉착하게 되면 해결할 수 있는 환경적 조성이 되는 법이다. 또한, 부부는 말과 행동들이 자녀들의 본보기가 되어야 하며 어려서부터 형제자매들 간의 우애에도 각별한 관심과 교육이 필요한데, 자녀들의 인격 형성에 근간이 되는 것은 바로 부모에게서 보고 배워 일정 부분 평생의 생각과 행동, 그리고 가치관이 형성되기 때문이다. 이슬람교의 창시자인 무함마드는 '한 사람의 아버지가 백 사람의 선생보다 낫다.'라고 했으며, 프랑스의 소설가 스탕달은 '어머니란 나를 키워준 사람이며, 사회라는 거센 파도로 나가기에 앞서 모든 풍파를 막아주는 방패 막 같은 존재이다.'라고 말했다. 무엇보다도 건강하고 건전한 가정은 문제가 없는 것이 아니라 문제가 발생하면 그 문제를 가족들이 합심해서 슬기롭게 해결해 나아가는 것이다. 그러므로 가족들끼리 서로 사랑하고 화합(和合)하는 가정은 언제나 행복하고 평안(平安)하다.

끝으로 영국의 소설가 H.G. Wells 명언을 인용한다. '가정이야말로 고달픈 인생의 안식처요, 모든 싸움이 자취를 감추고 사랑이 싹트는 것이요, 큰사람이 작아지고 작은 사람이 커지는 곳이다' 우리가 가정이라는 울타리 안에서 가족의 일원으로 자기 역할과 처신을 어떻게 해야 할지 시사(示唆)하는 바 크다.

2

가 족(家 族)

　가족의 사전적 의미는 '부부를 중심으로 한, 친족 관계에 있는 사람들의 집단, 또는 그 구성원, 혼인, 혈연, 입양 등으로 이루어짐'이다. 'Father and Mother I love you'의 각 단어 첫 알파벳을 모은 두문자어(頭文字語) '가족'이라는 의미인 영어 단어 'Family'는 가족의 시작과 중심인 '아버지와 어머니의 사랑'으로 이루어진 사회의 최소 인적 구성단위이고, 가족의 가치 면에서는 '가족 구성원은 부양, 자녀교육, 가사노동 등 가정생활의 운영에 참여해야 하고 서로 존중하고 신뢰해야 하는 것'이다.

　미국의 영화배우 마이클 제이 폭스는 '가족은 중요한 게 아니라 모든 것이다.'라고 했고, 아프리카 인권운동의 정신적 지주였던 남아프리카 공화국 신부 데스몬드 투투는 '당신이 당신의 가족을 선택한 것이 아니다. 그들은 신이 당신에게 준 선물이다. 그들에게 있어서 당신이 신의 선물인 것처럼 말이다.'라고 했으며, 프랑스 과학자 퀴리 부인이 '가족들이 서로 맺어져 하나 되는 것이 정말 이 세상에서 유일한 행복이다.'라는 말처럼 '가족이란 떼려고 해도 뗄 수 없는 존재이며 있으면 든든하고, 없으면 허전한 존재'로 바로 내 행복의 바로미터(barometer)가 되는 것이다.

　가족의 기능은 무엇인가? 가족제도가 사회에 작용하는 대외적 기능과 가족 구성원에 대한 대내적 기능으로 구분할 수 있는데 전문가들이 종합적으로 분석한 것에 의하면 교육, 성, 자녀 출산 및 재생산, 정서적 만족 및 지지, 애정이나 동료애, 보호와 양호, 사회적 지위 부여, 사회적 정체감, 종교, 오락, 사회 참여 등인데, 한 조사기관의 연구에 따르면 우리나라는 '애정, 정서, 자녀 교육, 사회화, 경제, 친척 관계 유지, 성, 오락, 휴식, 종교, 도덕' 순이라고 한다.

가족이란 무엇인가? 나의 단점을 알지만, 그래도 나를 사랑해 주는 사람들이며, 물질적으로 가진 것이 없다 해도 가족들의 사랑만 있다면 나는 부자이다. 내게 가장 중요한 것은 가족들이 잘 지내는 것, 가족들을 위해 하루를 최선을 다하는 것이며, 나와 함께 팔짱을 끼고 있어 희로애락을 함께 나누어 기쁨은 배가되게 하고 슬픔은 반감되게 하며, 자식들에게 가장 큰 유산인 행복한 추억을 남기는 것이다. 또한, 부부가 서로 사랑하고 존중하고 위해 주는 본보기를 보여 그들도 성장해서 행복한 부부생활을 하게 해야 하며, 무엇보다도 오스트리아의 정신분석학자 지그문트 프로이트의 말처럼 '자식들을 귀하게 키워 성공자의 기분을 일생 동안 가지고 살며 그 성공에 대한 자신감으로 인생에 성공자'가 되게 하는 것이다.

우리는 한 가족 내에서 부부, 부모 자식, 때론 형제, 자매들 간에 불화나 반목하는 것을 종종 볼 수 있다. 그러나 서로의 존재에 감사하고, 존재의 가치를 인정한다면 모든 불화나 반목은 일소되어 나뿐만 아니라 가족들 모두의 삶이 풍요롭고 윤택해지게 될 것이다. 사실 한 사람의 행복이라는 것이 무엇인가? 가족이라는 범주 안에서 부모님 살아계셔 금슬 좋게 사시고 동기간(同氣間)들 무탈하고 우리 부부 그리고 자식들, 나이 들었으면 손자 손녀들 건강하고 각기(各其) 주어진 위치에서 자기 할 일 다하고 살아가고 있다면 그것이 곧 행복 아니겠는가? 미국의 정치가 빌 오웬즈는 '가족이란 우리가 어제를 추억할 수 있게 해주는 존재이고, 오늘에는 힘과 도움을 주는 존재이며, 내일은 희망을 주는 존재이다.'라고 가족의 존재에 대한 중요성을 강조했다.

끝으로 가수 김종환이 부른 '백 년의 약속'과 그의 딸 리아킴이 부른 '위대한 약속' 두 노랫말 가사를 인용한다. '백 년도 우린 살지 못하고 언젠가 헤어지지만, 세상이 끝나도 후회 없도록 널 위해 살고 싶다.' '비가 오거나 눈이 오거나 때론 그대가 아플 때도 약속한 대로 그대 곁에 남아서 끝까지 살고 싶습니다. 위급한 순간에 내 편이 있다는 건 내겐 마음의 위안이고 평범한 것이 얼마나 소중한지 벼랑 끝에서 보면 알아요.' 가족에 대한 사랑과 소중함, 그리고 위대함이 절절히 묻어나는 두 노랫말 가사가 심금(心琴)을 울린다. 우리 모두 일상의 익숙함에도 '결코 가족들의 소중함을 잊지 않겠다.'라고 마음속 깊이 새기고, 다짐하는 것이 진정한 '삶의 지혜'가 아닐까?

3

자식(子息)

　자식, 자녀란 내가 낳은 아들딸의 의미이며 아자(兒子)라고도 하는데, 부모의 반대말로, 부모의 아이를 부모에 상대하여 이르는 말이다. 때로는 비속어(卑俗語)로 '이 자식' '저 자식'으로 쓰인다는 것은 내 자식 급이라는 의미이며 특히 여기에 접두어가 붙으면 부모를 욕보이는 말이 된다.

　성경에서 '자녀'는 하나님의 선물이요, 여호와의 기업이며, 노인의 면류관이라고 했다. 한편, 성경에서 '자녀'는 비유적으로 겸손, 천국 시민에 합당한 존재, 가르침 받는 제자 등으로 언급된다. 그리고 '하나님의 자녀' 곧 '빛의 자녀'는 성도를, '마귀의 자녀' 곧 '진노의 자녀'는 불(不)신자를 일컫는다.

　이규태가 쓴 '한국인의 의식구조'의 '한국인은 사내자식 광(狂)' 편에서 '과거 남존여비 시대에 남존(男尊) 사상은 아들을 낳아 사회의 유지체제로 종족사회인 종법 사회를 계승하는데 가장 강렬하게 표현되어왔다.'라고 하는데 오늘날에야 우리 사회는 오히려 딸을 더 선호하는 시대이다. 한마디로 '아들 낳으면 좋고, 딸 낳으면 더 좋고'라는 사고방식이 팽배해 있는 시대이다.

　그 이유는 무엇인가? 나름의 단상(斷想: 생각나는 대로 단편적인 생각)

은 이렇다. 대개 아들자식은 성장해서 이성을 알게 되면 부모 쪽보다 이성 쪽에, 특히 결혼하면 아내에게 훨씬 더, 아니 거의 다 치우치게 되지만 딸 자식은 이성이나 남편에게 치우치지 않는 것이 일반적이다. 한마디로 딸 자식은 부모는 부모, 이성이나 남편은 단지 이성이나 남편으로 사랑과 책 임, 그리고 도리를 다하는 게 일반적이다. 사자성어에 부자자효(父慈子孝) 라는 말은 '부모는 자애롭고 자식은 효도한다.'라는 뜻으로 '어버이는 자 식에게 자애로운 사랑을 베풀고 자식은 어버이에게 효성스러워야 한다.' 라는 의미이다. 대체로 요즈음의 세태는 아들자식보다는 딸자식이 더 부 모에게 효성(孝誠: 마음을 다하여 부모를 섬기는 정성)을 한다 해도 과언 은 아닌 것 같다.

독일의 민족학자이자 언어학자 빌헬름 슈미트는 '부모와 자식 간의 사 랑은 행복과 같이 기분에 좌우되는 감정이 아니라 그 사랑은 변함없는 의 미로 그 안에 심오한 이유를 담고 있다. 항상 서로의 편을 지켜주는 고마 움과 더 이상 아이가 아니라 자기 인생은 스스로 책임져야 한다고 자식 편 에서 격려해 주는 것이 부모와 자식 간의 사랑이다. 나이가 들면 자식이라 는 존재가 마음의 평정을 위한 하나의 이유가 된다. 자식이 있어서 부모의 인생이 계속 이어질 수 있기 때문이다.'라고 한다. 인용문 마지막에서 '나 이가 들면 자식이라는 존재가 마음의 평정을 위한 하나의 이유'라는 말은 자신이 세상을 떠나고 나더라도 자신을 이은 또 다른 삶이 계속된다는 생 각이 마음의 평안을 줄 수는 있겠지만, 그러나 자식의 삶이 병약하고 험난 하거나 곤궁할 때에는 마음의 큰 짐으로 남을 것이며, 만약에 자식이 없다 면 구조적인 공허감을 자주 느낄 것은 자명한 일이다. 그러므로 비(非)혼 자나 독신주의자 그리고 '무자식이 상팔자'라는 사고방식의 소유자는 심각하게 고민해 재고(再考)할 문제이다.

명심보감에 '엄한 아버지는 효자를 길러내고, 엄한 어머니는 효녀를 길러낸다(嚴父出孝子 嚴母出孝女).'라는 말이 있다. 또한, 엄모자부(嚴母慈父) '어머니는 엄하고 아버지는 사랑이 깊을 때 효자 효녀가 나온다.'라는 말도 이치에 맞는 나름의 진리인 것 같다. 조지 W 부시 전 미국 대통령 가문의 성공비결은 엄격한 가정교육에 있었다. 부시 대통령의 어머니 바버라 부시 여사는 '훈련소 조교'로 불릴 만큼 엄격하게 자녀들 교육을 시켰다.

그러면 불효하는 자식은 차치(且置: 내버려 두고 문제 삼지 않음)하고 효도하는 자식의 유형은 어떠한가? 크게 두 가지 유형으로 하나는, 정신적, 물질적 효도이다. 기쁜 일이나 슬픈 일이나 곁에서 함께 기뻐해 주고, 위로해주고, 그리고 아프면 극진히 곁에서 간호해 주고, 또한 물질적으로 부족함이 없이 채워주고, 심지어는 자매, 그리고 조카까지도 마음 써주고, 챙겨주는, 말 그대로 확실하게 노년의 아버지 대신 가장(家長) 노릇 하며 효도하는 자식이 있고. 또 하나는 제 노릇 확실하게 하는 자식, 항상 신중하고 사려 깊고 언어가 정제되어 있으면서, 어려서부터 성년이 되어서까지도 부모의 말이나 뜻을 거역(拒逆)하거나 속 썩이는 일 없는 자식, 거기다가 결혼해서 알뜰하고, 가정에 충실하고 시댁 부모님께도 친정 부모님한테처럼 도리를 다하는 자식(아들자식은 결혼하면 대체로 처가 쪽으로 기움)이 있는데, 두 유형의 자식들이야말로 무게로 달아봐도 경중(輕重)을 가릴 수 없는 효도하는 자식일 것이다. 이런 두 유형의 자식을 둔 부모야말로 성경 말씀대로 '노인의 면류관'이 아니겠는가?

인생의 노년에 자문(自問)해 본다. 내가 이승에 왔다가는 인생행로에 어떤 흔적을 남기고 갈 것인가? 남은 흔적으로 자식, 금쪽같은 새끼가 있는가? 그래 자식들, 금쪽같은 새끼들, 거기다가 손자 손녀도 있다. 그렇다면 그들을 위해 무엇을 할 것인가? 내 생애 최후, 특히 노년의 보루(堡壘)는 자식들이다. 그들의 앞길에 방해가 되거나 저해가 되는 일은 해서는 안 된다. 노년은 절약과 절제 그리고 마음 다스림이 필요한 시기이다. 설령 노년에 부부간 불화가 극심해도 황혼 이혼을 생각하거나 실행해서도 안 된다. 젊은 날에 고생 고생하여 오늘날 여기까지 모든 것을 이룩하기 위해 겪었던 고통에 비하면 참으면 참을 만하다. 노년에 부부 사이가 지금이야 그렇다 처도 젊은 날의 순수했던 소중한 추억은 남아 있지 않은가? 나만 참으면 우리 가족들, 특히 금쪽같은 새끼들 모두 평안할 수 있는데 이 얼마나 가성비 높은 일인가?

그렇다면 무엇을 해야 할까? 바로 자식들을 위해 기도하는 것이다. 기도라는 것이 꼭 그리스도인들만 하는 것이 아닌 비(非)그리스도인들도 할 수 있다. 그런데 기도는 마음속이 아닌 소리 내어서 해야 한다. 우주는 공명(共鳴) 울림이기 때문이다. 사자성어에 일념통천(一念通天)은 '한결같은 마음으로 열중하면 하늘도 감동하여 일이 성취된다.'라는 의미이다. 기도 내용으로는 첫 번째, 금쪽같은 새끼들이 내 곁에 있음에, 상황별 잘된 일이 있을 때마다 감사를 표하고 두 번째, 건강과 안전을 세 번째, 하는 저마다의 일들이 성공하기를, 마지막으로, 이루고자 하는 일들이 (소원) 성취되도록 기도한다.

끝으로 기성세대들은 한번 돌이켜 생각해 보아라. 지난날 우리 부모님들이 그리스도인이면 예배당에서, 불(佛)자이면 불전에서, 아니면 집안 한쪽에 돌부처를 모셔놓고, 하다못해 어머니는 아침밥 지으러 나가서 맨 먼저 정화수 떠놓고 부엌 조왕신께라도 자식들 잘 되기를 두 손 모아 빌었던 덕분으로 우리가 지금까지 이렇게 무탈하고 나름대로 성공하여 잘살고 있지 않은가? 우리가 자식들을 위해 간절히 기도해야 하는 이유이다.

4

부부 금슬(琴瑟)

금슬(금실의 원말)이란 거문고와 비파를 아울러 이르는 말로 '둘은 음률이 잘 어울려 늘 같이 따라다니는데' 여기서 '부부간의 사이가 좋다'라는 의미로 파생된 것으로 사자성어에는 원앙지계(鴛鴦之契: 금슬이 좋은 부부관계), 여고금슬(如鼓琴瑟: 거문고와 비파를 타는 것과 같이 부부간에 화락함), 금슬지락(琴瑟之樂: 부부 사이가 좋은 것), 금슬상화(琴瑟相和: 거문고와 비파소리가 화합하듯 부부 사이가 좋음), 화여금슬(和如琴瑟: 부부 사이가 화락함), 금슬우지(琴瑟友之: 부부 사이 금슬이 좋아 마치 친구처럼 지내는 것)와 같이 여러 개가 있으며, 프랑스 작가이자 비평가인 조셉 주베르는 '벗으로 삼을 만한 여자가 아니라면 아내로 선택해서는 안 된다.'라고 말했으며, 잉글랜드 출신 작가이자 미국 펜실베이니아 식민지 경영자였던 윌리엄 펜은 '아내이자 친구인 사람이 진정한 아내이다.'라고 말했다. 과거 우리 조상님들은 부부 금슬을 상징하는 자귀나무(일명, 환합수, 야합수, 유정수로, 잎이 미모사 잎과 유사함)를 집안에 심기도 했다.

유교의 도덕 사상에서 기본이 되는 맹자의 3가지 강령(綱領)과 5가지 인륜(人倫)인 삼강오륜 중 오륜에 부부유별(夫婦有別)은 '부부간에 지켜야 할 관계윤리'로 '남편과 아내는 구별이 있어야 한다.'라는 말은 서로 공경하기(相敬如賓)를 강조한 것으로 '다름에 대한 존중'을 의미하는데 '사람이란 자기 모습대로 살아야 편안하고, 있는 그대로 존중받아야 편안한 법이다.' 대체로 '부부는 일심동체라 하지만 부부는 똑같아지는 것이 아니라 서로의 다른 점들을 조화시켜 개인으로, 부부로 발전해 나아가는 것'이다. 일치와는 달리 '조화는 서로 간의 차이를 인정하고 수용'하는 데서부터 출발하는 것이다. 어쩌면 부부 금슬의 시작점은 바로 여기서부터일 것이다. 프랑스의 철학자 알랭 프로스트는 '부부라는 사회에서는 일에 따라 각자가 상대를 돕고 혹은 상대를 지배한다. 따라서 부부는 대등하면서도 다르다. 그들은 다르므로 대등한 것이다.'라고 말했다.

오늘날 우리는 4대 매체(mass media) 이외에 인터넷이나 유튜브에서 나오는 정보의 홍수 속에서 살고 있다. 인터넷에 나오는 백년해로하기 위한 부부 금슬에 지켜야 할 원칙, 묘약을 참고하여 몇 가지를 덧붙이고자 한다. 하나(첫째, 둘째의 표현은 중요도의 순서이고 하나, 하나의 표현은 모두 다 중요할 때 쓰는 표현) 부부 사랑은 칭찬에서 시작한다. 하나, 날마다 하루 한 끼 이상 식사하며 대화를 나눈다. 독일의 철학자 니체는 '부부 생활은 긴 대화 같은 것이다.'라고 말했다. 하나, 가끔이라도 사랑의 편지를 쓴다. 하나, 가끔 부부동반 외출은 활력을 북돋아 준다. 하나, 변화하는 새 삶이고 발전인 계절마다 함께 여행을 간다. 하나, 항상 기념일을 기억하고 챙긴다. 하나, 애정은 나눌수록 커지는 법, 상대를 연애 시절처럼 애인으로 여긴다. 하나, 둘이서 마음을 모아 여가선용이나 취미 생활을 한다. 하나, 부부 행복은 우연히 오지 않는 법, 행복을 창조한다.

미국의 정신분석학자인 시어도어 루빈은 '행복은 입맞춤과 같다. 행복을 얻기 위해서는 행복을 주어야만 한다.'라고 말했는데 부부간도 마찬가지이다. 하나, 고생도 즐거운 마음으로 함께 나누고 격려할 줄 알아야 한다. '부부가 맨손으로 시작해서 모든 것을 이룩하는 것'만큼 값지고 고귀한 것은 이 세상에 결코 없을 것이다. 그리고 미국 소설가 워싱턴 어빙의 말처럼 '불 속을 헤쳐 나가는 듯한 시련을 함께 겪어봐야 자신의 사랑하는 아내(남편)의 존재가 어떤 것인지를 안다.' 하나, 부부는 사소한 것에서부터 서로 신뢰하게 되는 법, 소소한 일도 알리고 상의한다. 하나, 가까운 부부 사이라도 대인관계에서처럼 생활 속에 예의, 예절 그리고 도(道)를 지켜야 한다. 특히 가정 내 비밀에 부쳐야 할 일은 반드시 비밀에 부쳐주는 것이 부부생활의 끝이다. 프랑스 소설가 윌리엄 서머싯 모옴은 '좋은 아내(남편)는 남편(아내)이 비밀에 부치고 싶어 하는 일은 모른 척한다. 그것은 결혼생활의 기본예절이다.'라고 말했다. 중국 송나라 때 범엽이 쓴 역사서 후한서(後漢書)에 '부부 된 자는 의(義)로 화친(和親)하고 은(恩)으로 화합(和合)한다.'와 독일 소설가 장 파울이 말한 '아내가 없는 남자는 몸체가 없는 머리이고, 남편이 없는 여자는 머리가 없는 몸체이다.'라는 명구(名句)야말로 부부 금슬을 지켜 나아가기 위한 부부의 좌우명으로 삼음 직하다.

과거에는 60세를 넘기기도 쉽지 않았지만, 오늘날이야 백세 시대에 70의 나이, 당나라의 시인 두보의 시구 인생칠십고래희(人生七十古來稀)에서 따온 고희(古稀)에 이르면 이 세상에서 누릴 수 있는 복(福) 중에서 만남의 축복이 가장 중요하다. 그중에서도 남편과 아내의 만남, 부부의 만남이 단연 으뜸이다. 그런데 그 만남도 잘 만나면 '인생 최고의 행복'이고 잘못 만나면 '최악의 재앙'이다. 영국의 역사학자 토마스 풀러는 '남자(여자)가 가지고 있는 최고의 재산, 또는 최악의 재산은 바로 아내(남편)이다.'라고 말했다. 왜냐하면, 부부는 평생의 동반자이기 때문이다. 함께 손을 잡고 같은 방향을 바라보고 보조를 맞추어 걸어가야 하는데, '부부란 서로를 바라보는 것이 아니라 하늘의 별들을 같이 보는 것'이다. 러시아의 작가 고리키는 '부부라는 것은 쇠사슬에 함께 묶인 죄인이다. 그 때문에 발을 맞추어 걷지 않으면 안 된다.'라고 말했다. 노년에 가장 소중한 것은 부부의 사랑이다. '부부의 사랑은 꽃밭 향기이며, 봄날의 따사로운 햇볕'이다. 그리고 인생의 의미와 가치를 부여해주고 인생에 희망과 용기를 주며 힘을 북돋아 주기도 한다. 부부 사랑의 정(情)이 주는 따스함과 안락함, 그리고 행복감이 있어 노년의 고독과 외로움 그리고 지난날의 회한(悔恨: 뉘우치고 한탄함)을 극복하고 이겨 낼 수 있다. 노년에 부부가 금슬이 좋으면 어떤 삶을 살아가게 되는가? 첫째, 함께 정담(情談)을 나눌 수 있고 둘째, 맛있는 음식 함께 먹을 수 있고 마지막으로 함께 좋은 구경 다닐 수 있다. 이보다 노년에 더 바랄 게 있으며, 이 세상 그 누구를 부러워하겠는가? 프랑스 작가 앙드레 모로아는 '진실하게 맺어진 노년의 금슬 좋은 부부는 젊음의 상실이 불행하게 느껴지지 않는다. 왜냐하면, 같이 늙어가는 즐거움이 나이 먹는 괴로움을 잊게 해주기 때문이다.'라고 말했다.

　원앙(鴛鴦)은 호수나 하천에서 볼 수 있는 조류로 부부의 백년해로(百年偕老)를 상징(중국 진나라 때 최표의 '고금주'에서 유래)하는데 예전에는 부부 금슬의 대명사이기도 해서 결혼한 신랑 신부의 신방 이부자리를 원앙금침(鴛鴦衾枕: 원앙을 수놓은 비단이불과 베개)이라고 일컫고, 우리 조상님들은 '수컷과 암컷이 떨어지지 않고 항상 함께 다닌다.' 해서 원앙을 배필(配匹) 새(匹鳥)라고도 했다. 그래서 전통결혼식에서 항상 원앙이나 기러기(기러기는 한번 짝을 지으면 평생 그 짝과 살아가며 한쪽이 죽으면 혼자 살아가는 '순애보'의 대명사) 한 쌍의 목각인형이 빠지지 않고 결혼식단을 장식했다. 과거에 60세를 넘기는 경우가 흔치 않았던 시절 부모님의 회갑 잔치에는 병풍을 쳐두고, 또한 그 배경으로 가족사진을 찍었는데 그 병풍 그림에는 백수백복도(白壽百福圖: 목숨 壽와 복福 자가 화선지에 가득 찬 그림)이거나 물가에서 원앙들이 노니는 그림, 그리고 더러는 새우 그림이었는데 새우는 바다 해(海) 늙을 로(老)로 백년해로의 해로(偕老)와 우리말 음(音)이 같기 때문이다.

끝으로 가수 전영록이 부른 '애심'의 노랫말 가사를 인용한다. '언제나 빛나는 보석이 되어 영원히 변치 않는 원~앙이 되자. 원~앙이 되자.' 그런데 원앙은 사실 '부귀와 번영 그리고 행복을 가져다준다.'라는 믿음과 항상 같이 붙어 다닌다는 '다정함'을 상징하지만, 과학이 발달한 요즘에는 유전자검사로 확인해 본 결과 일부다처로 밝혀져 노래의 본래 의도와는 좀 동떨어진다. 비슷한 예로 옛 노래 가수이신 명국환 님이 부른 '아리조나 카우보이'도 애리조나는 사막 지역이라 목초지가 없어 소 사육은 불가능한 곳으로 '텍사스 카우보이'라 해야 걸맞다. 어찌 되었든 노랫말 가사는 그렇다 쳐도 본래 장점인 원앙의 '부귀영화와 행복 그리고 다정함' 기러기의 '순애보'를 따 이제부터 결혼을 약속한 연인이나 부부들이 함께 술잔이나 음료수 잔, 하다못해 물잔이라도 들어 원앙에 가치를 두면 '원앙'으로 기러기에 가치를 두면 '기러기'로 서로 합의하여 자신들만의 건배사를 만들어 자주 외쳐 보자. 이전 글에서 우주는 공명, 울림이라고 했다. 연인이나 부부간에 이런 건배사가 하늘에 닿아 '원앙이나 기러기 같은 연인이나 부부'가 되리라 믿어 의심치 않는 바이다.

5

위기(危機)의 부부

　위기의 사전적 의미는 '위험한 고비나 시기'로 위기라는 말에는 '위험과 기회'를 모두 포함하는 경우도 있어 '위기는 곧 기회다'라는 말로 쓰이기도 한다. '위기의 부부'란 파경, 즉 이혼의 문턱에 서 있는 부부로. 문턱이라는 경계선을 넘기 이전을 말하는 것이다. 한마디로 '연애 시절은 상대가 보고 싶어 죽겠고, 파경에 이르면 보기 싫어 죽겠고' 그래서 19세기 프랑스 기자 알프레드 카퓨는 '그 얼마나 많은 연인이 결혼으로 서로 멀어지게 되었던가!'라고 말했던 것을 보면 어쩌면 '연인으로 남아 추억 속에 평생 살걸!'이라고 후회할 법도 하며, 문득 가수 김연자가 부른 "아모르 파티(독일 철학자 니체의 사상 '운명에 대한 사랑')"에서 '연애는 필수 결혼은 선택'이라는 노랫말이 간절하게 다가온다.

　위기의 부부, 파경의 문턱에 서 있는 원인은 무엇이 있는가? 첫 번째, 배우자에 대한 정신적, 육체적 불만이나 배우자의 외도로 인한 도덕적 문제 두 번째, 주식, 도박, 사업실패로 인해 큰 빚을 진 금전적 문제 세 번째, 시가 처가 자식 문제로 말미암은 가족들의 문제 네 번째, 배우자 한쪽, 아니면 양쪽의 성격, 인성(싸가지) 문제 마지막으로 배우자의 알코올, 약물, 도박, 게임중독, 광적 취미 활동이나 사이비종교에 빠져 가정은 등한시하는 경우 등이 있는데, 가장 일반적인 파경의 원인, 그리고 경우의 수가 많은 것이 성격, 인성 문제이다. 이 경우는 다른 파경의 원인과 같이 누군가 도와주고, 중재하고, 치료해줄 수 없는, 말 그대로 '대책이 없는, 전문가의 상담이나 주변의 조언들도 무의미'하다. 다시 말해 해결 방법이 없는 심하게 말하면 '둘 중 하나가 죽어야 해결되고 끝장이 날 문제'가 되기도 한다. 왜냐하면, 이 경우는 서로의 미움, 증오의 골이 깊어 화해도 안 되며, 이혼과 정이나 후에도 심각한 상황이 벌어질 개연성도 있기 때문이다. 그러므로 이혼이 결코 해결책이 아닐 수도 있다. 이집트의 기독교 수도주의 창시자 안토니오스는 '이혼했다고 안심하지 마라. 그녀는 당신의 마음에 불멸하여 죽는 순간까지도 당신을 괴롭힐 것이다.'라고 말했다.

이전 글 '인성'에서 인성은 어떻게 형성된다고 했던가? 첫째가 집안 내림과 가정교육 두 번째가 학교교육 세 번째가 자기성찰이라고 했다. 그런데 결혼생활에서 가장 중요한 성격, 인성은 첫 번째인 집안 내림과 가정교육이다. 젊어서는 나타나지 않던 성격이 대개 나이가 들어가면서 집안 내림이 서서히 나타나기 시작해 50대 이후부터는 정점을 향해 치닫게 되는데, 부모, 형제자매. 심지어는 삼촌, 사촌들의 장점보다는 단점만을 모아 빚어 놓은 항아리로 생각과 행동 그리고 가치관도 일반인이 이해하기는 쉽지 않다. 집안 내림으로 인성이 좋지 않은 데다 가정교육도 변변치 못하면 학창시절 학업에 관심이라도 있고 책이라도 읽었어야 그나마 말과 행동이 정화(淨化)될 텐데 그마저도 없이 다른 것들(?)에나 관심을 두고 학창시절을 보냈다면 세 번째 자기성찰을 기대하기란 어렵다. 그러다 보니 결혼생활에서 언어폭력은 기본이요, 예절, 예의, 그리고 에티켓도 별로 없고 사사건건 시비와 흠(欠)집 내기요, 빈정거리고 어깃장 놓기요, 자기 합리화요, 상대방에게 떠넘기기요, 오리발 내밀기요, 모든 공(功)은 내공이요, 과도한 시기, 질투, 욕심, 그리고 고집불통이요, 주변 사람들에게 본인의 공치사는 하지만 상대 배우자는 매도(罵倒)하고 다니니 해결의 실마리는 요원(遙遠: 아득히 먼)한 것이다. 이탈리아 르네상스 시절 대표적 시인인 아리오스트는 '동반자를 매도하는 것은 인간뿐이다.'라고 말했다. 그런데 일반적으로 주변 사람들에게 표현은 않지만 이런 부부들이 종종 있고, 상대의 말 상처로 말미암아 마음고생 하는 사람들이 많은 것이 현실이다. 영국의 낭만파 시인인 조지 고든 바이런은 '인생에서 수많은 적을 만났지만, 아내여, 너 같은 적은 생전 처음이다.' '결혼으로 모든 희극은 끝나고 죽음으로 모든 비극은 끝난다.'라고 말했다.

그렇다면 근본적인 해결책은 무엇인가? 사실 부부간의 문제가 어떤 해결책이 있겠는가? 스스로들 알아서 판단하고 결정해야 하는 것이 마땅하나, 그래도 삼자(三者)의 관점에서 문제가 생기지 않도록 건강하고 건전한 부부생활로 사전 예방할 방안과 현명하고 지혜로운 판단과 해결책을 생각해 보고자 하는 것이다. 보통사람들은 부부간에 문제가 있으면 양쪽 말을 들어보아야 한다고 말한다. 물론 부부간의 잘못을 비율로 따져 볼 때 '100:0은 없는 법인데, 반반이든지 아니면 어느 한쪽이 조금 더, 아니면 훨씬 더 잘못했든지'이다. 그러나 '원인 제공'이나, 법률용어로 '귀책사유(歸責事由)'가 있을 경우야 그렇다 쳐도, 나이가 들어가면서 특별한 이유 없이 혼자 지난 세월이 섭섭하고 억울하고 분한 마음이 들어 본인 성격에 못 이겨 소리 지르고 방방 뛰고, 조그마한 일만 생겨도 그것을 확대해석하고 침소봉대하여 온갖 성깔 다 부리며 부부 사이 '다시는 돌아올 수 없는 강'을 건너는 지경까지 이르게 되는 경우도 있다. 한마디로 자식들을 생각해서라도 해결의 실마리를 찾으려는 노력보다는 마치 원수에게 복수라도 하듯 분풀이를 하려고 작정하고 달려들고, 상대를 볼 때도 정상적 눈이 아닌 사팔뜨기의 눈으로 바라보고, 상대가 화해의 메시지를 보내도 묵살(黙殺)해 버린다면 결국 파국의 길밖에는 없는 것이다. 성경 잠언에 '다투며 성내는 여인과 함께 사는 것보다 광야에서 혼자 사는 것이 낫다.'라고 한다. 그렇다면 이혼은 아니더라도 별거나 졸혼이 해결책일 수 있다.

부부란 무엇인가? 부부는 '인연'이다. 인연은 '운명, 숙명'이다. 우리 속담에 '인연 없는 부부는 원수보다 더하다.'라는 말이 있다. 한 인간의 운명, 숙명에는 3가지 '직업, 결혼, 그리고 죽음'이다. 그래서 '천직, 천생연분, 천수(天壽)'라고 하는 것이다. 그런데 부부관계의 '관계'는 서로 '노력'으로 이루어진다. 발명가 에디슨은 '성공이란 결과로 측정하는 것이 아니라 그것에 소비한 노력의 총계로 따져야 한다.'라고 말했다. 그렇다면 관계는 무엇인가? 인간관계는 사람과 사람 사이의 '상호작용'으로 넓혀가기보다는 잘 좁혀 나가야 하며, 시간이 갈수록 깊어지는 것이 아니라 '행동을 취하지 않으면 영원히 한자리에 머무를 뿐이다.' 요즈음 인터넷에서 회자(膾炙)되고 있는 말들을 인용한다. '장점을 보고 반했으면 단점을 보고 돌아서지 말아야 하고, 말이 없다고 무심한 것도 아니고 말이 많다고 다정한 것도 아니며, 남자는 지갑이 없이도 만날 수 있는 여자를 만나야 하고 여자는 민낯(쌩얼)으로도 만날 수 있는 남자를 만나야 하며, 남자의 지조(志操)는 모든 것을 다 가졌을 때 드러나고 여자의 지조는 남자가 빈털터리가 되었을 때 드러나는 법이다.' 한번 왔다가는 세상, 좋은 사람과 좋은 관계를 맺고 살맛 나게 살아야 하지 않겠는가? 한 사람이 살아가는데 최고의 자산은 좋은 사람과의 관계, 그것이 곧 부부관계이다. 부부라는 새로운 관계는 '서로 다른 두 사람이 다름을 존중하고 조화를 이루어 가는 과정'이다. 화가인 빈센트 반 고흐는 '부부란 서로 반반씩 나뉘는 것이 아니라, 하나로서 전체가 되는 것이다.'라고 말했다.

유대인의 생활규범인 탈무드에서 '병 중의 가장 큰 병은 마음의 병이고, 악(惡) 중에서 가장 큰 것은 악처(惡妻)이다.'라고 했고, 중국의 철학자이자 사상가인 맹자는 '남편은 아내 쪽에서 보면 평생을 바라보며 살 사람이어서 존경받을 존재여야 한다.'라는 두 인용문에서 부부가 어떻게 처신해야 할지는 명확하다. 부부는 '서로 부족한 것을 채워주는 보완관계이며, 함께 보조를 맞추며 조화를 이루며 살아가는 동반자의 관계'이다. 결혼식 올리는 날부터 죽는 날까지 '부부가 서로 상대를 존중해 주고, 인정해 주고, 그리고 존재에 감사하고, 존재가치를 인정'한다면 평생 무슨 문제가 생길 것이며, 부부의 위기나, 파경, 이혼이라는 단어는 우리 부부와는 상관없는 남의 이야기일 뿐만 아니라, 모든 부부 위기의 근본적 해결책이 될 거라고, 감히 단언(斷言)하는 바이다.

끝으로 한 권의 책을 추천하고자 한다. 프랑스의 정신분석학자이자 정신과 전문의인 세르주 헤페즈(외)가 쓴 '결혼의 적들: 위기의 부부 심리학'으로, '위기에 직면한 부부들의 이야기를 바탕으로 부부가 왜 갈등할 수밖에 없으며, 어떻게 갈등에서 빠져나올 수 있는가에 대한 해답을 명쾌하게 제시한 책'이다. 한국어 번역판도 나와 있는데, 지금은 절판되어 시중 서점에서는 구할 수 없고 시립도서관급 이상 도서관에는 비치되어 있을 것이다.

6

용서(容恕)와 화해(和諧)

[이 글은 인간이 살면서 누구나 과오나 실책(失策)(?)을 범할 수 있지만, 그것을 용서하고 화해하는 일은, 인간에게 있어 농(濃)익은 과일 열매의 맛과도 같다. 특히 부부 간 갈등의 경우는 더욱 그렇다. 그런데도 도저히 용서와 화해가 불가능하여 퇴로(退路)가 없는 경우를 조명(照明)한 것이다.]

용서와 화해의 사전적 정의는 무엇인가? 용서는 '지은 죄나 잘못한 일에 대하여 더 이상 꾸짖거나 벌하지 아니하고 덜어 줌'이며, 화해는 '싸움하던 것을 멈추고 서로 가지고 있던 안 좋은 감정을 풀어 없앰'이다. 용서와 화해는 비슷한 듯 서로 다른데, 엄밀히 용서와 화해는 '대상(對象)적 행위'라는 점에서 어떤 적대적 상대가 있어야 가능하다. '용서'는 내 잘못은 전혀 없어도 상대가 내게 한 잘못을 '일방적으로 용서'하는 것이라면, '화해'는 내가 상대에게 가(加)한 위해(危害)를 인정하고 용서를 구하면서, 대신에 그만큼의 상대 잘못도 용서하여, 쌍방 과실을 인정, '용서를 서로 교환'한다는 의미이다. 그러므로 상대가 자기 잘못은 추호(秋毫: 조금)도 인정하지 않고 일관(一貫)되게 내 잘못만을 주장한다면 쌍방이 용서를 교환하는 화해는 불가능한 것이다. 그러면 내 쪽에서만 상대의 잘못을 용서

해야 하는 일방통행 방식을 취할 수밖에 없다.

사실 용서와 화해는 과거를 잊고 덮어두는 것이 아니라, 밝은 미래를 위해 과거에 얽매이지 않아 마음을 평화롭고 정신을 건강하게 한다. 그렇지만 용서하고 잊기는 쉽지 않다. 더더욱 화해는 두말할 나위도 없다. 화해는 먼저 용서라는 전제조건이 따라야 한다. 상처를 준 사람으로부터 생긴 마음의 상처와 흉터를 갖고 살아가는 것은 누구나 큰 불행이다. 그러나 용서와 화해라는 것이 하고자 하는 상대의 성격과 사람 됨됨이에 따라 불가능한 경우가 있다. 특히 타인에 대한 배려심이 없고, 인간미가 없으며, 자존심과 자기주장이 강할 뿐만 아니라, 부부간에서도 상대의 공(功)은 인정해 주지 않고 본인 공(功)만 한결같이 주장하는, 무엇보다도 고집불통이며 평소에도 억지 부리고, 우격다짐의 대왕(大王)인 성격의 소유자와의 용서와 화해는 부질없고 무의미한 일이다. 이런 사람들을 잘 지켜보아라. 대체로 인간으로서 기본 양심도 없고 천상천하 유아독존(唯我獨尊: 세상에서 자기 혼자만이 잘 났다고 뽐냄)적이고 자기 편향(自己偏向: 자신에게만 치우침)주의자들이다. 원래 고집불통의 성격 소유자는 자기 개혁, 혁명을 해야 하는 데, 이는 거의 불가능하다. 해가 서쪽에서 뜨기를 기대하는 편이 더 낫다. 평생 그 고집 그대로 갖고 살다가 죽어야 끝이 나는 법이다. 그래서 이런 부류의 사람들은 용서와 화해를 별로 원치도 않을뿐더러 수용할 마음도 없다. 그렇다면 용서와 화해를 먼저 원하고 청하는 쪽에서 모든 잘못을 수용하고, 굽히고 들어가는 방법밖에는 없는데, 이는 너무 비참하고 가혹한 일이 아니겠는가? 설령 그렇게 해서 임시로 용서와 서로 화해가 된다 해도, 시간이 좀 지나면 두고두고 되새김질하며 자기 합리화, 정당화, 변명 그리고 상대를 탓하며 상대의 마음을 후벼 파고 도려낼 것이다.

한마디로 용서와 화해도 의미가 있어, 해야 할 사람이 있고, 아무 의미가 없는 사람도 있다는 것이다. 그렇다면 방법은 무엇인가? 살아생전 '내내 혼자 감내(堪耐: 참고 견딤)하고 삭히고 살아가는 방법밖에는 다른 도리가 없다.' 그저 내 '운명'이려니! 故 김수환 추기경님이 반목(反目)의 시대에 용서하고 화해하자는 말씀 '내 탓이려니!' 내가 '잘못 선택한 인연'이리니! 체념하고 사는 것이 그나마 내 마음의 평안과 평강을 찾는 길이다. 사람의 태생은 불변이 아니던가? 절대 미련 두지 마라. 애석(哀惜)하게도 생각하지 마라. 빠른 포기가 가장 현명한 방법이다. 오늘날도 반상(班常)은 분명히 존재한다. 이럴 경우 대개는 부모 형제들이 내 자식, 내 형제 쪽손을 들어주어 더욱 사태(事態)를 심각하게 만들어 버리기도 한다. 그 부모 형제도 전혀 다를 바가 없다. 이 경우도 그 사람의 집안 내림으로 모두가 대동소이(大同小異: 서로 비슷비슷함)한 법이다.

그렇다면 용서와 화해를 통해 우리가 지녀야 할 생활의 지혜는 무엇인가? 세상에는 되는 사람이 있고 안 되는 사람이 있다. 안 되는 사람은 하나님, 부처님, 알라신이 와서 중재를 하고 마음을 돌려놓으려 해도 절대 안되는 법이다. 그러므로 안 되는 것을 시도해서는 안 된다. 왜냐하면, 결국은 내 마음만 아프고 서글프며, 시간과 정력 낭비이기 때문이다. 모든 미련과 인연의 끈을 마음속에서 모두 내려놓아라. 인생을 살아가면서 포기할 것은 빨리 포기하는 것도 중요하며, 그래야 미래 지향적인 사람일 뿐만아니라 훗날을 기약할 수도 있다. 전후 상황 파악을 잘 하는 것도 '삶의 지혜' 중 하나이다. 그러면 내 마음의 고요와 평온을 찾으리라. 때론 하염없이 흘러내리는 회한(悔恨)의 눈물도 그치게 되리라. '용서란 평온한 감정이다. 그런 감정은 자기 상처를 덜 개인적인 것으로 받아들이며, 자기감정

에 책임을 지고 그 사건의 피해자가 아닌 승리자가 되었을 때 생겨난다.'
'용서학'의 세계적 권위자인 프레드 러스킨 교수의 말이다.

　끝으로 정신과 의사인 토마스 사스의 말을 인용한다. '어리석은 자(者)
는 용서하지도 잊지도 않는다. 순진한 자는 용서하고 잊는다. 현명한 자는
용서하나 잊지는 않는다. 그러나 평온한 자는 마음에 가해자가 없어 용서
할 것조차도 없다.' 그렇다. 용서받는 것보다 용서할 때가 더 마음에 평온
이 온다. 내가 먼저 용서하고 마음에 평온을 찾았으니 구차한 화해도 필요
없다. 맑은 공기, 깨끗한 물, 밥을 잘 먹어야 하듯, '마음을 잘 먹는 생활의
지혜'가 절실하다.

7

미움과 사랑

미움과 사랑의 사전적 정의는 무엇인가? 미움이란 '미워하는 일이나 미워하는 마음'이다. 유의어는 증오(憎惡), 혐오(嫌惡), 원혐(怨嫌: 원망하고 미워함)이며 반의어는 사랑과 애정(哀情: 불쌍히 여기는 마음/愛情: 사랑하는 마음)이다.

사랑이란 '어떤 사람이나 존재를 몹시 아끼고 귀중히 여기는 마음이나 그런 일' '어떤 사물이나 대상을 아끼고 소중히 여기거나 즐기는 마음이나 그런 일' '남을 이해하고 돕는 마음이나 그런 일'이다. 유의어는 경애(敬愛: 공경하고 사랑함), 그리움, 박애(博愛: 모든 사람을 차별 없이 사랑함)이고, 반의어는 미움과 증오이다. 그리고 미움과 사랑을 아울러 이르는 말로 애증(愛憎)이 있다. 미움과 사랑은 둘 다 인간의 일곱 가지의 감정인 칠정[七情: 기쁨(喜: 희), 노여움(怒: 로), 슬픔(哀: 애), 두려움(懼: 구), 사랑(愛: 애), 미움(惡: 오), 욕심(慾: 욕)]에 속한다. 독일 철학자 니체의 '차라투스트라는 이렇게 말했다.'에서 '사랑은 인간이 더욱 강해지도록 채찍질하는 것이고, 성자(聖子: 삼위일체의 예수그리스도)의 사랑은 고통을 함께 짊어지고 덜어 주려는 동정(同情: 어려움을 딱하고 가엾게 여김)이다.'라고 했다.

성경 로마서 12장 21절에 '악(惡)에 지지 말고 선(善)으로 악을 이겨라.'라는 말씀은 '악을 악으로 갚으면 남는 것은 악밖에 없다.'라는 것이다. 마귀는 사람의 생각에 악한 영향을 미친다. 사람을 움직이는 것이 마음과 생각이기 때문이다. 미워하는 사람에게 복수하기 위해 미워하면 남는 것은 증오밖에 없다. '사랑과 용서라는 선한 마음이 미움과 증오를 이기는 것'이다. 또한, 고린도전서 13장 13절에서 '믿음과 희망과 사랑, 이 세 가지는 언제까지나 남아 있을 것이다. 이 중에서 가장 위대한 것은 사랑이다.'는 사랑의 위대함과 영원함을 강조한 성경 구절로 우리에게 '사랑을 소중히 간직하라'라는 가르침으로 해석된다.

좋아하지 않는 감정, 미움, 반감(反感)이 매우 강한 상태가 증오이다. 사람에 대한 증오의 극단적인 예가 역사상 특정 인종집단에 대한 '인종차별주의'이다. 증오를 네덜란드의 철학자 스피노자는 '극도의 요인 때문에 생기는 고통의 일종'이라고 정의했으며, 정신분석학자 프로이트는 '어떠한 불행 또는 불편한 감정을 없애려고 하는 자아의식에서 발현(發現: 숨겨져 있던 것이 드러남)되는 것'이라고 말했다. 누군가에 대한 미움, 적개심(敵愾心: 적에 대하여 느끼는 증오와 분노), 증오는 상대를 마치 원수처럼 여기며 분개(憤慨)하는 마음으로 상대가 자신이 원하는 것을 해 주지 않아 손해를 끼쳤다고 생각하거나, 그로 말미암아 피해를 보았다는 관점에서 생기는 것인데, 그 피해 의식의 어두운 그림자가 내게 드리워져 내 곁에 있는 사람(들)의 소중함도, 그 어둡고 음침한 그림자에 가리어 보이지 않게 되는 것이다. 그러므로 그런 나는 결코 행복해질 수가 없다. 지워지지 않는 '새카만 검정 페인트를 뒤집어쓰고 살아가게 되는 것'과 마찬가지이다. '사랑'은 나를 구하고, 너를 구하고, 세상을 구하게 된다.

사실 인간의 사랑이란 사전적 정의와는 별도로 우리 인간의 명백한 감정인 희로애락과는 다르게, 콕 집어서 정의를 내리기 어려운 오묘(娛妙)한 감정으로 '연민(憐愍), 아낌, 무엇이든지 내 모든 것을 줄 수 있는 것' 정도로 표현하는 것이 합당치 않을까 생각한다. 사랑이란 인간의 희로애락과 서로 융합이 되는 인간의 감정 중 가장 복잡한 감정 중 하나가 아닌가 생각된다. 특히 사랑은 미움, 증오와는 정반대이면서도 동전의 양면(모든 상황이나 사물에는 서로 반대되거나 대립하는 두 가지 성질이 존재함/모양은 달라도 본질은 같음)과 같은 모습을 지녀 사랑이 미움, 증오가 되며, 그 반대의 경우도 생기고, 미운 정(情), 고운 정이라는 말도 파생(派生)되기도 한다. 그래서 사랑은 인류의 수많은 예술의 장르(genre: 문예 양식의 갈래)로, 심지어는 노래로도 승화되어왔다고 생각된다. 유대인의 생활 규범인 탈무드에서는 사랑을 다음과 같이 정의한다. 세상에는 열두 가지의 강(强)한 것이 있는데, '돌이 강하다지만, 돌은 쇠에 깎이고, 쇠는 불에 녹고, 불은 물에 꺼지고, 물은 구름 속에 흡수되어버린다. 구름은 바람에 날려가지만, 그 바람은 인간을 날려버리지는 못한다. 그 인간도 공포에 일그러지고, 공포는 술에 의해 제거되지만, 술은 잠을 자고 나면 깬다. 수면도 죽음만큼 강하지는 않지만, 죽음조차도 사랑을 이기지는 못한다.'에서 사랑이 이 세상에서 가장 강(强)한 것으로 정의 내린다.

　어찌 보면 우리 인간은 '사랑'이라는 단어 하나만으로도 존재의 가치가 있는 것이다. 사랑이 있기 때문에 어려움도 기쁘고, 위안이 되고, 힘이 되는 마음으로 극복할 수 있다. 무엇보다도 수십, 수백 번을 죽어도 다시 일어서게 해주는 힘이 된다. 또한, 세상을 살아가면서 아무리 어둠 속이라도 사랑하는 사람이 있다면 그곳이 바로 '지상낙원'인 것이다. 천년이라는 이름보다 사랑이라는 이름이 더 아름답다. 그런데도 지금까지 사랑해 왔던 내 가까운 사람, 부모, 형제, 배우자, 연인, 절친(切親: 더할 나위 없이 친한 친구), 그리고 그 밖의 사람을 미워하고 증오하며 인생을 끝장내려는, 그러는 당신은 사람으로 진정 이러한 인생 진리를 모르고 소중한 사랑을 미움과 증오로 헌신짝처럼 버리려 하는가? 지난날 사랑을 느꼈던 것은 감정이었지만, 사랑 그 자체는 약속이 아니던가? 사랑은 마법이 필요한 것이 아니라 노력이 필요한 것이다. 우리는 '인간관계'라는 단어를 쓴다. 바로 '관계'는 '서로의 노력을 요(要)하는 것'이다. 사랑은 현실에서는 단순히 연애감정이 아닌 가족애, 우정, 이타심(利他心: 상대를 위하거나 이롭게 하는 마음)과 같은 넓은 의미라는 것을 항상 염두(念頭)에 두어야 한다. 또한, '사랑과 사랑한다는 것'은 둘이 하나 되기 위해서 '자기희생'이 절대적으로 필요한 것이다. 한마디로 사랑이 미움과 증오로 변한다는 것은 '이해의 부족과 때로는 오해'이고, '이기심'이며, 그리고 지나친 '일방적 욕심'에서 비롯되는 것이다. 프랑스 작가인 샤르돈느는 사랑이란 '무한한 관용, 무의식적인 찬미, 완전한 자기 망각'이라고 말했다. 그리고 고대 로마의 철학자 세네카는 '슬기 있는 자만이 사랑할 줄 알고, 사랑을 이어갈 수 있다.'라고 말했다. 사랑에도 재치(才致: 눈치 빠른 재주)와 슬기(사리를 바르게 판단하고 일을 잘 처리해 내는 재능)가 필요한 것이다. 특히 서로의 감정과 정서를 조절하여 조화를 이루어야 한다. '백지장도 맞들면 낫다.'라는 우리네 속담처럼 말이다.

더러는 부부가 노년에 돈, 재산(큰 것은 말할 것도 없이 소소한 것도 본인 앞에 챙김) 때문에 사랑에 금이 가기 시작하여 미움과 증오로 바뀌어 파국을 맞이하는 경우가 있다. 그래서 프랑스 사상가 장 자크 루소가 '사랑은 돈으로 살 수 없기 때문에 돈이 사랑을 망칠 것이다.'라고 했던가?

'스치면 인연이고 스며들면 사랑'이라는 말이 있다. 사랑하던 그 시절에는 기쁠 때나 슬플 때나 함께 가슴이 아련하게 아프지 않았던가? 젊은 날 사랑이라는 이름으로 서로의 살과 뼈에 글씨를 새기듯 약속하고 다짐하지 않았던가? 둘이 함께 '백년해로하고 한날(日)한시(時)에 같이 죽자'라고. 돈 때문에, 사랑은 퇴색되고, 인간의 욕심 때문에 지난날 사랑의 언약(言約)들은 계란 속에 담아 바위에 던져버리고 만다. 영국의 정치가 윌리엄 이워트 글래드스턴의 명언 '재산도, 지위도, 사랑에 비하면 먼지에 불과하다.'가 가슴에 와 닿는 이유는 무엇일까? 나만일까? 아마도 이런 상황, 환경에 처한 사람은 누구나 공감하는 감정일 것이다. 누군가 말했던가? 사랑만큼 왜곡된 저주(詛呪)는 없다고!

끝으로 남녀의 만남은, 연인이든 부부간이든 인연이다. 그러나 관계는 노력이다. 남녀 간에 한때는 죽도록 사랑했지만, 시간이 지나 어떤 계기(契機: 어떤 일이 일어나는 결정적인 원인이나 기회)로 미움이 시작되어 증오의 대상이 되기도 한다. 한마디로, 한때는 '보고 싶어 죽겠고' 세월이 한참 흘러 '보기 싫어 죽겠다'로 변하게 된다. 이런 남녀 간의 관계회복을 위해 한 권의 책을 읽을 것을 권고한다. 세계적인 관계회복 심리학자인 미국의 수잔 존슨이 쓴 '우리는 사랑에 대해서 얼마나 알고 있을까?'이다. 이 책은 사랑이 무엇인지, 무엇이 사랑을 지속시키는지에 대한 본질적 이해에 도움이 되게 하는 책이다. 이 책을 읽고 나면 갈등을 일으키는 요소와 이로부터 회복하려는 방법은 무엇인지, 어떻게 사랑하는 사람에게 공감하고 반응해야 관계를 유지할 수 있는지를 발견하게 될 것이다. 또한, 사랑의 기초를 이해하고 어떻게 서로에게 다가갈지, 그리고 상대의 욕구에 반응할지를 배우게 될 것이다. 우리말 번역본도 있다.

8

믿음과 신앙(信仰)

믿음과 신앙의 사전적 의미와 차이는 무엇인가? 믿음이란 '어떤 사실이나 사람을 믿는 마음', '초자연적인 절대자, 창조자 및 종교대상에 대한 신(神)과 자신의 태도로서, 두려워하고 경건히 여기는 마음'으로 '믿음을 가지다', 또는 '믿음을 저버리다'로 쓰이며. 유의어는 신뢰, 신념, 신용, 소신, 확신, 신앙 정도가 있다. 신앙은 '믿고 받드는 일', '초자연적인 절대자, 창조자 및 종교대상에 대한 신과 자신의 태도로서 두려워하고 경건하게 여기며 자비, 사랑, 의뢰심을 갖는 일'로 '신앙(심)이 강하다/믿음이 좋다', '신앙(심)이 약하다/믿음이 약하다'로 쓰이며, 유의어로는 숭배, 신교(信敎), 믿음이 있는데, 둘의 차이는 같은 듯 조금은 다르다. 영어 단어로 보면 분명해진다, 믿음은 'belief'[동사 believe의 명사형/believe는 타동사로 (사실을) 「믿다」, believe in은 자동사로 (존재, 가치를) 「믿다」. (예) 나는 그의 말을 믿는다. I 'believe' what he says./ 나는 예수그리스도를 믿는다. I 'believe in' Jesus Christ.]이고, 신앙은 faith, 'religious belief (종교의, 독실한 믿음)'이다. 한마디로 믿음은 모든 '일상(반)적, 종교적' 의미이지만, 신앙은 '종교적 믿음'에 쓰인다.

먼저 믿음에는 자신에 대한 믿음, 장래에 대한 믿음, 확신, 그것은 자신감이기도 하다. 비록 지금은 빈곤하고 처지가 보잘것없다 해도 남 못지않게 잘 살 수 있고 성공, 출세할 수 있다는 확고한 믿음으로, 뜻하고 있는 일에 온 정성을 다하면 자기 미래를 보상받을 수 있는 원동력이 될 수 있다. '자기 신뢰는 성공의 첫 번째 비결이다.' 미국의 사상가 에머슨의 말이다. 다음으로 믿음 중에는 인간관계에서 믿음인 '신뢰'가 있다. 우리가 살아가면서 수많은, 필요한 것 중에는 주고받아야 하는 인간관계에서의 믿음, 신뢰이다. 누군가를 신뢰하고, 누군가에게 신뢰를 받는다는 것은 중요하기도 하지만 어렵기도 하다. 가족 간, 특히 부부간의 신뢰, 나아가 친구 간, 직장동료나 상급자와 하급자 간, 기타 여러 부류의 인간관계에서 신뢰는 쌓기도 어렵고, 무너지기도 쉽다. 한번 무너진 신뢰는 회복하기는 쉽지 않다. 필요한 것은 '시간과 경험'이다. 오랜 시간 동안 믿을 수 있는 행동을 해야 신뢰성이 이루어지는 것이다. 하루 이틀에 되는 일이 결코 아니라는 것이다. 그러나 오랜 시간 함께 지냈다고 신뢰할 수도 있는 것은 더욱 아니다. 서로 믿고 살아야 하지만 세상은 가끔 신뢰가 깨지고 배신을 하기도, 당하기도 한다. 우리 속담에 '믿는 도끼 발등 찍힌다.'라는 말에서 인간관계 시 '적당한 거리를 두는 것'도 생활의 지혜 중 하나인 것 같다. 사랑도 믿음이 있어야 싹이 돋고, 서로 오고 가는 것이다. 그런데 살아가면서 그 믿음이 깨지는 순간, 사랑도 떠나게 된다. 깨진 믿음은 회복하는 데 많은 시간이 걸리거나, 아예 회복 불가능하기도 하다. 아무리 가깝고 좋은 관계라도 믿음이 깔려있지 않으면 그 관계는 아주 사소하고, 작은 일에도 금방 깨져버리는 법이다. 한 사람의 성공은 대인관계의 처세법 중 '상대에게 믿음, 신뢰를 주는 것'부터 시작이 되어야 한다. 한 인간의 실패의 80%는 인간관계의 실패 때문이다. 믿음을 줄 수 있는 언행(言行), 작게는 시간

약속부터 큰 것에 이르기까지 매사에 철저하게 약속을 잘 지키고, 신용(信用)을 목숨처럼 여겨야 한다. '신의(信義)를 첫 번째 원칙으로 여겨라.' 공자님 말씀이다.

마지막으로 '인간은 나약한 존재'이다. '누군가를 의지하고자' 한다. 그래서 위급하거나 어려울 때 조상님도 찾고, 하나님, 부처님도 찾는 법이다. 인간은 살아서는 생일상을 받고, 죽어서는 제사상을 받게 된다. 제사는 일부 종교에서 미신이라고 치부(恥部)하지만, 엄연한 우리 조상 대대로 물려온 전통이자 문화유산이다. 종교적 절대자만 믿는 것이 신앙은 아니다. 조상님 섬김, 그리고 선영을 잘 돌보는 일도 소중한 한 개인의 믿음이고 숭배이다. 인간은 빈부귀천(貧富貴賤)을 떠나 누구나 나름의 자유권을 갖고 있다. 종교의 자유도 그중 하나다. 그러므로 내 믿음만이 진리이고 남의 믿음은 거짓이라는 독선(獨善)은 금물이다. 유불(儒佛)이든, 하나님이든 자신의 '믿음'이 가는 대로이다. 돌이켜 보면, 우리 기성세대들의 어머님들은 새벽녘 아침밥 지으러 나가시면 맨 먼저 부엌에 정화수 떠놓고 조왕신께, 그리스도인이면 예배당에 가서. 불자(佛子)이면 불전(佛前) 앞에 엎드려 자식들 잘 되기를 간절히 빌며 기도드린 덕분으로 이렇게 지금까지 무탈하게 살아가고 있고, 사회에서 나름대로 성공도 하고 중추적 역할도 하는 것이다. 이것이 믿음이고 신앙이 아니던가?

믿음과 신앙이라는 말이 나왔으니 이단(異端)과 사이비(似而非)는 무엇인가? 먼저 정확한 정의를 보자. 이단은 한자를 풀이해 보면 '끝이(端) 다르다(異)'라는 의미로 '정통이론에 어긋나는 사상 및 방식'을 칭하는 것으로 종교의 정통 교의(敎義)에서 벗어난 교리, 주의, 주장 등의 조작을 총칭하는 것이다. 이단아라는 말은 원래 유교[자왈 공호이단이면 사해야이니라(子曰 攻乎異端 斯害也已): 공자님 말씀에 '이단을 전공하면 해(害)가 될 뿐이다.']에서 나온 말이지만, 우리나라에서는 주로 기독교 계통에서 더 많이 쓰이고 있는데, 특정 종파를 의미하는 것이 아니라 인간의 행복을 파괴하는 사악한 집단을 의미하는 것으로 기독교에서 이단은 자기 정체를 숨기고 은근히 접근하여 기독교인을 해롭게 하는 것으로 여긴다. 사이비 종교는 이단과 비슷하지만, 그 결이 다르다. 이단은 '기존 종교 교리에서 다른 방향으로 해석하여 가르치는 것'이라면, 사이비는 '기존교리이든 변질된 교리이든 교리를 악용하여 이익을 얻으려는 것'을 말하고 종교를 가장하여 종교라는 형태를 꾸미는 집단, '겉보기에는 종교 같아도 종교가 아니다'라는 의미를 내포하고 있다. 오늘날 다수의 주류 기독교 교단은 이교(異敎)보다는 이단을 더 좋지 않게 여긴다. 왜냐하면, 이교는 '외부의 것'이고 이단은 '내부의 적'이기 때문이다. '믿음은 그분의 은혜를 받으려고 손을 뻗는 것이다.' 복음주의 설교자 조지 맥도웰의 말이다.

끝으로 한 인간이 살아가면서 '생활의 지혜'를 지녀야 할 수많은 것 중 '믿음'의 세 가지, 먼저 우리의 삶이 비록 고단하다 할지라도 살맛 나게 해주는 것은 '내 꿈이 현실이 되리라는 확고한 믿음'이 있어야 하고, 다음으로, 사람들에게 믿음과 신뢰를 주는 것도 성격이며, 생활 습관으로 신뢰를 주고, 그리고 신용을 지키는 일에 올인(all in)하는 생활 자세와 습관이 필요하며, 마지막으로 신앙의 '믿음'을 누구나 어떤 형태로든 갖고, 그곳에 의지하면 내 마음의 평안(平安)을 줄 뿐만 아니라 건실하고 모범적인 삶을 살아가게 되는 근본이 된다.

9

사람 노릇

　사람 노릇에서 노릇이란 '맡은 바 구실', '자기가 마땅히 해야 할 맡은 바 책임'으로 '역할'이나 '임무'라고도 말할 수 있으며, 구체적으로 부모와 자식 간, 부부간, 동기간(同氣間: 형제자매 사이), 친족이나 친척 간, 스승과 제자 간, 연인이나 친구 간, 조직에서의 상급자와 하급자 간, 그리고, 웃어른으로서 노릇 등이 있는데 특히, 노년에는 집안 어른 노릇도 중요하고 그 역할은 본인뿐만 아니라 집안사람들에게도 삶의 큰 의미를 지닌다. 그런데 여기서 어른이란 전통적으로 나이가 든 사람을 말하기보다는 어른에게 주어진 '책임과 도리'가 우선된다. 그리고 어른다워야 어른으로서 존경과 대접을 받을 수 있다. 전통적으로 말하는 어른은 나이가 많으면서 그 나이에 걸맞은 덕(德)을 갖추고 덕을 베풀 줄 알며, 사리판단에 있어 치우치지 않고 객관적이며, 본인의 욕심에 치우치지 않아야 한다. 사람 노릇의 가장 기본적으로 갖추어야 할 것은 우선 돈이 필요하고, 마음을 써주어야 하며, 또한 감정을 표현하려는 노력과 표현력이 절대적으로 필요하다. 그런데 이들 중 돈 써 주는 것이, 아마 자타공인(自他共認)하는 으뜸일 것이다.

　조선 중기 학자이신 율곡(栗谷) 이이 선생이 쓰신 아이들을 가르치기 위해 학문을 시작하는 입문교재(入門教材) '격몽요결(擊蒙要訣)'에서 '사람 노릇의 몸가짐에 구용보다 중요한 것은 없다'라고 했다. 여기에서 구용은 아홉 구(九), 얼굴 용(容)으로 첫째, 족용중(足容重: 걸을 때는 무겁게 해야 한다) 둘째, 수용공(手容恭: 손은 공손한 자세를 유지한다.) 셋째, 목용단(目容端: 눈은 단정하고 곱게 떠야 한다.) 넷째, 구용지(口容止: 입은 조용히 다물어야 한다.) 다섯째, 성용정(聲容靜: 말소리는 조용하게 한다.) 여섯째, 두용직(頭容直: 머리는 곧게 들어야 한다.) 일곱째, 기용숙(氣容肅: 기운은 엄숙히 유지한다.) 여덟째, 입용덕(立容德: 서 있는 모습은 덕성이 있어야 한다) 마지막으로 색용장(色容莊: 얼굴 표정은 씩씩하게 한다.)이 있고, 공자님의 '논어(論語)' 안연편에 나오는 군군신신부부자자(君君臣臣父父子子)는 '임금은 임금다워야 하고 신하는 신하다워야 하며, 부모는 부모다워야 하고 자식은 자식다워야 한다.'라는 말이다. 다시 말해 "군신간(君臣間)이나 부자간(父子間)에 서로 해야 할 '사람 노릇'이 있다."라는 말이다.

오늘날에야 군신간의 노릇에 대한 중요성은 퇴색된 지 오래되었으니 차치(且置)하고 부모와 자식 간의 관계는 가장 원초적인 인간관계로, 논어에서는 부자 관계에서도 자식 된 도리, 즉 자식 노릇에 대해 강조한다. 낡아 빠진 봉건적 질서의 유습(遺習)이라고 치부(恥部)할 수도 있겠지만 현대를 살아가는 우리가 마음속에 새겨야 할 것들도 적지 않다. 대표적인 것이 논어 위정편에 나오는 '금지효자 시위능양 지어견마 개능유양 불경 하이별호(今之孝者 是謂能養 至於犬馬 皆能有養 不敬 何以別乎)'는 '오늘날 효자라 하면 물질적으로 잘 봉양하는 것을 일컫는 것으로, 개나 말한테도 이렇게 하는데 마음으로 부모를 존중하지 않으면 사람이 개나 말과 무슨 차이가 있겠는가?'라는 말이다. 그런데 여기서 지어견마 개능유양(至於犬

馬 皆能有養)이란 말의 '개나 말한테 하는 물질적 봉양만으로 자식 노릇을 다했다'라고 말할 수는 없는 것으로, 물질 못지않은 마음 씀씀이 하나하나에도 세심한 도리를 다해야 한다. 그 구체적인 예(例)가 결혼해서 분가(分家)해 사는 자식이라면 용돈도 자주 드려야 하지만, 수시로 문안을 드리고 건강과 형편을 살펴 드려야 한다. 다음으로 중요한 '노릇'은 부부간일 것이다. 한 가정의 안녕과 행복이 그 사회를, 나아가 그 국가가 번영할 수 있는 토대가 되기 때문이다. 그러므로 가정에서의 남편 노릇 아내 노릇, 자기 위치를 지킨다는 것은 그 가정과 사회발전의 근간(根幹)이 되는 것이다. '부부란 서로 반씩 되는 것이 아니라 하나로써 전체가 되는 것이다.' 화가인 빈센트 반 고흐의 명언이다. 5월은 어린이날, 어버이날이 들어 있고, 청소년의 달, 가정의 달이다. 자녀들, 손주들, 형제자매들, 그리고 집안 어른들과 함께 서로 선물을 주고받고, 덕담도 나누었을 것이다. 5월은 일 년 중 그 어느 달보다도 자식 노릇, 부모 노릇, 그리고 배우자 노릇을 제대로 하고 있는지를 성찰(省察)해보는 의미 있는 한 달이 되어야 하겠다.

태어나면서 우리 인간은 시기와 때에 걸맞은 '노릇'을 하며 살아가야 한다. 자식이 어릴 적에는 부모는 자식에게 의식주 및 훈육(訓育)에 '부모 노릇'을 다하여야 하며. 자식이 장성하고 부모가 노년이 되어서는 자식은 부모의 노년이 편안하고 물질적으로 어려움 없이 살아갈 수 있도록 부모 섬김에 자식 노릇을 다하여야 한다. 사람의 노릇이란 시기적절하게 걸맞은 경우도 있고 때론, 시기상조일 경우도 있을 수도 있다. 그런데 '노릇이 모여 한 인간이 되고 어른이 되게 하는 것'이다. 우리는 오늘 나의 노릇이 무엇인지, 그리고 그 노릇에 내가 얼마나 최선을 다하고 있는지 되돌아보는 것도 삶의 큰 의미를 갖게 하는 것이다. 이 역시도 '나에게 주어진 노릇의 하나'이기 때문이다. 어른이 되어간다는 것은 받는 것보다도 주는 것이 더 큰 기쁨이 된다. 그리고 어른이 되면 받는 것보다 더 나눔의 기쁨이 크다는 것을 일깨워지게 된다. 우리가 살아가다 보면 남의 일로, 내 일도 바쁜데 자의(自意)건, 타의(他意)건, 이리 뛰고, 저리 뛰고 하는 것은 다 '사람 노릇' 하자고 하는 일이 아닌가?

무엇보다도 어른이란 완벽한 사람은 아니더라도 '한결같은 모습'을 보여주는 것이 '어른으로의 자리매김'을 하는 것이다. 사실 사람 노릇 하면서 살아간다는 것은 결코 쉬운 일은 아니다. 특히 노년이 되어 내 가정은 당연하지만 집안 전체의 어른 노릇 하기는 숫자도 많고 챙겨야 할 대소사(大小事)도 적지 않아 비용(費用)이나 건건(件件)이 애경사(哀慶事)가 있을 때마다 부조금(扶助金) 챙겨주는 것도 만만치 않은 것이 현실인 법이다. 노년의 삶은 주변 사람들에게 '베풂'과 나의 '절약 그리고 절제'된 삶이 우선되어져야 하는 법이다. 쪼들리거나 궁색하지 않은 정도라면 '내 씀씀이 줄여 어른으로서 집안일이나 구성원들(친가, 시가, 처가, 그리고 그 사촌들까지)에게 돈 써주고 챙겨주는 것을 큰 기쁨과 보람'으로 여기면 내 삶이 훨씬 윤택(潤澤)해지게 될 것이다. 그래서 단언컨대 한 가지 사실은, 이 또한 '행복한 고민이나 수고' 중 하나로 여기는 '삶의 지혜'가 필요하며, 그리고 어른 노릇 하는 것, 지금까지 살아온 '삶에서 터득한 지혜'를 바탕으로 실행 및 실천하면 되는 것이다.

10

우리네 인생살이

인생(人生)이란 '사람이 세상을 살아가는 일', '사람이 살아있는 기간', 그리고 '어떤 사람과 그의 삶 모두를 낮잡아(사람을 만만히 여기고 함부로 낮추어 봄) 이르는 말'에 쓰이기도 한다. 유의어에 삶, 생(生), 생애(生涯)가 있다. 흔히 말하는 인생무상(人生無常)은 '인생의 덧없음'을 말하며, 초로인생(草露人生)도 '풀잎에 맺힌 이슬과 같은 인생'이라는 의미로 '허무하고 덧없는 인생'을 비유적으로 말하는 것이다. 불가(佛家)에서 '인생은 고해(苦海)다'는 '인생은 괴로움이 끝이 없다'라는 의미이며, 속담에도 '인생은 뿌리 없는 평초(萍草)'라는 말은 '사람이 살아간다는 것은 마치 물 위에 떠도는 개구리밥과 같다'라는 의미로 '인생은 허무(虛無)하고 믿을 수 없다'라는 의미이고, '인생 백 년에 고락(苦樂)이 상반(相反)'이라는 말은 인생살이에 '괴로운 일과 좋은 일이 반반(半半)'임을 이르는 말이며, 그리고 인생 '병가지상사(兵家之常事)'라는 말도 '어떤 일이나 세상사(事) 실수나 실패가 있다'라는 말이다.

우리가 세상을 '어떻게 살아야 할지?' 막막할 때 법정 스님의 말씀에 인생 방향을 잡아보는 것도 한 방법(方法)일 수 있다. 첫째, 남과 비교해서는 안 된다. 나는 이 세상에 단 하나뿐인 독특하고 독립된 '고귀한 존재이다.'

둘째, 자신에게 주어진 상황을 누리고 즐길 줄 알아야 한다. 결코 '나중으로 미루지 마라.' 셋째, 모든 것이 다 갖춰졌다 해도 마음이 불안하면 가시방석이다. 마음을 편히 해야 한다. 다시 말해 '마음을 잘 먹어야 한다.' 넷째, 나의 삶에 무엇이 중요한지, 어디에 가치를 두어야 하는지? 반드시 자문(自問)해 보아야 한다. 조용히 자기 마음을 들여다보며 지금까지 '어떻게 살아왔는지', 그리고 '앞으로 어떻게 살아갈 것인지' 스스로 지난날의 과오를 반성하고 창조적인 미래를 위해 '기도나 명상하는 마음이어야 한다.' 마지막으로 인간이 사람답게 산다는 것은 순간마다 '새롭게 태어나는 것'이다. 새로운 탄생의 과정이 멎을 때 나태와 노쇠와 질병 그리고는 죽음이 찾아온다. '새로운 탄생'을 이루려면 '어제까지의 관념(觀念: 어떤 일에 대하여 가지는 생각이나 견해)'에서 벗어나야 한다. 왜냐하면, 기존의 관념에 갇히면 '창조력을' 잃고 일상적 생활 습관에 '타성(惰性: 오래되어 굳어버린 좋지 않은 버릇)'이 붙기 때문이다.

명리학의 대가(大家) 김태규 선생은 우리네 인생살이를 다섯 가지로 크게 정리했다. 첫째는, 결핍이 동기를 부여하고 동기를 갖게 되면 힘과 방향을 한곳에 모으게 되는 것이 노력이다. 노력하면 성취가 있기 마련으로, '산다는 것은 전력을 다해 앞으로 달려나가는 것'이다. 둘째는, '운은 열정이다.' 운이 상승 중이라면 일이 어려워도 중단하지 않고, 그리고 좌절하지 않고 노력하고 애를 쓰면, 다시 말해 노력을 반복하다 보면 목표한 일이 성취될 가능성이 커지고, 그러다 보면 이루어진다. 우리말 '운'이라는 글자를 뒤집으면 '공'이다. '공(功)'을 들여야 '운(運)'이 오는 법이다. 속담에서 '공든 탑은 무너지지 않는다.'라는 말은 진리이기도 하다. 넷째는, 돈 없는 사람이 어떻게 부자가 될 수 있는가? 정답이고 핵심은 '무형의 자본'

을 가진 사람이다. 프랑스의 사회학자 피에르 브리외는 사람의 무형 자본을 '문화 자본,' '학력, 학벌 자본', '외모 자본'이라 했다. 무엇보다도 '인간관계'도 중요하다. '어떤 사람과 더불어 살아가느냐'이다. 마지막으로 인간은 평생을 두고 빛나고, 일생이 힘들기만 한 사람은 없다. '성공한 사람은 테마(theme)를 가진다.' 목표라기보다는 '테마가 있어야 노력도 방향을 가지게 되어 세월이라는 복리 이자가 붙어 성공한다.'라는 것이다.

우리네 인생에 대해 성경 말씀 전도서 9장 11절에 나와 있다. '내가 해 아래에서 보니 빠른 경주자들이라고 선착(先着)하는 것이 아니며 용사들이라고 전쟁에서 승리하는 것이 아니며 지혜(智慧)자들이라고 음식물을 얻는 것도 아니며 명철(明哲)자들이라고 재물을 얻는 것도 아니며 지식인들이라고 은총을 입는 것도 아니니 이는 시기와 기회는 그들 모두에게 임(臨)함이라.' 12절에는 '분명히 사람은 자기의 시기도 알지 못하나니 물고기들이 재난의 그물에 걸리고 새들이 올무에 걸림같이 인생들도 재앙의 날이 그들에게 홀연히 임하면 거기에 걸리느니라.'라고 되어있다. 이 말씀들은 자연의 법칙이자 하늘의 이치이다.

인생에서 자기 나름의 교훈(教訓: 가르침에 대한 깨우침)과 이정표(里程標: 어떤 일의 목적이나 기준)만이라도 제대로 지니고 있어도 인생은 절대 왜곡(歪曲: 그릇되게 함)되지 않는다. 왜곡된 인생길은 자기 방향을 합리화시키기 위해서 끊임없이 자책(自責)감, 또는 자만(自慢)심에서 허우적거리며 헤어 나오지 못하게 된다. 그렇지 않으려면 어떠해야 하나? 첫째, 인생에 내리막길은 피하려 하지 말고 그냥 쭉 내려가라. 발버둥 쳐봐도 소용없는 일이다. 반드시 '때가 되면 오르막길이 있는 법이다.' 둘째, 절대 과욕을 부리지 마라. 반드시 무리가 따르면 문제가 생긴다. '능력 범위

안에서 행(行)하라.' 셋째, 맹목적인 시기와 질투는 자기 파멸(破滅)의 길이다. 세상 살면서 '마음을 곱게 먹어라.' 그래야만 내게도, 그리고 내 자식들에게도 복(福)이 돌아오는 법이다. 넷째, 맹목적인 믿음은 '나 자신의 영혼을 파괴한다.' 대표적인 예가 사이비, 이단 종교의 꾐에 넘어가지 마라. 내 영혼뿐만 아니라 소중한 내 가정도 파괴될 수 있다. 마지막으로 과거의 크나큰 성과(成果)에 너무 집착(執着)하지 마라. 과거의 경험과 성과는 단지 '참고 자료'일 뿐이다. 미래는 전혀 다를 수 있다. 미래는 새롭게 짜야 한다. 무엇보다도 '미래는 무한 변화의 시대이다.'

우리네 인생살이는 행복보다는 불행이, 기쁨보다는 슬픔과 고통이 더 많은 법이다. 요샛말로 금수저(부유하거나 사회적 지위가 높은 가정에서 태어난 사람)로 태어난 사람보다 흙수저(부모님으로부터 경제적 도움을 받지 못하는 사람)로 태어난 사람의 경우가 훨씬 많은 법인데, 이런 것들은 흙수저로 태어난 사람들이 더 많이 느끼는 것들이다. 그러나 미국의 사상가 에머슨이 말한 '계속해서 햇빛이 비치면 사막이 될 뿐이다.'처럼 불행이 지나고 행복이, 슬픔과 고통이 지나면 기쁨의 크기가 더 큰 법이다. 불행할 때, 그리고 슬픔과 고통이 있을 때 '기댈' 수 있는 내 주변 사람이 있기 때문에 견딜 만하고, 그 어려운 고비를 넘길 수 있다. 무엇보다도 '내 가족, 연인, 가까운 친구와 동료들'의 소중함을 잊지 않고 살아가는 '생활의 지혜'가 필요하며, 더불어 생활의 습관은 '독서, 명상이나 기도, 그리고 베풂의 삶'을, 생활의 자세는 '성실하고 정직하며, 그리고 지혜로운 삶'을 살아가야 한다.

끝으로 우리네 인생살이, 살아가면서 '힘들 때 들을 수 있는 노래' 한 곡을 추천한다. 노래 제목은 원곡(原曲) 싸이의 '기댈 곳'으로 3절 중 제1절 가사만을 인용한다. '당신의 오늘 하루가 힘들진 않았나요. 나의 하루는 그저 그랬어요. 괜찮은 척하기가 혹시 힘들었나요. 난 그저 그냥 버틸 만했어요. 솔직히 내 생각보다 세상은 독해요. 솔직히 난 생각보다 강하지 못해요. 하지만 힘들다고 어리광부릴 순 없어요. 버틸 거야 견딜 거야 괜찮을 거야. 하지만 버틴다고 계속 버텨지지는 않아요. 그래요, 난 기댈 곳이 필요해요. 그대여 나의 기댈 곳이 돼줘요.' 이 노래를 듣고 있으면 누군가 육체적으로나 정신적으로 그리고 때론 둘 다, 지친 하루에 '내가 달래줄게요!' 하며 내게 달려올 것 같다.

세 명의 저마다 가창력이 뛰어난 가수들로, 각각의 버전(version)으로 불리는 이 노래는 가사는 같아도 창법과 감정의 표현이 전혀 다르다. 그 세 명의 가수로, 어느 한 전문가의 말에 의하면 걸그룹 마마무의 래퍼(rapper) 문별이 부른 노래는 '힘들어서 울기 시작하는 단계'이고, 가수 김필이 부른 노래는 '힘들어서 소리 내어 펑펑 우는 단계'이며, 가수 싸이가 부른 노래는 '울고 나서 마음 추스르게 되는 단계'라고 한다. 이 세 가수 중 특히 김필이 부른 노래는, 듣는 이로 하여금 전율(戰慄: 몹시 떨릴 정도로 감격스러움)을 느끼게 한다. 노랫말 가사가 우리의 마음과 가슴에 와 닿는다. 세 가수 노래를 따로따로 들어보아라.

인간은 아무리 세상살이 힘들다고 해도 세상을 떠나 결코 혼자 살 수 없는 법이다. 그리고 인간은 의존적 동물이다. 누군가, 아니면 무엇인가에 의존, 의지해야 살아갈 수가 있다. 살면서 누군가에게 상처받거나, 일이 힘이 들 때 위로받고 살아가야 한다. 누군가에게 상처받거나, 일이 힘들 때, 세 가수의 버전 중 자기감정에 맞는 가수를 골라, 그의 노래를 듣고 위로(慰勞)하며, 위안(慰安)이 되어 툭툭 털고 일어나 힘을 내자. 그리고 다시 시작해 보자!

11

여가(餘暇)와 취미(趣味)

여가와 취미의 사전적 의미는 무엇인가? 인간의 생활시간은 노동시간(직업적인 일이나 가사 등)과 생리적 필수시간(식사, 수면, 목욕 등)으로 대별(大別)되는데 노동시간은 인간이 사회적 존재가 되기 위한 최소한으로 필요한 시간이며, 생리적 필수시간이란 생리적으로 필요한 최소한 시간으로 생리적 구속시간이라고 하고, 노동시간은 사회적 구속시간이라고 한다. 여가, 레저[leisure, free time, spare time/ avocation(취미, 여가활동, 부업) ⟨-⟩ vocation(천직, 주된 직업)]는 영어 단어로 풀어 해석하면 (일이 없어) 남는 시간, (생활시간 이외의) 자유시간으로 생명유지에 필요한 필수(必須)시간을 제외한 시간이다. 그런데 역설(逆說)적으로 일과 여가는 서로 불가분(不可分: 떼려야 뗄 수 없는)의 관계로 적당한 여가와 휴식이 있어야 하는 일, 특히 직업적 일에 능률뿐만 아니라 생산성을 높일 수 있다.

취미(hobby, taste, interest, pastime)는 전문적으로 하는 것이 아닌 즐기기 위해 하는 것, '놀이'로 이익을 추구하는 활동인 노동, 사업 등이나 자기 수양의 훈련과 공부와는 구별된다. 특히 취미는 효율성이나 숙련도, 잘하고 못하고는 전혀 상관이 없다. 그저 본인이 좋아하고 그것으로 만족하며, 만병의 근원인 생활에서 오는 정신적 스트레스(stress, strain: 압박, 긴장감)를 풀 수 있는 것만으로도 충분하다. 우리는 상대에게 '취미가 무엇이냐?'라고 묻곤 한다. 한마디로 '여가 시간을 어떤 방법으로 시간을 보내느냐?'라는 물음인데 이렇다 할 만한 것이 없다면 대체로 '독서나 음악 감상'이라고 말들을 한다. 그런데 그 사람의 취미의 종류에 따라 어떤 사람인지 대충은 짐작하고 평가할 수 있다. '레저 생활, 그 자체가 미적이고 고결할 만큼의 교양을 몸에 지니고 있다.' '유한계급론'의 저자인 미국의 사회학자 소스타인 베블런의 말이다.

인간의 생활 속에는 노동과 여가로 크게 나뉠 수 있는데, 노동에는 정신노동과 육체노동으로 나뉘고, 여가에는 취미가 있고 여가활동 속에 취미 활동이 포함되어 있다. 일반적으로 사람들은 일상의 일에서 벗어나 남는 시간에 휴식을 취하거나 취미 생활이나 운동 같은 여러 가지 활동을 하는데, 이를 여가활동이라고 하는 것이다. 특히 여가활동을 통해서 일상의 피로와 스트레스를 풀 수 있을 뿐만 아니라 자기계발(啓發), 또는 삶의 만족도를 높일 수가 있다. 특히 여가활동, 취미 활동을 가족이나 친구 무엇보다도 직장동료와 함께하면 서로 친밀도를 높일 뿐만 아니라 인간관계를 더욱 원만하게 할 수 있다. 여기에 함께하는 봉사 활동을 포함한다면 삶의 보람을 느낄 수도 있다.

오늘날과 같은 산업사회에서는 노동시간의 감소와 레저, 여가 시간의 증대가 각계각층에서 공통으로 일어나고 있으며, 여가 시간에 펼쳐지는 활동의 질(質)은 사회적, 문화적 배경에 따라 규정되고, 미디어의 영향으로 특정 여가 활동이 유행으로 번지기도 한다. 때론 국내에서, 때론 세계적 유행으로 흐름을 타기도 한다. 이전만 해도 등산 인구가 많았지만, 어느 모 TV 방송사에서 낚시프로그램을 인기리에 방영한 이후 오늘날은 낚시 인구도 많은 것이 그 실례이다. 거기에 편승(便乘)해 레저산업도 날로 번창해 가고 있는 것이 현실이다.

'레저가 적은 나라에 높은 문화는 자라지 않는다.' 미국의 성직자 헨리 비처의 말이며, '레저와 호기심은 인류에게 유익한 지식을 발전시키지만, 쓸데없는 논쟁이나 힘든 일에는 아무것도 나오지 않는다.' 영국의 문학가 새뮤엘 존슨의 말이다. 문화가 발달해 있는 나라는 레저가, 레저가 발달해 있는 나라는 문화가 융성한다는 것이다. 그렇다면 레저에는 수많은 유형 중에 가장 으뜸은 무엇인가? 우리의 일상생활에서 자기 경우를 생각하면 다른 사람도 대동소이(大同小異: 거의 비슷비슷)할 것이다. 아마도 TV 시청이 으뜸일 것이다. '틈이 많다는 것은 헛된 시간이 많다는 것으로, 술을 마시거나 아내를 때리는 정도의 시간밖에 없는 노동자에게 틈이 있다면, 텔레비전을 보는 시간이 되고 만다.' 미국의 저널리스트인 로버트 허킨즈의 말이다.

아마도 전 세계적으로 TV 시청이 여가 시간을 보내는 방법 중 으뜸일 것이다. 세계 최고의 강대국이자 경제 대국인 미국의 경우, 조사에 의하면 TV 시청과 독서가 40% 이상을 차지하고 나머지 수많은 종류의 여가활동 들은 한 자릿수이거나 소수점 이하의 비율을 차지하고 있다. 그런데 TV 시청은 우리에게 유익한 점보다 해(害)가 더 크다. 먼저 대부분의 사람이 즐겨보는 연속극의 경우 현실과 동떨어지는 스토리, 범죄를 유발할 수도 있고, 때론 방법을 제시할 수도 있으며, 저급한 정치 논리 등의 나쁜 뉴스 나 대담프로, 광고의 홍수 속에 오히려 스트레스가 더 쌓이게 된다. 광고 의 목적이 무엇인가? 시청자들로 하여금 삶이 불충분하고 충만하지 못한 것이라고 느끼도록 만드는 부정적인 감정을 끌어낸다. 그러므로 TV 시청보다는 신문(중앙지와 살고 있는 지역 신문인 지방지), 잡지(시사, 교양, 취미 같은 정기간행물), 관심 분야의 유튜브나 인터넷 서핑 등이 훨씬 더 유익하고 스트레스 해소에 유익하다. 특히 은퇴 후 노년에는 일상의 대부분 시간이 집안에서 TV 시청이 되는 것을 경계하고, 가능한 집 밖에서 하는 활동이나 동호인 모임에 참여하는 것이 바람직하다.

다음으로는 야외 활동의 취미 생활이다. 당연히 청소년들이야 구기 종목(농구, 배구, 배구, 야구 등)이 바람직하다. 건강한 육체에 건전한 정신이 깃들기 때문이다. 대학생들의 경우는 건강 관련 스포츠 활동은 적은 반면 주로 컴퓨터 관련 게임 등, 당구, 포켓볼, 관람 등이 주(主)가 된다. 그렇다면 우리나라의 경우 전 연령층에 해당하는 주된 여가활동은 무엇들이 있는가? 스포츠와 건강 활동(산책, 조깅, 헬스, 등산, 자전거, 골프 등), 놀이와 오락(컴퓨터 게임, 당구. 화투 등), 관람 및 감상(영화, 연극, 스포츠, 콘서트, 연주회 등), 취미와 교양(사진, 악기, 그림 그리기, 붓글씨 등), 관광 및 여행(드라이브, 캠핑, 국내나 해외여행), 사교활동(친구나 이성, 직장동료와 만나 대화하며 차나 술 마시기 등)이 있는데 그 밖의 여가활동으로는 가족들과 시간 보내기, 낚시, 정원 가꾸기, 텃밭 가꾸기, 애완동물 기르기, 수집(collection), 노래 부르기 등 다양하다. 요즘은 살고 있는 근처 대학 평생교육원에서 일반인들에게 다양한 강좌들이 매 학기 개설되니 각자 선호하는 프로그램에 참여하는 방법도 있다. 그리고 여가활동에는 레크리에이션(recreation)도 포함이 되는데 레포츠(레저와 스포츠의 합성어로 즐기며 심신단련을 함), 게임, 민속놀이 등 다양한 프로그램들이 있는데, 주로 직장 내(內) 연수나 워크숍 등에서 이루어진다. 그런데 그 무엇보다도 가치 있는 여가선용(善用)은 바로 국가나 사회, 그리고 도움이 필요한 사람에게 자신을 돌보지 않고 힘을 바쳐 행(行)하는 자원봉사(自願奉仕)이다.

심리학자 프로이트가 말한 '인생에서 가장 중요한 것은 일과 사랑인데, 한 가지를 더 든다면 놀이이다.'라는 말의 '놀이'란 오늘날의 다양한 여가활동이다. 여가활동은 휴식과 즐거움을 제공해주어 인간 행복의 주된 원천이 될 뿐만 아니라 삶에 활력(活力)을 주거나 정서적 안정감을 주는 등 인간의 삶에 다양한 긍정적인 영향을 미친다. 그런데 그 여가활동은 그 나라의 문화나 정서에 부합되고, 자기 성격, 체력, 취향(趣向), 그리고 무엇보다도 자신의 경제적 능력 범위 안에서 이루어져야 한다. 사실 취미 생활, 여가활동도 돈이 들지 않는 것은 몇 가지 안 된다. 일반적으로 대중들이 많이 하는 취미, 여가활동은 비교적 돈이 적게 드는 반면, 사람들이 드물게 즐기는 취미 생활은 돈이 많이 들게 되므로, 자칫 과소비로 인한 경제적 어려움을 겪을 우려가 있으니, 그로 말미암은 부정적인 면들을 사전에 감안(勘案)하는 것이 '지혜로운 처사(處事)'이다.

12

불면(不眠)과 숙면(熟眠)

불면은 '잠을 자지 못함'이나 '잠을 자지 아니함'이며, 숙면은 '잠이 깊이 듦'이나 '그 잠'을 의미한다. 잠은 죽음과 밀접한 관계를 갖는, 의식 활동이 중단된 무의식(無意識)상태를 의미한다. 우리말의 '잠들다'라는 말은 '죽다'의 완곡(婉曲: 듣는 사람의 감정이 상하지 않도록 모나지 않고 부드러움)한 표현이고, '영원히 잠들다'의 영면(永眠)은 '죽음'을 의미하는 말로, 영어의 경우도 같다. 'sleep'은 '자다', '숙박하다' '죽어 묻혀있다' '영면하다'의 의미로 쓰인다.

잠의 종류에는 어떤 것들이 있는가?

우리말에 잠을 나타내는 말이 많이 있다. 잠자는 때, 잠든 정도, 잠자는 모양 등에 따라 크게 세 가지 종류의 표현들이 있다. 먼저 잠자는 때에 따라 아침잠, 늦잠, 낮잠, 초저녁잠, 밤잠 등의 표현들로 볼 때 우리의 조상님 대대로 시도 때도 없이 잠을 잔 것으로 보인다. 다음으로 잠든 정도에 따라 겉잠, 선잠, 수잠, 풋잠, 토끼잠은 '깊이 들지 않은 잠'으로, 선잠은 '깊이 들지 못하거나 흡족하게 자지 못한 잠'이며, 풋잠은 '잠든 지 얼마 안 되어 깊이 들지 않은 잠'이고, 토끼잠, 괭이잠, 노루잠은 '잠들지 못하고 자주 깨는 잠'이며 한잠은 '잠시 자는 잠', 헛잠은 '자는 둥 마는 둥 하는 잠'이나,

'거짓으로 자는 체하는 잠'이고, 그루잠은 '잠깐 깼다 다시 드는 잠'이다. 귀잠, 속잠은 '아주 깊이 드는 잠'이고, 단잠, 꿀잠은 '아주 달게 곤히 자는 잠'이며, 한잠은 '한참 늘어지게 잤다'라는 의미이다.

마지막으로 잠든 모양에 따른 잠으로 개(犬)잠(오그리고 옆으로 누워 잠, 설치는 잠), 한자가 다른 개(改)잠(아침에 깨었다가 다시 자는 잠), 나비잠(나비처럼 두 팔을 벌리고 자는 어린아이의 모습), 등걸잠(옷을 입은 채 아무것도 덮지 않고 아무 데나 쓰러져 자는 잠), 말뚝잠(꼿꼿이 앉은 채 자는 잠), 고추박잠(등을 구부리고 앉아서 자는 잠), 새우잠(등을 구부리고 자는 잠), 시위잠(웅크리고 자는 잠), 쪽잠(틈을 타서 불편하게 자는 잠), 돌꼇잠(이리저리 굴러다니며 자는 잠), 칼잠(불편하게 자는 잠), 발칫잠(남의 발이 닿는 불편한 잠), 발편잠(마음 놓고 편안하게 자는 잠)이 있으며, 그 밖에 첫잠(막 곤하게 든 잠), 사로잠(조바심하며 자는 잠), 토막잠(잠깐 틈을 내서 자는 잠), 멍석잠(피곤해서 아무 데서나 쓰러져 자는 잠), 꽃잠(신랑 신부가 처음 함께 자는 잠), 한뎃잠[노숙(露宿)이나 한둔(집 밖에서 자는 잠)], 도둑잠(남의 눈에 띄지 않게 몰래 자는 잠)이 있다. 그런데 한 국가나, 가정, 특히 개인이 근심, 걱정 없이 발 펴고 자는, '발편잠'을 자는 사람은 많지 않을 것이며, 우리 모두의 염원(念願)이다.

잠에 대한 선인(先人)들이나 명사(名士)들의 명언(名言)에는 무엇들이 있는가?

유대인의 생활규범인 탈무드에서는 '영혼까지도 휴식이 필요하다. 그래서 잠을 자는 것이다.'라는 말은 '휴식이 있어야 노동이 있다'라는 것이고, 스페인 문학사에 가장 위대한 인물 세르반테스는 '수면은 피로한 마음의 가장 중요한 약이다.'라고 말했으며, 그리고 미국의 사업가 일라이 조셉 코스만은 '절망에서 희망으로 건너가는 가장 좋은 다리는 밤에 단잠을 자는 것이다'라는 말로 잠을 중요시했으며, 스페인의 작가 그라시안은 '수면은 침묵의 동반자이다. 문제가 있으면 내일 생각하라.'라는 것은 '걱정이나 문제가 있을 때는 자고 나서 다음 날 생각하라.'라는 말로 '고민이나 스트레스받는 일이 있을 때는 푹 자고 일어나면 머리가 맑아지고, 어려움이나 고민거리가 아무것도 아니게 생각이 들 수 있다'라는 것이다. 영국 수상이었던 처칠은 '내 활력의 근원은 낮잠이다. 낮잠을 자지 않는 사람은 뭔가 부자연스러운 삶을 사는 것이리라.'라는 말로 '낮잠의 중요성'을 말했으며, 프랑스의 황제였던 나폴레옹은 '남자는 4시간, 여자는 5시간, 그리고 바보는 6시간 잔다.'라는 말로 '큰일을 하려면 잠을 많아 자서는 안 된다'라는 말로 '잠을 경계'하기도 했는데 발명왕 에디슨도 그러했으며, 이탈리아의 신학자 토마스 아퀴나스는 '단잠과 목욕, 한잔의 와인은 슬픔을 누그러뜨린다.'라는 말은 '슬픔에 대한 치료약으로 잠의 의미'를 남겼다.

그리고 프랑스 작가 볼테르는 '신은 현재 여러 근심의 보상으로 희망과 잠을 주었다.'라는 말을 남겼는데, 성경에도 잠에 대한 '영적 의미'가 시편에 쓰여 있다. '너희가 일찍이 일어나고 늦게 누우며 수고의 떡을 먹음이 헛되도다. 그러므로 여호와께서 그의 사랑하시는 자에게 잠을 주시도다.'라는 말씀은 '하나님과 함께하지 않으면 모든 수고가 헛되고, 하나님이 함께하시면 잠을 자는 것처럼 평안(平安)함과 형통(亨通: 온갖 일이 뜻대로 됨)함을 주신다.'라는 말씀 같다. 일본의 화가이자 작가인 부샤노고오지 사네아쓰도 '사람들에게 편안한 잠을 주는 것은 중요한 일이다. 그것은 사람들에게 활력(活力: 살아 움직이는 힘)을 불어넣어 주기 때문이다. 활력 있는 인간은 반드시 무엇인가를 이 지상에 남기고 간다. 활력 있는 육체와 정신, 그것은 인류성장의 원동력이고 발전소이다.'라는 말을 남겼다. 그런데 염세(厭世)주의자였던 독일의 철학자 쇼펜하우어는 '수면은 빌려온 한 조각 죽음이다.'라는 말과 이탈리아의 화가 레오나르도 다빈치는 '잘 보낸 하루 끝에 행복한 잠을 청할 수 있듯이, 한 인생을 잘 산 이후에는 행복한 죽음을 맞이할 수 있다.'라는 말로 '잠과 죽음'을 연계(連繫)시키기도 했다.

수면(睡眠) 중 숙면은 왜 필요한가?

수면은 신체적·정신적 건강의 기본 중 빼놓을 수 없는 중요한 하나이다. 사람은 잘 때 성장호르몬을 비롯해 여러 호르몬이 분비되기 때문에 아이는 잠을 잘 자야 무럭무럭 자라고, 어른은 건강해진다. 또한, 수면은 몸의 피로를 해소해 주고, 생체리듬을 유지해 주기 때문에 충분한 시간 동안 수면을 하는 것은 우리의 건강에 필수불가결(必須不可缺: 꼭 있어야 하며 없어서는 안 됨)하다. 숙면에 대한 방법을 자연스럽게 누구나 다 알 것 같아도 더러는 그러지 못하는 사람들도 있을 것이다. 요즘 정보의 홍수 속에 살아가고 있는 우리는 인터넷에서 서핑만 해 보면 소상(昭詳: 분명하고 자세한)하게 알 수 있다. 그런데 무엇보다도 그런 정보를 참고(參考), 참조(參照)하여 본인에게 맞는 방법을 찾아, 실행해야 한다. 숙면이 필요한 이유는 크게 세 가지인데, 첫째 인지(認知)기능을 향상할 수 있는 것으로, 깨어 있는 동안 더 '창의적이고 집중력을 증대' 시켜준다. 둘째 신체적 건강을 돕게 되는 것으로, '면역체계가 개선'되어 감염과 질병 특히 심장질환이나 비만을 예방할 수 있다. 마지막으로 정서적·정신적 건강에 도움이 되어 스트레스의 감소와 우울증이나 불안 증상을 개선하고 다음 날 일의 능률이 오르게 된다.

그렇다면 불면이란 무엇이고 자가 치료법은?

'불면은 수면 시간과 질(質)의 이상이라고 한다. 그런데 주관적 불면과 객관적 불면이 있는데 양자가 반드시 일치하지는 않는다. 원인으로는 기계적 불면, 신체질환에 의한 불면, 뇌 기질 질환에 의한 불면이 있다'라고 전문가들은 말한다.

우리는 일생의 1/3 내지 1/4을 잠을 자며 보낸다고 한다. 그런데 일일 평균 수면 시간은 보통 개인의 건강 상태, 직업 형태나 일의 열성(熱誠)이나 열정(熱情)에 따라 다르겠지만, 일상생활을 잘 유지하기 위하여 최저 4시간~ 최고 8시간으로 전문가들은 평균 6~7시간을 권장하는데, 이보다 수면이 부족하게 된다면 피로가 쏟아지게 되어 집중력이 떨어지고 운동능력도 저하되며, 무엇보다 직업적 일, 학습능률이 떨어지게 된다는 것이다. 그런데 문제는 불면증으로 그 형태가 다양한데, 먼저 잠들기 어려운 경우, 다음으로 중간에 깨지 않고 지속적으로 유지하는 것이 어려운 경우, 마지막으로 너무 일찍 일어나는 경우이다. 불면에는 일시적 · 일과성 불면증과 만성 불면증으로 나뉘는데, 위험한 것은 오랜 기간 지속되는 만성 불면증이다. 시험, 가족의 사망이나 질병, 경제적 어려움, 자괴감, 수치심과 같은 일시적 · 일과성 불면증은 수면습관을 개선한다든지 마음을 굳건히 하면 치유되기도 하지만, 만성 불면증은 당연히 전문 의사와 상담과 치료가 필요하다. 수면에 어려움이 있는 경우를 전문용어로 '일차적 불면증'이라 하고, 특히 신체적 · 정신질환으로 말미암은 경우를 '이차적 불면증'이라 하는데, 이 경우는 불면 자체보다는 원인에 대한 선행치료가 필요하다. 그런데 불면증으로 말미암은 치료법으로 수면유도제를 복용하는 것은 습관성이 되어, 약물에 의존적으로 될 뿐만 아니라 복용량이 점차 늘어가게 되며, 또 다른 위험을 초래할 수도 있다. 잠이 오지 않는다고 마음 졸이

지도, 억지로 잠들려고 안간힘을 쓰지도 말아라. 그때는 책을 보든지, 집안일을 하든지, 집 밖으로 나와 걷는 것도 좋고, 아니면 무엇인가 해보아라. 날을 꼬박 새워도 좋다. 그것이 며칠 계속되어도 노심초사(勞心焦思: 몹시 마음을 쓰며 애를 태움)해서는 안 된다. 때가 될 때까지 기다려 보아라. 한 주(週)가 지나갈 수 있다. 그러나 결코 두 주(週)가 가지는 않을 것이다. 10~12일 정도 지나면 서서히 잠이 오고 깊은 잠이 들게 될 것이다. 그런데 이때 혹여 불면에 관한 약을 복용하고 있다면 모두 끊고(버리고), 충분한 영양섭취, 섭생(攝生)에는 게을리해서는 안 된다. 이 모든 것들은 실제 경험담(談)이니, 믿고 따라 보기를 강력히 추천하는 바이다. 우울증으로 가는 길목인 불면을 벗어날 수도 있고, 습관성인 수면 약도 끊을 수 있는 한 방편(方便)이 될 수도 있을 것이다.

끝으로 세계역사상 가장 위대한 작가 중 한 사람이며 스페인 문학사에 가장 위대한 인물인 '돈키호테'를 쓴 세르반테스의 명언을 인용한다. '잠을 발명한 자에게 하나님의 축복이 있을 지어라. 그것은 모든 사람의 생각을 뒤덮는 외투요, 모든 굶주림을 치료해주는 음식이요. 목동과 양 그리고 무학(無學)자와 현자(賢者)를 평등하게 해 주는 저울추(錘)이다.' 신이 우리 인간에게 준 선물은 '잠과 죽음'이다. 우리에게 잠과 죽음이 없다면 과연 어떨까? 한 인간이 살아가는 데 가장 중요한 세 가지 '밥 잘 먹고', '잠 잘 자고', 그리고 '배설(排泄) 잘 해야 하는 것'이다. 그런데 한 가지 더 추가해야 할 것은 무엇보다도 '마음을 잘 먹는 생활의 지혜'가 더더욱 필요하다. 왜냐하면, 현대인의 가장 큰 병(病) 중 하나인 우울증의 주된 원인은 대체로 '마음의 병'이다. 우울증의 첫 단계는 '잠을 못 자는 불면'에서 시작되며, 중간 단계에 이르면 거식증(拒食症: 먹는 것을 거부하거나 두려워

함)이 오고, 때론 그 종착역은 극단적 선택이 되기도 한다. '극단적 선택'
은 본인의 불행이기도 하지만, 남은 가족들에게 배신이자 배반의 행위로,
본인보다도 더 큰 불행과 상처를 남기는 행위이다. 더욱 우려스러운 것은
'내림'이 될 수 있다는 것을 명심하고 경계해야 한다는 것이다.

13

노년(老年)의 친구(親舊)

친구란 '가깝게 오래 사귀어 정이 두터운 사람', 그리고 '나이가 비슷하거나 아래인 사람을 낮추거나 친근하게 이르는 말'이며, '별로 달갑지 않은 상대방을 낮추어 말할 때' 쓰이기도 한다. 유의어에는 동무, 벗, 친우(親友)가 있으며, 높임말은 현형(賢兄)이라고 한다. 사실 친구는 피는 한 방울도 섞이지 않았지만 반쯤은 가족인 인간관계이다. 친구(親舊)는 원래 친고(親故)와 같은 말로 '친척과 벗'을 의미하는 한자였다. 친(親)은 '친척', 구(舊)는 '오랜 벗'을 의미한다. 그러던 것이 우리나라에서는 '친척'의 의미가 빠지고 '벗'의 의미로 한정되어 쓰이게 되었다. 지인(知人: 아는 사람)과는 구분된다. '친구란 두 개의 몸에 깃든 하나의 영혼이다.' 고대 그리스의 철학자 아리스토텔레스의 말이며, '친구와의 우정은 영혼의 결합이다.' 프랑스의 작가 볼테르의 말이다.

우리나라의 '친구' 개념과 영어권 나라에서의 'Friend'는 의미가 다소 다르다. 영어권 나라에서는 동년배(同年輩)이든 나이 차이가 나더라도 가족, 친척을 제외하고는 친한 사람은 Friend라고 한다. 중국에서도 붕우(朋友)라고 하면, 나이 차(差)는 그다지 중요하지 않고 친하게 지내는 외간(外間)사람 정도라는 의미이다. 그러나 우리나라에서 친구란 '나와 동갑

(同甲) 또는 동급생(同級生: 같은 학급이나 학년)인 친한 사람'만을 친구라고 한다. 나이 차이가 나게 되면 친구라고는 하지 않는다. 이는 군사정권과 민주화 운동을 거치면서 권위주의 문화가 사회에 섞이고, 주민등록제가 시행되면서 전 국민이 서로의 나이를 명확히 알게 되었기 때문인 것같다. 어쩌다가 나이가 아래 같은데 맞벗 하려고 하면 '주민등록 까자'라는 말까지 하곤 한다. 그래서 보통은 나이 차이가 나면 친구라는 말보다 호형호제(呼兄呼弟: 서로 형이니 아우니 하고 부르는 친한 사이)하는 사이 정도로 말한다. '나이가 자기의 배가 되면 아버지처럼 섬기고, 열 살이 위면 형님처럼 섬기고, 다섯 살이 위이면 친구로 사귀어도 된다.' 고대 중국의 유학 오경(伍經: '시경', '서경', '역경', '예기', '춘추') 중 하나인 예기(禮記)에 있는 말이지만, 오늘날 우리의 현실에 비추면 20살 이상이면 아버지로, 5살 이상이면 형님으로, 그 이하는 친구처럼 지내도 무방(無妨)할 것 같다.

일반적으로 노년에 행복한 삶을 영위(營爲)하기 위한 필수요건은, 첫째 건강, 둘째 경제력 셋째 배우자, 넷째 친구, 마지막으로 일이든 취미이든 소일(消日: 어떤 일에 마음을 붙여 세월을 보냄)거리가 있어야 한다. 그런데 인간관계에 있어 노년에는 배우자와 친구 중, 더 가치를 두는 것은 단연 친구이다. 이유는 배우자는 어떤 연유(緣由)로든 노년에 함께하지 못하는 경우도 흔히 있을 수 있기 때문이다. 요즘 흔한 졸혼, 별거, 이혼, 사별 등 가지각색의 형태들이 있을 수 있기 때문이다. 노년의 친구 사귐에 있어, 대체로 12가지를 따져보아야 한다. 첫 번째 건강관리에 철저하고, 몸도 마음도 젊은 친구, 두 번째 긍정적인 마인드를 갖고, 나와 사고방식이 비슷한 친구, 세 번째 유머 감각이 넘치는 친구, 만나면 좋은 친구, 그리고 밝은 에너지를 가진 친구, 네 번째 다양한 취미를 갖고, 나와 같은 취미를 가진 친구, 다섯 번째 아량이 넓고, 이해심 많고, 약속을 잘 지키는 친구, 여섯 번째 자주 안부도 묻고, 자주 만날 수 있는 친구, 일곱 번째 베풀기를 좋아하는 친구, 여덟 번째, 새로 사귄 친구보다는 옛 친구, 아홉 번째 믿고 의논할 수 있는 친구, 열 번째 쓴소리도 마다하지 않는 친구, 열한 번째 믿고 나를 따라오는 친구, 반대로 내가 믿고 따를 수 있는 친구, 마지막으로는 어떤 상황인 경우에도 내 편인 친구이다. 그런데 '이런 친구가 어디 있겠는가?'라고 반문(反問)할지 모르겠지만, 엄밀(嚴密)히 한번 따져보자는 것이다. 사실은 그 어느 친구보다도 배우자와 금슬(琴瑟)좋게 지낼 수 있다면, 가장 바람직하고 이상적이다. 노년에는 그 어느 복(福)보다도 배우자 복이 최고, 으뜸으로, 친구 같은 배우자라면 더할 나위 없다. 더불어 옛 친구가 좋지만, 전통적인 친구 관계의 패러다임(paradigm: 사람들의 견해나 사고의 테두리 안에서 인식의 체계)에서 벗어나 남녀노소를 불문(不問)하고 친구 관계를 맺을 뿐만 아니라 취미나 사회 활동 등을 통해 다양하고 멋진 친구를 사귀어 만나는 것도, 노년을 활기차고 멋지게 보낼 수 있게 되는 것이다.

우리는 흔히 재테크(財tech: investment techniques)라는 말을 자주 쓴다. 재산 형성 과정에서는 투자기술이 필요하듯, 세상을 살아가면서 그 못지않게 중요한 것은 우테크(友tech)이다. 한마디로 친구선택과 적절한 관리가 중요하다. 사람은 어떤 친구와 사귀느냐에 따라 달라지는 법이다. 공자님의 '유익한 벗이 셋 있고 해로운 벗이 셋 있느니라. 곧은 사람과 신용 있는 사람과 견문(見聞: 보고 들어서 깨닫고 얻은 지식)이 많은 사람을 벗으로 사귀면 유익(有益)하며, 편벽(偏僻: 생각 따위가 한쪽으로 치우친, 정상에서 벗어날 정도로 지나친)한 사람과 아첨하는 사람과 말이 간사한 사람을 사귀면 해(害)로우니라.'라는 말씀은 친구선택의 지침(指針)을 우리에게 일깨워 주신 명언이다. 풍자(諷刺)와 해학(諧謔)의 작가 미겔 데 세르반테스는 '사귀고 있는 친구를 보면 그 사람을 알 수 있다.'라는 말을 했으며, 르네상스 시대 네덜란드 사제이자 인문주의자를 대표하는 에라스뮈스는 '친구에게 충실한 사람은 자기 자신에게도 충실하다'라는 명언을 남겼다. 살아온 세월 경험으로 절대 공감하는 명언들이다.

노년에는 현업에서 물러나 어찌 되었든 해야 할 일도 별로 없고 한가한 시간도 많아져, 친구들과 접하는 시간이, 그리고 횟수가 많아지게 된다. 더러는 매일 만나기도 한다. 그러다 보면 서로 간 사소한 문제로 서운해하고, 급기야는 말다툼이 되어 서로의 잘못만을 따지다 보면, 완전 '언제 보았느냐?'라는 식의 남남이 되기도 한다. 그렇게 되면 옆에 같이 지내던 친구들까지도 불편하게 되어, 동거동락(同居同樂) 해오다시피 지내온 친구들마저 뿔뿔이 흩어지게 된다. 그런데 친구도 보통 친구가 아니라 평생 함께 해왔던 친구가 아니던가? 우리 속담에 '친구는 옛 친구가 좋고, 옷은 새 옷이 좋다.'라는 말이 있지 않은가? 그렇다면 어떻게 해야 하나? 크게 어려운 일 아니다. '역지사지(易地思之: 서로 처지, 입장을 바꾸어 생각함)' 하는 마음 하나만으로도 모든 인간관계, 특히 '소중한 노년의 친구(들)를/(을) 잃지 않게 되는 것'이다. '진정한 친구와의 우정에서 가장 아름다운 특성 중 하나는 이해하고 이해하는 것이다.' 로마 제정시대 정치가이자 지도적 지성인 루시우스 세네카의 말이며, '누군가와의 사랑에는 신뢰받을 필요가 있고, 친구와의 우정에는 이해받을 필요가 있다.' 프랑스의 모럴리스트 A. 르나르의 말이다. 마음에 새겨야 할 명언들이다.

끝으로 법정 스님이 말씀하신 '좋은 친구의 명언'을 인용한다. "멀리 떨어져 있음에도 마음의 그림자처럼 함께할 수 있는 그런 사이가 좋은 친구이다. 영혼의 진동이 없으면 그건 만남이 아니라 한때의 마주침이다. '좋은 친구를 만나려면 먼저 나 자신이 좋은 친구가 되어야 한다.' 왜냐하면, 친구란 내 부름에 대한 응답이기 때문이다."

14

전원(田園)생활

전원이란 '논과 밭'이라는 의미로, '도시에서 떨어진 시골이나 교외(郊外)'를 이르는 말이다. 사자성어에 상마지교(桑麻之交)는 '뽕나무와 삼나무를 벗 삼아 지낸다.'라는 의미로, '권세(權勢)와 영달(榮達: 지위가 높고 귀하게 됨)의 길을 버리고 전원에 은거(隱居: 세상을 피해 숨어 삼)하며 농부들과 친하게 지낸다.'라는 말이다. 목가(牧歌)는 '목동(牧童)이나 목자[牧者: 서구 사회는 목축(牧畜)문화로 우리의 농부에 해당]가 부르는 노래'로 목자나 농부들의 자연생활을 주제로 한 서정적(抒情的: 정서를 듬뿍 담고 있는)이며 소박(素朴)한 전원시(田園詩: a pastoral poem)이고, '목가적'이란 '평화롭고 한가한'이라는 의미이다.

독일의 서양 고전음악 작곡자이자 피아니스트인 세계적 음악가 베토벤은 1807년 '강한 추진력'이 보이는 교향곡 제5번 '운명'을 작곡하고 그이듬해인 1808년에 '이완(弛緩)된 리듬과 평화로운 멜로디'가 담긴 교향곡 제6번 '전원(pastoral)'을 연달아 작곡했다. 베토벤의 '전원 교향곡' 1악장은 악보에 '전원에 도착했을 때의 유쾌한 기분'이라고 쓰고 '전원의 평화로운 분위기'를 표현해냈다. 2악장에는 시냇물의 잔잔한 흐름을 떠올리게 하고, 후반부에는 구체적인 새 소리도 들려와 목가적인 분위기를 전한다. 이어 3악장에서 평화로운 전원을 배경으로 농부들이 즐겁게 마시며 춤을 추는 모습이 펼쳐지며, 4악장에서 짧지만, 폭풍이 지나가면, 5악장에서는 폭풍이 지나간 것을 감사하는 아름다운 노래가 갖가지 형태로 변주되어 전원 교향곡은 절정에 달한다. 이 베토벤의 '전원 교향곡'은 우리가 염원(念願)하고, 우리의 로망인 '전원생활의 모습과 삶'이 파노라마(panorama)처럼 펼쳐지는 한 편의 드라마와 같은 연주곡이다.

모 종편방송에서 방영하는 '나는 자연인이다' 프로그램이 인기리에 방영되고 있고 특히 중·장년층들에게 폭발적 인기라고 한다. 어찌 보면 그들에게는 이 프로그램을 보는 것만으로도 지난날의 향수(鄕愁: nostalgia)를 달랠 수도 있고, 또한 나름의 노년에 관한 설계도 할 것이다. 사실 어린 시절 시골에서 태어나 학창시절을 보낸 사람들은 전원생활에 쉽게 적응도 하고 큰 어려움 없이 전원에서 생활할 수 있지만, 반대로 도시에서 태어나 자란 사람들은 단지 꿈이고 동경(憧憬)일 뿐이지 현실에 봉착(逢着)하게 되면 전혀 딴판이 될 수도 있다는 것을 염두(念頭)에 두어야 한다. 그렇다면 전원생활의 장·단점은 무엇인가? 명확히 알고 나서 결정해야만 하지, 섣부른 판단과 결정은 낭패(狼狽)를 보게 된다는 것을 명심해야 한다.

먼저 장점들은 첫 번째, 자연의 변화를 온몸으로 느낄 수 있다. 봄, 여름, 가을, 겨울 4계절의 변화를 생생하게 느낄 수 있다. 그러므로 무엇보다도 정서적으로 안정이 되고 스트레스에서 벗어나 자질구레한 병들은 없어지게 된다. 두 번째, 규칙적인 생활 습관을 가질 수 있다. 일정한 식사 시간, 수면 시간, 배변 시간으로 신체나 건강의 균형이 이루어지게 된다. 세 번째, 번잡스럽지 않게 조용히 살아갈 수 있다. 거리도 머니 만나자고 하는 사람들이 거의 없다. 한마디로 불필요한 약속들이 최소화된다. 네 번째,

주위에 빌런(villain: 악당, 악인, 함께 하기 힘든 유형의 사람들) 이웃이 없어 좋다. 주변 이웃들로 말미암아 부대끼지 않고 살아갈 수 있다. 다시 말해 주변 사람들에게 시달려 크게 괴로움을 겪지 않아도 된다. 다섯 번째, 자동차도 밀리지 않고 관공서나 병원 등 어디를 가도 하염없이 기다리지 않아도 일 처리가 빠르고 친절하다. 여섯 번째, 건강식(食)을 할 수 있다. 텃밭이 있으면 기호(嗜好)대로 재배해 먹고, 아니면 열리는 5일장마다 신선한 먹거리를 구해 먹을 수도 있다. 특히 배달 음식은 거리가 멀어 쉽게 시키지 못해 패스트푸드(피자, 햄버거 등)보다 슬로우푸드(된장찌개와 같은 전통음식)로 건강을 해치지 않게 된다. 일곱 번째, 애완동물이 있으면 마당에서 함께 자유롭게 뛰놀 수 있다. 사람과 동물과의 교감이 훨씬 더 잘 이루어질 수 있다. 여덟 번째, 동물(개, 고양이, 닭, 토끼, 오리 등)을 기르거나 유실수(감, 사과, 배, 매실, 복숭아 등), 화초, 텃밭 가꾸기 등은 정서적, 소일(消日)거리로 도움이 된다. 아홉 번째, 요즈음은 시골도 얼마든지 문화생활과 여가활동(붓글씨, 문학, 사진, 파크 골프, 산악자전거 등 동호회)을 할 수 있다. 마지막으로, 어느 정도 시간이 지나게 되면 마을 비슷한 연령대 사람들과 함께 외롭지 않게 친목 모임도 자연스럽게 할 수 있게 된다.

다음으로 단점들은 첫 번째, 게으른 사람은 감당하기 어렵다. 부지런해야만 한다. 인부들에게 돈을 주고 시키지 않는 한 모든 일들, 내가 해야 한다. 마당 쓸기, 눈 치우기, 잡초제거, 마당이 잔디로 되어있으면 잔디 깎기 등 밖에 나가면 모든 것들이 할 일이다. 거기다가 텃밭, 정원이나 화단이 있으면 더 말할 나위 없다. 두 번째, 파리, 모기 등 벌레나 해충, 거기다가 쥐, 뱀, 산속이면 산 짐승들, 조심하고 경계심을 늦추어서는 안 된다. 특히 산책 시 조심해야 한다. 심지어는 집에서 기르던 개가 뛰쳐나와 들개가 되어 야성(野性)의 기질이 나타날 수도 있다. 세 번째, 대체로 주민들의 텃새가 있다. 지역주민들과의 동화(同化)에 각별히 신경을 써야 한다. 네 번째, 주변 친구, 옛 동료들 등 인간관계가 점점 멀어져가는 느낌이 든다. 다섯 번째, 자동차가 없으면 몹시 불편하다. 자가용은 필수이다. 여섯 번째, 중병(重病)에 가까운 지병(持病)을 가진 경우 큰 병원이 없어 위험하다. 요즈음은 시골 근처에 개인병원이나 종합병원들도 있지만 아무래도 도시보다는 의료수준이 떨어진다. 일곱 번째, 일몰(日沒)시각이 지나 어두워지면 사람들의 왕래(往來)가 거의 없다. 여덟 번째, 주택관리에 비용이 들고, 특히 겨울철 난방비가 예상외로 많이 든다. 아홉 번째, 젊은이들이 귀농해서 양축, 양돈, 양계, 특수작물, 원예작물 등으로 수익을 창출할 수는 있지만(실제로 고수익을 올리는 (대)성공한 경우도 더러는 있음), 노년의 귀촌은 특수한 경우가 아닌 경우 수익을 창출하기는 거의 불가능하다. 마지막으로, 자동차 유지비 중 기름값이 예상외로 많이 들 수 있다. 예를 들어 시골에는 은행도 2~3개 정도로 다른 여러 브랜드 은행, 백화점도 없으니 좀 큰살림이나 행동, 활동 반경이 넓으면 장거리 운행이 불가피하다.

속담에 '모든 것에 다 만족하려 하면 아무것도 만족하지 못한다.'라는 말이 있다. 장점에 더하여 단점을 장점으로 보완하거나 대비하면 되는 것이다. 그런데 귀농, 귀촌에 앞서 고려사항이 몇 가지 있다. 첫째는 부부간에 함께냐, 혼자냐로 젊은이들의 귀농은 반드시 부부가 함께여야 한다. 그러나 노년의 귀촌은 부부가 함께라면 가장 바람직하고 이상적이지만, 서로 간 불편한 관계이거나 평소 의견충돌이 있어 온 부부는 혼자가 더 편하고 바람직하다. 특히 아내가 지난 과거의 잘잘못을 따지고 드는 상황이라면 반드시 혼자여야 한다. 선택의 여지가 없다. 요즈음 유튜브에서 '나이가 들면 혼자여야 한다'라는 영상이 여러 개 올라와 있다. 처음 혼자는 외롭고 서글프기도 하지만 한참 지나면 혼자여서 즐겁고 행복해 얼마든지 외로움과 서글픔은 이겨 낼 수 있다. 둘째는 경제력이다. 비상시를 대비해 얼마간의 목돈이 필요하고 매달 최저 생계비 정도의 일정한 수입이 있어야 한다. 젊은이들의 귀농은 생산성 있는 일로 수익을 창출(創出)할 수 있지만, 노년의 귀촌은 특별한 경우가 아니면 거의 불가능하다. 명심할 것은 농사지어 돈벌이한다는 것은 그저 소액이지 생활비는 안 된다. 셋째는 주택문제로, 거창하게 큰돈 들여 새집 지으려 하지 마라. 요즈음은 시골 빈집들 다녀보면 종종 있다. 본인에게 맞는 평수(150~300평 정도)의 농가주택을 구입해 개보수(改補修)하면 된다. 시공업자에게 맡기지 말고, 분야별 기술자 한두 사람씩 불러, 재료 사다 주고, 잔심부름(데모도)은 내가 하면 된다.

다음으로 조언 두 가지가 있다. 하나는 요즈음 유튜브에서 귀농, 귀촌에 실패한 경우를 다룬 영상들이 더러는 있다. 그런데 귀농, 귀촌도 해외 이민의 경우와 절대 다르지 않다. 한마디로 처음 2년 정도가 고비이다. 그 기간이 지나면 적응도 되어 무난하게 지낼 수 있다. 어차피 이루어진 일이니 어렵고 불편한 일이 있어도 감내(堪耐)하고 기다려야 한다. 그러니 계획 시 신중한 판단과 결정 그리고 실행이 최우선이다. 다음으로 성격적으로 귀농, 귀촌 시 텃세에 대한 우려가 크다면 그렇게 걱정할 필요 없다. 어느 곳이나 다 사람 사는 곳이다. 다 나 하기에 달려있다. 우선 동네 이장, 반장과 가까이 지내야 한다. 그렇게 되면 웬만한 것은 다 해결해 준다. 일 년에 한두 번씩이라도 자신 능력에 맞는 수준에서 동네 희사금(喜捨金), 발전기금도 내야 한다. 물론 동네 사람 애경사가 있는 경우 찾아가서 부조(扶助)도 해야 한다. 그리고 설 명절, 추석 명절 때는 내 집 주변(앞집, 뒷집, 옆집)만이라도 성의껏 선물을 돌려라. 가끔은 초대해서 식사나 술도 한잔 해라. 시골에서 이웃과 불편하면 정말 고달프다. 이 경우도 처세술이 필요하다. 그런데 최악의 텃세를 위한 텃세를 하는 경우는 대차게 정면 대응하라. 한마디로 '맞짱 뜨라'라는 것이다. 단, 자신감 없이 어설피 하다가는 결국은 더 난감(難堪)한 처지에 놓이게 된다. 잘 판단하라. 그런데 그것이 유일한 해결책이 될 수도 있다는 것이다. 귀농, 귀촌 시 가장 텃세 받지 않는 사람은 '침술이나 이·미용기술'이 있는 사람이라고 한다. 무슨 말을 하려하는지, 한마디로 어떻게 처신(處身)하라는 말인지 알 것이다.

끝으로 중국 진(晉)나라의 자연음유(自然吟遊) 시인 도연명(陶淵明)이 벼슬을 버리고 고향에 돌아가면서 '자연과 더불어 사는 전원생활의 즐거움을 동경'하는 내용이 담긴 그의 대표적 시(詩) 귀거래사(歸去來辭)의 마지막 부분을 인용한다. '이의호(已矣乎: 아, 이제 끝이로다!) 우형우내복기시(寓形宇內復幾時: 이 몸이 세상에 남아 있을 날이 그 얼마이리) 갈불위심임거류(曷不委心任去留: 어찌 마음을 대자연에 맡기지 않으리) 호위호황황욕하지(胡爲乎遑遑慾何之: 이제 새삼 초조하고 황망한 마음으로 무엇을 욕심낼 것인가) 부귀비오원(富貴非吳願: 돈도 지위도 바라지 않고) 제향북가기(帝鄉不可期: 죽어 신선이 사는 나라에 태어날 것도 기대하지 않는다) 회양진이고왕(懷良辰以孤往: 좋을 때라 생각되면 혼자 거닐고) 혹식장이운자(或植杖而耘耔: 때로는 지팡이 세워놓고 김을 매기도 한다) 등동고이서소(登東皐以舒嘯: 동쪽 언덕에 올라 조용히 읊조리고) 임청류이부시(臨淸流而賦時: 맑은 시냇가에서 시를 짓는다) 요승화이귀진(聊乘化

以歸盡: 잠시 조화의 수레를 탔다가 이 생명 다하는 대로 돌아가니) 낙부천명복해의(樂夫天命復奚疑: 주어진 천명을 즐길 뿐 무엇을 의심하고 망설이랴).' 이런 글을 문학에서는 전원문학(田園文學), 목가문학(牧歌文學)이라고 칭(稱)하는데, 우리나라에서도 암울한 시대 상황을 잊기 위해 전원(田園)을 소재로 한 글로, 김동명의 '파초', 김상용의 '남(南)으로 창을 내겠소.'가 있고, 대표적 작품은 신석정이 쓴 '아직은 촛불을 켤 때가 아닙니다.'가 있다.

15

장수(長壽) 축복인가, 재앙인가?

[이 글은 제목 첫 단어로 노년들을 위한 글이지만, 실상(實狀)은 젊은이들, 특히 중년들을 위한 글이기도 하다. 사람은 계획성 있는 삶을 살아야 한다. 나이 불문(不問)하고 길게는 평생을, 짧게는 10년 앞을 미리 내다보아야 한다. 이 글이 평생을 바라보는 계획 있는 '삶의 이정표'가 되기를 빈다.]

장수란 기본적 의미로는 '오래 삶, 또는 그 수명'으로 생명체가 '평균 이상 오래 사는 것'을 말하는 것으로 유의어에는 대수(大壽), 만수(曼壽, 萬壽), 장생(長生)이 있으며, 반의어는 단수(短壽), 단명(短命)이다. 그리고 어떤 일을 본래 임기보다 오래, 또는 반복해서 하는 것을 비유적으로 이르는 말이기도 하다.

우리는 보통 삶의 단계를 구별할 때 유년기(0~20), 성년기(20~60), 노년기(60세 이상)로 생각해 왔다. 그런데 오늘날과 같은 의학의 발달과 위생(衛生)의 발달로 100세 시대를 바라보는 시점에는 노년기는 인생에서 긴 구간으로 노년기를 젊은 노인(60대), 노인(70대), 고령 노인(80대), 초고령 노인(90세 이상)으로 세분하는 것이 합리적일 것 같다. 2022년 통계

청이 발표한 자료에 의하면 국내 65세 이상 고령 인구는 900만 명이 넘어 전체인구에서 고령 인구가 차지하는 비율은 17.5%로, 2025년에는 20.6%로 올라가 초고령사회로 진입할 것으로 내다봤으며, 가구주 연령이 65세 이상인 경우 24.1%이나 2050년에는 49.8%로 늘어날 것으로 전망했다. 특히 우려되는 것은 노인 빈곤 비율이 OECD(경제협력개발기구) 국가 중 부동의 1위로 이웃 일본의 두 배 이상의 비율로 한 개인뿐만 아니라 국가적인 차원의 대책이 시급한 실정이다.

사실 60세 이후의 보통사람들은 100세 전후의 나이에 이르기까지는 흔치 않은 경우이므로, 30년의 노년을 보내게 되는데, 노년의 첫 10년(60대)은 은퇴 직후 '활동(活動)적 시기'이며, 다음 10년(70대)은 지난날을 되돌아보는 '회상(回想)적 시기'이고 마지막 10년(80대~90 즈음)은 대체로 한 가지 이상의 병마(病魔)와 싸워야 하는 '간병(看病)적 시기'로, 어찌 보면 오늘날의 장수 시대는 다른 말로 '유병 장수(有病長壽)시대'라고도 할 수 있다. 그러므로 우리는 과연 한 인간에게 있어서 '장수는 축복인가, 재앙인가?'라는 의문점이 생기게 되는데, 이 물음의 답(答)은 간단하다. 노후가 준비되어 있지 않으면 장수란 축복보다는 재앙이 될 수도 있다.

그렇다면 장수가 재앙이 아닌 축복이 되기 위해 어떻게 해야 하는가?

노년이 가까워져서야 당황한 나머지 허겁지겁 준비해서는 낭패(狼狽)를 볼 수 있으니, 매사에 그러하듯 이 점도 젊은 시절부터 중년의 나이에 이르기까지 철저하고도 주도면밀(周到綿密)한 사전 계획과 실천이 필요하다. 일반적으로 노년이 되어 필수요건이 되는 것으로 우선순위를 매겨보면, 남자와 여자가 조금은 다른데, 남자는 첫째, 아내 둘째, 건강 셋째, 돈 넷째, 친구 마지막으로 (할) 일이고, 여자는 첫째, 돈 둘째, 건강 셋째,

친구 넷째는 취미 생활(애완동물 기르기 포함) 마지막으로 남편이라고 한다. 남녀의 공통적인 것을 들면 첫째는 돈, 둘째는 건강, 셋째는 친구 넷째는 배우자, 마지막으로 취미나, 일(거리) 등으로, 구체적으로 하나씩 살펴보기로 한다.

무엇보다도 노년을 대비한 가장 중요한 것은 돈과 건강이다. 그런데 돈과 건강은 젊은 날부터 '근검절약(勤儉節約)으로 저축' 그리고 '절제(節制)'가 최우선이다. 근검절약이라고 하니, 본인의 체력 이상, 무리하게 일하며 쓸 데 안 쓰고, 심지어 먹는 것까지 아껴가며 저축하라는 것은 아니다. 꼭 써야 할 곳은 쓰지만 쓰지 않아도 될 것에는 쓰지 않는 '과소비하지 않는 합리적인 소비와 저축'을 말하는 것이다. 노년을 대비한다고 무리한 부동산 투자나, 항상 위험성이 도사리고 있는 주식이나 코인 등보다는 재정 건전성 1~2위의 보험회사나 국가기관인 우체국 연금보험을 매월 몇십만 원 정도, 각각 2~3계좌를 2~30여 년 정도 불입(拂入)하게 되면 퇴직 무렵이면 큰 목돈이 될 수 있다. 노년에는 일정 액수의 목돈과 고정수입(소득)이 반드시 있어야 사람답게 살아갈 수 있다. 돈이 노년에 유일(唯一)한 답(答)은 아니지만 다른 사람과의 '삶의 질(質)'에서 차이가 나게 되는 것이다. 한 인간이 평생을 살아가면서 불행을 꼽으라면, 초년에 너무 일찍 성공(돈, 명예, 대중의 인기 등)하거나, 젊은 날 부부간 사별(死別)하는 것, 그리고 무엇보다도 가장 비참한 것이 노년 빈곤(貧困), 가난이다.

건강은 젊은 날부터 절제하는 습관이 가장 중요하다. 과유불급(過猶不及)이라는 말이 가장 적절한 표현일 것 같다. 과학자들이 말하는 장수의 비결은 '우리의 손과 마음에 달려있다'라고 한다. 질병에서 벗어나 자기 수명(壽命) 동안 건강하고 활동적이며 독립적인 생활을 영위(營爲)할 수 있느냐는 단순히 양(量)적인 차원에서 수명을 늘리는 것 이상 삶의 질(質)에 중요한 문제인 것이다. 그러므로 올바른 생활양식을 젊은 날부터 습관화해야 평생 건강을 유지할 수 있다. 구체적으로 자기 신체에 맞는 적절한 운동, 섭생(攝生), 소식[小食(적게 먹음), 素食(채식 위주 식단)]과 균형 잡힌 식단(食單), 깨끗한 물, 맑은 공기, 정기 건강검진, 일광욕, 제때마다 예방접종, 적절한 약(비타민, 칼슘, 노년에는 에스트로겐 등) 복용 등인데 무엇보다도 규칙적인 일상생활(일정한 시간에 취침, 기상, 식사 등)의 습관화가 더욱 중요하다. 그런데 하나를 덧붙이면 육체 건강도 중요하지만, 그에 못지않게 정신건강(과욕, 시기, 질투하지 않고 양심적인 삶, 성실, 정직하고 지혜로운 삶, 건전한 사고방식, 그리고 마음 다스리기, 특히 용서하기)도 중요하다. 그런데 요즈음 인기를 끌고 있는 일본의 정신의학 전문의(專門醫)인 와다 히데끼가 쓴 '80세의 벽'이라는 책에서는 80세 전후가 되면 '하고 싶은 일만 하고, 알면 병이니 건강검진도 하지 말고, 암에 걸려도 치료하지 말며, 혈압이나 콜레스테롤 생각하지 말고 먹고 싶은 것 있으면 뭐든지 먹고, 심지어 술이나 담배도 당기면 마시고 피우라'라고 하며, 이 벽을 넘어서면 '행복한 20년이 기다린다.'라고 말한다.

다음으로 친구나 배우자와 같은 인간관계이다. 노년에 친구는 돈이나 건강 다음으로 꼭 필요한 존재이다. 노년이 되면 자식들은 한창 일할 나이어서 바쁘고, 배우자도 건강문제로 함께할 수 없는 경우도 생기게 되니, 어찌 보면 가족관계보다 친구 관계가 훨씬 더 행복에 도움이 될 수 있다. 가족관계는 피할 수 없는 의무사항이지만, 친구 관계는 자신이 직접 선택한 것이니 나이와 관계없이, 남녀 구분 없이 함께 있을 때 서로 즐겁고, 서로의 성장에 도움이 되며, 무엇보다도 격의(隔意) 없이 허심탄회(虛心坦

懷)하게 대화를 나눌 수 있어 좋다.

정말 좋은 친구 몇 명 정도 주변에 두면 노년에도 건강하고 행복한 삶을 살 수가 있다. 그런데 취미나 취향(趣向)이 같고 사고방식이 비슷하면 더욱 좋고, 또한 가까이 살면 더더욱 좋은 것이다. 친구만이 마지막 삶의 동행(同行)이 되어 동행(同幸), 함께해서 함께 행복할 수 있다. 그러므로 행복해지려면 좋은 친구, 우정에 젊은 시절부터 아낌없는 투자가 필요하다.

그렇다면 배우자는 어떠한가? 인간의 궁극적인 목적이 무엇인가? 바로 행복이다. 세상에서 가장 행복한 사람이란, 금슬(琴瑟) 좋게 부부가 백년해로(百年偕老)하는 경우일 것이다. 노년에 부부가 함께 정담을 나누고, 함께 맛있는 것 먹고, 함께 좋은 구경 다닐 수 있다면 더 바랄 게 뭐가 있겠는가? 그런데 서로 지켜야 할 덕목(德目)이 있다. 처음 만났을 때처럼 변함없는 서로에 대한 일관(一貫)된 마음, 서로 존중하고 인정해주고, 존재가치와 감사하는 마음이 있어야 한다. 더불어 자식, 손주들, 동기간(同氣間: 형제자매들), 그리고 이웃과의 원만한 관계는 노년 삶의 정신적 편안(便安)함을 배가(倍加)시켜 주게 된다.

마지막으로 취미, (할) 일(거리) 등인데 평생 노년에 이르기까지 젊은 시절부터 길들이기이다. 젊었다고 내게는 노년이 요원(遼遠)하다는 생각보다는 노년에도 할 수 있는 취미, 주업(主業)과 부업/여업(副業/餘業) 등을 고려해야 한다. 취미란 수집, 만들기, 독서, 음악 감상, 노래 부르기, 그림 그리기, 붓글씨, 야외 활동 등 다양하지만 그중에서도 여행은 기다림을 배우고 나와의 시간을 갖게 되며, 다른 사람들을 받아들일 수 있는 열린 마음과 여유를 갖게 해 주는 것으로, 해외여행도 좋지만 큰 비용 들지 않는 구석구석 국내 여행도 좋다. 또한, 빈터가 있으면 텃밭 가꾸기, 화초나 나무 기르기, 그리고 애완동물이나 짐승 기르기는 정서적으로 큰 도움이 되기도 한다. 또한, 정신건강에 도움을 주는 평소에 조상님 섬김과 선영(先塋: 선산)을 잘 돌보는 일, 그리고 자신에게 맞는 신앙을 갖는 것이다. 젊은 날 직업을 선택할 때도 평생 할 수 있는 직업선택이 현명하며, 그렇지 않으면 노년에 할 수 있는 분야를 선택해 자격증을 따두거나 평생교육을 통해 미리 학습해 두는 것이 현명하고 지혜로운 처사(處事)이다.

끝으로 주변을 한번 돌아보아라. 노년의 어르신들 모습은 미래의 곧, 나의 모습이다. 오늘의 어르신들이 불행하다면 나의 행복도 기약(期約)할 수가 없다. 어르신들이 주어진 삶을 행복하게 사실 수 있도록 도와 드리기도 해야 하며, 어르신들의 현실 모습에서 내 노후의 미래를 설계도 해야 한다. 특히 무전장수(無錢長壽: 돈 없이 오래 삶), 유병장수(有病長壽: 아프며 오래 삶), 독거장수(獨居長壽: 혼자되어 오래 삶)에 대한 대비를 철저히 해야 한다. 장수가 '축복이 되느냐, 재앙이 되느냐?'는 바로 내게 달린 것이다. 미리미리 사전 준비가 된 사람에게는 축복이, 무작정 맞이하게 되면 재앙이 될 개연성(蓋然性)이 높은 것이다. 그래서 누군가 말하지 않았던가? '아름다운 젊음은 자연이 준 선물이지만, 아름다운 노년은 자신이 만든 예술이다.'라고. 하루, 한 달, 그리고 일 년이 물 흐르듯 흘러가고 있다. 그 중심에 바로 내가 서 있다.

16

천국(天國)과 지옥(地獄)

천국이란 기독교에서는 '이 세상에서 예수를 믿는 사람이 죽은 후에 갈 수 있다는, 영혼이 축복받는 나라, 하나님이 지배하는 나라'라는 말이며, 불교에서는 '하늘에 있는 궁전'을 말한다. 유의어에는 천당(天堂), 천궁(天宮), 극락(極樂)이 있다. 지옥은 기독교에서는 '큰 죄를 짓고 죽은 사람들이 구원을 받지 못하고 끝없이 벌을 받는다는 곳'이고, 불교에서는 '죄업을 짓고 매우 심한 괴로움의 세계에 난 중생(衆生)이나 그런 중생의 세계'를 말하며, 유의어에 구천(九泉), 나락(那落), 저승이며, 연옥(煉獄)은 '죽은 사람의 영혼이 천국에 들어가기 전 남은 죄를 씻기 위해서 불로써 단련 받는 곳'의 의미이다. 그리고 지옥이 종교적이지 않은 일반적 의미로는 '아주 괴롭거나 더없이 참담한 광경', 또는 '그런 형편'을 비유적으로 말하는데, 그 반대개념으로 천국, 천당으로도 쓰인다.

천(天: 하늘)이란 '하나님의 법'을 뜻하는 용어이고, 국(國: 나라)은 '하나님의 나라'를 의미한다. 성경에서 말하는 천국이란 상대적 사고(思考)를 하는 인생이 세상에서 성령의 법으로 치리(治理: 나라나 지역을 도맡아 다스림)되는 '영적인 나라를 말하는 것'이다. 그리고 지옥(地: 땅 지, 獄: 옥 옥)은 땅에 갇힌다. 즉, '흙으로 돌아가게 될 수밖에 없는 상태라는 것'

으로 성경이 말하는 천국과 지옥은 죽어서 가는 곳이 아니라 살아서 인지(認知: 어떤 사실을 인정해서 앎)되는 곳이다. 한마디로 이승에 천국도, 지옥도 있다는 것이다.

원불교 이론도 비슷하다. 창시자이신 소태산 대종사께서는 '네 마음이 죄복(罪 福)과 고락(苦樂)을 초월한 자리에 그치면 그 자리가 바로 극락이다'라고 하셨다. 다시 말해 고(苦)와 낙(樂)을 초월한 자리를 극락이라고 가르침을 주신 것이다. 그래서 '영혼은 마음의 조화'로, 지옥과 극락이 따로 있는 것이 아니라 '마음먹기 달려있다는 것'이다.

그렇다면 철학자, 사상가들이나 선인(先人)들의 말, 명언들은 어떠한가? '같은 세계이지만 마음이 다르면 지옥도 되고 천국도 된다.' 미국의 시인이자 철학자 R.W 에머슨의 말이고, '마음이 천국을 만들고 또 지옥을 만든다.' 셰익스피어와 필적(匹敵)할 만한, 영국 시인 밀턴의 말이며, '신의 나라는 눈으로 볼 것이 아니고, 또 말할 것도 아니다. 신의 나라는 여기도 있고 저기도 있고, 그렇기 때문에 신의 나라는 우리 마음속에 있다.' 19세기 러시아를 대표하는 소설가이자 사상가 톨스토이의 말이다. 그리고 '천국도 지옥도 세계도 우리 안에 있다. 인간은 위대한 심연[深淵: 깊은 못, 심담(深潭), 좀처럼 헤어나기 힘든 깊은 구렁]이다.' 스위스계 프랑스 작가 아미엘의 말이며, "생각에 따라 천국과 지옥이 생기는 법이다. 천국과 지옥은 천상이나 지하에 있는 것이 아니라 바로 우리 삶 속에 있는 것이다. 옛날은 더 좋았고 지금은 지옥으로 된 것은 아니다. 세계는 어느 때에도 불완전하고 진흙투성이여서 그것을 참고 견디며 가치 있는 것을 만들기 위해서는 '사랑과 신념'을 필요로 했었다." 독일계 스위스 소설가이자 시인 헤르만 헤세의 말이다.

지금까지 천국과 지옥에 관해 종교적인 견해, 그리고 명인, 명사들의 견해들을 살펴보았다. 모두 다 한결같은 공통적인 견해는 천국과 지옥이 따로 있는 것이 아니고 바로 우리가 사는 이곳 '이승'이고, 그리고 우리의 '마음속', 한마디로 '마음먹기 달려있다'라는 것이다. 법정 스님의 '여보게 친구'라는 글에서 '천당과 지옥은 죽어서 가는 곳이라고 생각하는가? 살아 있는 지금이 천당이고 지옥이라네. 내 마음이 천당이고 지옥이라네.' 말씀과 모두 일치한다.

　사실 죽음 너머의 세계는 객관적으로 검증하는 것은 불가능하다. 죽어서 오랜 시간 이후 살아와 죽음의 세계를 말한다는 것은 전무후무(前無後無)한 일이기 때문이다. 요즘 철학자, 심리학자, 의학자들이 근사체험(近死體驗: Near-death experience: 임종에 가까웠을 때 혹은 일시적으로 뇌와 심장 기능이 정지하여 생물학적으로 사망한 상태에서 사후세계를 경험하는 현상)에 관해 연구도 하며, 실제 유튜브 등에서 실제 사례 경험담과 연구결과를 담은 영상들이 일부 있기는 하지만, 엄격한 의미의 '사후세계를 경험'한 것은 아니라고 생각한다. 왜냐하면, 단지 '일시적 현상'으로, 어찌 보면 병(病) 중 '꿈을 꾼 경험'이라고 평가절하(平價切下)할 수도 있기 때문이다. 천국과 지옥이라는 단어는 어린이들의 동심(童心: 순수하고 맑은 마음)을 자극하는 동화(童話) 속에 나오거나, 사실 '천국과 지옥이 있다는 것이 종교의 존재 이유'이기도 하지만, 혹자(或者)들이 말하는 것처럼 지난 과거 역사적으로 종교인들이 '포교(布敎)의 목적으로, 또는 위협(威脅)의 도구로 쓰이는 왜곡된 이미지'라는 주장이 설득력이 있어 보이기도 한다. 결론적으로 인간이 죽으면 영혼은 떠나가고 육신은 땅에 묻혀 흙으로 돌아가는 것이다. 그러면 한 인간은 모든 것이 끝이 나게 된다. 그리고 인간이 죽어 영(靈)이 되는 것이 아니라, 영(靈)의 세계는 따로 존재하는 것 같다.

끝으로 사회와 현실을 비판하고 인간성과 생명을 추구하는 작품들을 주로 쓰신, 한국 현대문학을 대표하며, 대하소설 '토지'를 쓰신 소설가 故 박경리 선생님의 유고(遺稿) 시집(詩集) '버리고 갈 것만 남아서 참 홀가분하다.'에서 발췌(拔萃: 글 가운데에서 중요한 부분, 필요한 부분만을 뽑아냄) 인용한다.

"가난하다고 다 인색(吝嗇)한 것은 아니다. 부자라고 모두가 후(厚)한 것도 아니다. 그것은 사람 됨됨이에 따라 다르다. 후함으로 삶이 풍성해지기도, 인색함으로 삶이 궁색(窮塞: 매우 가난함)해 보이기도 하는데, 생명은 어쨌거나 서로 나누며 소통(疏通)하게 되어있다. 그렇게 아니하는 존재(存在)는 길가에 굴러있는 한낱 돌멩이와 다를 바 없다. 나는 인색함으로 인하여 메마르고 보잘것없는 인생을 더러 보았다. 인색한 것은 검약(儉約: 돈이나 물건을 아껴 씀)이 아니다. 인색한 사람은 자기 자신을 위해 낭비하지만, 후한 사람은 자기 자신에게 준열(峻烈: 매우 엄하고 매섭다)하게 검약한다. 사람 됨됨이에 따라 사는 세상도 달라진다. 후한 사람은 늘 성취감을 느끼지만, 인색한 사람은 먹어도 배고프다. '천국과 지옥의 차이'이다."

17
삶과 죽음 그리고 영혼

삶이란 '사는 일, 살아있음'을 의미하며, '목숨이나 생명'을 의미하기도한다. 유의어는 목숨, 생(生), 생명이고 반의어가 죽음이다. 죽음, 사망(死亡)이란 생명체가 가진 '생명의 단절', 생명체의 모든 기능이 영구적인 정지로 말미암아 '신체가 항상성(恒常性: 늘 같은 상태를 유지하는 성질)을 완전히 상실한 것'이다. 기독교에서 말하는 저승의 강은 요단강이라 하고, 불교에서는 이승과 저승의 경계에 있는 강을 삼도천(三途川)이라 하며, 중음(中陰)과 중유(中有)는 사람이 죽은 뒤에 다음 생(生)의 몸을 받아, 날 때까지의 영혼의 상태이다.

불교에서는 한 인간의 삶을 생유(生有: 모태에서 태어나는 순간), 본유(本有: 생전의 존재), 사유(死有: 죽는 순간), 중유, 중음(영혼이 머무는 곳: 최소 7일~49일)의 4유(四有)의 과정을 거쳐 새로운 존재로 태어나는 윤회(輪廻)라 한다. 비슷한 이론의 원불교의 영혼관도 '저 해가 비록 오늘 서(西)천에 져 내일 동(東)천에 솟아오르는 것'과 같이 이 세상의 만물이 모두 이 생에 죽어간다 하나, 죽을 때 떠나는 영혼이 다시 이 세상에 새 몸을 받아 태어난다는 것이다.

삶과 죽음을 자연의 이치, 진리에 비유하면 삶은 '해가 뜨기 시작한 것'

이고, 죽음은 '해가 떨어진 끝없는 어둠'이며, 한편으로는 '새로운 시작'일 수도 있다. 한마디로 삶과 죽음은 결코 둘이 아닌 하나라는 것이다. 자연의 비유처럼 생각하면, 죽음을 보다 더 쉽게 이해하고 겸허히 받아들일 수 있을 것이다.

우리나라 지성(知性)의 대들보이신 故 이어령 선생님은 2019년 중앙일보와의 인터뷰에서 암 선고를 전(傳)하며 '죽음과 삶을 연결'하셨는데 '과일 속에 씨가 있듯이, 생명 속에는 죽음도 함께 있다. 보라! 손바닥과 손등, 둘을 어떻게 떼놓겠느냐, 바로 놓으면 손등이고 뒤집으면 손바닥이다. 죽음이 없다면 어떻게 생명이 있겠나?'라고 말씀하시며 생전(生前)에 다가올 죽음을 절대 두려워하지 않으시고 겸허히 받아들일 준비가 되어있으셨다 한다. 중병에 걸리면 죽음을 두려워하고 절망하며 몸부림치는 보통사람과는 다르셨다.

산다는 것과 죽는다는 것은 한 인간의 가장 큰 획(劃)이자 갈림길이다. 사자성어에 생기사귀(生寄死歸)는 '사람이 이 세상에 사는 것은 잠시 머무는 것일 뿐이며, 죽는 것은 원래 자기가 있던 본(本)집으로 돌아가는 것'이라는 말이고, 인생초로(人生草露)는 '풀잎에 맺힌 이슬'이라는 말로 '허무하고 덧없는 인생'을 말하는 것이며, 흔히들 말하는 인생무상(人生無常)도 '인생이 덧없음'을 말한 것이다. 한 인간의 시작에서 끝을 말할 때 생로병사(生老病死)라 하며, 구체적으로 사람이 어머니의 뱃속에서 수태(受胎)부터 입묘(入墓)까지의 일생을 12단계로 구분, 배치하여 길흉(吉凶)을 판단하는 왕상휴수사(旺相休囚死) 이론인 12포태(胞胎)법은 포태양생(胞胎養生: 세포가 잉태하여 배 속에서 자라고 태어나) 욕대관왕(浴帶官王: 목욕하고 관대의 띠를 두르고 임관하여 제왕이 되고) 쇠병사장(衰病死葬:

늙고 병들어 죽으면 장사를 치른다)이다.

그렇다면 죽은 후 영혼은 존재할까? 영혼이란 '인간의 육체와 독립적으로 존재'하고 정신의 근원이 되는 대상, 정신적 실체로, 일명 '혼, 혼령, 얼, 넋'이라고도 하며 성경 말씀에 대한 해석에 따라 '영혼은 존재한다.'라는 쪽과 '그렇지 않다'로 갈린다. '영혼이 존재한다.'라는 쪽은 '몸은 죽여도 영혼은 능히 죽이지 못하는 자들을 두려워 말고, 오직 몸과 영혼을 능히 지옥에 멸하시는 자를 두려워하라(마태복음).'에서 예수님은 사람이 육체는 죽일 수 있어도 그 영혼은 죽일 수 없다고 가르치셨다. 또한, 전도서에서 '육체의 죽음은 육체와 영혼의 분리를 의미하는 것'으로 영혼이 떠나면 몸은 죽고, 반대로 몸을 떠났던 영혼이 돌아오면 살아나게 되는 것이다. 생명의 본질은 '육체가 아닌 영혼'에 있다는 말씀이다. 그렇기에 사도들은 사람의 육체를 영혼이 잠시 거(居)하는 장막(帳幕: 햇볕이나 비바람을 막아주는 천막과 같은 것)에 비유(베드로후서, 고린도후서)했으며, 잠시뿐인 이 땅의 삶이 아닌 천국에서의 영원한 삶을 바라보고 복음의 길을 꾸준히 걸었다. '그렇지 않다' 쪽의 주장은 '사람은 죽으면 소멸되나니 그 기운이 끊어진즉 그가 어디 있느뇨(욥기)'에서 영혼과 육신은 하나로 육신이 죽는 순간 영혼도 없고, 천국과 함께 지상낙원을 믿는데, '천국에 사는 이들은 선택받은 일정한 수(數)뿐이고, 구원받은 나머지 사람들은 낙원으로 바뀐 이 땅에서 늙지도 병들지 않고 영원히 살고, 죽은 자들이 살아난다.'라고 한다. 또 다른 주장으로 세계적인 석학(碩學) 중 한 사람인 진화론의 찰스 다윈의 학문적 정통 계승자라 일컫는 진화생물학자인 영국의 옥스퍼드대학 교수였던 리처드 도킨스가 쓴 '만들어진 신(THE GOD DELUSION)'은 신이라는 이름 뒤에 가려진 인간의 본성과 가치를 살펴보는 내용으로 신이 없음을 주장하면서 신을 믿음으로써 벌어지는 부정적인 문제를 일깨워 주는 것으로 창조론의 이론적 모순과 잘못된 믿음이 가져온 결과를 역사적으로 고찰(考察)하는 내용으로, 한마디로 창조주를 부정하는 것인데, 그래서 혹자(或者)들은 '하나님이 인간을 창조했다지만 오히려 인간이 하나님을 창조했다'라는 말을 하기도 한다. 또한, 영혼에 대한 동양적 사상과 서구적 사상도 차이가 있는데, 혼(魂)은 기(氣)로 이루어져, 사람이 죽으면 육체가 썩어 없어지듯이 영혼도 하늘에서 흩어지는 것으로, 그 흩어진 영혼은 불교에서는 소멸하는 것이 아니라 환생한다는 것이 동양적 사상이라면, 인간은 영혼의 활동을 통하여 창조적인 능력을 부여받는 것으로 종교의 기원을 애니미즘[animism: 무생물계에도 영혼이 있다고 믿는 세계관: 여러 가지 영적 존재(spiritual beings)인 영혼, 신령, 정령, 요정, 요기 등에 대한 신앙]에서 찾고 그것을 영적인 존재, 곧 영혼에 대한 믿음이라는 것이 서구적 사상인데, 대표적으로 독일의 문호 괴테의 영혼불멸설(靈魂不滅說)로 '우리의 생명은 죽은 뒤에도 변함없이 존재한다. 내세(來世)에 대한 희망이 없는 사람은 이 세상에서 죽어 있는 사람'이라는 주장이다.

그러면 한 인간이 어떤 삶을 살아야 한단 말인가? 우선 명언들을 보자. 노벨문학상을 수상한 헤르만 헤세는 "살면서 누릴 수 있는 행복 중 하나는 '하고 싶은 일을 하면서 사는 것'이며, 하고 싶지 않은 일을 하면서 먹고살기 위해 해야 하는 삶은 가장 고달프다."라고 했으며, 장자(莊子)의 내편(內篇) 소요유[逍(노닐 소) 遙(노닐 요) 遊(노닐 유)]에서 '이것저것 작은 것에 연연하지 말고 사사로운 기준에 벗어나 큰 존재가 되어라'라는 가르침은 모든 것을 초월(超越)한 존재가 되었을 때 소요유(逍遙遊: 어떤 것에 얽매이지 않고 자유로운 경지에서 노님) 할 수 있다는 것이다. 명리학자 조용헌 교수는 팔자(八字: 한평생의 운수) 고치는 방법 다섯 가지로 적선(積善: 남을 돕는 것), 명상(冥想), 명당[明堂: 양택(陽宅: 집터)과 음택(陰宅: 묘터) 잡는 일], 독서, 지명(知命: 운명을 아는 것) 중 적선, 베풂을 으뜸으로 꼽았으며, 부처님도 '행복하게 잘 살 수 있는 비결이 보시행(布施行: 남에게 베푸는 것)인데, 이 습관이 붙으면 운이 저절로 따르리라'라고 가르침을 주셨다. '돈키호테'를 쓴 풍자와 해학의 작가 세르반테스는 '정직만큼 풍요로운 재산은 없으며 사회생활에서 최소한의 도덕률은 없다. 정직한 사람은 신이 만든 최상의 작품이기 때문에 하늘은 정직한 사람을 도울 수밖에 없다.'라고 말했다. 가치 있는 삶을 실천하는 것은 '사랑'인데, 가치 있는 근본에 바로 '사랑'이 있다. '오늘도 단 한 사람이라도 누군가를 위해 기뻐할 만한 일을 하라.' 철학자 니체의 말이며, '남들을 위해 살고, 남을 사랑하는 인생만이 가치 있는 삶이다.' 물리학자 아인슈타인의 말이다. 지금까지 명언들을 요약하면 한 인간이 인생을 살아가는데 첫째, 하고 싶은 일 하고, 둘째, 작은 일, 사소한 것에 연연(戀戀)하지 않으며 셋째, 남에게 베풂의 삶을 살고 넷째, 정직하게 살며 마지막으로, 가치 있는 삶, 무엇보다도 사랑을 나누어주는 일이다.

그렇다면 죽음과 영혼은 어떠한가?

환자가 임상적으로 5~10분 안에 또는 1시간 이상 죽었다가 다시 살아나는, 즉 사후(死後)세계에 다녀온 체험, 근사체험(近死體驗: Near-Death Experience)이라 하는 데 오늘날 인터넷이나 유튜브에서 그 경험담을 듣거나 볼 수 있다.

그러나 그것은 잠시 잠깐의 이야기이지 진정한 의미의 죽음에 대해서 소상(昭詳)하다고는 결코 말할 수 없다. 한마디로 죽음에 대해서 그 어느 누구도 똑 부러지게 말할 수 있는 사람은 없다. 왜냐하면, 아무도 오랜 시간 죽었다가 다시 살아서 경험담을 말할 수는 현실적으로 없기 때문이다. 우리 일반 사람들은 '해는 동쪽에서 떠서 때가 되면 서쪽으로 진다'라는 자연의 이치이자 섭리처럼 살아 있는 생명체는 '때가 되면 죽는다'라는 이치를 의연(毅然)하게 받아들이고 그 죽음을 위해 준비하고 맞이해야만 하겠다. '웰빙(well-being)'이 웰다잉(well-dying)으로 완성'되며, '진정한 행복은 아름다운 마무리'에 있는 것이다. 일부는 '죽으면 모든 것이 끝이다'라는 믿음도 있을 것이고, 종교적 신앙에 따라 죽어서 '천국, 천당'을 기대할 수도 있고. 사람이나 짐승으로 '다시 태어난다는 믿음, 윤회'도 있을 것이다. 이 모든 것은 저마다의 믿음에 따라 다를 뿐이며, 그 믿음은 맞을 수도, 틀릴 수도 있다. 다만 인생의 끝자락을 준비하는 현대인의 지혜는 로마의 철학자 세네카의 '어떻게 죽음을 맞이할 것인가?'나 가까이는 우리나라 최초의 생사학(生死學) 전문가인 오진탁 교수의 지혜를 배우는 방법이 있다. 영혼에 대한 것도 마찬가지이다. 아무도 경험하지 못한 것을 똑 부러지게 말할 수는 없다. 다만 영(靈)의 세계가 있는 것은 분명한 것 같다. 그런데 그 영(靈)이 사람이 죽어서 영(靈)이 되었는지, 영(靈)의 세계가 따로 있는 것인지, 아니면 두 경우가 다 맞는 것인지, 해석들이 분분(紛紛)해서 우리 범인(凡人)들은 분간(分揀)하기 어렵다. 그쪽 분야에 관심을 두는 종교인, 철학자, 그리고 학자들의 주장을 참고하고 이해하는 정도일 뿐이다. 끝으로 테마별 세 권의 책을 추천한다. 첫 번째, 예일 대학 철학과 셸리 케이건 교수가 쓴 '죽음이란 무엇인가'이다. 누구도 피할 수 없는 삶과 죽음의 역설(逆說: paradox), 나는 '반드시' 죽을 것이다. 그렇다면 '어떻게' 살아야 하는가? 오직 이성과 논리로 풀어낸 죽음과 삶의 의미로 죽음을 테마로 하고 있지만 궁극적으로 '삶'을 이야기한다. '삶은 죽음이 있기 때문에 비로소 완성되는 인간의 가장 위대한 목적이며, 죽음의 본질을 이해하면 가치 있는 삶을 살 수 있다.'라고 필자는 말한다. 특히 '사후 세계는 있는지', '영혼은 존재하는지', '죽음은 나쁜 것이고 영원한 삶이 좋은 것인지', '자살은 도덕적으로 납득할 수 있는 것인지', 특히 '사람의 가치는 어디에 있는지' 등이 잘 설명되어 있다. 두 번째, 독일 출생으로 일본으로 귀화(歸化)한 일본 죠치대학 교수였던 알폰스 데캔이 쓴 '죽음을 어떻게 맞이할 것인가'로 각종 다양한 죽음이나 존엄한 죽음과 안락사, 시한부 환자에게 알려야 할 때, 자기 죽음을 맞이해야 할 때 등, 실제 사례들이 쉽게 이해하도록 잘 소개되어 있다. 마지막으로, 영혼의 훈련과 치유의 장 영란 교수가 쓴 '영혼이란 무엇인가'로 그리스 철학으로부터 현대철학에 이르기까지 영혼의 개념을 통찰하고 영혼의 치유를 위해 존재하는 철학과 철학자들의 역할과 중요성을 말하고, 현대사회에서 '왜, 영혼인가?'에 대한 시의(時宜)적절한 문제 제기와 그 답(答)이 쓰여 있다. 지면의 한계로 미처 다 설명하지 못해 부족한 부분들이 채워지기를 열망(熱望)한다.

졸혼(卒婚)의 명암(明暗)과 대처(對處)

졸혼이란 '혼인 관계를 졸업하다.'라는 의미로 이혼하지 않고 법적으로는 부부관계를 유지하면서 주거 공간이 다르고, 각자의 생활과 취미 등 각자의 사생활은 서로 간섭하지 않으며, 가족들의 행사 등에서는 만나기도 하는 형태이다. 졸혼이라는 말은 2004년 일본 작가 스기야마 유미코(杉山由美子)가 '졸혼을 권함'이라는 책에서 처음 사용한 신조어(新造語)로 새롭게 탄생한 결혼관, 졸혼은 가족의 유대감은 유지하고, 자식들 상처를 최소화하며 독자적 삶을 꾸리는 방식이다. 졸혼의 밝은 측면, 명(明)은 자기만의 삶의 주도권을 갖고 구속받지 않고 자유롭게 살며 혼자 사는 '즐거움과 행복감'이고, 어두운 측면, 암(暗)은 스스로 삶의 모든 것을 해결해야 하는 고단함과 번거로움 그리고 '고독과 외로움'이다. 세상사 그렇듯이 졸혼도 '긍정과 부정적인 면'이 양존한다.

얼마 전까지만 해도 결혼의 서약으로 '검은 머리가 파뿌리 될 때까지' '죽음이 두 사람을 갈라놓을 때까지'라는 말은 이제 '가능한 한' '되도록이면'이라는 말로 바뀌는 것이 맞을 것 같다. 의학의 발달로 말미암아 평균 수명이 늘어 100세 시대를 바라보는 오늘날은 부부가 독립적으로 생활하거나, 그렇게 하고자 생각하는 부부들이 늘고 있는 추세로, 두 사람을 묶고 있던 '해로의 환상'이나 '애정'은 사막의 바위처럼 풍화되어 가고 있고, 멀쩡했던 부부들이 이런저런 이유로 나이가 들어가면서 불화가 심해 더 이상은 정상적인 부부생활이 불가능한 부부들이 늘어가고 있는 현실은 흔들리지 않고 삶의 중심을 잡고 살 수 있는 '졸혼'이라는 단어가 어쩌면 시의적절(時宜適切)한지도 모르겠다. 대체로 남자는 나이가 들면 젊어서 불같은 성정도 유(柔: 부드럽고 순한)해지지만 여자는 참(성질이나 행동이 꼼꼼하고, 차분하며 얌전한)했던 성격이 점점 강성(强性: 전투적 성격)으로 변하는 것이 일반적이어서 노년의 부부 금슬이 아내가 이해심 많고 덕이 있으면 순탄해, 해로(偕老)에 큰 문제가 없지만, 그렇지 않으면 남자가 무한대의 인내심을 발휘하며, 평소 가장 낮은 자세가 아니라면 반드시 문제가 발생하게 되어있다. 단지 시기의 문제일 뿐이다.

그러면 '졸혼'의 범주를 어디까지 인정해야 하는가? '졸혼'의 이유는 크게 두 가지로, 하나는 독립된 자기 주도적 삶을 영위하기 위해서, 다른 하나는 이혼의 문턱에서 '자식들 때문에' 혹은 '주변의 시선이 두려워' 이혼의 대안으로 '졸혼'을 생각하거나 감행(敢行: 과감하게 실행함)하게 되는 것이다. 같은 공간에 살면서 방만 따로따로 사용하고 서로 독립된 생활을 하면서 '졸혼'이라고 말하기도 하지만, 이 경우는 '자기 주도적 삶을 사는 경우'에 해당하고, 엄밀히 말해 '졸혼'은 '독립된 공간에서 독립된 생활'로 이혼의 대안으로써 졸혼으로, 이는 중, 장년들 특히 60대 이후 노년의 졸혼이 주(主)가 되는 것이다.

졸혼을 계획하거나 실행하기 전에 고민이 필요하다. 시대적 분위기인 졸혼이 주목받고는 있지만, 분위기에 휩쓸려 섣부른 판단과 실행은 자기 삶을 나락(那落: 벗어나기 어려운 절망적 상황)으로 빠뜨릴 수 있으므로,

신중해야 하며 주도면밀한 준비, 대비(對備)가 필요하다. 무엇보다도 먼저 자기 삶이 60대 이후 '잉여'인지 '본질'인지 성찰(省察: 자기 마음을 신중하게 살핌)해 봐야 한다. 그리고 졸혼보다는 현재의 위치에서 자신이 고쳐야 할 점은 무엇인지? 원죄(?)가 자신은 아닌지? 졸혼이 아닌 다른 묘안은 없는지? 등이다.

졸혼을 계획하거나 실행에 앞서 심사숙고해야 할 점들은 무엇이 있는가? 첫째, 경제력은 최우선 순위이다. 일정한 수입과 위급한 상황을 대비한 적정(適正)한 목돈, 비상금도 필요하다. 자신의 최소 생활비를 따져 꼼꼼히 계산해 봐야 한다. 시인인 김갑수는 '졸혼의 전제조건으로 고독, 기본적으로 자기 삶'을 꼽았다. 그러면서 '해일처럼 밀려드는 고독감을 버텨낼 수 있을지를 생각해야 한다'라고 말했다. 졸혼의 전제조건이 '고독과 외로움'인데 거기다가 경제적 빈곤까지 가중되면 최악의 상황을 맞이할 수도 있다. 둘째, 자기관리이다. 혼자서 밥을 해 먹을 수 있는지, 집안일은 할 수 있는지, 건강관리는 할 수 있는지 고민해 봐야 한다. 평소, 라면 하나도 끓일지 모른다면 이 또한 간단한 문제가 아니다. '밖에 나가 외식하면 되지'라고 안이하게 생각하는 것은 절대 금물이다. 외식도 몇 끼이고, 며칠이지 물리는 법이다. 그러면 재료 사다 스스로 해 먹어야 한다. 집안일이야 요즈음은 편리한 가전제품들이 있으니 게으르지만 않다면 별문제는 아니다. 문제는 건강관리이다. 지병이 없다면 스스로 잘 관리하면 되지만 지병이 있거나 누군가의 도움이 필요한 상황이라면 혼자만의 생활은 불가능할 뿐만 아니라 위험하기도 하다. 마지막으로 정서적 안정감이다. 혼자 지내야 하기 때문에 외로움이나 고독감을 피할 길이 없다. 특히 지병 없이 건강해도 감기나 몸살만 심하게 앓아도 서글픈 생각이 들며, 우리나라 양대 명절인 설날이나 추석날 찾아와주는 사람 하나 없는데 이웃집에서 가족들끼리 모여 웃음소리라도 나면 하염없이 눈물이 나고, 끝내는 웬만큼 독하고 강심장이 아니라면 대성통곡(大聲痛哭)하게 된다. 누군가 말하지 않았던가? '순간(한번)의 선택이 평생을 좌우한다고!' '부부가 잘 만나면 '축복'이고 잘못 만나면 '재앙'이라고!' 때늦은 후회는 비통함과 비애감만을 한층 더 가중시킬 뿐이다.

그러면 졸혼을 어찌 되었든 선택했고 감행한다면 어떻게 해야 하는가? '둘이 있어 불편함보다는 혼자의 외로움이 낫다.'라는 대 전제(前提)만 있다면 무엇이 두렵고 걱정인가? 감당하기 어려운 것 아니다. 스스로 헤쳐 나가면 된다. 사람은 본래 영하 50도에서도, 영상 50도에서도 살 수 있다. 한마디로 인간은 어떤 환경에서도 적응하면서 잘살 수 있다. 이제 본인이 하나씩 순응하고, 적응(2년 정도면 적응됨)하며 살아가는 것이다. 하나씩 따져보자. 맨 먼저 경제력을 보자. 무일푼인데 졸혼을 결정하고 감행하려는 것은 아니지 않겠는가? 혼자 살면서 그렇게 큰돈 필요 없다. 최소한의 비용이면 된다. 귀촌하게 되면 더더욱 그렇다. 쓰기 나름이다. 한 달 100만 원이면 충분한 사람이 있고 1,000만 원도 부족한 사람이 있다. 본인의 경제력에 맞게 알뜰하고 규모(規模: 씀씀이의 계획성이나 일정한 한도) 있게 생활하면 된다. 다음으로 자기관리를 보자. 요즈음은 요리에 관한 서적이나 인터넷이나 유튜브에 정보들이 많이 있다. 처음에는 서툴고 실수해도 몇 번 거듭하다 보면 나만의 방식, 내 입맛에 맞게 된다. 집안 살림은 그 어느 때보다도 부지런하고 청결해야 하며, 규칙적이고 습관화되어야 한다. 무엇보다도 건강관리는 본인에게 무엇이 해가 되고 득이 되는지 잘 아는 법이니 적절하게 관리하고, 꾸준히 운동도 하면 된다.

마지막으로 정서적 안정감을 보자. 수필가이신 김형석 교수님이 쓴 '고독이라는 병'에서 "인간은 누구나 고독이라는 병을 가진 듯하다. 고독을 치료하기 위해서는 '사랑'이 필요하다."라고 했다. 그렇다면 사랑에는 어떤 사랑이 있는가? 인간에 대한 사랑, 자연에 대한 사랑, 동물이나 식물에 대한 사랑, 하나님에 대한 사랑 등이 있다. 삶이 향기 나게 해야 하고, 살아갈 이유를 만들어야 한다. 사랑하게 되면 모든 것이 아름다워진다. 그러므로 내 사랑이 걸어갈 수 있는 길을 만들어야 한다. 미국 대통령이었던 링컨은 '행복은 마음먹기에 달려있다'라고 말했고 아리스토텔레스는 '행복은 자신에게 달려있다'라고 말했다. 행복은 자신의 발치에서 키워가야 한다. 긍정적인 생각, 현실에 만족하는 마음, 겸손하고 겸양의 태도, 그리고 분노하고, 후회하고, 누군가를 원망하지 말아야 한다. 인간은 자신이 '행복의 창조자'가 되려면 가장 중요한 '마음 다스리기'가 절대적으로 필요하다. 마음 추스르기, 마음 달래기야말로 혼자만의 삶을 영위해 나아가야 하는 '졸혼'한 자(者)가 최우선 해야 하는 '생활의 지혜'이다. '누구도 자신을 구원할 수 없다. 스스로 길을 가야 한다.' 부처님 말씀이다.

끝으로 성철 스님의 말씀을 인용한다. "한 부엌에서 은혜와 원수가 나니 나를 가장 잘 아는 아내(남편), 자식, 형제가 은혜가 되고 원수가 된다. 한 부엌에서 원수가 아닌 은혜가 나를 행복한 삶을 살도록 '관대함'을 가져야 한다." 그리고 "다들 걱정하고 두려워하지 마라. 딱 두 가지 '아픈가? 안 아픈가?'만 생각하라." 지금 건강하다면 마음 다스리기의 꽃인 '관대함'으로 분하고 억울한, 마음의 응어리를 모두 풀어 '나만의 즐거움과 행복을 위해 편안하고 안락한 삶을 살아가는 지혜'가 필요하다. 특히 노년에 맞은 '졸혼'은 더더욱 그렇다.

19

홀로 산다는 것

홀로 산다는 것, 어떤 이들에게는 고독과 외로움, 심지어는 비참함으로 받아들여지고, 다른 이들에게는 자유와 해방, 그리고 로망으로도 받아들일 것이다. 인간이 홀로 사는 것을 가엾이 여긴 하나님은 아담의 갈비뼈로 여자인 하와(이브)를 만들어 '뼈 중에 살이로다'라고 성경 창세기에 쓰여 있다. 그렇지만 요즈음 세태는 홀로 사는 사람이 점점 많아지고 있는 것이 현실로 싱글 라이프는 트렌드이자 각자의 선택이 되었다. 젊은이들의 독신주의나 일부 어쩔 수 없는 상황에서 나 홀로 가구가 빠르게 증가하고 있으며, 황혼 이혼, 졸혼, 사별 등 다양한 이유로 홀로 살아가야 하는 사람들이 이제 흔한 사회가 되었다. 홀로 산다는 것은 일부의 젊은이들에게도 해당되지만 대체로 노인들의 삶으로, 문자 그대로 독거노인의 처지에서 바라보아야 하겠다.

그렇다면 홀로 사는 장단점은 무엇이며, 그 선택은? 그 대답은 간단하다. 홀로 사는 장점은 누군가와 같이 사는 것의 단점이 되고, 홀로 사는 것의 단점은 누군가와 같이 사는 장점이 해결해 줄 수 있다. 둘 중에서 어느 것을 포기하고 선택할 것인가는 본인이 더 중요하게 생각하는 것을 고려해서 본인 스스로 선택할 문제이다. 구체적으로 살펴보면 첫째, 혼자 사는 편안함 vs. 함께하는 심리적 안정감 둘째, 홀로의 자유로움 vs. 함께하는 협동심 셋째, 갈등 없는 심리적 평화 vs. 가치관의 갈등 넷째, 가고자 하는 행선지나 음식 메뉴 선택과 같은 소소한 자유 vs. 선택 시 이견과 합의 도출, 마지막으로 난관에 봉착했을 때 독단적 판단과 결정 vs. 함께 고민하고 협의하여 서로 위로가 될 뿐만 아니라, 보다 수월하게 극복하거나 위기를 모면할 수 있다.

미국의 홀로서기의 임상심리학자인 라라 E. 필딩 박사는 '홀로서기의 진정한 의미는 첫째, 통제 가능한 일과 통제 불가능한 일을 구분하는 능력 둘째, 내 마음을 잘 알고 다루는 능력을 갖추는 것, 마지막으로 내 마음을 잘 다룰 수 있게 되면 인생에 대한 통제력이 생기고 삶에 대한 통제력이 생기면 삶에 대한 자신감이 생긴다.'라고 말한다. 대체로 사람들은 자신을 행복하게 하는 힘이 외적 요인에 있다고 생각한다. 그래서 한쪽은 자유롭고 싶은 마음, 온전히 나 자신으로 존재하고 싶은 마음이 있지만, 반대쪽에는 인정받고 싶은 마음, 관계를 통해 의지하고, 위로받고, 의미를 찾고자 하는 마음에서 홀로서기가 주저되고 망설여져 쉽사리 결정을 못 내리거나 미루는 법이다.

그러나 본래 우리네 삶은 모두 다 만족할 수는 없는 법. 좋은 면이 있으면 나쁜 면이 있고, 나쁜 면이 있으면 좋은 면이 있는 법이다. 이것이 자연의 섭리이고 이치이다. 혼자 살아가노라면 분명 고독하고 외롭고, 때론 서글플 때가 있지만 혼자만의 즐거움과 행복감이 더 커 고독과 외로움, 그리고 서글픔은 견딜 만하다. 노년의 홀로됨은 더더욱 그렇다. 처음 1~2년은 견디기 힘들지만, 점점 세월이 흐름에 따라 적응되어가 오히려 혼자가 더 편안하고 그동안 결코 느껴보지 못했던 행복감을 맛볼 수 있다. 미국의 문필가이자 자선사업가인 헬렌 켈러 여사는 '행복의 문이 하나 닫히면 다른 문이 열린다. 그러나 우리는 닫힌 문만을 멍하니 바라보다가 우리를 향해 열린 새로운 문은 보지 못하게 된다.'라고 말했다.

홀로된 자, 특히 노년에 홀로된 자들이여!

지난날의 즐겁고 행복했던 시절, 또한 사회적으로 잘 나갔던 시절만을 생각하며 지금의 홀로됨을 비참하게 생각하고 서글퍼하지 마라. 혼자만의 즐거움과 행복을 찾아 새로운 나만의 세계를 설계하고 실행해 보아라. 구체적 방법들은 인터넷 서핑을 해보면 된다. 또 다른 세상이 있을 것이다.

끝으로 법정 스님이 쓰신 〈홀로 사는 즐거움〉에 나오는 명 구절을 인용한다. '누군가와 함께 있을 때, 그는 온전한 자기 자신으로 존재할 수 없다. 홀로 있다는 것은 어디에도 물들지 않고, 순수하며 자유롭고, 부분이 아니라 전체로서 당당하게 있음이다. 결국, 우리는 홀로 있을수록 함께 있는 것이다.'

20

효도(孝道)

　효도란 '부모를 잘 섬기는 도리(道理: 사람이 마땅히 해야 할 바른길)'
나 '부모를 정성껏 잘 섬김'의 의미로 유의어에 효친(孝親), 반포(反哺),
순효(順孝), 동온하청(冬溫夏淸: 겨울에는 따뜻하게 여름에는 시원하게,
부모를 잘 섬기어 효도함)이 있고, 효제(孝悌)란 '부모에 대한 효도와 형
제애에 대한 우애를 통틀어 한 말'이다. 한자(漢字)에 반의지희(班衣之戲)
란 중국 초나라 때 효자(孝子)인 노래자(老萊子)가 일흔 살에 '늙은 부모
님을 위로하려고 색동저고리를 입고 어린이처럼 기어 다녀 보였다'라는
데서 유래(由來)한 것으로 '늙어서 효도함'을 의미한다.

　표의문자(表意文字)인 한자 孝(효)는 아들이 노인을 업고 있는 모양의
글자이다. 효라는 개념은 인간과 동물을 구분하는 행동 양식 중 대표적인
것이다. 동물 중 부모가 죽을 때까지 자식이 부모를 봉양(奉養: 부모나 조
부모를 받들어 모심)하는 동물은 인간이 유일(唯一: 오직 하나뿐임)하다
고 한다. 다만 민간전승(民間傳承)에 의하면 까마귀가 대표적인 효의 아
이콘(icon: 어떤 분야를 대표하거나 그 분야의 최고를 말함)이라고 하는
데, 유교 전승에 따르면 '까마귀 부모 새가 늙으면 자식 새가 벌레를 물어
다가 부모에게 먹인다.'라는 유래에서 '오조사정(烏鳥私情)'이라는 사자

성어가 탄생하여 '자식이 부모에게 은혜를 갚는다.'라는 의미로 쓰이게 된 것이라고 한다.

우리나라는 조상 대대로 효(孝)사상이 굳건한 나라로 가정마다 그 가르침을 많이 받아 왔다. 특히 동양철학 대부분을 차지하는 중국 사상에서 유래한 효에 관한 사자성어(四字成語: 교훈이나 유래를 담고 있는 한자 네 자로 이루어진 성어)들에는, 사친이효(事親以孝: 화랑의 세속오계(世俗伍戒: 신라 화랑의 다섯 가지 계율 중 하나로 '효도로써 어버이를 섬김')), 원걸종양(願乞終養: 부모가 돌아가실 때까지 봉양하기를 원한다는 '부모에 대한 지극한 효심'), 반포지효(反哺之孝: 자식이 자라 부모를 봉양함), 혼정신성(昏定晨省: 해가 저물면 잠자리를 봐 드리고 아침에는 문안을 드려 살핀다는 의미로 '조석으로 부모의 안부를 물어 살피는 것')과 비슷한 의미의 조석정성(朝夕精省), 노래지희(老萊之戲: 자식이 나이가 들어도 '부모의 자식에 대한 마음은 변함이 없다'라는 의미로 '변함없이 자식도 효도해야 함') 등이 있다. 그런데 가장 부모님 살아생전 효도를 다하지 못한 자식들의 마음을 저미게(칼로 도려내듯이 아프고 쓰라린) 하는 것은 풍수지탄(風樹之嘆: 바람과 나무의 탄식이란 의미로 '부모님 돌아가신 후에 생전의 효도하지 못함을 뉘우치고 한탄함')이고, 하나 더 중국 한(漢)나라 때 한영이 쓴 '한시 외전'에서 '나무가 고요 하고자 하나 바람이 멈추지 않고, 자식이 효도하고자 하나 부모가 기다려 주지 않는다.'라는 것으로, 부모 살아생전 효도하지 않고 돌아가신 후에 후회한들 무슨 소용이 있겠는가? 부모님 살아생전 효도할 것에 대한 마음을 다짐하게 하는 성어(成語)의 글귀이다.

다음으로 동·서양의 철학자, 명사(名士)들의 효에 대한 명언들은 무엇이 있는가? '어버이께 효도하면 자식이 또한 효도하고, 이 몸이 이미 효도하지 못했으면 자식이 어찌 효도하리오.' 중국 주(周)나라 정치가 강태공의 말이고, '부모에게 잘못이 있을 때는 공손히 간(諫)하라. 설사 간하는 말을 받아들이시지 않아도 공경해야 한다. 속으로 애태우더라도 부모를 원망해서는 안 된다.'와 '5형(伍刑: 죄인을 다스리는 형벌)이 3천 가지이지만, 그 죄가 불효보다 큰 것은 없다.'라는 공자님의 말씀이며, '아버님 날 낳으시고 어머님 날 기르시니 두 분 아니시면 이 몸이 살았을까. 하늘같은 은덕을 어디다 갚사오리.' 조선 시대 문신이자 문인 송강(松江) 정철 선생님의 말씀이다. 그리고 '내 자식들이 해 주기를 바라는 것과 똑같이 네 부모에게 행하라.'와 '부모를 섬길 줄 모르는 사람과 벗하지 마라. 왜냐하면, 그는 인간의 첫걸음을 벗어났기 때문이다.'는 소크라테스의 말이고, '어버이를 공경함은 으뜸가는 자연의 법칙이다.' 로마의 황제 발레리우스의 말이며, '저울의 한쪽 편에 세계를 실어 놓고 다른 한쪽 편에 나의 어머니를 실어 놓는다면, 세계의 편이 훨씬 가벼울 것이다.' 랑구랄의 말이다. 특히 '자식이 부친을 존경하지 않는 것은 경우에 따라 용서될 수 있지만, 모친에게도 그렇다면 그 자식은 세상에 살아있을 가치가 없는 못된 괴물이라고 말하지 않을 수 없다.' 장 자크 루소의 말이다.

　유불(儒佛) 사상에서의 효에 대한 가르침은, '어린 자식의 똥과 오줌 같은 더러운 것도 그대의 마음에 거리낌이 없고, 늙은 어버이의 눈물과 침이 떨어지면 도리어 미워하고 싫어하는 뜻이 있다. 그대에게 권하노니 어버이를 공경하고 모셔라. 젊었을 때 그대를 위하여 힘줄과 뼈가 닳도록 애쓰셨노라.' 명심보감에 있는 말이며, 불경(佛經)에 '자식은 부모를 받들어 봉양함에 모자람이 없게 하고, 자기 할 일을 먼저 부모에게 여쭈며, 부모가 하시는 일에 순종하여 어기지 말며, 부모의 바른 말씀을 어기지 말며, 부모가 하시는 바른 일을 끊이지 않게 하는 것이다.'는 가족과 이웃 간의 생활윤리의 가르침인 '선생경(善生經)'에 있으며, '슬프도다! 부모님은 나를 낳았기 때문에 평생 고생만 하셨다.' 유고의 경전 중 하나인 시경(詩經)에 있는 말이다.

　동서고금(東西古今)을 통하고, 시공(時空)을 초월해 부모가 자식을 사랑하고, 자식이 부모에게 효도해야 하는 것은 당연한 자연의 이치이다. 가정과 가족을 잘 돌보는 것, 그중에서도 으뜸인 부모에게 효도하는 것은 하늘과 조상님들의 은덕(恩德: 은혜와 덕)을 입을 수 있는 제일의 보상(報償)이자 답례(答禮)이다. 독일 속담에 '부모는 10 자식 거느릴 수 있어도 10 자식이 한 부모 모시기는 어렵다'라는 말이 있다. 요즘 세태(世態: 세상의 상태나 형편)를 극명(克明: 매우 분명하게 밝힘)하게 나타내는 말이기도 하다. 구순(九旬: 90세)의 부모가 외출하는 칠순(七旬: 70세)의 자식에게 '애야! (아범아! 어멈아! 애비야! 애미야!) 차 조심해라!' 이것이 부모의 자식에 대한 사랑이다. 오늘날은 100세 시대이니 젊은이나 중년들만이 아닌 노년에 노부모님을 모시고 효도해야 하는 경우도 더러는 있다.

　사실 딸자식은 대개 그렇지 않아도, 아들자식은 이성을 알게 되면 부모와는 멀어지는 법이며, 특히 오늘날은 결혼하고 나면 내 부모님보다는 내 자식, 아내, 처가에 비중(比重: 중요성의 정도)을 둔다. 며느리 눈치 보느라 찾아오거나 안부라도 묻는 전화는 특별한 행사 아니면 없다. 매달 용돈을 보내주는 자식도 그렇게 흔치는 않은 듯싶다. 양대 고유 명절이나 어버이날, 생일날만이라도 챙겨주면 고마운 일이다. 저희 먹고살기도 빠듯한 세상이다. 고물가에 교육비, 남들 하고 다니는 만큼은 하고 다녀야 하는 것이 요즘 젊은이들의 사고방식이고 생활상(相)이다. '내가 저희 키울 때 어떻게 했는데?' 하며 노(怒)하거나 서러워 마라. 나도 어려서, 젊어서 내 부모도 나에게 그렇게 해 주셨다. 오히려 '나는 내 자식에게 바라는 만큼 내 부모에게 했는가?' 반문(反問)해 보아라. 그러면 마음도 편안하고 십분 (十分: 아주 충분히, 족히) 이해도 될 것이다.

무엇보다도 자식은 울타리이다. 노년에 자식들에게 바라지도 말고, 기대려 하지도 말며, 내 인생 말년 행복은 내가 만들어야 한다. 마음 하나 잘 먹으면 되는 것이다. 아들 며느리, 딸 사위, 손주들 무탈하고, 각자 제 위치에서 자기 할 일 하고 있으면 감사해 하라. 그보다 더 행복한 일이 어디 있겠는가? 노년에 내게 와서 손 안 벌리고, 귀찮게 하지 않는 것만으로도 효도하고 있다. 그렇다면 결론적으로 진정한 효도란 무엇인가? 거창한 것 아니다. 간단하다. 제 몸 건강하고, 제 식구들끼리 화목(和睦)하며, 자기 성공을 위해 노력하는 것이다. 한마디로 '본인 잘 되는 것이 부모에게 효도하는 것'이다.

끝으로 연로(年老: 나이가 많음)하신 부모님이 생전(生前)에 계신 이 글을 읽는 모든 자식에게 불경(佛經)의 가정윤리 중 효(孝)에 관한 경전(經典)인 부모은중경(父母恩重經)에 나오는 글을 인용(引用)하는 것으로 마무리하고자 한다.

'늙어 기력이 약해지면 의지할 사람은 자식과 며느리밖에 없다. 아침저녁으로 부드러운 말로 위로하고, 따뜻하고 부드러운 음식과 잠자리를 마련해 드리고, 즐겁게 말 상대를 해 드림으로써 노년의 쓸쓸함을 덜어 드리도록 하여라.'

생활 속 지혜 II

초판인쇄 2022년 9월 8일
초판발행 2022년 9월 8일

지은이 문재익
펴낸이 채종준
펴 낸 곳 한국학술정보(주)
주   소 경기도 파주시 회동길 230(문발동)
전   화 031-908-3181(대표)
팩   스 031-908-3189
홈페이지 http://ebook.kstudy.com
E-mail 출판사업부 publish@kstudy.com
등   록 제일산-115호(2000. 6. 19)

ISBN   979-11-6983-667-8 03810